Minha versão de você

Grupo Editorial Universo dos Livros – Selo Hoo
Avenida Ordem e Progresso, 157 – 8º andar – Conj. 803
CEP 01141-030 – Barra Funda – São Paulo/SP
Telefone/Fax: (11) 3392-3336
www.universodoslivros.com.br
e-mail: editor@universodoslivros.com.br
Siga-nos no Twitter: @hooeditora

CHRISTINA LAUREN

Minha versão de você

São Paulo
2022

Autoboyography
Copyright © 2017 by Christina Lauren
© 2017 by Hoo Editora
Todos os direitos reservados e protegidos pela Lei 9.610 de 19/02/1998.

Nenhuma parte deste livro, sem autorização prévia por escrito da editora, poderá ser reproduzida ou transmitida, sejam quais forem os meios empregados: eletrônicos, mecânicos, fotográficos, gravação ou quaisquer outros.

2ª edição

Diretor editorial: **Luis Matos**

Coordenadora editorial: **Rayanna Pereira**

Tradução: **Mauricio Tamboni**

Preparação: **Luis Fernando**

Revisão: **Jadson Gomes**
Mariana Loreto

Adaptação de capa: **Rebecca Barboza**

Designer de capa: **LAURENT LINN/ COPYRIGHT © 2017 BY ALLISON COLPOYS**

Diagramação: **Vanúcia Santos**
(AS Edições)

Dados Internacionais de Catalogação na Publicação (CIP)
Angélica Ilacqua CRB-8/7057

L412m

Lauren, Christina

Minha versão de você / Christina Lauren ; tradução de Mauricio Tamboni – São Paulo : Hoo Editora, 2017.

336 p.

ISBN: 978-85-93911-05-7

Título original: Autoboyography

1. Literatura norte-americana 2. Literatura erótica 3. Homossexualidade I. Título II. Tamborini, Mauricio.

17-1319 CDD 813.6

A Matty, porque este livro não existiria sem você.

A todos os adolescentes que já precisaram ouvir estas palavras:
você é perfeito exatamente como é.

E amor é amor é amor é amor é amor é amor é amor é amor,
não pode ser morto nem deixado de lado.

Lin-Manuel Miranda

CAPÍTULO UM

O *fim de nossas últimas férias de inverno parece ser quase o início de uma volta olímpica.* Estamos no penúltimo semestre da nossa jornada no ensino médio, e falta um último – simbólico, francamente – semestre a vencer. Quero dar início às celebrações como um cara comum: com um momento de privacidade e algumas horas sem pensar em nada, navegando por aquela toca do coelho chamada YouTube. Infelizmente, porém, nada disso vai acontecer. Porque, do outro lado da cama, Autumn me lança um olhar fulminante, esperando a minha explicação.

Minha grade não está pronta, e as aulas começam em dois dias, e as vagas nas melhores disciplinas se esgotam rapidamente, e, *Tanner, você é sempre assim.*

Não que Autumn esteja errada. Eu sou *mesmo* assim. Mas não posso fazer nada se ela é a formiga e eu a cigarra nessa relação. Sempre foi assim.

– Está tudo bem.

– Está tudo bem. – Ela repete, jogando a caneta que segura. – Por que não estampa logo uma camiseta com essa frase?

Autumn é minha rocha, meu porto seguro, a melhor dos melhores. Mas, quando o assunto é a escola, ela se transforma em um verdadeiro purgante.

Viro-me de barriga para cima, olho para o teto do quarto. No começo do ensino médio – logo depois que me mudei para cá e Autumn me colocou debaixo de sua asa –, em seu aniversário, dei-lhe um pôster de uma gatinha mergulhando em uma piscina de bolinhas felpudas. Até hoje esse pôster continua firmemente pregado na parede. A gata é uma graça, mas acho que, no penúltimo ano, a doçura de sua inocência foi pouco a pouco manchada pela estranheza inerente. Então, acima da frase motivacional "Mergulhe, gatinha!", colei quatro post-its com o que acredito que o criador do pôster queria dizer: NÃO SEJA TÃO MULHERZINHA!

Autumn deve estar de acordo com a minha edição, afinal, deixou os post-its exatamente onde eu os coloquei.

Viro a cabeça para olhar em sua direção.

— Por que está preocupada com isso? A grade de disciplinas é *minha*, afinal de contas.

— Não estou preocupada — garante, mastigando alguns biscoitos. — Mas você sabe que as vagas nas disciplinas legais estão se esgotando super-rápido. Não quero que termine na aula de Química de Hoye, porque ele passa o dobro de lição de casa, o que vai atrapalhar minha vida social.

Em parte, é verdade. Fazer Química com Hoye de fato atrapalharia a vida social de Autumn — sou eu que tenho carro e que a levo aos lugares na maioria das vezes. Mas o que ela realmente detesta é o fato de eu deixar as coisas para o último minuto e, mesmo assim, conseguir o que quero. Nós dois somos bons alunos, cada um do seu jeito. Ambos temos notas altas e arrasamos nas provas. Porém, quando o assunto é a lição de casa, Autumn mais parece um cachorro com um osso, ao passo que eu sou como um gato, deitado, em uma janela ensolarada. Se a lição está por perto e parece interessante, eu a faço com prazer.

— Bem, sua vida social é nossa prioridade. — Solto o peso do corpo de um lado a outro, recolhendo as migalhas de biscoito presas em meu antebraço.

Elas deixaram uma marca ali, entalhes vermelhos minúsculos na pele, como pedrinhas deixariam. Autumn bem que podia se levantar e colocar em prática, neste quarto, sua obsessão por limpeza.

— Autumn, meu Deus, você é uma porca. Olhe só como deixou esta cama.

Ela responde enfiando mais um punhado de Ritz na boca, deixando mais um caminho de migalhas no edredom da Mulher-Maravilha. Seus cabelos ruivos estão presos em um coque bagunçado sobre a cabeça e ela usa o pijama do Scooby-Doo que ganhou aos 14 anos de idade. Ainda serve... praticamente.

— Se você trouxer o Eric aqui, ele vai ficar horrorizado — provoco.

Eric é outro de nossos amigos e um dos poucos garotos do colégio que não é mórmon. Acho que, tecnicamente, Eric é mórmon — bem, pelo menos, seus pais são. São o que chamam por aí de "mórmon *light*". Consomem álcool e cafeína, mas ainda mantêm uma relação considerável com a igreja. *O melhor dos dois mundos,* ele diz, embora seja fácil perceber que os alunos da Igreja de Jesus Cristo dos Santos dos Últimos Dias que estudam em Provo High discordam. Quando falamos de círculos sociais, um "mórmon *light*" mais se parece com um não mórmon. Como eu.

Algumas migalhas de biscoito voam quando Autumn tosse fingindo repulsa ao ouvir minhas palavras.

— Não quero que Eric passe nem perto da minha cama.

E ainda assim, cá estou eu, deitado na cama dela. O simples fato de eu poder entrar em seu quarto é uma prova do quanto sua mãe confia em mim. Bem, pode ser que a senhora Green sinta que nada vai acontecer aqui entre mim e Auddy.

Já tentamos uma vez, durante as férias de inverno do nosso segundo ano. Eu vivia em Provo há apenas cinco meses, mas rolou uma química imediata entre nós – impulsionada por muitas disciplinas em comum e por um conforto mútuo produzido por nosso *status* de não mórmons em um colégio tomado pelos mórmons. Infelizmente, a química se dissolveu para mim quando as coisas se tornaram físicas e, por um milagre, nos esquivamos daquela situação constrangedora do pós-amasso. Não vou arriscar outra vez.

Ela parece se tornar hiperconsciente de nossa proximidade no mesmo momento em que eu percebo, então se ajeita na cama e puxa o pijama para cobrir todo o torso. Eu me sento e apoio as costas na cabeceira: uma posição mais segura.

— Qual foi a primeira que você escolheu?

Autumn olha para sua planilha.

— Polo. Literatura Moderna.

— Eu também. — Roubo um biscoito e, como um humano civilizado, consigo comer sem derrubar uma migalha sequer. Deslizando o olhar e o dedo indicador pelo meu papel, sinto que esse último semestre parece promissor. — Francamente, meu cronograma não está nada ruim. Só preciso acrescentar alguma coisa aqui ou ali.

— Talvez pudesse fazer o Seminário — Autumn bate as mãos toda alegre.

MINHA VERSÃO DE VOCÊ

Seus olhos são como faróis apontando sua emoção para dentro de uma sala empoeirada: ela quer fazer essa disciplina desde o primeiro ano.

O Seminário... Estou falando sério; quando a escola cita a disciplina em seus boletins de notícias ou anúncios, eles chegam a usar letras maiúsculas – tão pretencioso que chega a ser surreal. ESCREVA UM LIVRO EM UM SEMESTRE, o catálogo alegremente promete, como se isso só pudesse acontecer a quem faz essa disciplina. Como se uma pessoa comum não fosse capaz de reunir palavras suficientes em *quatro meses*. Quatro meses é toda uma vida.

Os candidatos ao Seminário precisam ter concluído, pelo menos, uma disciplina de Língua Inglesa avançada e ter tido uma média mínima no semestre anterior. Muito embora nosso grupo tenha setenta alunos no total, o professor só aceita matricular quatorze.

Dois anos atrás, o New York Times escreveu um artigo e definiu a disciplina como "um curso ambiciosamente brilhante, dirigido de forma séria e diligente por Tim Fujita, membro da equipe de *best-sellers* do NYT". (Conheço essa citação palavra por palavra, porque ela foi impressa, ampliada cerca de cinco mil vezes e dependurada em uma moldura na entrada da escola. Minha maior crítica é o uso excessivo de advérbios, o que faz Autumn me achar petulante). No ano passado, um aluno do último ano chamado Sebastian Brother cursou o Seminário e uma importante editora adquiriu os direitos de seu manuscrito. Eu nem sei quem é esse tal Sebastian, mas já ouvi essa história pelo menos cem vezes. É o filho de um bispo! Escreveu um livro de fantasia! Aparentemente, era incrível. O senhor Fujita enviou o manuscrito a um agente, que vendeu a obra para um pessoal de Nova York. O que se seguiu foi uma espécie de esforço de guerra civilizado e *boom!*, o cara estava pronto para começar a estudar na Universidade Brigham Young, a BYU, mas vai ter que deixar o curso por um tempo para poder fazer um *book tour* e se tornar o próximo Tolkien. Ou o L. Ron Hubbard[1]. Embora eu ache que alguns mórmons possam não gostar dessa comparação. Eles não gostam de ser misturados com cultos como a Cientologia. Por outro lado, os segui-

---

1 Ron Hubbard foi o fundador da Igreja da Cientologia, religião que recebe influência do Hinduísmo e Budismo e acredita que as pessoas são seres imortais.

dores da Cientologia também não gostam nada de serem misturados com os mórmons.

Enfim, depois disso, o Seminário é a única coisa (além da equipe de futebol da BYU e do mar de mórmons) que as pessoas citam quando falam de Provo.

— Você foi aceita? — pergunto sem estar surpreso.

Esse curso significa tudo para Autumn e, além de atender todos os *verdadeiros* pré-requisitos, ela vem devorando romances sem parar na esperança de ter uma chance de escrever seu próprio livro.

Auddy confirma com a cabeça. Seu sorriso se transforma e passa de um oceano a um oceano cintilante.

— Legal!

— Você também seria aceito se fosse conversar com o professor Fujita. — Ela garante. — Tem notas boas e escreve bem. E mais: ele adora os seus pais.

— Nem.

Estou na esperança de receber cartas de aceite de faculdades em qualquer lugar que não seja aqui — minha mãe me *implorou* para só me candidatar em outros estados. E o "sim" de qualquer uma dessas escolas depende das minhas notas neste último semestre. Não importa o quão fácil eu imagine que uma disciplina possa ser, não é hora de correr riscos.

Autumn cutuca sua unha.

— Porque, aí, você teria que, digamos, acabar alguma coisa?

— Eu acabei com a sua mãe mais cedo. Acho que você sabe do que estou falando.

Ela puxa os pelos da minha perna e eu deixo escapar um grito espantosamente feminino.

— Tanner. — Ela me chama, sentando-se. — Estou falando sério. Seria bom para você. Devia fazer essa disciplina comigo.

— Você fala como se eu quisesse fazer esse curso.

Lançando um olhar fulminante na minha direção, ela fecha uma carranca.

— É *o Seminário,* seu idiota. Todo mundo quer fazer esse curso.

Entendeu o que eu disse? Ela coloca esse curso em um pedestal e age de um jeito tão nerd que me faz querer proteger a Autumn do futuro, aquela que vai cair no mundo e enfrentar suas batalhas como uma Hermione Nerd. Ofereço o meu melhor sorriso.

– Sim, claro.
– Está preocupado em ter que criar algo original? – indaga. – Eu posso ajudar.
– Qual é? Eu me mudei para cá quando tinha 15 anos, e podemos concordar que essa idade é o pior momento na vida de qualquer pessoa para se mudar de Palo Alto, na Califórnia, para *Provo, Utah,* com aparelho nos dentes e sem nenhum amigo. Eu tenho histórias para contar.

Sem contar que sou um indivíduo queer e meio-judeu em uma cidade heteronormativa e mórmon.

Não digo essa última parte em voz alta, nem mesmo para Autumn. Não foi nenhum grande acontecimento em Palo Alto quando, aos 13 anos, percebi que gostava de beijar meninos tanto quanto de beijar meninas. Aqui, porém, isso seria um problema enorme. Autumn é a melhor das melhores, verdade seja dita, mas não quero correr o risco de contar a ela e descobrir que ela não passa de uma progressista em teoria, que não aceita um garoto *queer* em seu quarto.

– Nós todos usávamos aparelho, e você tinha a mim. – Ela solta o corpo outra vez na cama. – Além disso, todo mundo odeia ter quinze anos, Tanner. É um período em que ereções brotam na piscina, acne e raiva afetam os protocolos sociais... Posso garantir que dez em cada quinze alunos desse curso vão escrever sobre os perigos do ensino médio, porque falta a eles uma fonte mais abrangente de referências de ficção.

Uma rápida olhadela nos arquivos do meu passado faz uma sensação de defesa brotar em meu estômago, como se talvez ela estivesse certa. Talvez, eu não seja capaz de criar algo interessante e profundo, e uma obra de ficção tem de vir das profundezas do ser. Meus pais me apoiam – talvez me apoiem até demais –, minha família é um pouco louca, mas maravilhosa. Também tenho uma irmã que não é terrível, embora seja dramática e *emo* demais, tenho meu próprio carro... Não vivi muitas turbulências.

Então aceno uma negação enquanto belisco sua coxa.
– O que torna *você* tão profunda?

É uma brincadeira, obviamente. Autumn tem muito sobre o que escrever. Seu pai morreu no Afeganistão quando ela tinha apenas nove anos. Depois, sua mãe, tomada por raiva e mágoa, cortou os laços com a Igreja de Jesus Cristo dos Santos dos Últimos Dias, o que, nesta cidade, é uma deserção com um peso enorme. Mais de 90 por cento das pessoas desta cidade são mórmons. Ser qualquer outra coisa automaticamente o deixa às margens do mundo social. Para piorar, o salário da senhora Green mal dá para a subsistência dela e da filha.

Autumn olha com apatia para mim.

— Eu entendo porque você não quer fazer o curso, Tann. Requer muito trabalho e você é preguiçoso.

∽

Ela me fez morder a isca e acrescentar aquele curso idiota ao meu programa, e, agora, enquanto vamos de carro à escola, juntos, na segunda-feira depois das férias de inverno, Autumn está toda incomodada porque contei que me matriculei no tal Seminário.

Posso sentir seu olhar perfurante na lateral do meu rosto enquanto faço a curva para entrar na Bulldog Boulevard.

— Fujita simplesmente assinou a sua matrícula? — indaga. — Simples assim?

— Auddy, você é louca se estiver irritada com o fato de eu ter me matriculado. Sabe disso, não sabe?

— E... e aí? — Ela indaga, ignorando minha pergunta retórica e virando-se para olhar para a frente. — Você vai *fazer* o curso?

— Claro, por que não faria? — Entro no estacionamento dos alunos e busco uma vaga próxima à porta, mas é claro que chegamos tarde e não há nenhum lugar conveniente para deixar o carro por aqui.

Encosto em uma área atrás do prédio.

— Tanner, você se deu conta do que está em jogo nesse curso?

— Como eu poderia estudar neste colégio e não saber o que é *o Seminário*?

Autumn lança um olhar paciente, mas agressivo para mim, porque acabo de usar meu tom de gozação e ela detesta quando faço isso.

— Você vai ter de escrever um livro. Um livro *inteiro*.

Quando paro de zoar, o cenário é ligeiramente previsível: a porta do meu carro é empurrada de um jeito mais grosseiro do que o normal e o ar frio entra.

— Auddy, o que foi? Eu pensei que tivesse me chamado para fazer essa disciplina com você.

— Sim, mas você não deveria ter se matriculado se não *quer* fazê-la.

Ofereço meu melhor sorriso, aquele do qual ela mais gosta. Sei que não devia fazer isso, mas, ah, a gente usa as armas que tem à disposição.

– Então, você não devia ter me chamado de preguiçoso.

Ela deixa escapar um gemido selvagem, do qual acho que gosto.

– Você é tão sortudo e nem se dá conta disso!

Ignoro-a enquanto pego minha mochila no porta-malas. Autumn me deixa bastante confuso.

– Entendeu o que eu queria dizer antes? Que para você é muito fácil? – Ela corre atrás de mim. – Eu tive de me candidatar, passar pela entrevista com ele, tipo, suar muito a camisa. Você entrou no gabinete do professor e ele assinou a sua matrícula.

– Não foi exatamente assim. Eu fui ao gabinete, conversei um pouco com ele, falei sobre minha família e, só depois disso, ele assinou a minha matrícula.

Minhas palavras são recebidas com silêncio e, quando me viro, percebo que ela está andando na direção oposta, a caminho de uma entrada lateral.

– A gente se vê na hora do almoço, melhor amiga! – grito.

Auddy levanta o dedo do meio.

O calor dentro do prédio é paradisíaco, mas há muito barulho e o chão está encharcado com a terra e a neve derretida que escorre dos sapatos. Vou derrapando pelo corredor até meu armário, que fica entre o de Sasha Sanderson e o de Jack Thorne, duas das pessoas mais bonitas – e mais gentis – de Provo High.

Em termos sociais, aqui as coisas são mistas. Mesmo dois anos e meio depois, ainda me sinto um aluno recém-chegado, possivelmente porque a maioria dos alunos aqui estudam juntos desde o jardim da infância e frequentam os mesmos lugares – quero dizer, são da mesma congregação e provavelmente se encontram em um milhão de atividades da igreja fora do colégio. Eu, essencialmente, tenho Auddy, Eric e alguns outros amigos que são Santos dos Últimos Dias, mas legais, então eles não deixam a gente louco e seus pais não se preocupam com a possibilidade de podermos corromper seus filhos. Nos tempos de Palo Alto, quando eu era calouro, passei alguns meses mais ou menos saindo com um cara e tinha uns amigos que *eu* conhecia desde o jardim da infância e que não se escandalizavam quando me viam de mãos dadas com Gabe. Queria ter aproveitado mais aquela liberdade.

Aqui, as meninas flertam comigo, claro, mas a maioria delas é mórmon e jamais, de jeito nenhum, poderiam ficar comigo. A maioria dos pais que seguem essa religião têm a expectativa de que seus filhos se casem em seu Templo e eu, que não sou membro da igreja, simplesmente não posso fazer isso. A não ser que eu me converta, o que, digamos... *nunca* vai acontecer. Tomemos Sasha como exemplo. Sinto alguma coisa surgindo entre nós. Ela adora flertar e ter contato físico, mas Autumn insiste que essa relação não chegaria a lugar nenhum. O mesmo vale — em medida ainda maior — para as minhas chances com qualquer menino daqui, Santos dos Últimos Dias ou não. Não posso explorar nenhuma oportunidade aqui em Provo. Tenho uma queda por Jack Thorne desde o décimo ano, mas ele está fora dos meus limites por três importantes motivos: (1) homem, (2) mórmon, (3) Provo.

Antes de se irritar comigo hoje de manhã, Auddy me entregou, sem dizer nada, uma cartela de adesivos brilhantes de dinossauros. Então, sem questionar, enfiei-os no bolso; Autumn é conhecia por me entregar coisas que serão úteis em algum momento da vida, então eu as guardo. Quando abro meu armário, percebo sua motivação: sou notoriamente ruim em lembrar meus cronogramas A e B – aqui, adotamos a prática de ter as mesmas aulas em dias alternados, com as grades de um a quatro em alguns dias e as grades de cinco a oito no outro. Toda vez tenho que grudar minha programação no armário e toda vez me vejo sem fita adesiva.

— Você é brilhante. — Sasha elogia, aproximando-se por trás para ver melhor o que estou fazendo. – E, *ah-meu-deus*, que gracinha! Dinossauros! Tanner, você tem oito anos?

— Eu ganhei de Autumn.

Ouço a reação de Sasha em seu silêncio, nas palavras "esses dois estão ou não estão juntos" não verbalizadas. Todos se perguntam se Autumn e eu transamos casualmente.

Como sempre, deixo-a sem resposta. Sua suspeita é positiva para mim. Involuntariamente, Autumn tem sido meu escudo.

— Belas botas – digo a ela.

Botas que alcançam uma altura sugestiva: pouco acima do joelho. Eu me pergunto de quem ela quer atrair a atenção: dos garotos da escola ou de seus pais em casa. Dou-lhe um adesivo de dinossauro e um beijo na bochecha enquanto passo por ela, antes de atravessar o corredor, levando meus livros comigo.

Provo High não é, de modo algum, uma escola religiosa, mas, às vezes, parece ser. E se tem uma coisa sobre os mórmons que você aprende rápido é que eles focam no positivo: sentimentos positivos, ações positivas, feliz, felicidade, alegre, alegria. Mesmo assim, a disciplina Literatura Moderna com a professora Polo começa com uma notícia inesperada e, sem dúvida, *in*feliz: nossa primeira leitura será *A Redoma de Vidro*.

Sinto um leve burburinho se espalhando pela sala enquanto os alunos se mexem em suas cadeiras para trocar olhares furtivos tão dramáticos que seus esforços para serem discretos acabam se provando inúteis. A professora Polo — cabelos selvagens, saia fluida, anéis nos dedões, você conhece o tipo — ignora a comoção. Aliás, acho que está gostando das reações. Ela se agita em seus saltos, esperando que voltemos a nos concentrar no programa de estudos para descobrir o que mais nos aguarda.

A Bíblia Envenenada, de Barbara Kingsolver; *Noite*, de Elie Wiesel; *A Insustentável Leveza do Ser*, de Milan Kundera; *O Castelo de Vidro*, de Jeannette Walls, e assim por diante, passando por *Sula*, de Toni Morrison, até as memórias falsas de James Goddamn Frey. Talvez, o mais chocante seja *Elmer Gantry*, de Sinclair Lewis, um romance sobre o fanatismo religioso e um ministro assustador. Bastante apropriado. A professora Polo é atrevida e corajosa, e eu gosto muito de ver o chão dessa gente à minha volta tremer.

Autumn está sentada de olhos arregalados ao meu lado, ainda sem falar comigo. Já leu quase todos os livros da lista e, se a conheço bem, sei o que está pensando: *Ainda dá tempo de pedir transferência e ir estudar Shakespeare com o professor Geiser?*

Auddy se vira e me encara com olhos estreitos enquanto lê a minha mente. Resmunga outra vez, e não consigo segurar a risada que me escapa.

Também já li quase todos esses livros. Autumn insistiu para que eu os lesse.

Solto o corpo no encosto da carteira, entrelaço os dedos atrás da cabeça e lanço mais um sorriso para ela.

Moleza. Tenho um semestre tranquilo à minha frente.

CAPÍTULO DOIS

Quando chega a quarta aula, Autumn está toda nervosa. Animada para o Seminário, mas ainda irritada por eu ter sido aceito do jeito como fui. Simplesmente sigo-a pelo corredor e tento não a deixar me ver sorrindo, mesmo quando propositalmente me evita, já dentro da sala, aproximando-se de um grupo de carteiras, onde resta apenas uma vaga livre.

— Aqui, Auddy.

De pé na última fileira, guardo uma cadeira vazia para ela e outra para mim.

Ela tem a opção de assistir à aula comigo ou parecer misteriosamente petulante, mas logo se aproxima, resmungando:

— Você é uma peste.

— Eu te amo, mas só um pouquinho.

Auddy ri.

— Não estrague a minha experiência neste curso.

Aí está. Eu poderia arruinar sua experiência sendo um enorme incômodo no meio de algo pelo que ela tanto se esforçou. Será que ela acha que eu poderia *querer* fazer isso?

Do jeito que estou agindo, Auddy provavelmente pensa que sim.

— Não vou estragar.

Deslizo minha borracha pela mesa, aquela com uma ilustração antiga do He-Man impressa que ela me deu no Natal dois anos atrás. O que no passado fora um quadrado branco, agora não passa de uma bolinha acinzentada. O He-Man atual mal tem rosto e só lhe resta uma perna.

O nariz sardento de Autumn se repuxa enquanto ela me lança uma carranca meio desatenta. Estou perdoado.

O professor Fujita entra com uma pilha de livros nos braços. Desliza-os graciosamente pela mesa posicionada no centro do semicírculo de carteiras e os ignora quando eles caem em uma pilha bagunçada. Uma cópia de *A Dança da Morte,* de Stephen King, desaba duramente no chão, pousando virado para baixo e aberto. Ele ignora a cena; de canto de olho, posso ver Autumn ajeitando o corpo e sei que agora está extremamente preocupada com as páginas da enorme encadernação, que se tornam mais amassadas a cada segundo que ele passa ali.

– Bom dia! – O professor Fujita cantarola antes de olhar para o relógio na parede atrás da gente. – Ops! Boa tarde! Meu nome é Tim Fujita, mas todos me chamam de Fujita.

Sempre gostei muito do Fujita, mas o jeito como ele expõe seu próprio nome me faz gostar sete por cento menos.

Murmuramos nossos cumprimentos bem baixinho, não sei se porque nos sentimos intimidados ou porque estamos cansados depois do almoço. Ele sorri para nós, analisando nossos rostos, um a um. Olho para a organização da classe à nossa volta: Josh, Dustin, Amanda, Julie, Clive, Burrito Dave, Sabine, Dave do Futebol, Asher, Kylie, McKenna, James, Levi.

Todos são mórmons. Cabelos aparados, mangas curtas, boa postura. Na fileira mais atrás, Autumn e eu somos um par de árvores retorcidas pairando sobre um gramado exuberante.

Ao me ver, Fujita lança uma piscadela em minha direção. Ele considera minha mãe uma super-heroína. Ao meu lado, Autumn deixa escapar uma expiração comedida. Por causa da minha mãe (um gênio da computação) e meu pai (um cirurgião cardíaco muito reconhecido que, segundo os jornais, salvou o governador de Utah), venho recebendo tratamento especial dos professores desde que nos mudamos para esta cidade. Fujita ter me aceitado no Seminário é, sem dúvida, um exemplo desses privilégios.

– Bem-vindos, pessoal. – Ele estende a mão e desliza mais um olhar pela sala. – Onde está ele?

Ao notar nosso silêncio confuso, Fujita analisa outra vez a sala e então nos observa em busca de respostas.

– Quem? – Dustin, sentado à frente como de costume, enfim pergunta.

Fujita olha para o relógio de pulso como se quisesse confirmar que está no lugar certo.

— Eu esperava que tivéssemos uma surpresa legal, e acho que teremos, mas me parece que ele se atrasou um pouquinho.

Respondemos com um silêncio ansioso enquanto suas sobrancelhas lentamente se arqueiam.

— Teremos um assistente especial neste semestre – revela.

Posso imaginar que esteja esperando um rufar de tambores, mas, em vez disso, sua pausa dramática abre espaço para uma sensação desconcertante e anticlimática.

— Acho que vão ficar feliz em saber que Sebastian Brother vai ser o mentor de cada um de vocês!

Um coro de ruídos animados se espalha, vindo dos outros quatorze corpos na sala – um herói mórmon vai vir aqui e dedicar seu tempo a *nós*. Até Autumn chegou a levar a mão à boca. Para ela – Santo dos Últimos Dias ou não –, Sebastian é uma celebridade local.

Com os dedos entrelaçados à frente do corpo, Fujita apoia todo o seu peso nos calcanhares.

— Seb tem uma agenda muito cheia, obviamente. – Sinto minha mente gemer. *Seb*... – Mas ele e eu sentimos que essa experiência pode beneficiar todos vocês. Acredito que ele vai inspirá-los. Depois de fazer exatamente este curso, ele, que só tem dezenove anos, está construindo uma carreira literária de prestígio. – Baixando o corpo, Fujita acrescenta confidencialmente: – É claro que li o romance dele. É maravilhoso! Impressionante!

— Será que ele já ouviu falar de Christopher Paolini? – Sussurro para Autumn.

Com seu olhar congelante, ela basicamente me manda calar a boca.

Fujita puxa uma pilha de papéis de uma pasta rasgada e começa a distribui-los.

— Imagino que possamos deixar de lado a pergunta do porquê de vocês estarem *aqui*. Estão aqui para escrever um livro, certo? – Quase todo mundo assente com entusiasmo. – E farão precisamente isso. Quatro meses não é muito tempo, verdade, mas vocês vão escrever. Vão dar um jeito. É por isso que *eu estou* aqui. Vamos começar a trabalhar...

Ele anda pela sala enquanto continua falando:

— Sugeri uma lista de leituras e tenho uma variedade de fontes sobre como começar e quais tipos de processos de escrita existem por aí, mas, na verdade, a única maneira de escrever um livro é efetivamente escrevendo. Não importa como vocês fazem, cada um tem seu processo.

Olho para o programa de estudos e a programação da disciplina que ele colocou em minha carteira e sinto minha cabeça arder, sinto aquele formigar do pânico se arrastando por meu pescoço.

Eu tenho que ter uma ideia esta semana.

Uma semana.

Quando sinto a atenção de Autumn focada em mim, viro-me e lhe ofereço um sorriso tranquilo. Porém, parece que meu gesto não saiu tão tranquilo quanto eu esperava. O sorriso dela falha, repuxando-se para um lado.

— Você dá conta — ela diz baixinho, lendo minha reação.

Peça-me para diferenciar funções trigonométricas e eu arraso. Entregue-me um kit de modelagem molecular e sou capaz de criar o composto orgânico mais lindo que você já viu na vida. Mas pedir para eu extrair algo das minhas emoções e dividir com o mundo? Caos mental. Não sinto exatamente prazer em trabalhar, mas junto com isso vem meu pavor de entregar um trabalho ruim, independentemente do que seja. Nunca antes tentei ser criativo, e só me dei conta disso agora, sentado aqui.

Para piorar as coisas, Fujita acrescenta:

— Mas a experiência me fez aprender que a maioria de vocês já tem uma ideia em mente. Ao longo da próxima semana, Sebastian e eu os ajudaremos a aprimorar, a polir essa ideia. Depois, vocês mergulham de cabeça!

Não consigo sequer achar graça no fato de ele ter repetido o *slogan* motivacional no pôster de gatinho de Autumn porque, pela primeira vez em... bem, talvez pela primeira vez em toda a minha vida, sinto-me sobrecarregado pelas dificuldades.

Autumn coloca a borracha do He-Man na minha mesa e a usa como desculpa para apertar minha mão.

As portas laterais se abrem e as cadeiras se esfregam levemente no assoalho enquanto os alunos se viram. Todos sabemos quem é, mas, mesmo assim, olhamos.

A única vez que vi Autumn bêbada foi no verão passado. Também foi a única vez que ela admitiu estar apaixonada por mim. Pensei que tivéssemos chegado a um acordo depois de nossa sessão de amassos dois anos atrás, mas parece que não. Em algum momento, depois de beber quatro limonadas com álcool, mas antes de me acordar com fortes sacudidas no chão de sua casa e me implorar com hálito embriagado para esquecer tudo o que disse, ela balbuciou por uma hora sobre os sentimentos secretos que vinha alimentando nos últimos anos. Lembro-me de três frases claras pronunciadas em meio à confusão gerada por minha própria embriaguez e somada à bagunça de suas incoerências alimentadas pelo álcool:

Seu rosto faz sentido para mim.
Às vezes, tenho a estranha sensação de que eu não seria suficiente para você.
Eu te amo, mas só um pouquinho.

Sendo quem somos, a única maneira de vencer o profundo constrangimento que possivelmente surgiria em seguida foi fazer brincadeiras com o ocorrido ao longo de toda uma semana.

Eu te amo, mas só um pouquinho se tornou nosso novo mote de melhores amigos. Autumn tentou explicar a lógica de o meu rosto fazer sentido para ela algumas vezes, mas não conseguiu – tinha alguma coisa a ver com a simetria dos traços e como eles a agradavam em um nível instintivo. Mesmo assim, esse tornou-se um dos meus *non sequiturs* preferidos quando a vejo se estressando com alguma coisa. Apenas digo: "Auddy, fique calma, seu rosto faz sentido para mim". E ela não se aguenta. Toda vez, começa a rir.

A segunda frase, *às vezes, tenho a estranha sensação de que eu não seria suficiente para você,* me afetou mais. Embora eu viesse tentando reunir a coragem necessária para me assumir para Auddy, depois que ela disse isso, mudei de ideia. Suas palavras fizeram brotar uma sensação destoante dentro de mim, o conflito interno sobre o que significa ser bissexual. É como o diabo em meu ombro, a percepção ignorante que recebo de todos os lados, tanto de dentro quanto de fora da comunidade *queer*. As pessoas dizem que a bissexualidade está ligada à indecisão, que os bissexuais não conseguem se satisfazer com uma única pessoa, que é um rótulo para não se comprometer com ninguém. E aí surge o anjo no outro ombro – no qual os livros e panfletos a favor da diversidade me fazem acreditar – dizendo que não, que significa que estou aberto a me apaixonar por qualquer pessoa. Fico feliz em ter um compromisso com alguém, mas as partes íntimas não importam tanto quanto a pessoa como um todo.

Todavia, como nunca me apaixonei e nunca senti aquela ardência feroz por ninguém, não sei se a pessoa certa vai ser um menino ou uma menina. Quando Autumn falou sobre não ser suficiente para mim, deixei passar e fingi ter esquecido suas palavras. O problema é que eu, de fato, lembro. Aliás, vivo obcecado por elas enquanto finjo não esperar dolorosamente o momento quando alguém vai me derrubar, me fazer ter certeza de que o quero tanto quanto nunca quis nada em toda a vida.

Então, quando Sebastian Brother entra na sala de aula e me vê e eu o vejo, tenho a sensação de que estou caindo da cadeira.

Estou embriagado.

E sei o que Autumn quis dizer sobre os traços do rosto.

Eu já o vi antes, nos corredores do colégio, mas nunca dei muita atenção: é um dos garotos perfeitos, uber mórmon. É filho de um bispo e, pelo que me consta, incrivelmente devoto.

Mas aqui me vejo incapaz de desviar minha atenção. Sebastian não é mais um garoto. Noto seu maxilar bem marcado e seus olhos amendoados, as bochechas avermelhadas e o pomo de Adão se movimentando ansiosamente enquanto ele engole em seco com o peso dos nossos olhares.

– Oi, pessoal – cumprimenta, acenando e andando apressadamente até o centro da sala para dar um aperto de mão em Fujita.

Os olhos de toda uma sala de aula miram nele como se fosse um alvo.

Fujita abre um enorme sorriso para nós.

– O que foi que eu disse?

Os cabelos de Sebastian são raspados na lateral, cheios na parte superior. Seu sorriso é tão enorme, e iluminado, e puro: ele é lindo *pra caramba*. Mas tem algo mais, alguma coisa em seu jeito de se movimentar que provoca a minha fascinação. Talvez seja o fato de seu olhar não repousar tempo demais em uma pessoa. Talvez seja o fato de eu sentir que ele está ligeiramente assustado com a gente.

Sebastian observa a classe a partir da primeira fila e seus olhos brilham ao encontrarem os meus – por uma pequena fração de segundo, e depois de novo, como um prisma refletindo a luz. Porque ele me olha outra vez. Essa fração de segundo é o suficiente para Sebastian perceber minha paixão imediata. Puta merda, ele nota muito rápido! Esse tipo de coisa deve acontecer com esse cara o tempo todo – um olhar de adoração vindo do outro lado da sala –, mas, para mim, estar tão instantaneamente apaixonado é totalmente estranho. No peito, meus pulmões são animais selvagens arranhando a jaula.

– Nossa, cara! – Autumn murmura ao meu lado. – O sorriso dele me deixa boba.

As palavras dela são um leve eco de meus próprios pensamentos: o sorriso do Sebastian me arruína. A sensação me deixa desconfortável, um golpe dramático me dizendo que preciso ter esse cara ou não vou conseguir ficar bem.

Ao meu lado, ela suspira desapontada, alheia ao meu colapso interno.

– Uma pena que seja mórmon.

CAPÍTULO TRÊS

Segunda-feira à tarde: estamos sem lição de casa. Minha mãe chega mais cedo e entende essa soma de fatores como um sinal de que precisa levar seus filhos às compras. Minha irmã, Hailey, fica feliz com a oportunidade de comprar mais roupas de funeral. Concordo em ir, embora sem nenhum entusiasmo, sobretudo, porque sei que, se ficasse sozinho com meus eletrônicos, passaria horas no laptop com múltiplas abas do navegador aberto em minhas tentativas de descobrir mais sobre Sebastian Brother.

Felizmente, Autumn vai com a gente. O superpoder de minha mãe parece ser sua misteriosa capacidade de encontrar as roupas mais horríveis para seus filhos. Autumn, portanto, é uma grande ajuda. Mas, infelizmente, ter as três à minha volta significa que a investigação sobre Sebastian precisa ser feita discretamente. Autumn pode lançar uma expressão esquisita se me pegar procurando fotos de homens bonitos no Google. Minha mãe e Hailey sabem que eu gosto de meninos, mas minha mãe, em especial, não ficaria nada contente em saber que o objeto do meu interesse atual é o filho de um bispo da cidade.

Religião organizada não é algo muito bem visto em nossa casa. Meu pai é judeu, mas não vai ao templo há anos. Minha mãe cresceu com os Santos dos Últimos Dias, alguns quilômetros ao norte daqui, em Salt Lake City, mas deixou a igreja aos 19 anos, quando sua irmã mais nova, minha tia Emily, na época uma estudante, saiu do armário e seus pais e a igreja a abandonaram. É claro que eu não existia na época, mas ouvi algumas histórias e vejo a veia na testa de minha mãe saltar sempre que qualquer assunto sobre a mentalidade fechada da igreja surge. Minha mãe não queria romper com seus pais, mas, como qualquer ser humano normal e com um pingo de compaixão, não conseguiu justificar abandonar alguém que amava por causa de uma série de regras registradas em um livro.

Talvez agora você esteja se perguntando por que estamos morando aqui, no lugar com a maior concentração de Santos dos Últimos Dias do mundo. E justamente com a minha mãe? Dois anos e meio atrás, uma *startup* de *softwares* bastante importante e enorme a seduziu a deixar seu emprego no Google, onde era a única engenheira de *software* sênior com genótipo XX (e basicamente mais competente do que todos os outros engenheiros à sua volta). A NextTech ofereceu a posição de CEO, mas ela pediu para ser diretora técnica, uma posição que vinha com o orçamento quase ilimitado para o desenvolvimento de tecnologia. Agora, sua equipe desenvolve *softwares* de representações holográficas 3D para a NASA.

Para qualquer outra família com dois salários de seis dígitos e mal conseguindo sobreviver em South Bay, a decisão teria sido muito simples. Um salto no salário em um lugar onde o custo de vida caberia em nosso menor armário de Palo Alto? Fechado. Todavia, por causa do passado da minha mãe, a decisão de mudar foi agonizante. Ainda lembro que ouvia meus pais discutindo esse assunto no meio da madrugada enquanto Hailey e eu deveríamos estar dormindo. Ele achava que ela não podia deixar essa oportunidade passar, que seria uma chance de ela estimular a imaginação. Minha mãe concordava, mas ficava preocupada com o modo que a vida em Utah poderia afetar negativamente seus filhos.

Em especial, ela se preocupava com o quanto a vida aqui *me* afetaria. Dois meses antes de a oferta surgir, assumi para os meus pais que era bissexual. Bem, "assumi" talvez signifique dar créditos demais para mim mesmo. Para sua monografia de pós-graduação, minha mãe criou um aplicativo indetectável que ajuda os empregadores a saberem o que seus funcionários estão fazendo. No fim das contas, a coisa era tão amigável ao usuário e tinha uma interface tão agradável que a versão para o consumidor foi criada e vendida para quase todas as casas com um computador nos Estados Unidos. Eu devia ter juntado dois e dois e percebido que meus pais também o usariam em casa, antes de pensar que podia assistir a filmes pornôs no celular.

Foi uma conversa constrangedora, mas, pelo menos, resultou em um acordo: eu podia entrar em certos sites e eles não me *stalkeariam* na internet, contanto que não visitasse lugares que, como minha mãe colocava, "me dariam expectativas não realistas de como o sexo deve ser ou de como nossos corpos devem ser".

No fim das contas, meus pais, tão estridentes contra os Santos dos Últimos Dias, levaram a filha emo e o filho *queer* de volta ao País das Maravilhas dos Santos dos Últimos Dias. Para compensar sua culpa por eu ter de me proteger a todo custo (leia-se: ser muito, muito cuidadoso para quem eu me assumiria), meus pais transformaram a nossa casa em uma espécie de toca do orgulho gay, do orgulho muito gay. Autumn e eu passávamos a maior parte do nosso tempo juntos na casa dela, e Hailey odeia quase todo mundo (e nenhum dos seus amigos revoltados vem para cá), então artigos LGBTQ, panfletos da PFLAG e camisetas de arco-íris são entregues a mim em momentos espontâneos com um beijo e um olhar cheio de orgulho. Minha mãe ocasionalmente coloca um adesivo para carros debaixo da minha fronha, e eu só o encontro quando uma das pontas do papel rígido bate na minha bochecha à noite.

NADA SERIA IGUAL SE VOCÊ NÃO EXISTISSE!

CORAGEM É SER VOCÊ MESMO TODOS OS DIAS EM UM MUNDO QUE LHE DIZ PARA SER OUTRA PESSOA.

O AMOR NÃO CONHECE LIMITES.

"NORMAL" É SÓ UMA OPÇÃO DA MÁQUINA DE LAVAR!

Autumn já encontrou alguns desses adesivos aqui e ali ao longo dos anos, mas apenas dá de ombros e sussurra: "São Francisco, cara".

É engraçado imaginar adesivos colados no carro agora, enquanto olho escondido as fotos de Sebastian, porque começo a imaginar as mensagens sendo lidas para mim naquela voz profunda e suave dele. Ouvi Sebastian falar apenas três vezes hoje, mas o simples som de sua voz paira como uma abelha embriagada dentro da minha cabeça.

Oi, pessoal.

Ah, o livro sai em junho.

Estou aqui para ajudar no que precisarem, então podem me usar.

Quase perdi o controle quando ele disse essa última frase.

Uma pesquisa na internet não me diz nada que eu já não soubesse. A maioria dos resultados para "Sebastian Brother" traz informações sobre um restaurante em Omaha, links para artigos sobre o Seminário ou anúncios sobre seu novo livro.

O Google Imagens já é mais como ganhar na loteria. Vejo fotos dele jogando beisebol e futebol (sim, eu salvo uma das fotos) e algumas outras concedendo entrevistas para jornais da região. Clico para ler, mas suas respostas não revelam muito ao seu respeito – parecem bem genéricas. Mesmo assim, em várias fotos, ele está usando gravata. E a gravata combinando com aqueles cabelos? Estou prestes a criar a pasta Banco de Imagens de Sebastian Brother.

Sério, ele é o cara mais bonito que já vi pessoalmente.

O Facebook é um beco sem saída. A conta de Sebastian é trancada (claro que é), então não apenas não consigo ver suas fotos como também não consigo descobrir seu *status* de relacionamento. Não que eu me importe. Ele é uma espécie de colírio mórmon. Esse golpe de paixão não vai chegar a nada interessante. Eu não deixaria chegar – estamos em lados opostos de uma cerca muito espessa.

Fecho todas as janelas do navegador do meu celular, antes de ceder aos piores tipos possíveis de *stalkeamento* na internet: a busca inútil por seu Snapchat ou Instagram. Só de pensar em me deparar com uma *selfie* de um Sebastian sonolento e sem camisa, já sinto o caos se instalando em meu sistema nervoso.

No shopping, Autumn e eu seguimos minha mãe, que anda em meio às araras da seção de roupas masculinas da Nordstrom. Eu me transformo em manequim nas mãos delas. Minha mãe me leva à mesa onde estão as camisas, segura algumas delas na altura do meu peito, estreita os olhos, pede a opinião a Autumn, e as duas debatem antes de, sem dizer claramente, rejeitarem a maioria das peças. Eu não comento nada. A essa altura, já sei como essa dinâmica funciona.

Minha irmã não está por perto, está por aí atrás de suas próprias coisas, mas de vez em quando nos provoca, fruto de sua constante necessidade de brigar com a gente. Autumn e minha mãe se dão bem e, quando estão juntas, consigo um intervalo e não preciso prestar atenção em tudo o que todos estão dizendo; elas se mantêm entretidas uma com a outra.

Minha mãe segura uma camisa horrível, dessas de Velho Oeste, na altura do meu peito.

Não posso deixar essa peça ser aprovada:
– Não.

Ela me ignora e pede a opinião da Autumn. Mas Auddy é Time Tanner e repuxa o nariz em desgosto.

Erguendo a camisa, minha mãe pergunta a ela:

— Como está o seu cronograma do colégio esse semestre?

— Eu estou amando. — Auddy entrega uma camisa azul de mangas curtas da RVCA para minha mãe. Faço um sinal positivo com o polegar antes de ela prosseguir:

— Talvez eu tenha que trocar Literatura Moderna por Shakespeare, e Cálculo provavelmente será uma morte horrível, mas, fora isso, muito bom.

— Tenho certeza de que Tanner vai adorar ajudá-la em Cálculo — anuncia, e sinto Autumn virar os olhos para mim. — E você, querido?

Encosto-me a uma arara, cruzo os braços sobre uma barra prateada.

— Eu decidi fazer Biologia depois do almoço e agora vivo com muito sono quando chega a última aula.

Os cabelos loiros de minha mãe são leves e estão presos em um rabo de cavalo, e ela trocou as roupas de trabalho por calça jeans e suéter. Parece mais jovem vestida assim e, se Hailey deixasse de lado sua mania de querer ser Wandinha Addams, as duas mais pareceriam irmãs do que mãe e filha.

Como se estivesse lendo meus pensamentos, Hailey se materializa, surgindo atrás de mim e soltando uma pilha de tecidos pretos nos braços de nossa mãe.

— Não gostei de nenhuma calça, mas essas blusas são legais — comenta. — Podemos ir comer? Estou morrendo de fome.

Minha mãe olha para a pilha em seus braços. Posso vê-la mentalmente contando até dez. Se minha memória não falha, desde sempre meus pais nos encorajaram a ser nós mesmos. Quando comecei a questionar minha sexualidade, eles me disseram que seu amor por mim não dependia de onde eu enfiasse meu pau.

Está bem, eles não usaram exatamente essas palavras; só estou resumindo.

No ano passado, quando minha irmã chegou à conclusão de que queria começar a parecer um cadáver, eles se esforçaram para não falar nada e a encorajaram a se expressar como quisesse. Nossos pais são verdadeiros santos quando o assunto é paciência, mas estou começando a sentir que essa paciência está se esgotando.

— Três blusas. — Adverte minha mãe, devolvendo tudo a Hailey. — Eu falei três blusas e duas calças. Você já tem uma dúzia de blusas pretas, não precisa de outra dúzia. — Então, vira-se para mim, frustrando a tentativa de Hailey de responder. — Então, Biologia dá sono. O que mais?

— Auddy deveria continuar cursando Literatura Moderna. Vai tirar A facinho, facinho.

— Ah! O professor-assistente do Seminário é lindo — Autumn confessa a ela.

Como que por um instinto protetor, o olhar da minha mãe desliza na minha direção e depois outra vez para Auddy.

— Quem é?

Autumn deixa escapar uma expiração distraída.

— Sebastian Brother.

Atrás de nós, minha irmã resmunga, então nos viramos à espera do inevitável.

— A irmã dele, Lizzy, está na minha turma. Ela vive sempre tão *feliz*.

Fecho a cara ao ouvir as palavras.

— Um nojo, não é?

— Tanner! — Minha mãe exclama em tom de aviso.

Hailey empurra meu ombro.

— Cale a boca, Tanner.

— *Hailey!*

Autumn se esforça para acabar com o climão, voltando ao assunto sobre o qual falava:

— Sebastian fez essa disciplina no ano passado. Parece que seu livro ficou muito bom.

Minha mãe me passa uma blusa de lã tão horrenda que me recuso a pegá-la. Coloca a peça outra vez diante do meu peito, lançando para mim um daqueles olhares de mãe.

— Ah, ele vendeu os direitos, não foi? — pergunta a Autumn.

Minha amiga assente.

— Espero que seja adaptado para o cinema e que Sebastian tenha um papel no filme. Ele tem cabelos tão lindos e macios e um sorriso que... *Meu Deus!*

— Ele tem umas bochechas tão coradas que parece usar blush — lanço, antes de pensar duas vezes.

Ao meu lado, minha mãe enrijece. Mas Auddy não parece perceber nada de estranho em minhas palavras.

— É verdade.

Minha mãe ergue outra vez a blusa e dá uma risada apertada.

— Isso pode ser um problema.

Ela está olhando para Autumn enquanto pronuncia as palavras, mas sei, sem a menor dúvida, que está falando comigo.

Meu interesse pelos atributos físicos de Sebastian Brother não diminuiu quando chega a aula de sexta-feira. Pela primeira vez desde que me mudei para cá, estou me esforçando para passar despercebido. Se estivesse interessado em uma mulher assistente do professor, não seria nada demais alguém ocasionalmente me pegar encarando-a. Mas aqui, com ele, não posso. E, francamente, o esforço que tenho de fazer para parecer tranquilo me deixa exausto. Fujita e Sebastian sempre andam pela sala enquanto anotamos ideias do jeito que funciona melhor para nós — esboços, frases soltas, letras de música, desenhos. E eu estou basicamente desenhando espirais em uma folha em branco só para evitar olhar para ele. Ao meu lado, Autumn produz o que parecem ser mil palavras por minuto em seu laptop, sem parar sequer para respirar, e isso me distrai e me irrita. Irracionalmente, sinto que ela está, de alguma maneira, sugando minha energia criativa. Porém, quando começo a ir para o outro lado da sala em busca de espaço, quase trombo com Sebastian.

Peito com peito. Olhamos um para o outro por alguns segundos antes de darmos um passo para trás, os dois ao mesmo tempo.

— Desculpa — digo.

— Não, não, foi culpa minha.

Sua voz é ao mesmo tempo grave e baixa e tem uma cadência hipnotizante. Eu me pergunto se algum dia ele vai me dar sermões com aquela voz, se vai me julgar com aquela voz.

— Fujita falou para eu trabalhar mais de perto com você — conta, e agora me dou conta de que ele estava vindo conversar comigo. O rubor se espalha como tinta quente por suas bochechas. – Ele comentou que você estava meio, hum... Um pouco para trás na criação do enredo e que seria bom fazermos um *brainstorming*.

A energia defensiva e tensa cria uma coisa estranha em minhas veias. Só tivemos três aulas e já estou atrasado? E ouvir isso *dele*? Desse almofadinha que carrega a Bíblia por aí e que não sai da minha cabeça? Dou risada, alto demais.

– Não precisa se incomodar. Sério, vou aproveitar o fim de semana para me colocar em dia. Não quero que gaste seu tempo...

– Eu não me importo, Tanner.

Ele engole em seco e percebo, pela primeira vez, como sua garganta é longa, macia.

Meu coração acelera. Não quero ser tão afetado assim por ele.

– Eu preciso encontrar respostas na minha cabeça – digo e então passo mortificado por ele.

Eu esperava que Sebastian fosse só uma paixão que passaria rápido, só uma noite de fantasias, nada além disso. Porém, só de vê-lo andando pela sala, já fico abalado. Estar tão perto dele quase me deixou sem ar, em pânico. Ele toma conta do espaço que ocupa, mas não é só porque é um desses esportistas musculosos, não é aquela coisa de derramar energia de macho pela sala. A luz parece simplesmente iluminar seus traços de uma maneira diferente dos demais.

Alguns minutos depois, Autumn se aproxima de mim e coloca a mão em meu braço.

– Está tudo bem com você?

Absolutamente.

– Claro.

– Não precisa se preocupar se os outros estão mais adiantados.

Dou risada ao me lembrar de mais um estresse: o livro.

– Nossa, valeu, Auddy.

Ela geme, soltando a cabeça em meu braço, agora também dando risada.

– Eu não quis dizer isso.

Quando olho para o lado, vejo Sebastian pouco antes de ele desviar o olhar de nós. Auddy alonga o corpo e beija minha bochecha.

– Ainda está a fim de ir ao aniversário do Manny hoje à noite?

Laser tag para comemorar o aniversário de 18 anos. Só mesmo em Utah para ver algo assim, cara.

— Não sei.

Gosto do Manny, mas, francamente, não sei o quão humano consigo ser. Minha paciência para *laser tags* é muito limitada.

— Vamos, sim, Tann. Eric vai estar lá. Preciso de alguém para me acompanhar, para eu ter algo a fazer além de ficar constrangida diante dele.

Esse colégio é um espaço tão incestuoso. Autumn tem uma queda por Eric, que está interessado em Rachel, irmã da menina que beijei depois do *Homecoming* do ano passado e que tenho certeza de que saiu com o irmão da melhor amiga de Hailey. Aponte qualquer um aqui e podemos falar vários tipos de relação de vários graus.

Mas tenho coisas mais interessantes a fazer.

෴

O barulho da música e dos aparelhos eletrônicos atravessam as portas duplas de vidro do Fat Cats. O estacionamento está lotado. Se estivéssemos em qualquer outra cidade, talvez me surpreendesse, mas é noite de sexta-feira; minigolfe, *laser tag* e boliche com luzes coloridas — isso é o mais atrevido que se pode ter aqui.

Autumn está ao meu lado e a luz de seu celular ilumina seu rosto enquanto ela faz seu melhor para digitar e, ao mesmo tempo, andar pela calçada congelada.

De braços dados, passamos por um grupo de alunos do ensino fundamental, que também estão com os olhos grudados no celular, e chegamos ao interior da casa.

No ano depois que nos mudamos para cá, a família Scott foi com o Prius do meu pai a Vegas para o casamento da minha tia Emily com sua noiva, Shivani. Hailey e eu ficamos de olhos arregalados a semana toda: painéis digitais, clubes de *strip*, bebida e pele exposta... Era um espetáculo para onde quer que olhássemos.

Aqui, apesar das diferenças óbvias, como o tamanho da casa noturna e a falta de garçonetes com pouca roupa servindo bebidas alcóolicas, existe o mesmo frenesi no ar. O Fat Cats é como Vegas para crianças e abstêmios. Clientes com olhos vidrados vão de uma máquina de jogo a outra na esperança de ganhar alguma coisa, *qualquer coisa*.

Avisto um grupo que conheço do colégio. Jack Thorne está jogando o que aposto ser *skee-ball* com um monte de tíquetes no chão, ao lado de seus pés. Dave do Futebol está jogando *pinball* com Clive e, como era de se esperar, tem uma bola de futebol presa entre os dois pés. O aniversariante, nosso amigo Manny Lavea, está brincando com alguns de seus irmãos perto de uma fileira de mesas ao fundo. E, para desgosto de Autumn, nem sinal do Eric.

Analiso as silhuetas diante das enormes telas de cinema suspensas sobre as pistas de boliche – foi mal, Thunder Alley – antes de desistir.

– Está trocando mensagens com ele? – pergunto, baixando o olhar e me deparando com uma Auddy que ainda olha atentamente para o celular.

– Não.

– Então por que está tão grudada assim no telefone esta noite? Você mal parou para respirar.

– Só estava digitando algumas notas – explica, segurando a minha mão e me levando até as mesas. – Para o livro. Você entende, pensamentos aleatórios que surgem em minha cabeça, ideias para diálogos. É uma boa maneira de registrar ideias. Fujita possivelmente vai querer que apresentemos alguma coisa na segunda-feira.

O estresse faz meu estômago pesar e eu mudo de assunto:

– Venha, Auddy. Vou ganhar alguma coisa para você.

Ganho um tigre gigante, o qual reconheço com culpa que, em breve, vai parar no lixão, e andamos outra vez até a área da festa, onde estão distribuindo comida. Uma mulher com aparência de muito cansada chamada Liz tenta estabelecer alguma ordem, antes de desistir e jogar uma bandeja de legumes e molho na mesa ao centro. Para dizer a verdade, já estivemos tantas vezes aqui que Liz poderia sair e fumar um maço de cigarros e passaríamos a noite tranquilamente bem.

Eric nos encontra enquanto a mãe do Manny distribui pratos de papel, e todo o nosso grupo – cerca de 20 pessoas no total – forma duas filas, uma de cada lado das longas mesas. Tem aquela combinação costumeira de pizza ruim e Sprite, já inclusa no preço, mas também me sirvo com alguns dos pratos que a mãe dele preparou. A família do Manny é tonganesa e, quando me mudei para cá, no primeiro ano do ensino médio, vindo da terra da diversidade que é South Bay, foi um enorme alívio encontrar uma pessoa negra naquele mar sorridente de rostos brancos. Em virtude dos esforços missionários no Havaí e nas ilhas do Pacífico, existe um número surpreendentemente grande de polinésios em Utah. Manny e sua família não são exceção, mas estão entre as famílias de Santos dos Últimos Dias que adoram pregar por aí. Manny é grande e hilário e quase sempre está sorrindo. Eu talvez tivesse uma queda por ele se não fosse tamanha perda de tempo. O cara é claramente heterossexual. E eu apostaria todas as minhas moedas de que será virgem até o casamento.

Vou ao lado de Autumn, abro a boca para provocá-la por só haver um gressino em seu prato, mas as palavras se desfazem em meu cérebro. Sebastian Brother está do outro lado do salão, conversando com dois dos irmãos do Manny. Meu pulso galopa violentamente.

Eu não sabia que ele viria à festa.

Auddy nos leva a um banco para nos sentarmos e distraidamente toma um copo de água. Agora que olho mais de perto, vejo que investiu em sua aparência esta noite: está com os cabelos escovados e usa um gloss brilhante. Tenho certeza de que sua blusa é nova.

— Por que não está comendo? — pergunto, puxando um guardanapo de papel do utensílio plástico.

Em um esforço para provar que não está olhando para Eric, faz um *Snap* de sua comida, examina a imagem e digita alguma coisa antes de virar o telefone para me mostrar. É a foto de um gressino sobre um prato de papel branco, com a legenda "jantar" logo abaixo.

Francamente.

— A pizza parecia gordurosa e as outras coisas estavam esquisitas. — Justifica, apontando para o meu prato. — Tinha peixe cru na salada.

Ergo outra vez o olhar e sutilmente olho por cima de seu ombro, e ali vejo que Sebastian se sentou na mesa ao lado da nossa. Há uma mochila no banco ao lado dele. Fico instantaneamente obcecado com a ideia de onde ele estava. Na escola? Na biblioteca? Ele mora no campus da BYU ou na casa dos pais?

Volto a olhar para a comida.

— É o mesmo ceviche peruano que comemos naquele restaurante em Park City. E lá você gostou.

— Não lembro de ter gostado. — Autumn estende a mão com o garfo e rouba um bocado. — A propósito, você viu quem está aqui?

Como se eu pudesse não ver.

Eric e Autumn jogam um pouco de conversa fora e, embora eu não esteja realmente ouvindo, estou prestando atenção o suficiente para perceber os momentos de desconforto em intervalos de poucos segundos. Qualquer um perceberia. A risada de Autumn é alta demais. Os silêncios se tornam mais longos e são interrompidos quando os dois falam ao mesmo tempo. Talvez Eric também esteja a fim dela e isso explique por que estão agindo como duas crianças do ensino fundamental. É ruim o fato de eu me sentir aliviado por ela estar a fim dele, muito embora isso possa dar errado e afetar a todos nós? Minha amizade com Auddy é o mais importante para mim e não quero que haja qualquer resquício de migalha romântica entre nós. Se as coisas voltarem de uma vez por todas ao normal, talvez eu possa contar tudo a ela em algum momento.

Talvez eu tenha alguém com quem conversar sobre esse dilema envolvendo Sebastian.

E, com isso, as orelhas felinas de meus pensamentos deram meia-volta, focando-se atrás de mim. É como se a simples presença de Sebastian emitisse um zumbido. Quero saber onde ele está a cada segundo. Quero que ele note minha presença.

Esse plano é prematuramente frustrado quando Manny arrasta alguns de nós para a arena de *laser tag*. Vou contra a minha vontade, seguindo-os para a sala onde nos darão instruções.

Autumn escolhe assistir da área de observação na sala ao lado, então estou com Eric e me perguntando se há uma maneira de escapar daqui sem ser notado antes de o jogo começar. Mas, quando vou na direção da porta, vejo Sebastian e Kole, irmão de Manny, entrando na arena. Quase engasgo com meu chiclete.

Não estou sequer fingindo ouvir quando o instrutor chega. Sou incapaz de afastar meu olhar de Sebastian e da maneira como seu maxilar, e seu rosto, e seus cabelos ficam sob essa luz. Ele também deve estar tendo dificuldades para prestar atenção, pois seu olhar desliza para analisar o salão e ele me observa.

Por um.
Dois.
Três segundos.
Ele me observa.

Sebastian me reconhece e esse reconhecimento se espalha por seu rosto. E, quando ele sorri, meu estômago afunda como se o chão tivesse se aberto debaixo de mim. *Socorro.*

Sorrio em resposta, uma bagunça instável.

— Meu nome é Tony e eu vou coordenar o jogo — o instrutor se apresenta. Pisco os olhos, forçando-me a virar para a frente. — Já temos os dois capitães das equipes?

Quando ninguém se oferece como voluntário, ele aponta para o canto onde Sebastian e Kole estão e gesticula para o seguirmos até o vestiário.

Em meio à movimentação, Eric vai parar no fim da fila e eu fico bem ao lado de Sebastian. Que Deus abençoe Eric. Em cada lado da sala, há duas fileiras de coletes equipados com sensores. Fazendo os gestos como um comissário de bordo antes da decolagem, Tony nos instrui para que coloquemos um sensor junto ao colete e guardemos o outro na parte da frente.

— Tirem uma arma da estação de carregamento e apertem o gatilho. — Prossegue. — Vocês verão um código aparecendo na tela de LED. Estão vendo?

Faço o que ele diz e vejo o nome "O Patriota" aparecer na telinha. Com uma discreta olhadela na arma de Sebastian, vejo o nome "Sargento Blue".

— Memorizem esse nome. É com ele que vocês verão suas pontuações nas telas lá fora, depois do jogo. Para ganhar pontos e vencer, têm de abater seus oponentes da outra equipe. Podem atingi-los em seis pontos do corpo. — Tony pega a manga da blusa de Manny e o puxa para perto. — Aqui está onde devem mirar — esclarece, apontando dramaticamente para os pontos iluminados do colete. Então prossegue: — Se forem atingidos no ombro ou nas costas, seu colete vai acender e o tiro será contado. Se forem atingidos no peito, o colete vai acender e sua arma ficará travada. Vocês ainda poderão ser atingidos, mas não conseguirão atirar de volta. Estarão vulneráveis até chegarem às suas bases ou encontrarem um esconderijo e a arma voltar a funcionar.

Tony solta Manny e desliza o olhar pela sala.

– São duas equipes competindo na arena e o colete de cada uma terá uma cor diferente. – Apontando para o colete de Kole, diz: – Equipe vermelha. – Depois, aponta para o de Sebastian: – Equipe azul. Atirem na cor que não for a sua. A base de cada time é da mesma cor da roupa, e vocês ganham três pontos quando atingem e derrubam seus oponentes.

Ao meu lado, Sebastian se mexe e vejo-o olhando brevemente para mim, desde os joelhos até o rosto. Arrepios se espalham por minha pele.

– Agora, antes de darmos início à batalha, algumas regras – Tony prossegue. – Não vale correr para fora da arena porque podem trombar em algo ou alguém lá fora. Não vale deitar no chão, pois podem ser pisoteados. Não vale nenhum tipo de contato físico, e isso inclui dar uns amassos no escuro. Estaremos de olho.

Tusso e Sebastian se mexe ao meu lado.

Tony termina de dar os direcionamentos e nos diz para não batermos uns nos outros com nossas armas ou – que Deus nos proteja! – dizer palavrões, e então é hora de começar.

A luz no vestiário era fraca, mas ainda preciso de um instante para meus olhos se ajustarem à escuridão da arena. Nossas equipes se espalham entre as paredes que parecem feitas de tijolos de neon e eu avisto nossa base no centro. Luzes negras servem como iluminação, mas é difícil enxergar qualquer coisa. O som das armas sendo ligadas se espalha como uma onda pela arena, e então a contagem regressiva começa:

Cinco...

Quatro...

Três...

Dois...

Um...

Sirenes perfuram o ar. Avanço para perto de uma parede e depois outra. Está tão escuro que quase não consigo enxergar, mas as divisórias e o perímetro do salão são marcados com tinta neon e faixas de luzes coloridas. Um tanque verde parece brilhar no canto, e vejo uma luz vermelha e uma movimentação diante dela.

Atiro e o colete pulsa vermelho, registrando que acertei alguém. Meu colete acende quando sou acertado em um canto. "Alvo atingido" anuncia minha arma, mas deve ter sido no ombro porque, quando alguém se arrasta diante de uma parede, ainda consigo atirar, atingido o sensor em seu peito e garantido que sua arma se torne inútil.

Dois outros participantes vêm de lados opostos, e eu me viro e corro, avançando na direção da base. Está quente aqui, o ar não se movimenta. O suor escorre por minha nuca; meu pulso é frenético. Música e efeitos sonoros ecoam e, se eu fechar os olhos, seria fácil fingir que estamos todos em uma rave, e não correndo por uma sala escura, atirando uns nos outros com armas plásticas de laser. Atinjo mais dois oponentes e consigo dar uma série de tiros rápidos na base da equipe vermelha quando sou outra vez atingido, dessa vez nas costas.

Voltando pelo caminho de onde vim, encontro Eric.

– Tem um grupo perto do tanque. – Ele relata. – Estão lá esperando alguém se aproximar.

Faço que sim com a cabeça. Só consigo diferenciá-lo dos demais por causa da camiseta branca e das baterias em seu colete.

– Vou dar a volta – berro por sobre a música. – Tente cercá-los por trás.

Eric dá tapinhas em meu ombro e eu dou a volta em uma divisória.

A arena é um labirinto com rampas para pular e evitar tiros ou para subir e atirar melhor.

"Alvo atingido. Alvo atingido. Alvo atingido", minha arma registra, e meu colete acende. Ouço passos acelerando atrás de mim. Quando ergo a arma para retribuir o tiro, sem sinal. Fui atingido no peito. Olho em volta, busco a base da minha equipe ou um lugar para me esconder, então sinto um corpo cair junto ao meu, alguém me puxando para um canto enquanto Kole e seus colegas de equipe correm.

– Santo... obrigado! – digo, passando a mão na testa.

– Não por isso.

Meu pulso avança. Tinha quase esquecido que Sebastian estava aqui. Ele expira esbaforido e uma onda de calor percorre minha espinha.

Aqui tem barulho demais para conversarmos, e estamos próximos demais para eu me virar e olhar para ele sem que a situação se torne constrangedora demais, íntima demais. Então, fico parado enquanto meu cérebro se torna histérico.

Ele segura meu colete e minhas costas fazem contato com a parte frontal de seu corpo. Menos de dez segundos se passam – o tempo de minha arma voltar a funcionar, mas juro que sinto cada tique-taque do relógio. Minha respiração soa escandalosa aos meus ouvidos. Posso sentir meu pulso, mesmo com a música alta. Também sinto a respiração de Sebastian bater quente em minha orelha. Meus dedos se repuxam, querendo que eu os leve para trás, querendo tocar a lateral do rosto dele, sentir se ele está enrubescendo aqui no escuro.

Quero ficar neste canto escuro para sempre, mas sinto o momento quando minha arma volta a funcionar. Ele não espera, agarra a lateral do meu colete para me puxar e gritar para que o siga em direção à base vermelha. Eric contorna um canto e avançamos.

– Vá! Vá! – Sebastian grita, e atiramos ao mesmo tempo.

Poucos segundos se passam e a base pisca vermelha e uma voz gravada anuncia:

"Base vermelha destruída. *Game over*!".

CAPÍTULO QUATRO

Pela primeira vez em todo o colegial, não preciso ter meu horário de aulas preso com adesivos de dinossauros no armário para saber onde devo estar. Na primeira semana, o Seminário de Fujita foi na segunda, quarta e sexta. Nesta semana, será na terça e na quinta. E assim será a alternância até o fim do ano.

Posso ver a situação se desenrolando de três maneiras:

Primeira: eu posso amar as semanas de segunda, quarta e sexta porque tenho três oportunidades de ver Sebastian.

Segunda: eu posso odiar as semanas de segunda, quarta e sexta porque são três chances de ver Sebastian, mas ele só participa de uma das aulas.

Terceira: eu posso odiar as semanas de segunda, quarta e sexta porque tenho três chances de ver Sebastian e ele está lá o tempo todo, mas não me dá bola.

Neste último cenário, fico ressentido porque não consigo me desprender dessa paixão por um Santo dos Últimos Dias, então, vou começar a me afogar em batatas fritas com queijo e molho, ganhar uma pança enorme, fazer um trabalho ruim na aula e perder minha chance de ser aceito na faculdade dos meus sonhos em outro estado.

— Em que você está pensando? — Autumn aparece atrás de mim, encostando o queixo em meu ombro.

— Nada.

Bato a porta do armário, fecho o zíper da mochila. Na realidade, estou pensando que não é justo enxergar Sebastian como uma espécie de galã mórmon. Não sei explicar, mas ele parece muito mais do que isso.

Auddy bufa com uma leve irritação e se vira para seguir pelo corredor, a caminho do Seminário.

Eu a alcanço e desvio de um grupo de alunos do ensino fundamental que passam correndo, uns sobre as costas dos outros, pelo corredor. Fui bem treinado por minha amiga, então devolvo a pergunta:

— Em que *você* está pensando?

No mínimo, sua resposta, se for bem elaborada, vai me manter distante da loucura.

Autumn fica de braços dados comigo.

— Estava me perguntando a quantas anda o seu esboço.

Ah, claro, o meu esboço. O documento, o esqueleto do livro.

— Está indo bem.

Um... dois... três...

— Quer que eu dê uma olhada antes de entrarmos?

Abro um sorriso.

— Não precisa, Auddy, está tudo bem.

Ela para bem diante da porta da sala de aula.

— Você terminou?

— Terminou o quê?

A julgar pela dilatação de suas narinas, sei que minha melhor amiga está me imaginando morto e ensanguentado no chão.

— O esboço.

Uma imagem mental brota em minha cabeça: o documento do Word com duas linhas solitárias que eu não me atreveria a mostrar a ninguém: *Um garoto* queer, *metade judeu, metade nada, se muda para uma cidade infestada de mórmons. Ele mal vê a hora de dar o fora.*

— Não acha que *você* deveria olhá-lo?

Ofereço a ela uma única sobrancelha arqueada em resposta.

Ainda estamos na quarta aula e, apesar de toda a reputação venerada desta turma, parecemos já ter um ritmo, um certo conforto em sermos *hooligans* até Fujita aparecer. Dave do Futebol, com sua sempre presente bola de futebol, começa a chutá-la com pés alternados enquanto Burrito Dave conta quantas embaixadinhas ele faz sem deixar a bola cair no chão. Julie e McKenna falam alto sobre o baile de formatura enquanto Asher finge não perceber (McKenna e Asher foram um casal e o término brutal da relação nos deixou com muito material para fofocas). Autumn insiste que eu mostre o meu esboço — lembre-se de que ela é como um cachorro com um osso — e eu a distraio com um jogo de pedra, papel e tesoura porque, no fundo, nós dois ainda temos dez anos de idade.

Uma agitação se espalha pela sala e eu ergo o olhar, esperando encontrar Fujita, mas Sebastian entra, trazendo uma pasta. O efeito de vê-lo é como unhas esfregando-se em meu cérebro e eu faço alguns gestos desconhecidos que mais parecem as garras de uma ave do que pedra, papel ou tesoura.

Ela me dá um soco no braço.

— Pedra vence seja lá o que for isso aí.

— E aí, pessoal? — Ele cumprimenta e ri enquanto coloca a pasta sobre a mesa.

A única pessoa que não está intensamente prestando atenção a ele é Autumn, que quer continuar jogando. Mas eu me vejo outra vez naquela arena de *laser tag*, com o corpo de Sebastian encostado ao meu. Ele avalia a sala com seu olhar calmo e distante.

— Não precisam parar de conversar quando eu entro.

McKenna e Julie fazem uma tentativa desanimada de retomar sua conversa, mas é difícil ser sutilmente escandaloso quando todos os demais estão tão silenciosos, e também é difícil diante da presença de Sebastian. Ele é tão... *presente*. É lindo, obviamente, mas também tem aquele ar de bondoso e é genuinamente uma pessoa boa. É uma daquelas pessoas que você percebe mesmo de longe. Sebastian sorri para todo mundo, tem aquilo que minha mãe certamente chamaria de boa postura, e eu poderia apostar toda a minha poupança que nunca falou — ou sequer pensou — no meu palavrão preferido, aquele que começa com F.

Um pensamento terrível me ocorre, então viro-me para Autumn.

— Você acha que ele usa aquelas roupas íntimas dos mórmons?

Se ela acha estranho eu perguntar se Sebastian usa aquelas roupas íntimas dos mórmons, aquelas que mais parecem bermudas, não demonstra.

— Você não usa aquelas peças até fazer a ordenança.

— Fazer o quê?

Minha mãe precisa educar melhor seus filhos.

Ela suspira.

— Até entrar para o Templo.

Tento soar casual, como se estivesse apenas falando bobagens.

— Então ele ainda não recebeu a tal ordenança?

– Imagino que não, mas como vou saber?

Autumn se abaixa para pegar alguma coisa na mochila.

Faço que sim com a cabeça, embora essa informação não me ajude, de maneira alguma. Tampouco posso questionar minha mãe sobre esse assunto, porque ela certamente vai querer saber o que me leva a perguntar.

Auddy se ajeita na cadeira e segura um lápis recém-apontado.

– Ele vai fazer isso quando estiver prestes a se casar ou embarcar em sua missão.

Bato a caneta no lábio, analisando a sala como se só a ouvisse distraidamente.

– Ah, tá.

– Duvido que seja casado – ela supõe, agora mais curiosa, assentindo para onde ele está.

Sebastian lê alguma coisa na frente da sala e, por uma fração de segundos, fico sem palavras ao me dar conta de que ele *poderia* ser casado. Acho que tem 19 anos.

– Não tem nenhuma aliança no dedo dele – ela prossegue. – E, também, ele não adiou a missão para lançar o livro?

– Adiou?

Ela olha para Sebastian e depois outra vez para mim. Olha para ele, depois para mim.

– Não estou acompanhando o que você está tentando me dizer.

– Ele está *aqui*. – Ela explica. – Você vai a outro lugar para cumprir sua missão. Por dois anos. Em geral, depois do ensino médio, ou nessa época da vida em que ele está.

– Então ele não está usando aquela roupa íntima?

– Santo Deus, Tanner! Você realmente se importa com que tipo de cueca o cara usa? Vamos falar sobre o seu maldito esboço!

Sabe aqueles momentos? Aqueles quando uma menina grita na lanchonete "eu estou menstruada!" ou quando um cara grita "eu pensei que fossem gases, mas borrei as calças!" e toda a sala fica em silêncio? Esses momentos acontecem. Aconteceu um bem agora. Em algum momento entre "então ele não está usando aquela roupa íntima" e "Santo Deus, Tanner", Fujita entrou na sala e todos, menos Autumn, ficaram em silêncio.

Fujita dá risada e balança a cabeça na nossa direção.

— Autumn — ele a chama, mas com gentileza —, garanto que as roupas íntimas de nenhum homem são tão interessantes quanto você imagina.

Todos caem na risada, alegres com esse nível de escândalo digno da terceira série. Auddy abre a boca para rebater, para explicar que era eu quem estava perguntando sobre cuecas, mas assim que Fujita acena indicando que sim, que vamos discutir nossos esboços, a oportunidade passa. Sou passivamente levado para a esquerda quando Autumn empurra meu braço direito, mas estou distraído, indagando em silêncio o que *ele* está pensando sobre essa conversa toda. Por vontade própria, meus olhos piscam para Sebastian enquanto os seus apontam em outra direção.

Suas bochechas trazem aquele tom rosado irresistível.

Fujita nos pede para mostrar nossos esboços, e juro que parece que todo mundo pega um manuscrito longo, extremamente detalhado. Ouço uma pancada quando Autumn puxa uma encadernação enorme e a solta na mesa à sua frente. Nem sequer me importo em abrir meu laptop com os dois períodos esqueléticos do meu esboço. Em vez disso, puxo um caderno em branco e o coloco sobre a mesa, parecendo diligente.

— Tanner, quer começar? — Fujita convida depois que o barulho que eu fiz atraiu sua atenção.

— Hum. — Olho para baixo. Só Autumn consegue ver que não tem nada escrito nas páginas que eu finjo ler. — Ainda estou trabalhando na ideia geral...

— Não tem problema — Fujita responde animado, assentindo.

Um sinal de apoio entusiasmado.

— ... mas acho que será um romance sobre um garoto que chega à maioridade... — não digo que ele é *queer*. — Que se muda para, hum, de uma cidade maior para, hum... uma cidade de pessoas muito religiosas e....

— Excelente! Excelente! O enredo ainda está em formação, eu entendo. Você deveria conversar com Sebastian para ele ajudar, não acha?

Fujita já está assentindo para mim como se fosse eu quem tivesse sugerido. Não sei se ele quer me salvar ou me punir. Então, vira-se, analisa a sala e arrisca:

— Alguém mais tem um esboço que gostaria de dividir?

Todos erguem a mão, exceto Autumn. O que é curioso, considerando que seu esboço provavelmente é o mais detalhado. Ela vem trabalhando na peça há quase um ano. Mas também é minha melhor amiga e, nesse caso, não tenho dúvidas de que está tentando me poupar; se ela expusesse suas ideias depois da bagunça incoerente que acabei de apresentar, minha imagem ficaria ainda pior.

A classe é dividida em grupos menores e trocamos ideias, ajudando uns aos outros no desenvolvimento de seus arcos narrativos. Eu fico com Julie e McKenna e, como o livro de McKenna é sobre uma garota que é deixada pelo namorado e se transforma em bruxa e busca vingança contra o ex, passamos dez minutos discutindo ideias, antes de começarmos a falar sobre o baile de formatura e o término de seu relacionamento com Asher. Uma chatice tão grande que só consigo afastar minha cadeira delas e pegar meu caderno na esperança de um golpe de inspiração.

Escrevo a mesma palavra várias e várias vezes:

PROVO.

PROVO.

PROVO.

É ao mesmo tempo um lugar esquisito e um lugar de todo mundo. Como descendente de húngaros e suecos, não tenho muitos traços que, em outro lugar do país, gritaria "imigrante", mas, em Provo, ter olhos e cabelos escuros é o suficiente para me tornar diferente. Em South Bay, a essa altura a maioria das pessoas não são mais de etnia branca do centro dos Estados Unidos, e eu não sou mórmon. Quer mais? Ninguém em minha cidade precisava explicar o que significa ser bissexual. Desde que tinha 13 anos, eu já sabia que me interessava por garotos. Mas, desde antes, eu também sabia que me interessava por meninas.

Lentamente, meu mundo se transforma, vira outra coisa, um rosto, um pensamento.

EU NEM TE CONHEÇO.

ENTÃO POR QUE SINTO QUE

POSSO TE AMAR?

(MAS SÓ UM POUQUINHO)

Olho para trás, preocupado com a possibilidade de Autumn talvez me ver usando nossa frase quando, na verdade, estou pensando em outra coisa – em outra *pessoa* –, mas minha respiração trava quando eu o vejo parado atrás de mim, lendo por sobre meu ombro.

Bochechas rosadas, sorriso inseguro.
— Como está indo com o esboço?
Dou de ombros, deslizando a mão sobre as quatro linhas de insanidade no papel.
— Sinto que todo mundo está muito mais adiantado. — Minha voz sai trêmula. — Na verdade, eu não esperava que tivéssemos que apresentar um esboço quando começamos. Eu imaginei que fôssemos criar o texto *aqui*.

Sebastian assente. Abaixa-se e diz baixinho:
— Quando fiz o curso, eu passei algumas semanas sem conseguir criar um esboço.

Arrepios percorrem meus braços. Ele tem um cheiro tão intenso de homem — a mistura de desodorante com aquela masculinidade tão difícil de explicar.
— Ah, é? — pergunto.

Ele se levanta, balança a cabeça.
— Sério. Eu vim parar nesse curso sem ter a menor ideia do que estava fazendo.
— Mas, no fim, escreveu algo brilhante, aparentemente. — Aponto para a minha folha praticamente em branco. — Não espero que caia um raio por ano nesta sala.
— Nunca se sabe. — Diz antes de sorrir. — Senti o Espírito comigo enquanto escrevia. E me senti inspirado. Nunca se sabe o que está guardado para você. Apenas esteja aberto para o que vier, e alguma coisa virá.

Ele se vira e vai atender o próximo grupo, e eu fico completamente confuso.

Sebastian sabe — *só pode* saber — que estou atraído por ele. Meus olhos deslizam impotentes por seu rosto, seu pescoço, seu peito, sua calça jeans, sempre que ele está na sala de aula. Ele leu o que eu escrevi? Será que percebe que foi *ele* a minha inspiração? Se sim, então por que citar o Espírito?

Estou sendo objeto de uma brincadeira?

Do outro lado da sala, Autumn me olha nos olhos e murmura: "o que foi?" Porque certamente pareço alguém que está se esforçando para resolver algum processo matemático extremamente complexo em minha mente. Aceno uma negação com a cabeça e afasto a mão, revelando outra vez as palavras escritas em meu caderno.

Alguma coisa se acende dentro de mim, a leve centelha de uma ideia, uma linha que se desenrolou daquela noite no quarto de Autumn até agora.

O garoto *queer*. O garoto mórmon.

— Sebastian — chamo-o.

Ele olha para mim por sobre o ombro e é como se nossos olhos estivessem ligados por alguma amarra invisível. Depois de alguns segundos, ele se vira e vem até mim.

Ofereço o meu melhor sorriso.

— Parece que Fujita está achando que preciso da sua ajuda.

Seus olhos me provocam.

— Você acha que precisa da minha ajuda?

— Eu consegui escrever duas frases até agora.

Ele dá risada.

— Então precisa.

— Provavelmente, sim.

Espero que sugira irmos até a mesa mais distante, perto da janela, ou que nos encontremos na biblioteca quando tivermos algum tempo livre. Não esperava que ele fosse dizer:

— Estou com tempo nesse fim de semana. Posso te ajudar.

Quando ele fala isso, é como se o restante da classe derretesse. E meu coração começa a bater frenético.

Essa provavelmente é uma péssima ideia. Sim, estou interessado nele, mas receio que, se eu escavar mais fundo, não vou *gostar* dele.

Mas seria melhor assim, não seria? Certamente não faria mal passar algum tempo fora desta sala de aula, chegar a uma resposta para as minhas perguntas: será que podemos ser amigos? Será que podemos ser algo mais?

Deus, preciso pisar em ovos.

Ele engole em seco e eu observo o movimento de sua garganta.

— Pode ser? — pergunta, atraindo meu olhar outra vez para o seu rosto.

— Sim — respondo, também engolindo em seco. Dessa vez, é ele quem encara. — A que horas?

CAPÍTULO CINCO

No *sábado, quando me levanto, encontro meu pai usando* seu avental verde padrão, sentado ao balcão da cozinha com seu café da manhã. Vejo-o curvado sobre a tigela de aveia como se ali guardasse o grande segredo da vida. Apenas, quando me aproximo, percebo que está dormindo.

– Pai.

Ele dá um salto, fazendo a tigela deslizar pelo balcão antes de, desajeitadamente, pegá-la. Solta o corpo para trás e leva a mão ao peito.

– Você me assustou.

Passo a mão em seus ombros, engolindo uma risada. Meu pai está todo desgrenhado.

– Desculpa.

Sua mão aperta a minha. Como ele está sentado e eu estou de pé, sinto-me enorme. É tão estranho já ter a mesma altura dele. Não tenho nenhum dos traços de minha mãe. Puxei tudo de meu pai: cabelos escuros, estatura considerável e cílios. Hailey tem a altura, as cores de pele e cabelo e a insolência da minha mãe.

– Você só chegou em casa agora?

Ele confirma com a cabeça, empurrando a colher para dentro da tigela.

– Apareceu um paciente à meia-noite com a carótida perfurada, aí me chamaram para a cirurgia.

– *Carótida* perfurada? Ele conseguiu sobreviver?

Ele responde negando levemente com a cabeça.

Caramba. Isso explica essa postura curvada do meu pai.

– Que triste.

– Tinha dois filhos. E só 39 anos.

Inclino o corpo sobre o balcão, comendo meu cereal direto da caixa. Meu pai finge não ver.

— Como foi que ele...
— Acidente de carro.

Meu estômago afunda. Ainda no ano passado, meu pai contou para Hailey e para mim sobre a ocasião em que três de seus melhores amigos do ensino médio morreram em um acidente de carro, logo depois da formatura. Meu pai também estava no veículo, mas sobreviveu. Deixou Nova York para estudar em Los Angeles, na Universidade da Califórnia, e depois partiu para a pós-graduação em Stanford, onde conheceu e se casou com minha mãe, uma ex-mórmon – para o desgosto da mãe e da família estendida dele, que ainda vivia na Hungria. Todavia, mesmo depois de ter passado tanto tempo longe, sempre que meu pai visita o norte de Nova York, a perda dos amigos parece voltar a assombrá-lo.

É um dos poucos assuntos que o levou a brigar com minha mãe na nossa frente. Ela insistia que eu tivesse meu próprio carro; ele achava que eu poderia me virar sem. Minha mãe venceu. O problema de Provo é que não tem absolutamente nada para fazer, em lugar nenhum, e nunca dá para se deslocar a pé. O lado positivo é que a cidade é incrivelmente segura – ninguém bebe e todos dirigem como octogenários.

Só agora ele parece perceber que já estou vestido e pronto para começar o dia.

— O que está fazendo acordado tão cedo?
— Tenho um trabalho da escola com alguém de lá.
— Autumn?

Droga! Por que eu disse "alguém de lá"?

Devia ter dito "uma pessoa da classe".

— Sebastian. — Diante da expressão incerta de meu pai, acrescento: — O assistente do Seminário.
— O rapaz que vendeu os direitos do livro?

Dou risada.

— Isso, o rapaz que vendeu os direitos do livro.
— Ele é Santo dos Últimos Dias, não é?

Olho à nossa volta como se a cozinha estivesse tomada por mórmons que não tomam o nosso café.

— Todo mundo nesta cidade é, não é?

— Nós somos judeus unitários liberados — anuncia minha mãe, entrando na cozinha com sua calça de yoga e cabelos presos em um coque alto e bagunçado.

Passa por meu pai e lhe dá um beijo nojento e demorado que faz meu rosto se afundar na caixa de cereal. Em seguida, corre para perto da cafeteira. Pega uma xícara enquanto conversa com ele.

— Paulie, a que horas você chegou em casa?

Ele estuda outra vez o relógio, piscando e apertando os olhos.

— Faz meia hora.

— Carótida perfurada. — Resumo para ela. — Não sobreviveu.

Meu pai me encara com um franzir de testa que denuncia sua desaprovação.

— Tanner! — enfim me censura, verbalmente, com uma voz grave.

— O quê? Eu só estava resumindo para ela, assim você não vai ter de explicar outra vez.

Minha mãe olha outra vez para ele, agora silenciosa, e envolve seu rosto com as mãos. Não ouço o que ela diz, mas o leve sussurro de sua voz também me faz sentir melhor.

Ao entrar na cozinha, Hailey é uma mancha composta por um pijama preto, cabelos tingidos de preto, que mais parecem um ninho de pombo, e uma carranca severa.

— Por que é que vocês têm que fazer tanto barulho?

É curioso ela ter escolhido o momento de maior silêncio para surgir com essa queixa.

— Esse é o som que humanos fazem quando estão em pleno funcionamento — respondo.

Hailey me dá um soco no peito e tenta convencer nossa mãe a lhe dar café. Como esperado, a resposta é negativa e a única oferta que minha irmã aceita é suco de laranja.

— Café atrapalha o crescimento — digo a minha irmã.

— Então é por isso que seu pênis é tão...

— Tanner vai sair para fazer um trabalho de escola — meu pai interrompe de propósito. — Com uma pessoa chamada Sebastian.

— Ah, sim, o cara de quem ele está a fim — Hailey lança.

A cabeça de minha mãe vira-se violentamente na minha direção.

Meu interior se repuxa em uma pontada imediata de pânico.

— *Não* é verdade, Hailey.
Ela me lança uma olhadela carregada de ceticismo.
— *Claro!*
Agora mais desperto, meu pai curva o corpo para perto.
— Gostar de *gostar*?
— Não. – Nego também com a cabeça. – Gostar no sentido de que ele é uma pessoa gentil e disposta a me ajudar a tirar um A. Sebastian só é o assistente do meu professor.

Meu pai oferece um sorriso enorme, seu lembrete entusiástico de que, mesmo que eu não me sinta atraído pelo cara de quem estamos falando, Ele Não Tem Nenhum Problema Com a Minha Sexualidade. Só falta um adesivo de carro neste momento.

Com uma forte pancada, Hailey coloca seu copo de suco no balcão.
— Ele só é o assistente que a Autumn descreve como *maravilhosamente lindo* e você descreve como *bochechas tão coradas que parece usar blush*.
Minha mãe entra na conversa:
— Mas ele só está ajudando a escrever o seu livro, não é?
Confirmo, assentindo.
— Exato.

Qualquer um assistindo a esta troca de palavras poderia pensar que minha mãe está agitada por se tratar de um garoto, mas não. O incômodo é por ele ser mórmon.
— Certo – ela diz, como se tivéssemos fechado um acordo. – Ótimo.

Quando percebo a preocupação em sua voz, um fogo se acende em meu estômago, abre um buraco em mim. Pego o copo de Hailey e bebo seu suco de laranja para apagar as chamas. Ela olha por um instante para minha mãe, mas meus pais estão dividindo um momento daquela conversa silenciosa que, às vezes, eles têm.
— Estou curioso para saber se é possível um menino supermórmon e um menino super não mórmon serem amigos – explico.
— Então você está vendo a situação como uma espécie de experimento? – meu pai pergunta com cautela.
— É. Mais ou menos isso.
— Entendi, mas não *brinque* com ele – minha mãe alerta.
Só me resta bufar. Essa conversa está ficando um saco!

– Pessoal... – Atravesso a cozinha para pegar minha mochila. – É para fazer um trabalho do colégio. A gente só vai se dedicar ao esboço do meu texto.

∽

SÓ VAMOS TRABALHAR NO ESBOÇO
SÓ VAMOS TRABALHAR NO ESBOÇO
SÓ VAMOS TRABALHAR NO ESBOÇO

Escrevo a frase cerca de dezessete vezes em meu caderno enquanto espero Sebastian aparecer onde combinamos de nos encontrar: na sala de escrita da Biblioteca Municipal de Provo.

Quando ele anotou seu endereço de e-mail com uma caligrafia perfeita, imaginei que fosse propor que nos encontrássemos no Shake Shack – e não na Starbucks, em nome de Deus! – para conversarmos sobre o meu trabalho. Porém, a ideia de estar com ele em público, em algum lugar onde qualquer pessoa da escola pudesse nos ver, pareceu-me excesso de exposição. Detesto admitir, mas e se alguém me visse e pensasse que eu estou me convertendo? E se alguém o visse e questionasse o que estava fazendo com um garoto não mórmon? E se esse alguém fosse Dave do Futebol e notasse meu olhar seguindo Sebastian na aula e o bispo perguntasse a algum contato em Palo Alto que lhe contasse que sou *queer* e depois o bispo contasse ao Sebastian, e Sebastian espalhasse para todo mundo?

Sem dúvida, estou pensando demais.

SÓ VAMOS TRABALHAR NO ESBOÇO
SÓ VAMOS TRABALHAR NO ESBOÇO
SÓ VAMOS TRABALHAR NO ESBOÇO

Ouço passos na escada, atrás de onde estou sentado, e só tenho tempo suficiente de me levantar e derrubar meu caderno no chão antes de Sebastian chegar, parecendo um anúncio de férias na Patagônia com sua jaqueta azul volumosa, calças pretas e botas de montanhismo.

Ele sorri. Seu rosto está rosado por causa do frio, mas sinto um soco no peito ao perceber o quanto gosto de olhar para ele.

Isso é tão, tão ruim.

– Oi. – Ele cumprimenta, ligeiramente sem fôlego. – Desculpa por estar atrasado. Minha irmã ganhou uma casa da Barbie gigante de aniversário e eu tive que ajudar meu pai a montar tudo antes de sair. Aquela coisa tinha, tipo, um milhão de peças.

– Não se preocupe – respondo, começando a estender o braço para oferecer um aperto de mão, antes de puxar meu braço outra vez para trás porque *que diabos estou fazendo?*

Sebastian percebe enquanto estende a mão, antes de também puxá-la para trás.

– Ignore – peço.

Ele ri, confuso, mas claramente achando graça.

– É como se fosse o seu primeiro dia com um braço novo.

Ai, meu Deus! Que terrível! Somos só dois caras se encontrando para estudar. Manos. Manos não ficam nervosos. *Seja um mano, Tanner.*

– Obrigado por se dispor a me encontrar.

Ele assente e se abaixa para pegar meu caderno, mas eu consigo puxar os papéis antes que ele leia as linhas e linhas que escrevi para tentar me acalmar e me convencer do que faríamos aqui, mas não sei se consegui. Sebastian não se dá conta, evita meu olhar e se concentra em uma sala vazia atrás de mim.

– Vamos ficar aqui? – pergunta.

Confirmo com a cabeça e ele me segue mais para o fundo da sala, inclinando-se para olhar pela janela. Nuvens carregadas de neve pairam sobre a Cordilheira Wasatch, formando uma bruma pesada, como fantasmas assombrando nossa cidadezinha tranquila.

– Sabe o que é mais estranho? – diz sem se virar para mim.

Tento ignorar o fato de a luz que entra pela janela iluminar seu perfil.

– O quê?

– Nunca estive aqui antes. Já fui lá onde ficam as prateleiras, mas nunca realmente *visitei* a biblioteca.

Um comentário é contido quando alcança a ponta da minha língua: é porque tudo que você faz fora da escola acontece na igreja. Mas engulo meu instinto. Ele está aqui para me ajudar.

– Quantos anos sua irmã tem? – pergunto.

Piscando para mim, ele sorri outra vez. Usa esse sorriso com tanta facilidade, com tanta constância.

– A que ganhou a casa da Barbie?
– Sim.
– Faith está com dez.

Sebastian dá um passo na minha direção e mais um e, com uma voz nada familiar, meu coração grita ISSO, VENHA CÁ. Mas, aí, me dou conta de que ele está apontando para irmos à mesa e começarmos a trabalhar.

Seja um mano, Tanner.

Viro-me e nos acomodamos à mesa que reservei logo que cheguei – embora pudéssemos escolher qualquer outra. Não tem mais ninguém na biblioteca às nove da manhã de um sábado.

Sua cadeira se arrasta estridente pelo assoalho e ele ri, desculpando-se baixinho. Com Sebastian tão perto de mim, consigo tragar mais uma vez seu cheiro e sinto que estou ficando entorpecido.

– Mas você tem outros irmãos, não tem?

Ele me olha de canto de olho, e me pego tentado explicar minha pergunta – não era para ser nenhum comentário ácido sobre o tamanho das famílias de mórmons; Hailey e Lizzy estão na mesma turma.

– Minha outra irmã, Lizzy, tem quinze – conta. – E tenho um irmão, Aaron, que tem treze, mas parece ter 23.

Dou uma risada educada com esse comentário. Por dentro, estou uma pilha de nervos, e nem sei por quê.

– Lizzy estuda em Provo High, certo?

Ele confirma.

– No ensino médio.

Eu já a vi pela escola, e Hailey não estava errada: Lizzy realmente não para de sorrir e com frequência ajuda o pessoal do colégio nos intervalos de almoço. Parece tão alegre que quase vibra.

– Ela parece ser uma pessoa legal.

– É sim. Faith também é uma graça. Aaron é... Digamos que goste de testar limites. É um bom garoto.

Faço que sim com a cabeça. Tanner Scott, o preguiçoso até a morte. Sebastian vira-se para me olhar; quase sinto seu sorriso.

– Você tem irmãos ou irmãs? – pergunta.

Está vendo? É assim que se faz, Tanner. Crie um ambiente para conversar.
– Uma irmã – conto. – Hailey acho que ela está na turma de Lizzy. Hailey tem dezesseis anos e é uma cria do demônio. – Aí me dou conta do que acabei de dizer e me viro horrorizado para ele. – Ai, meu Deus! Não acredito que falei isso. Ou *isso!*

Sebastian bufa.

– Ótimo. Agora, depois de hoje, não posso mais voltar a falar com você.

Sinto minha expressão se contorcer, adotar um tom de desdém, e demoro demais para perceber que ele está brincando. Seu sorriso agora também desapareceu. Desapareceu assim que ele percebeu o quão profundamente confuso eu estava, quando percebeu que penso o pior de sua fé.

– Desculpa. – Ele diz, deixando sua boca se curvar. Não parece desconfortável, nem de longe. Aliás, parece estar se divertindo um pouquinho com a situação. – Eu estava brincando.

O constrangimento se espalha por meu sangue e me esforço para adotar outra vez o sorriso de alguém confiante, aquele que sempre me faz conquistar o que quero.

– Pegue leve comigo. Ainda estou aprendendo a falar mormonês.

Para meu profundo alívio, Sebastian deixa escapar uma risada sincera.

– Estou aqui para traduzir.

Com isso, olhamos para a tela do meu notebook, para ler a quantidade insignificante de letras ali.

Um garoto queer, *metade judeu, metade nada, se muda para uma cidade infestada de mórmons. Ele mal vê a hora de dar o fora.*

Sinto Sebastian ficar paralisado ao meu lado e, em um instante, percebo meu erro: eu não alterei o esboço. Meu coração salta.

Não me importo em contar para ele que não vejo a hora de deixar este lugar. Nem me sinto culpado por usar a expressão "infestada de mórmons", muito embora devesse. O problema está em outra coisa, que se sobrepõe a tudo isso.

Esqueci de deletar a palavra "*queer*".

Ninguém aqui – ninguém além da minha família, pelo menos – sabe de mim.

Tento discretamente avaliar sua reação. As bochechas estão rosadas e os olhos saltam outra vez para o início da linha, para reler.

Abro a boca para falar – para explicar – justamente quando ele diz:
– Então esse é o seu tema geral, certo? Você vai escrever sobre alguém homossexual vivendo em Provo?

O gelo do alívio toma conta da minha corrente sanguínea. É claro que ele não supôs que estou escrevendo um texto autobiográfico.

Só consigo assentir vigorosamente.

– Eu pensei em alguém bissexual. Sim.

– E ele acabou de se mudar para cá...

Confirmo outra vez com a cabeça e então me dou conta de que há algo pegajoso em sua voz, como alguém que se dá conta de algo. Se Sebastian já pesquisou qualquer coisa sobre Tanner Scott, sabe que eu me mudei para cá antes do décimo ano e que meu pai é um médico judeu em Utah Valley.

Talvez, até saiba que minha mãe foi excomungada.

Quando nossos olhares se encontram, ele sorri. Parece estar controlando cuidadosamente sua reação. Percebo que ele sabe. E agora meus medos sobre Dave do Futebol contar ao bispo e o bispo contar ao Sebastian parecem tão excessivamente complicados. É claro que a informação *me* escapou, sem qualquer obstrução.

– Ninguém mais sabe – conto abruptamente.

Ele balança a cabeça.

– Está tudo bem, Tanner.

– Eu quero dizer *ninguém mesmo*. – Esfrego a mão no rosto. – Era para eu ter deletado aquela palavra. É um dos motivos pelos quais não estou conseguindo desenvolver a história. Estou falando de um personagem bi e não sei como escrever este livro na aula. Não sei se Fujita *quer* que eu escreva essa história, nem meus pais.

Sebastian se aproxima, capturando meu olhar.

– Tanner, você deve se dar o direito de escrever o livro que quiser.

– Minha família é muito inflexível sobre eu não me assumir para ninguém daqui, a não ser que eu realmente confie na pessoa.

Não contei sequer à minha melhor amiga e agora estou entregando o segredo imediatamente à única pessoa a quem não devia contar.

Ele lentamente arqueia as sobrancelhas.

– Sua família sabe?

– Sabe.

— E eles aceitam numa boa?

— Minha mãe é... *exuberante* em sua aceitação, para dizer a verdade. Depois de um silêncio pulsante, ele se concentra no computador.

— Acho uma ótima ideia colocar essa história no papel. — Diz baixinho. Estendendo a mão, deixa o indicador pairar diante da tela. — Tem muita coisa aqui em apenas duas frases. Muito coração, mas também muita mágoa. — Seus olhos encontram outra vez os meus. São de uma mistura insana de verde, castanho e amarelo. — Não sei quanto posso ajudar com esse assunto específico, mas fico feliz em conversar.

Sinto essas palavras se esfregarem dissonantes em mim e repuxo o nariz.

— Você seria tão útil quanto se eu estivesse escrevendo sobre dragões e zumbis, não é?

Sua risada está rapidamente se transformando no meu barulhinho preferido.

— Exatamente.

Minha frequência cardíaca precisa de uns vinte minutos para voltar ao normal, mas, nesse tempo, Sebastian fala. É quase como se estivesse consciente do meu ataque de pânico mental, como se intencionalmente me forçasse a isso, mas suas palavras parecem sair de sua boca com uma cadência tão fácil, tão hipnotizante.

Ele me diz que está tudo bem eu não ter nada além de uma ideia a essa altura. Explica que, para ele, todo livro começa com algo assim — uma oração, uma imagem, partes de um diálogo. O que tenho que decidir, ele explica, é quem é o protagonista e qual é o conflito.

— Concentre-se nesses dois aspectos da personalidade dele — aconselha, apontando para partes do texto. — Ele é antimórmon e...

Um segundo dedo paira livremente diante da tela.

— *Queer* — concluo para ele.

— Exato. — Sebastian engole em seco, recolhendo os dedos. — O garoto odeia todos os mórmons e planeja sua fuga para depois seus pais entrarem para a igreja e renegá-lo quando ele for embora?

— Não... — Parece que ele não entendeu *tão* bem assim a história da minha família. — A família vai apoiar, eu acho.

Pensativo, Sebastian ajeita o corpo nas costas da cadeira.

— O garoto odeia a Igreja de Jesus Cristo dos Santos dos Últimos

Dias e acaba deixando a cidade só para se enfiar no meio de outra "seita religiosa"?

Analiso-o, penso em sua capacidade de ver sua fé a partir da perspectiva de um infiel, de conseguir ver o lado negativo com essa facilidade.

– Talvez – reflito –, mas, ao mesmo tempo, não sei se quero demonizar a igreja desse jeito.

Os olhos de Sebastian encontram os meus, antes de ele afastá-los.

– Qual é o papel que ser, hum, bissexual exerce no livro?

É a primeira vez que ele gagueja nessa conversa – seu enrubescer se espalha como se um mapa se desenhasse em seu rosto.

Tenho vontade de dizer a ele: *quero saber se você poderia gostar de mim, se alguém como você poderia ser amigo de alguém como eu.*

Mas ele já está *aqui,* já está sendo generoso e genuíno com *alguém como eu.* Esperava que viesse e fosse um bom tutor da disciplina, respondesse a algumas perguntas e me ajudasse a começar a escrever enquanto eu ficasse boquiaberto em sua presença. Não esperava que perguntasse sobre mim ou que fosse tão compreensivo. Não esperava *gostar* dele. Agora, o conflito parece óbvio e faz algo estável dentro de mim se curvar e golpear com ansiedade, porque ficou ainda mais assustador escrever sobre esse assunto.

– Pense melhor. – Aconselha baixinho, brincando com um clipe de papel. – Existem muitos caminhos para seguir com essa história e grande parte depende da jornada dele, das descobertas dele. Ele começa ressentido por estar onde está e sentindo-se sufocado pela cidade. Mas encontra a liberdade ficando nela ou saindo dela? Encontra algo que o faça mudar de ideia?

Faço que sim para a tela do computador porque agora não consigo olhar para ele sem meus sentimentos ficarem claramente projetados em meu rosto. Meu sangue ferve com o calor da paixão.

Lá fora, começa a nevar, e, ainda bem, vamos nos sentar nas poltronas perto da janela para assistir à neve, deixando o livro de lado por um tempo. Sebastian nasceu aqui, no final da rua. Seu pai é advogado fiscal e foi chamado para servir como bispo há quase dois anos. Sua mãe trabalhava com finanças na Vivint antes de ele nascer. Agora, é mãe em tempo integral e esposa do bispo, o que, explica Sebastian, meio que a transforma em uma protetora. Ela gosta disso, ele me conta, mas significa que ele e Lizzy tiveram que dar mais apoio a Faith e Aaron. Ele joga futebol e beisebol desde que tinha seis anos. Sua banda favorita é Bon Iver. Toca piano e violão.

Divido com ele os mesmos detalhes inócuos: nasci em Palo Alto. Meu pai é cirurgião cardíaco. Minha mãe é programadora. Ela se sente culpada por não passar mais tempo comigo, mas tenho muito orgulho dela. Minha banda favorita é Nick Cave and the Bad Seeds, mas não sei tocar instrumentos.

Não voltamos a discutir a minha sexualidade, mas sinto a presença desse assunto como uma terceira pessoa na sala, em um canto escuro, espreitando a conversa.

O silêncio marca o passo do tempo entre nós enquanto observamos a calçada acinzentada, logo abaixo da janela, lentamente sendo coberta por uma camada branca. O vapor se eleva da superfície do sistema de ventilação na calçada e, com o acelerar estranho e frenético do meu coração, surge a vontade de saber mais sobre Sebastian. Quem já amou, quem odeia, se é possível que se interesse por garotos.

– Você não me perguntou sobre o livro – enfim diz.

Está falando do livro *dele*.

– Putz... droga... Foi mal. – Digo. – Não foi minha intenção ser grosseiro.

– Não é grosseria. – Ele me encara e sorri como se guardássemos o mesmo segredo, um segredo exasperador. – Só falei isso porque todo mundo pergunta.

– Eu achei bem legal. – Coloco as mãos nos bolsos e alongo as costas na cadeira. – Quero dizer, é claro que é incrível. Imagine, seu livro vai estar aqui, nesta biblioteca.

Ele parece surpreso com o comentário.

– Talvez.

– Aposto que está cansado de falar disso.

– Um pouquinho. – Dá de ombros, sorrindo para mim.

Esse sorriso denuncia que ele gostou de eu não ter perguntado sobre o livro, que não estou aqui atrás de ganhar fama em uma cidade pequena. Então, prossegue:

– Para dizer a verdade, tudo isso criou algumas complicações a mais na minha vida, mas não posso reclamar, porque já me dei conta de como sou abençoado.

— Sim, claro.
— Sempre me perguntei como é viver aqui para quem não foi criado na igreja. — Diz, mudando de assunto. — Você tinha quinze anos quando veio para cá?
— Sim.
— Foi difícil?

Penso duas vezes para responder. Sebastian sabe algo a meu respeito que ninguém mais sabe, e isso me deixa inseguro dos meus passos. Ele parece ser legal, mas, não importa o quão legal alguém seja, informação é poder.

— Provo pode ser sufocante.

Sebastian assente e se inclina para a frente para olhar mais atentamente pela janela.

— Sei que parece que a igreja está em todos os lugares. Para mim também é assim. Parece que ela penetra todos os detalhes da minha vida cotidiana.

— Posso apostar que sim.

— Entendo que pode parecer sufocante para quem vê de fora, mas a igreja também faz muitas coisas boas.

Ele olha para mim e, com um terror crescente, entendo o motivo por trás dessa sessão de estudos. Entendo por que ele concordou em vir. Sebastian está tentando me *converter*, me *recrutar*. Sabe tudo ao meu respeito, e isso lhe dá mais um motivo para falar comigo, para me "salvar". E não está me recrutando para o Grupo Gay do Norte de Utah, mas para a Igreja de Jesus Cristo dos Santos dos Últimos Dias.

— Sei que fazem boas ações — digo com cuidado. — Meus pais... conhecem a igreja. É difícil morar aqui e não ver o bem e o mal que ela faz.

— Verdade — Sebastian concorda distraidamente, sem olhar para mim. — Eu mesmo vejo.

— Sebastian?
— Sim?
— Só... queria que você soubesse que... caso... — Paro, estremeço, pisco os olhos. — Eu não te pedi para me ajudar para que depois tentasse me levar para a igreja.

Quando ele me observa, seus olhos estão arregalados, alarmados.
— O quê?!

Olho outra vez para o lado.

– Entendo que talvez eu tenha passado a impressão de que queria conversar porque eu questionava algo a meu respeito ou talvez quisesse entrar para a igreja. Não tenho nenhuma dúvida sobre quem sou. Gosto muito de você, mas não vou me converter.

O vento assobia ao passar pela janela, está muito frio perto do vidro. Mas, aqui dentro, ele me estuda, sem expressão.

– Eu não pensei que você fosse entrar para a igreja – Seu rosto está rosado. É por causa do frio. É por causa do frio. Não é por causa de você, Tanner. – Não pensei que fosse por isso que você... – Ele acena uma negação com a cabeça. – Não se preocupe. Não vou tentar rifá-lo na igreja. Não depois do que dividiu comigo.

Minha voz sai atipicamente tímida:

– Não vai contar para ninguém?

– É claro que não – responde imediatamente. Olha para o chão enquanto seu maxilar se movimenta de um jeito que não consigo ler. Por fim, puxa algo do bolso. – Eu... aqui.

Quase por impulso, Sebastian me entrega um pequeno pedaço de papel. Está quente, como se tivesse passado todo esse tempo em sua mão.

Abro e olho para os nove dígitos. O número de seu celular.

Deve ter anotado antes, talvez antes mesmo de sair de casa, e enfiado no bolso para me entregar.

Será que ele se dá conta de que está me entregando uma granada? Eu poderia estragar tudo com seu número de telefone. Nunca gostei muito de enviar mensagens de texto, mas, meu Deus! A vontade que tenho de acompanhar todos os seus movimentos dentro da sala de aula é como uma possessão demoníaca. Saber que posso entrar em contato com ele a qualquer momento é uma tortura.

– Eu não... – começa a dizer, mas logo olha atrás de mim. – Pode enviar mensagem de texto ou ligar. O que preferir. Quando quiser. Para sairmos e conversamos sobre o seu trabalho, se precisar.

Meu peito se aperta dolorosamente.

– Sim, sem dúvida, claro. – Fecho os olhos bem apertados. Tenho a sensação de que ele está prestes a fugir. E a necessidade de me expressar faz meu interior parecer pressurizado. – Obrigado.

Sebastian se levanta.

– Sem problemas. Quando quiser.
– Sebastian?
– Sim?

Nossos olhares se encontram e não consigo acreditar no que estou prestes a dizer.

– Sem dúvida quero sair de novo com você.

Suas bochechas explodem de cor. Será que está traduzindo minha mensagem corretamente em sua cabeça? E o que é isso que eu estou falando? Ele sabe que eu gosto de meninos, então deve saber que não estou falando só do livro. Sebastian analisa meu rosto, descendo da testa até a boca, até o queixo, depois foca em meus olhos e analisa meus lábios, antes de desviar completamente.

– Acho que preciso ir.

Sou um emaranhado de fios elétricos; uma cacofonia de vozes grita instruções em minha cabeça.

Esclareça que você só quer estudar!
Fale do livro!
Peça desculpas!
Tome coragem e conte a ele seus sentimentos!

Mas apenas concordo com um gesto e o observo sorrir rigidamente, avançar na direção das escadas e desaparecer após passar por um pilar de carvalho perfeitamente polido.

Volto os olhos ao meu laptop, abro um documento novo e expresso tudo isso na página em branco.

CAPÍTULO SEIS

> Aqui está o meu número.

> Ah, é o Tanenr.

> Hum, eu quis dizer Tanner.
> Não acredito que digitei meu próprio nome errado!

> Haha! Vou salvar seu nome assim nos contatos.
> De Sebatsian
> (Veja o que eu fiz aí em cima)

Passo os próximos vinte minutos sorrindo para o celular, lendo repetidas e repetidas vezes nossa troca de mensagens. O aparelho permanece grudado à palma da minha mão. Tenho certeza de que meus pais estão se perguntando o que eu estou fazendo – posso perceber por seus olhares de preocupação à mesa do jantar.

– Deixe o celular para comer, Tann – meu pai pede.

Deslizo o aparelho com a tela para baixo na mesa.

– Desculpa.

– Com quem está trocando mensagens? – minha mãe quer saber.

Sei que não vão gostar nada da resposta, mas também não quero mentir.

– Sebastian.

Eles trocam um olhar, cada um de um lado da mesa.

– O professor-assistente? – minha mãe quer confirmar.

– Pode ler as mensagens se quiser. – Entrego-lhe o telefone. – Você consegue ler de um jeito ou de outro, não é mesmo?

Relutante, ela pega o celular, parecendo esperar encontrar muito mais do que de fato encontra. Seu rosto relaxa quando ela vê as palavras inofensivas na tela.

– Que gracinha, mas, Tanner... – ela deixa a frase no ar e olha para meu pai em busca de apoio.

Talvez não saiba ao certo quanta credibilidade terá vestida assim, com seu avental de arco-íris da Parada Gay.

Meu pai pega o celular e seu rosto se suaviza quando ele lê as mensagens, mas logo uma nuvem turva seus olhos.

– Vocês dois estão saindo? – Hailey bufa.

– Não. – Respondo, ignorando-a. – Vocês, hein? Deus me livre! Temos conversado sobre meu trabalho do colégio.

Um silêncio cético e pesado recai sobre a mesa.

Minha mãe não consegue se conter:

– Ele sabe sobre você?

– Que eu me transformo em um *troll* quando o sol se põe? – Nego com a cabeça. – Não, acho que ele nunca percebeu.

– Tanner – ela diz com uma voz leve –, você sabe do que eu estou falando.

De fato, sei. Infelizmente.

– Por favor, acalme-se. Não é como se eu tivesse um rabo dependurado no corpo.

– Querido – diz minha mãe, toda horrorizada –, você está escolhendo não me entender...

Meu celular vibra em frente ao meu pai. Ele o pega.

– É Sebastian outra vez.

Estendo a mão.

– Por favor?

Franzindo a testa, ele me devolve o aparelho.

> Não vou estar nas aulas essa semana

> Só queria te avisar.

Meu peito parece rachar com uma linha atravessando bem o centro, e há uma briga interna entre a notícia ruim e o lado positivo que veio com ela; afinal, Sebastian pensou em me enviar uma mensagem avisando.

> Está tudo bem?

> Sim, só tenho uma viagem para Nova York.

Estamos mesmo fazendo isso? Estamos enviando mensagens de texto casuais agora?

> Nossa, que chique!

> Haha! Certeza que vou passar o tempo todo com cara de perdido.

> Quando você vai?

Minha mãe suspira alto.

— Tanner, pelo amor de Deus, pare de trocar mensagens durante o jantar!

Peço desculpas baixinho e me levanto, deslizando o celular com a tela para cima sobre o balcão da cozinha, antes de retornar à minha cadeira. Meu pai e minha mãe estão com aquela energia intratável, silenciosamente agressiva, e um olhar na direção da minha irmã denuncia que ela está vivendo seu melhor momento ao me ver ser repreendido uma vez na vida.

Em meio ao som dos talheres nos pratos e do gelo nos copos de água, uma percepção pesada gira pela mesa, e o constrangimento resultante faz meu estômago se apertar. Meus pais sabem que já me apaixonei por garotos antes, mas nunca foi nada nem parecido com isso. Agora, existe um garoto com um nome e um número de telefone. Todos somos *bem tranquilos* com relação a isso, mas me dou conta, aqui, sentado à mesa do jantar, que existem muitas camadas de aceitação. Talvez, seja mais fácil para eles serem *bem tranquilos* quando eu posso tudo, menos sair com garotos de Provo. Será que tenho permissão para me apaixonar por meninos só depois que me formar e só por aqueles que meus pais selecionarem de um grupo de homens inteligentes, progressistas e não mórmons?

Meu pai raspa a garganta, um claro sinal de que está em busca de palavras, então olhamos para ele na esperança de que, dessa vez, encerre de vez o assunto. Espero que diga algo sobre o elefante branco na sala, mas ele apenas aposta na zona de conforto:

– Contem para a gente sobre as aulas.

Hailey começa a falar outra vez sobre as injustiças de ser uma aluna do segundo ano, de ser uma anã e seu armário ficar lá em cima, na última fileira, do cheiro asqueroso do banheiro feminino e que todos os meninos do mundo são irritantes. Nossos pais ouvem enquanto oferecem sorrisos pacientes antes de se concentrarem naquilo que realmente importa para eles: minha mãe deixa claro que está sendo uma boa amiga; meu pai está mais interessado em saber se ela está se esforçando para ter boas notas. Ouço até metade da resposta na qual ela se gaba de sua nota de Química. O fato de meu telefone estar a 3 metros de distância significa que 90% do meu cérebro encontra-se focado em querer saber se Sebastian respondeu e se poderei me encontrar com ele antes da viagem.

Estou nervoso.

Para ser justo, as refeições costumam ser um momento peculiar, de um jeito ou de outro. Meu pai vem de uma família enorme, cuja satisfação primeira das mulheres é cuidar dos maridos e filhos. Embora o mesmo seja verdade na formação mórmon da minha mãe, a família do meu pai é totalmente centrada na comida. As mulheres não apenas preparam refeições; elas realmente cozinham. Quando nos visita, Bubbe[2] lota o freezer com o suficiente para um mês de kugel e carne e faz as observações mais discretas e mais bem-intencionadas sobre o fato de seus netos em grande parte sobreviverem comendo sanduíches. Com o tempo, ela superou a decepção de meu pai não ter se casado com uma judia, mas até hoje não gosta nada, nada do fato de minha mãe passar tanto tempo trabalhando e isso nos fazer depender de comida pronta e congelada.

E, apesar de sua visão antirreligiosa de mundo, minha mãe foi criada em uma cultura na qual as mulheres tradicionalmente têm o papel de cuidar da casa. Para ela, não preparar nosso almoço todos os dias ou deixar de ir às reuniões de pais é bobagem das feministas.

---

2 *Bubbe* significa "avó" em iídiche, língua utilizada em comunidades judaicas da Europa Central e Oriental.

Até tia Emily, às vezes, sente culpa por não fazer mais para organizar e cuidar da casa. Portanto, minha mãe cedeu e deixou Bubbe lhe ensinar a preparar certos pratos, e ela tenta fazê-los em uma quantidade considerável no domingo para que, com eles, passemos a semana. É um empenho questionável, mas nós, os filhos, a apoiamos nessa empreitada. Meu pai é outra história: já é bem mais seletivo quando o assunto é comida. Mesmo que se considere um total progressista, ele ainda tem alguns resquícios de tradicionalismo. A esposa cozinhar é um deles.

Minha mãe observa meu pai comendo e, com base na velocidade com a qual ele engole as colheradas, avalia o quão boa a comida está. Quero dizer: quanto mais rápido ele come, menos gosta do sabor. Esta noite, meu pai parece sequer mastigar antes de engolir. Os cantos da boca normalmente sorridentes de minha mãe deixam clara sua chateação.

Focar nessa dinâmica me ajuda a distrair, mas só até certo ponto.

Olho para o celular. Como o deixei com a tela para cima, posso ver se receber uma ligação ou mensagem de texto. A tela acende. Enfio na boca algumas colheradas de kneidl, um prato típico judeu, queimando a língua até a tigela estar vazia. Então peço licença antes que qualquer um dos dois possa protestar.

– Tanner – meu pai ralha discretamente.

– Lição de casa.

Enxáguo meu prato e o coloco no lava-louças.

Meu pai me vê indo embora, lançando um olhar de quem sabe que usei a única desculpa que ele seria incapaz de contra-argumentar.

– É a sua noite de cuidar das louças – Hailey grita atrás de mim.

– Não. Você está me devendo uma desde que eu lavei o banheiro no fim de semana passado.

Seu olhar deixa claro que ela está mentalmente erguendo o dedo do meio para mim.

– Também te amo, gatinha do inferno.

Correndo pelas escadas, leio as mensagens de texto.

Meu coração acelera, apertado e feroz. Ele me enviou cinco mensagens.

Cinco.

> Vou na quarta à noite.
> Tenho reuniões com o editor e o pessoal da editora na quinta.
> Ainda não conheci o editor. Admito que estou nervoso.
> Acho que você está jantando com a sua família.
> Desculpa, Tanner.

Com dedos frenéticos, respondo:

> Não, desculpa, meus pais me fizeram deixar o celular de lado.
> Fico muito feliz por você. !

Digito meu próximo pensamento e então – segurando o ar bem apertado nos pulmões – aperto "enviar" rapidamente.

> Espero que a viagem seja ótima, mas vou sentir falta de te ver na aula.

Espero um minuto pela resposta.
Cinco.
Dez.
Sebastian não é nenhum idiota. Sabe que sou bi. Deve ter sacado que estou a fim dele.

Distraio-me dando uma olhada no Snapchat de Autumn. Seus pés com chinelos. Uma pia cheia de louças. Um close de seu rosto mal-humorado com as palavras "humor atual" escritas logo abaixo. Por fim, fecho as redes sociais e abro o notebook.

Preciso saber com o que estou lidando aqui. Enquanto crescia na Califórnia, sempre soube que a família da minha mãe era mórmon, mas o jeito como ela falava deles – nos raros momentos em que falava – só me levou a pensar que se tratava de uma espécie de seita religiosa assustadora. Foi só quando me mudei para cá que me dei conta de que tudo o que eu conhecia eram estereótipos. Fiquei surpreso ao descobrir que, embora outras fés cristãs talvez não concordem, os mórmons se consideram cristãos. Além disso, grande parte do tempo livre dessas pessoas é dedicado a realizar serviços – ajudar os outros. Porém, fora os hábitos de não consumir cafeína, álcool, falar palavrões ou dar uns amassos, tudo ainda parecia uma nuvem de segredos religiosos para mim.

Como de costume, o Google ajuda.

Depois de todas as minhas piadas com as roupas íntimas deles, descobri que o vestuário não é apenas uma coisa ligada à modéstia; é um lembrete físico do convênio que fazem com Deus. Aliás, a palavra "convênio" está em todos os lugares. De fato, a igreja parece ter sua própria língua.

Dentro da Igreja de Jesus Cristo dos Santos dos Últimos Dias, a hierarquia é exclusivamente masculina. Essa é uma das coisas que minha mãe sempre disse: as mulheres são excluídas. Claro, são elas que têm filhos – segundo a igreja, parte integral do plano de Deus – e podem servir em missões se quiserem, mas, fora isso, não lhes é atribuído muito poder no sentido tradicional do termo. Traduzindo: não podem ocupar posições ou tomar decisões que influenciem a política oficial da igreja.

O que tenho em mente agora – além da questão Sebastian e vestimentas – é aquilo que faz o sangue da minha mãe ferver: o terrível histórico da Igreja de Jesus Cristo dos Santos dos Últimos Dias com relação aos gays.

A igreja recentemente condenou a prática das terapias de conversão, mas isso não significa que elas não tenham existido – e arruinado muitas e muitas vidas. Pelas informações que obtive de minha mãe, a situação atual é a seguinte: se um mórmon se assumisse para a família, eles rapidamente o mandavam para algum lugar para ser "corrigido". Esse tipo de terapia envolvia institucionalização e terapia de choque eletroconvulsivo. Às vezes, medicamentos e condicionamento de aversão, o que não me parecia um grande problema, até eu descobrir que isso significava administrar drogas para deixar o indivíduo com náusea enquanto assistia a filmes eróticos com conteúdo homossexual. A internet também me conta sobre versões mais "benignas", incluindo condicionamento com uso da vergonha ou retreinamento de comportamentos masculinos e femininos (segundo estereótipos), terapias envolvendo encontros com pessoas do sexo oposto, hipnoses e uma coisa chamada "recondicionamento do orgasmo", que... bem, não.

Quando tia Emily se assumiu, 28 anos atrás, seus pais lhe ofereceram uma escolha: terapia de conversão ou excomunhão. Atualmente, a posição da Igreja de Jesus Cristo dos Santos dos Últimos Dias em relação aos assuntos *queer* é clara como lama. Segundo qualquer declaração da igreja que você encontra por aí, sexo só deve acontecer entre marido e esposa. Preguiça. Mas, surpreendentemente, a igreja reconhece uma diferença entre atração entre pessoas do mesmo sexo e o que chamam de "comportamento homossexual". Grosso modo, é o seguinte: garotos sentindo-se atraídos por outros garotos = vamos fingir que não estamos vendo; garotos beijando garotos = mau.

O mais curioso é que, depois que essa linha tênue foi traçada para, basicamente, dizer que um mórmon gay baixe a cabeça e viva infeliz e insatisfeito a vida toda, em nome de Deus, a maior parte das declarações da igreja também deixam claro que todos são igualmente filhos de Deus, amados por Deus, e devem ser tratados com amor e respeito. Dizem que as famílias não devem, jamais, excluir ou desrespeitar aqueles que escolhem um estilo de vida diferente... mas devem sempre lembrar-lhes das consequências eternas de sua escolha.

E, é claro, todos que vivem aqui sabem do alvoroço que se espalhou pela cidade com uma notícia alguns anos atrás: uma alteração nas diretrizes, segundo a qual pessoas em casamentos com outras do mesmo sexo seriam consideradas apóstatas (desertores da igreja – obrigado, Google) e seus filhos excluídos das atividades da igreja até terem idade suficiente para renunciarem a prática da homossexualidade e voltarem para a igreja.

Resumindo: amor e respeito, mas somente para aqueles que estiverem dispostos a viver de acordo com as regras deles... senão, exclusão é a única resposta.

Entende o que eu digo? Tudo é claro como lama.

Em algum lugar da cama, meu celular vibra. Como estou sozinho no quarto, não tem ninguém aqui para me ver bagunçar as cobertas para pegá-lo rapidamente.

> Vou estar amanhã o dia todo na BYU.

E, então, enquanto a tela ainda está acesa por causa da mensagem anterior, outra chega:

> E também vou sentir saudade de você.

Tem alguma coisa rolando entre nós. Só pode ser alguma coisa rolando entre nós desde que nossos olhares se cruzaram naquele primeiro dia de aula.

Quero vê-lo antes de sua viagem. Não estou nem aí para o que minha mãe diz. Não estou nem aí para as doutrinas.

Afinal de contas, essa não é a minha igreja.

༄

Em tese, o colégio de Provo fica fechado no horário de almoço e os alunos não devem sair, mas essa é uma regra oficial que ninguém obedece. A escola é cercada por restaurantes de *fast-food,* como Del Taco, e Panda Express, e Pita Pit. Quatro em cada cinco dias, escapamos para comprar alguma coisa para comer.

Admito que sei que Sebastian estuda Literatura Inglesa (não precisei me esforçar demais para descobrir), mas também sei (porque ele me contou na biblioteca) que gosta de passar tempo no Harris Fine Arts Center porque lá é silencioso.

No almoço de hoje, compro Panda Express suficiente para duas pessoas.

Antes de me mudar para Utah, ouvi muito sobre a igreja de acordo com as visões de pessoas que admitidamente jamais fizeram parte dela. *Eles casam suas filhas quando elas completam doze anos! E são polígamos!*

Não casam e não são – a poligamia foi proibida em 1890 –, mas, por causa da minha mãe, sei que os mórmons são apenas *pessoas* e esperava que os adolescentes mórmons fossem parecidos com qualquer outro das ruas de Palo Alto. O mais louco é que não parecem. Sério. São como parte da elite em termos de polimento. São muito higiênicos e suas roupas, incrivelmente modestas. Também vivem excessivamente bem-arrumados.

Olho para a minha camiseta surrada do Social Distortion sobre uma blusa térmica e calça jeans intacta. Eu não me sentiria mais deslocado na Brigham Young University nem se estivesse usando uma fantasia de galinha roxa e fazendo *moonwalk* na quadra. Como é início do semestre, tem um tipo de programação rolando na frente do prédio principal. Vejo muitas saias longas, e camisas simples, e cabelos bem aparados, e sorrisos genuínos.

Um pessoal brinca de *frisbee*; um deles cai e grita um suave "poxa vida!" de frustração.

Um trio de alunas brinca de bater as mãos enquanto cantarola uma música.

A BYU é exatamente como eu imaginei, também é provável que seja exatamente como os fundadores esperavam que fosse, mesmo 140 anos depois. Apenas atravessei a rua de Provo High, mas parece que entrei em um mundo completamente diferente.

O interior do Harris Fine Arts Center é surpreendentemente escuro e silencioso. A arquitetura moderna faz o espaço parecer mais "engenharia austera" do que "construção de arte" e os pisos superiores são abertos em uma estrutura retangular, com vista para o térreo. Todos os sons – meus passos no chão de mármore, algumas vozes murmurando lá em cima – ecoam pelo saguão inteiro.

Sebastian não está em nenhuma das poltronas, nem nas mesas espalhadas pelo segundo piso e, em retrospectiva, ter trazido essa comida parece um constrangedor excesso de confiança. Indago se há câmeras seguindo cada um dos meus movimentos aqui, se os seguranças da BYU vão aparecer, deduzir que não pertenço a este lugar e educadamente me acompanhar para fora do prédio, desejando-me que meus caminhos sejam seguros e prometendo orar por mim quando me deixarem no limite do campus.

Depois de alguns minutos no terceiro andar, pego-me prestes a ir embora e comer, por estresse, o equivalente a dois almoços de comida asiática de qualidade duvidosa quando avisto um par de Adidas vermelhos espreitando por debaixo de uma escrivaninha.

Aproximo-me e declaro:

– Trouxe uma boa quantidade do almoço menos saudável do mundo para dividirmos.

Sebastian se assusta – e, no tempo que demora para se virar, imploro a mim mesmo para poder voltar no tempo e jamais ter feito isso. No início desse ano escolar, uma aluna do primeiro ano me entregou um envelope e saiu correndo na direção oposta. Desconcertado, eu o abri. Um punhado de glitter caiu nos meus sapatos e ali dentro havia uma carta cheia de adesivos e letras encaracoladas me dizendo que ela achava que éramos almas gêmeas. Eu sequer sabia seu nome até ler a última linha da nota: Paige, com coração de glitter pontuando o "i". Acho que até aquele momento eu não tinha me dado conta de como somos novos quando temos quatorze anos.

Agora, parado aqui, esperando Sebastian falar... eu sou a Paige. Sou uma criança emocional. Sem dúvida é assustador – ou totalmente imaturo – estar aqui, trazendo almoço para ele. *Que diabos estou fazendo?*

Ele lentamente tira os fones de ouvido.

Quero respirar aliviado: suas bochechas rubras me dizem tudo o que preciso saber.

– Tanner? – Abre um sorriso enorme. – Oi.

– Oi. É... eu...

Olhando para o relógio na tela de seu notebook, ele faz a observação óbvia:

– Você saiu do colégio.

– Todo mundo sai, não sai?

– Na verdade, não.

Ele pisca e seu olhar se volta para mim com uma leve confusão ali estampada.

– Eu... comprei almoço para você. – Olho para a comida em minha mão. – Mas agora sinto que estou infringindo a lei.

Analisando o que eu ofereço, ele diz:

– Panda Express?

– Sim. Nojento, eu sei.

– Sem dúvida. Mas, quero dizer, já que você está aqui...

E sorri para mim. É o único convite de que preciso.

Abro o embrulho e lhe entrego o contêiner com noodles e frango ao molho de laranja.

– Também tem camarão.

– Pode ser frango mesmo.

Ao abrir o embrulho, ele geme, fazendo todo o meu corpo enrijecer.

– Obrigado. Eu estava mesmo morrendo de fome.

Sabe aqueles momentos que são tão surreais a ponto de gerar a sensação de "eu estou mesmo aqui"? Quando você não está apenas usando hipérboles, mas, por uma fração de segundo, vivendo uma experiência fora do corpo? É o que está acontecendo comigo agora. Parado aqui com ele, pego-me em meio à vertigem.

– Meu pai chama esse prato de Frango Gordo Gorducho – me conta enquanto puxo a cadeira ao seu lado e me sento.

Pisco os olhos, esforçando-me para controlar meu cérebro e meu pulso.

– Eu não vou contar para ele se você também não contar.

Sebastian dá risada.

— Ele come isso aqui pelo menos duas vezes por semana, então não se preocupe.

Observo-o usar o garfo, e não hashi, para pegar com todo o jeito uma pilha de noodles e levar à boca, sem sequer sujar o queixo. Existe algo "Teflon" nele: está sempre imaculado, limpo, higienizado. Analiso a mim mesmo e me pergunto que impressão eu transmito. Não sou nenhum lambão, mas tampouco tenho esse mesmo brilho imaculado.

Sebastian engole e um milhão de imagens pornográficas voam em minha mente nos dez segundos antes de ele voltar a falar.

— O que o trouxe ao campus? — pergunta, antes de levar com todo o jeito uma garfada de frango à boca.

Será que está jogando verde? Ou acha mesmo que eu viria à BYU por algum motivo que não fosse vê-lo?

— Eu estava aqui por perto. — Levo um pouco de comida à boca, mastigo, engulo, abro um sorriso. — Vim ao campus para dançar e cantar algumas canções.

Seus olhos brilham. Não parece se importar por eu não ser mórmon, menos ainda por estar dando uma zoada de leve.

— Legal.

Olho pelo corredor, na direção das janelas com vista para a quadra.

— Sempre tem pessoas lá fora... celebrando?

— Não, mas é um lugar muito feliz.

Inclino o corpo para a frente, sorrindo.

— Enquanto eu passava lá embaixo, alguém ficou frustrado e esbravejou dizendo "poxa vida".

— O que mais diriam?

Ele está fodendo comigo outra vez. Nossos olhares se encontram e se fixam. Seus olhos são verdes e amarelos, com listrinhas castanhas. Sinto como se tivesse saltado de um penhasco, sem a menor ideia de quão funda é a água.

Sebastian enfim pisca e baixa os olhos.

— Desculpa por eu ter saído de forma tão abrupta aquele dia.

— Não tem problema.

Acho que não tocaremos mais nesse assunto, mas o fato de ele não conseguir olhar diretamente para mim somado ao rubor brotando novamente em suas bochechas me diz muito.

Tem alguma coisa rolando entre nós, *puta merda!*

Em algum piso lá embaixo, a voz grossa de um homem mais velho ecoa:

— Oi, Irmão Christensen.

O tal do Irmão Christensen murmura uma resposta polida que chega até nós e, enquanto os dois deixam o saguão, suas vozes se tornam cada vez mais distantes.

— Espere. — Olho outra vez para Sebastian enquanto me dou conta de uma coisa. — Você já é um Élder?[3]

Ele engole antes de responder:

— Não.

Que curioso.

— Sebastian *Brother*. Isso significa que você é o Irmão Brother.

Alegre, ele sorri.

— Esperei a vida toda para ouvir alguém fazer essa piada. O pessoal da igreja é recatado demais para dizer algo assim.

Incapaz de interpretar o brilho em seus olhos, eu hesito.

— Você está me zoando.

— Sim. — Se é que isso é possível, seu sorriso se torna ainda maior e entalha uma ruptura em meu peito quando ele não se aguenta e começa a rir. — Mas acho ainda melhor do que o caso de Lizzy, que vai ser Irmã Brother.

— Ela acha graça nisso?

— Todos nós achamos.

Fazendo uma pausa, Sebastian me analisa por mais alguns instantes, como se ele estivesse tentando me decifrar, e não o oposto, antes de se aproximar e pegar mais uma garfada.

Acho que estraguei tudo. Tenho uma impressão esquisita dos mórmons, como se eles fossem todos caridosos, sérios e secretamente malvados. Para mim, parece impossível eles rirem de si mesmos desse jeito.

---

[3] Élder é um ofício no Sacerdócio de Melquisedeque, autoridade eclesiástica vigente na Igreja de Jesus Cristo dos Santos dos Últimos Dias e em praticamente todas as ramificações do Movimento dos Santos dos Últimos Dias.

— Estou agindo como um cuzão.

A palavra simplesmente sai da minha boca e estremeço como se tivesse falado um palavrão em uma catedral.

Enquanto engole, Sebastian faz que não com a cabeça.

— O quê? Não!

— Eu não sou...

— Familiarizado com a igreja. — Ele conclui para mim. — A maioria das pessoas não é.

— Nós moramos em Provo — lembro-o. — Aqui, a maioria das pessoas é.

Sebastian olha fixamente para mim.

— Tanner, eu sei que Provo não é uma representação do mundo. Todos sabemos. Além do mais, e digo isso com a melhor das intenções, é provável que os jovens não mórmons da cidade não conversem sobre o que a igreja tem de positivo. Estou certo?

— Suas palavras me parecem justas.

Pisco e cutuco meu almoço quase intocado. Sebastian me deixa tão nervoso — nervoso no sentido de animado, vertiginoso. Quando me concentro em seu rosto, meu peito se aperta tanto que quase chega a doer. Sua atenção está focada em sua próxima garfada, então tenho alguns segundos para encará-lo sem sentir qualquer vergonha.

Uma voz fraca tenta me alcançar, vinda do fundo da minha mente barulhenta: *Ele é mórmon. Isso está fadado a dar errado. Afaste-se. Afaste-se!*

Olho seu maxilar, e sua garganta, e a pele que consigo enxergar logo abaixo, a marca da clavícula.

Minha boca saliva.

— Obrigado mais uma vez — ele agradece, e eu fecho os olhos, registrando o brilho em suas pupilas enquanto ele me observa.

E então percebo que fui flagrado devorando-o com os olhos.

— Você nunca fugiu do colégio? — pergunto no tom mais casual do mundo. Ele mastiga mais uma garfada, negando com a cabeça. — Tem um lado meu que queria que você se comportasse mal de vez em quando.

Caramba.

O que foi que eu acabei de dizer?

Sebastian dá risada, tossindo enquanto engole, e toma um gole de água da garrafa sobre a mesa para limpar a garganta.

– Eu matei aula uma vez.

Gesticulo pedindo que continue seu relato enquanto levo um pouco de comida à boca na esperança de que ela acalme meu estômago agitado e minha mente lunática.

– No ano passado, tive uma consulta no ortodontista e, quando voltei, a aula já estava na metade. Tínhamos uma reunião na sequência, depois almoço, e... – Ele balança a cabeça, deixando aquele maldito rubor se espalhar pelo rosto. – Bem, eu me dei conta de que ninguém iria atrás de mim. Tinha três horas para fazer o que bem entendesse.

Mastigo um pouco de camarão, mas é difícil engolir. Quero que ele me diga que foi para casa e procurou na internet imagens de meninos se beijando.

– Fui sozinho ao cinema e comi uma caixa inteira de doces. – Ele se aproxima de mim, olhos tomados por aquele brilho provocador. – E tomei uma Coca-Cola.

Meu cérebro dá pau. *Esse programa parou de funcionar. Qual emoção soltar na corrente sanguínea? Afeto ou perplexidade?* Pelo amor de Deus, *isso* é Sebastian sendo o mais rebelde que consegue ser.

Ele balança a cabeça em uma negação e, nesse mesmo instante, percebo que eu sou o verdadeiro inocente aqui.

Quando Sebastian ajeita o corpo outra vez no encosto da cadeira e deixa uma risada escapar, eu estou ferrado. Totalmente arruinado.

Não consigo interpretá-lo. Não consigo entendê-lo.

Não tenho a menor ideia do que está pensando, se está me provocando ou se ele é realmente tão bom assim. A única coisa que sei é que nunca em minha vida tive uma vontade tão feroz de lançar o corpo para a frente, e encostar minha boca no pescoço de alguém, e implorar que me deseje.

CAPÍTULO SETE

Ainda *entorpecido, quase sem sequer ter ciência do que* acontenceu depois do almoço, dirijo a caminho de casa. As aulas depois do almoço foram como um borrão em minha mente. Ajudei Autumn com a lição de Cálculo até tarde, mas não sei se fui muito útil – nem se suas respostas estavam certas.

Repassei minha conversa com Sebastian várias e várias vezes e, em todas elas, me perguntei se ele estava mesmo tão feliz em me ver quanto me pareceu. A gente flertou... *eu acho?* A ideia de Sebastian, o bonzinho, o arrumadinho – escapar da escola pelo que acredito ser apenas o prazer de fazer algo que não devia estar fazendo – dá um nó no meu cérebro.

Também venho tentando processar a ideia de que Sebastian passará a próxima semana fora. Sempre gostei de ir à escola, mas vê-lo no Seminário é basicamente a única coisa que torna este último semestre tolerável para mim.

Um pensamento me ocorre, e tateio em busca do meu celular.

> Vc pode me mandar mensagens de lá?

Arrependo-me quase no mesmo instante de ter clicado no botão enviar, mas penso que, a essa altura, o que tenho a perder? Por sorte, ele não me deixa esperando muito tempo. A tela não demora a acender.

> Não sei exatamente como serão meus horários porque vou trabalhar com meu editor, mas, sim, vou tentar mandar.

Saio do carro e bato a porta. Percebo que ainda estou sorrindo para a tela do telefone quando chego à cozinha. Usando seu pijama de arco-íris, minha mãe dá um jeito nas louças.

— Oi, querido.

— Oi — respondo, deixando o celular de lado e tirando a jaqueta. Estou tão distraído que a derrubo duas vezes antes de finalmente conseguir dependurá-la. — Chegou cedo hoje.

— Digamos que eu precisava tomar uma taça de vinho — ela responde, fechando a porta da lava-louças. Aponta para a geladeira e anuncia: — Guardei um prato para você aí dentro.

Agradeço-a com um beijo na bochecha antes de atravessar a cozinha. Não que eu esteja particularmente faminto — pensar no almoço com Sebastian é o suficiente para que meu estômago se transforme outra vez em uma montanha-russa —, mas, se eu não comer, acabarei simplesmente me fechando no quarto, onde vou passar todo o tempo lendo obsessivamente suas mensagens de texto, até entrar no que me parece ser um território nada saudável. O que, sejamos sinceros, provavelmente vai acabar acontecendo, de um jeito ou de outro.

O prato tem um post-it grudado ao filme plástico, com a mensagem "VOCÊ É MEU ORGULHO E ALEGRIA". Puxo o papel e sorrio, embora saiba que estou frenético demais, olhos arregalados demais.

Minha mãe me observa do outro lado da ilha da cozinha.

— Você parece um pouco... agitado. Está tudo bem?

— Sim, tudo certo. — O peso de sua atenção me acompanha enquanto aqueço a comida e pego algo para beber. — O que aconteceu no trabalho?

Ela dá a volta no balcão e ajeita o corpo ali como se fosse contar. Meu celular vibra no bolso. Como de costume a essa hora da noite, é uma mensagem da Autumn.

Mas também tem uma mensagem do Sebastian.

> Aliás, muito obrigado pelo almoço.
> Eu não estava tendo o melhor dos dias e você mudou tudo.
> Boa noite, Tanner.

A montanha-russa em meu estômago chega ao topo da subida e começa a despencar.

— Tanner?

Minha mãe usa o elástico em seu punho para prender os cabelos em um rabo de cavalo.

Afasto meus olhos da tela.

– Sim?

Ela assente lentamente e pega sua taça de vinho, antes de acenar para que eu a siga.

– Vamos conversar.

Ah, droga! Eu perguntei como foi o dia dela e aí parei de ouvir. Deixo meu celular no balcão e a acompanho até a sala de estar.

Na poltrona gigante em um canto, ela ajeita o pé debaixo da coxa e me estuda enquanto me sento.

– Você sabe que eu te amo.

Tremo por dentro.

– Eu sei, mãe.

– E tenho muito orgulho do homem que está se tornando. Tanto que poderia explodir de orgulho.

Confirmo com um gesto. Sou muito sortudo. Sei que sou. Mas há momentos em que as declarações de adoração começam a parecer... excessivas.

Ela inclina o corpo para a frente e usa sua voz mais delicada:

– Só estou preocupada com você, meu amor.

– Desculpa por não ter ouvido o que você tinha a dizer sobre o trabalho.

– Não é exatamente disso que estou falando.

Eu já sei que não é.

– Mãe, o Sebastian é mórmon, e não sociopata.

Minha mãe arqueia sarcasticamente a sobrancelha, como se fosse fazer uma piada, mas não faz. Com um golpe de alívio, agradeço por ela não ter lançado nenhum gracejo. A vontade de defender Sebastian ferve em meu peito.

– Mas as coisas entre vocês ainda são platônicas? Ou...?

Fico tenso. Nossa família conversa sobre todos os assuntos, mas é impossível não pensar em seus semblantes naquela noite no jantar, quando me dei conta de que eles têm uma ideia muito específica do tipo de cara com quem ficarei um dia: alguém exatamente como nós.

– E se eu tivesse mais do que apenas sentimentos platônicos por ele?

Ela parece incomodada, mas assente lentamente.

– Acho que não estou totalmente surpresa.

— Eu saí para procurar Sebastian na hora do almoço. — Posso vê-la engolir sua reação como se estivesse engolindo uma enorme colherada de xarope para tosse. — Você não tem problema com isso, tem?

— Com você sair do colégio? — Ela inclina o corpo na minha direção, estudando-me. — Na verdade, a ideia não me agrada muito. Mas sei que todo mundo sai na hora do almoço, então preciso ser mais seletiva com minhas batalhas. Quanto à sua sexualidade... problema nenhum. Você não precisa se preocupar com isso em relação a mim e ao seu pai, está bem?

Sei que essa não é a realidade para a maioria do pessoal *queer*. Tenho ideia do quão sortudo sou. Minha voz sai carregada de emoção.

— Certo.

— Mas se gosto da ideia de você se interessar por um mórmon, menino *ou* menina? — Ela nega com a cabeça. — Não, Tanner, eu não gosto nem um pouco. Só estou sendo sincera com você. Talvez seja meu ponto fraco, mas isso realmente me incomoda.

Minha gratidão se desfaz imediatamente.

— Qual é a diferença entre a sua posição e os pais de Sebastian dizerem que ele não pode ficar com um menino?

— São coisas completamente diferentes. Entre uma centena de outros motivos, frequentar a igreja é uma escolha. Ser bissexual é simplesmente quem você é. Estou protegendo-o das mensagens tóxicas da igreja.

Suas palavras chegam a me fazer rir.

— E os pais dele estão fazendo o que fazem com o simples objetivo de protegê-lo do inferno.

— Não funciona assim, Tann. A igreja não ameaça com o inferno.

Agora, eu não aguento.

— Como você sabe o que a Igreja de Jesus Cristo dos Santos dos Últimos Dias fala sobre qualquer assunto? — pergunto com a voz cada vez mais alta. — Afinal, você não nos dá nenhum nível de perspectiva sobre o que eles realmente acreditam e como pensam. Com você, eu só aprendi que eles odeiam gays, odeiam mulheres, odeiam, odeiam, *odeiam*.

— Tanner...

— Na verdade, tenho a sensação de que a Igreja Mórmon não odeia nada. É *você* que odeia *eles*.

Seus olhos ficam arregalados e ela vira o rosto, respirando fundo. *Puta merda, fui longe demais.*

Se minha mãe fosse uma mulher violenta, provavelmente já teria se levantado e me batido. Posso ler essa informação na linha dura de seus ombros, em sua respiração de quem tenta se acalmar.

Acontece que ela não é uma mulher violenta. É doce e paciente e não está disposta a morder minha isca.

— Tanner, meu amor. Isso é muito mais complicado para mim do que você imagina e, se quiser conversar sobre o meu histórico com a igreja, podemos conversar. Mas agora estou preocupada com você. Sempre levou a vida primeiro com o coração e só depois com a cabeça, porém, dessa vez, preciso que pense e seja racional. — Ela ajeita as pernas e então prossegue: — Você e Sebastian vêm de dois mundos completamente diferentes e, muito embora não seja igual à situação que seu pai e eu ou tia Emily enfrentamos, também não é completamente diferente. Imagino que a família de Sebastian não saiba que ele é gay.

— Nem *eu* sei se ele é gay.

— Bem, para seguir com a nossa discussão, imaginemos que ele seja e que os sentimentos sejam recíprocos. Você sabe que a igreja acha normal a atração entre pessoas do mesmo sexo, contanto que nada realmente seja materializado, certo?

— Sim, eu sei.

— Você conseguiria ficar com ele sem tocá-lo? — A pergunta é retórica, então ela não precisa da minha resposta. — Se não, como se sentiria sendo um segredo? Aceitaria a situação de ter de fazer tudo às escondidas dos pais dele? E se a família de Sebastian for tão próxima quanto a nossa? Como você se sentiria se os pais cortassem relações com ele por causa da relação de vocês?

Dessa vez, ela espera uma resposta, mas sinceramente não sei o que dizer. Isso parece colocar a carroça na frente dos bois — droga, na frente de um rebanho inteiro. Minha mãe continua:

— Como se sentiria se Sebastian fosse abandonado pela comunidade dele ou se vocês dois realmente se apaixonassem, mas, no final, ele escolhesse ficar com a igreja, e não com você?

Faço uma brincadeirinha para desviar do assunto:

— A gente só está trocando mensagens no celular. Ainda não estou pronto para pedi-lo em casamento.

Ela sabe o que estou fazendo e me oferece um sorriso paciente e entristecido.

— Eu sei. Mas também sei que nunca o vi tão interessado assim em alguém e, em meio a toda essa animação que surge no começo dos relacionamentos, é difícil pensar no que vem depois. E cuidar de você é o meu papel.

Engulo em seco. É lógico que entendo o que ela quer dizer, mas a parte mais teimosa do meu cérebro insiste que a situação não é exatamente essa. Eu dou conta de enfrentar.

Embora minha mãe tenha boas intenções, meus pensamentos envolvendo Sebastian são um trem desgovernado: o maquinista sumiu e o motor está basicamente em chamas. Minha atração foge de qualquer controle.

Todavia, quando estou em meu quarto, pensando no que ela disse, consigo me acalmar o suficiente para perceber que dividiu mais com a gente do que eu imaginava. Sei o quão devastada tia Emily ficou quando reuniu a coragem necessária para se assumir para a família e seus pais lhe disseram que ela não era mais bem-vinda em casa. Sei que ela viveu nas ruas por alguns meses antes de se mudar para um abrigo e que mesmo ali não foi muito bem recebida. Sei que chegou a tentar se suicidar.

Essa foi a gota d'água para minha mãe. Ela deixou o curso que fazia na Universidade de Utah e levou Emily para São Francisco. Lá, matriculou-se na Universidade da Califórnia e passou a trabalhar à noite na 7-Eleven para sustentar as duas. Depois, fez mestrado na Stanford. Emily terminou o mestrado na Universidade da Califórnia em Berkeley.

Seus pais — meus avós, que, segundo me consta, hoje em dia vivem em Spokane, Washington — cortaram as duas filhas de suas vidas e de seu testamento, e nunca mais tentaram encontrá-las.

Minha mãe tenta fingir que superou, que essa situação não causa mais dor, mas como poderia ser verdade? Muito embora minha família às vezes me deixe louco, eu estaria perdido sem eles. Será que a de Sebastian seria mesmo capaz de expulsá-lo? De renegá-lo?

Santo Deus, essa situação está ficando mais complicada do que eu esperava. Pensei que não passaria de uma paixão rápida, uma curiosidade, mas agora estou mesmo envolvido. E sei que minha mãe não está errada ao dizer que meu interesse por Sebastian é uma ideia terrível.

∞

Vou visitar Emily e Shivani no fim de semana e – estranhamente – não tenho nenhuma vontade de enviar mensagens de texto para ele. Tenho certeza de que minha mãe contou a Emily tudo o que está acontecendo, pois minha tia tenta sondar minha "vida amorosa" algumas vezes, mas consigo desviar do assunto. Se minha mãe está intensamente envolvida no que está acontecendo, Emily está quase vibrando.

Elas me levam para assistir a um filme artístico sobre uma mulher que cria cabras, mas acabo dormindo no meio. Recusam-se a me deixar beber vinho durante o jantar, então pergunto para que diabos serve ter duas tias hereges. Emily e eu jogamos *pinball* na garagem durante umas quatro horas no domingo e, antes de ir para casa, como uns sete pratos de grão de bico com curry que Shivani preparou. Sinto uma alegria enorme por ter a família que tenho.

∞

É incrível como um pouco de distância e perspectiva parecem limpar a cabeça.

Mas, aí, Sebastian aparece para participar da aula na semana seguinte usando blusa cinza escura de manga longa com o botão aberto na altura da garganta e as mangas puxadas até metade do antebraço. Estou diante de uma paisagem de músculos e veias, pele macia e mãos graciosas. E como vou fazer para aguentar *isso*?

Como se não bastasse, ele parece mais do que feliz ao se aproximar para olhar minhas primeiras páginas. Chega a rir sobre a referência ao pôster da Autumn e me pergunta com uma curiosidade ligeiramente velada se o livro é autobiográfico.

Como se já não soubesse a resposta.

Uma questão paira em seus olhos: *eu estou no livro?*

Depende de você, é o que penso.

É óbvio que toda a "distância" e "perspectiva" que ganhei no fim de semana não duram muito.

Tive uma atração por Manny logo que nos conhecemos – até mesmo um ou dois momentos de privacidade imaginando como seria com ele –, mas não durou e minha atenção logo se voltou ao próximo da fila. Beijar meninos é bom. Beijar meninas é bom. Mas algo me diz que beijar Sebastian seria como uma chama caindo bem no meio de um matagal seco.

Exceto pelo tempo que passo no colégio e por alguns *Snaps* de suas refeições, não tenho tido muito contato com Autumn recentemente. Quando certa noite ela aparece em casa no horário do jantar, minha mãe sequer tenta esconder sua animação ao vê-la e a convida para ficar com a gente. Depois, desaparecemos em meu quarto e tudo volta a ser como nos velhos tempos. Deito-me na cama, tentando organizar os post-its do dia e transformá-los em alguma ideia coerente para meu próximo capítulo. Enquanto isso, Autumn investiga meu guarda-roupa e me atualiza sobre as fofocas do colégio: se eu soube que Mackenzie Goble fez um boquete em Devon Nicholson na galeria da quadra durante o jogo de basquete dos professores na semana passada; se ouvi que alguns alunos atravessaram um buraco na parede de um dos banheiros e foram parar na área acima do vestiário feminino; se fiquei sabendo que Manny convidou Sadie Wayment para o baile de formatura...

Essa última notícia atrai a minha atenção e eu pisco os olhos ao ver Autumn usando uma das minhas camisetas. Meus pais têm uma política rígida de deixarmos a porta aberta sempre que alguém vem visitar – menino ou menina –, mas essa política parece não se aplicar a Autumn. O que, francamente, é hilário, afinal, durante todo o tempo que passei olhando para minhas anotações, ela ficou tirando suas roupas e experimentando as minhas.

— Tinha me esquecido que as pessoas já estão falando sobre o baile de formatura.

Ela lança um olhar que claramente me chama de lerdo.

— Faltam menos de quatro meses. Eu falei disso no carro na semana passada.

Ajeito o corpo.

— Falou?

— Sim, falei. — Ela se olha no espelho, puxando a camiseta. — Parece que você não ouve nada do que eu digo ultimamente.

— Não, desculpa. Eu só... — Deixo minha pilha de post-its de lado e olho-a no rosto. — Eu estou envolvido demais com esse trabalho e tenho andado distraído. Repita para mim o que você falou.

— Ah! — Ela exclama, deixando a irritação de lado por um momento. — Perguntei se você queria ir comigo para não precisarmos transformar esse assunto do baile em um grande drama.

Nossa! Eu sou um idiota. Ela basicamente me convidou para a formatura e eu não respondi nada. Nem pensei no assunto. É verdade que Autumn e eu já fomos juntos a alguns bailes quando nenhum de nós estava saindo com ninguém, mas isso foi antes.

Antes do Sebastian?

Sou mesmo um idiota.

Ela me estuda através do espelho.

— Quero dizer, a não ser que você queira ir com outra pessoa.

Viro o rosto para Autumn não conseguir ver meus olhos.

— Não. Acho que só esqueci.

— Esqueceu do baile de formatura? Tanner, a gente está no último ano!

Dou de ombros, bufo.

Deixando meu armário para trás, ela se senta ao meu lado na beirada da cama. Suas pernas estão expostas; minha camiseta a cobre até mais ou menos metade de sua coxa. É em momentos assim que percebo como a vida seria muito mais fácil se eu sentisse por ela o que sinto por Sebastian.

— Tem certeza de que não quer convidar ninguém? Sasha? O que acha da Jenna?

Repuxo o nariz.

— As duas são mórmons.

Ah, que ironia!

— Sim, mas são mórmons legais.

Puxo Auddy para perto.

— Vamos ver o que vai rolar antes de tomarmos uma decisão. Ainda não perdi a esperança de que Eric vai tomar jeito e convidar você para ir com ele. Como você mesma disse, é o nosso último ano. Não quer que seja um evento muito especial?

— Eu não quero... — Autumn começa a falar com desânimo, mas eu a puxo para junto de mim e começo a fazer cócegas.

Auddy grita, e ri, e me xinga de todos os nomes, e é só quando Hailey está batendo na minha parede e meu pai está berrando para fazermos silêncio que, enfim, deixo-a, satisfeito com o fato de o assunto do baile de formatura ter ficado para trás.

∽

A vida aqui fica mais fácil quando as estações passam e os dias se tornam mais longos. Além de uma ou outra caminhada, ou um dia ocasional de esqui, nenhum de nós tem passado muito tempo fora de casa nos últimos meses. Isso me deixou meio louco e com tempo demais para pensar. Em meados de fevereiro, estou tão enjoado do meu quarto, e da minha casa, e do interior da escola que, quando o primeiro dia ameno chega, vejo-me disposto a fazer qualquer coisa, contanto que seja *lá fora*.

A mancha de neve na calçada se torna menor a cada dia, até não restar nada além de algumas poças isoladas no gramado.

Na manhã de sábado, meu pai deixa a caminhonete, o trailer e uma lista de afazeres com meu nome presa à porta da geladeira. Levo o barco para fora de casa, até a entrada de carros e puxo a lona que o protege. Traças caem no chão; o barco está úmido e escuro, e eu avalio quanto trabalho me aguarda. Ainda faltam meses para conseguirmos ir a algum lugar onde tenha água, mas antes o barco precisa passar por uma verdadeira reforma.

Há poças de neve derretendo por toda a entrada da garagem. Misturadas à sujeira das ruas e ao emaranhado de folhas e galhos, formam uma cena asquerosa, mas eu sei aonde essa cena leva: sol e vida ao ar livre e churrascos que se estendem pelo fim de semana inteiro. Vamos refazer a tapeçaria dos bancos e do chão em abril, então começo a puxar o tecido antigo e também sua cola. Eu não categorizaria esse trabalho como "divertido" ou "agradável", mas, como não tenho emprego e não existe gasolina grátis, faço o que meu pai manda.

Pego tudo o que preciso e estendo outra lona enorme no gramado para ficar mais fácil recolher tudo depois. Acabo de tirar um dos bancos quando ouço freios gritando e pneus derrapando atrás de mim.

Dou meia-volta e encontro Sebastian parado em sua bicicleta, apertando os olhos para protegê-los do sol.

Não o vejo fora da aula há duas semanas e sinto uma dor estranha se espalhar por mim. Levanto-me e vou até a beirada do deque.

– Oi.

– Oi. – Retribui o cumprimento com um sorriso no rosto. – O que está fazendo aí?

– Aparentemente ganhando a vida. Acredito que vocês chamem isso de "serviço" – ironizo, usando os dedos para fazer o sinal de aspas.

Ele dá risada e meu estômago se aperta.

– Serviço é mais como... "ajudar os outros" e menos "arrumar o barco chique do meu pai", mas tudo bem – ele rebate, também usando os dedos para marcar as aspas.

Caramba, Sebastian está me provocando. Aponto para a bagunça espalhada pela lona.

– Está vendo essa monstruosidade? Não tem nada de chique nisso.

Sebastian olha para o lado.

– Continue dizendo isso que vai acabar se convencendo.

Abaixo e meu rosto fica a poucos centímetros do dele.

– Mas o que você está fazendo aqui?

– Eu estava dando uma aula particular aqui perto e pensei em dar uma passada.

– Então você estuda, escreve, trabalha como assistente de professor e dá aulas particulares? Eu sou mesmo muito *preguiçoso*.

– Não esqueça o serviço da igreja. – Dando um passo para trás, ele olha para o lado, bochechas queimando. – Mas eu não estava neste bairro, para dizer a verdade.

Meu cérebro precisa de um instante para sair de A e chegar a B, mas, quando enfim liga os pontos – e entende que Sebastian veio aqui especificamente para me ver –, quase pulo para o lado e o agarro.

Mas, é claro, não faço isso. Pelo jeito como ele agarra o guidão, percebo que não está totalmente à vontade por ter admitido o que acabou de admitir, então sinto uma pontada de esperança brotar dentro de mim. É assim que nos revelamos: com esses *flashes* de desconforto, com as reações que não conseguimos esconder. De certa maneira, é por isso que é tão aterrorizante viver aqui, com a minha sexualidade em segurança apenas da porta de casa para dentro. Lá fora, eu poderia me entregar com um repuxar de lábios ao ouvir a palavra "bicha", ao olhar demais para alguém, ao deixar um amigo me abraçar e agir da forma errada. Ou ao ficar nervoso simplesmente porque ele quis passar aqui.

Devo estar apenas projetando, provavelmente vendo coisas por causa da minha esperança, mas, mesmo assim, quero descer, cuidadosamente afastar suas mãos da bicicleta e segurá-las.

Em vez disso, arrisco uma brincadeira:

— Percebi que você não discordou quando falei que sou preguiçoso. Acho que já entendi tudo.

A linha de seus ombros relaxa e ele solta o guidão.

— Bem, eu não queria dizer nada, mas...

— Você bem que podia parar de me zoar e vir aqui ajudar.

Sebastian deita a bicicleta no gramado e tira a jaqueta, surpreendendo-me ao simplesmente pular no trailer e subir na popa do barco.

— Agora você vai ver o que é serviço de verdade.

Sei que existe uma brincadeira aí sobre servir, mas não digo nada. Com a mão na cintura, Sebastian olha em volta.

— O que precisa fazer?

— Eu tenho que tirar os bancos e arrancar o carpete velho. Ah, e também raspar a cola. Aposto que agora está arrependido por ser uma pessoa tão bondosa.

Entrego as luvas para ele e me permito encará-lo por três segundos. Não vejo um único vinco, um única linha fora de lugar em sua roupa. Ele também tem passado o dia ao sol. Sua pele está mais dourada.

— Não precisa me dar as luvas – diz, recusando-as.

— Acho que tenho outro par na garagem.

Sebastian as aceita e eu desço do barco, reservando um instante para respirar enquanto lentamente vou à garagem e volto ao barco. Se estivesse seguindo o conselho de minha mãe, essa seria a oportunidade perfeita para estabelecer um limite, para esclarecer que, embora ele saiba algo ao meu respeito que ninguém mais sabe, nada jamais aconteceria entre nós dois.

Em breve, digo a mim mesmo. *Em breve, vou falar isso para ele. Provavelmente.*

Conseguimos tirar o outro banco da frente e, embora a temperatura não ultrapasse os 15 graus – um recorde para essa época do ano –, nós dois estamos suados quando começamos a puxar o carpete.

– Assim, não me leve a mal – ele diz –, mas por que o seu pai falou para você fazer isso em vez de... não sei... – Inclinando a cabeça como se parecesse culpado pela pergunta, ele olha para a minha casa. – Em vez de pagar alguém?

Acompanho seu olhar e também observo a casa. Nosso bairro certamente é o melhor desta parte de Provo. As casas têm entradas curvadas para os carros e gramados enormes no quintal. Todas têm porões refinados e muitas ostentam cômodos extras em cima da garagem. É verdade que meus pais ganham bem, mas nem de longe são esbanjadores.

– Minha mãe economiza tudo o que consegue. O raciocínio dela é o seguinte: já deixou meu pai comprar o barco, então de forma alguma vai deixá-lo contratar alguém para cuidar do barco.

– Bem parecida com a minha mãe. – Sebastian segura uma parte excepcionalmente dura do carpete e puxa. Um barulho de tecido rasgando se espalha, deixando-nos satisfeitos. – Só para ilustrar a ideia dela de economizar tudo o que pode, seu slogan é: use até gastar, depois reforme ou fique sem.

– Por favor, não diga isso à minha mãe ou ela vai acabar estampando em uma camiseta. Ou em um adesivo para carro.

Com o carpete, enfim, arrancado, Sebastian se levanta e joga o tecido para o lado, onde cai com uma pancada e uma nuvem de poeira. Então, usa o antebraço para secar a testa.

Ter de desviar o olhar para não ficar admirando seu torso é quase um crime.

Olhando em volta, ele analisa os danos.

– Enfim, velho ou não, é um barco bem legal.

– É, sim. – Forço-me a ficar em pé e desço da embarcação. Meu pai e minha mãe estão fora e convidá-lo para entrar parece tentadoramente criminoso. – Quer beber alguma coisa?

– Por favor.

Sebastian me acompanha pela garagem e entramos em casa. Na cozinha, abro a geladeira e desfruto do ar gelado em meu rosto. Ali, avalio o que temos para comer. Meu pai está no hospital e minha mãe foi às compras com Hailey.

Sinto-me grato, mas também *agudamente consciente* de que estamos sozinhos.

— Tem limonada, Coca-Cola, Coca Zero, Gatorade, água de coco...
— Água de coco?
— Minha mãe gosta de beber depois de malhar. Para mim, tem gosto de filtro solar diluído em água.

Sebastian vem atrás de mim para olhar dentro da geladeira; sinto o ar se prender em meus pulmões.

— É surpreendente não estamparem essa definição na caixinha.

Quando ele ri, posso sentir o movimento de seu peito.

Eu estou passando mal.

Ele raspa a garganta.

— Pode ser Gatorade.

Puxo duas garrafas e entrego-lhe uma. Pressiono a outra em meu rosto quando ele está de costas para mim.

— Seu pai é médico? – pergunta, absorvendo todos detalhes da casa.

Vejo-o abrir a garrafa e a levar aos lábios para tomar um longo gole. Meu coração bate sincronizado com cada vez que ele engole.

... *um*
... *dois*
... *três*
... e tenho certeza de que só volto a respirar quando ele volta a respirar.

— Sim, no hospital Utah Valley. – Viro-me outra vez para a geladeira, na esperança de que minha voz não falhe. – Aceita algo para comer?

Sebastian vem para perto de mim.

— Obrigado. Posso lavar as mãos antes?

— Sim, boa ideia!

Ficamos lado a lado diante da pia, ensaboamos as mãos e as enxaguamos. Nossos cotovelos se tocam e, quando estendo o braço à sua frente para pegar a toalha, nossos quadris se tocam. É só um lado do quadril, mas, em uma fração de segundos, minha mente vai do quadril para os ossos na região e tudo o que há ali no meio. Minha perversão não é nada além de inútil.

Ao me dar conta de que não posso ficar ali, diante da pia, pensando em seu quadril, entrego-lhe a toalha e volto para a frente da geladeira.

– O que acha de sanduíches?

– Ótimo, obrigado.

Puxo um pouco de frios e queijo e o que mais consigo encontrar e pego pratos e algumas facas no lava-louças. Sebastian sentou-se em um dos banquinhos. Deslizo o pão pelo balcão, para perto dele.

– Então, como está indo o trabalho?

Ele abre o saco plástico e coloca algumas fatias nos pratos.

– Trabalho?

Sebastian ri, inclinando-se para a frente para me olhar nos olhos.

– Sabe o livro? Aquele que você está criando para a disciplina na escola?

– O livro, claro. – Os frios são novos, então preciso prestar um pouco de atenção para abrir os embrulhos, o que significa que tenho pelo menos dez segundos para pensar. Ainda não são suficientes. – Está ótimo.

Surpreso, ele arqueia uma sobrancelha.

– Ótimo?

Tudo o que venho escrevendo ultimamente é sobre você, mas não tem problema nenhum nisso. As coisas não precisam ficar constrangedoras entre nós.

– É. – Respondo, dando de ombros, sem conseguir articular melhor por causa do peso de sua atenção. – O texto parece bem consistente.

Sebastian puxa uma folha de alface e a ajeita perfeitamente no centro do pão.

– Vou poder ler mais?

– Sim, claro – minto.

– Agora?

Minha resposta sai um pouco ríspida:

– Não ainda. Não.

– O que acha de passar em casa depois da aula na próxima semana? Aí, podemos trabalhar juntos.

Um monte de saliva parece se solidificar na minha garganta. Com esforço, engulo.

– Sério?

– Claro. O que acha de sexta-feira?

Então tenho quase uma semana para editar o texto.

— Combinado.

— Leve os primeiros capítulos — pede com os olhos brilhando.

Tenho mais do que cinco dias para trabalhar no meu livro. No mínimo, preciso trocar os nomes. Talvez, transformar algo que mais parece um diário em algo que mais pareça um romance.

Deus, dai-me forças.

Ficamos alguns minutos em silêncio, comendo, passando o saco de chips de um para o outro e finalmente abrimos duas latas de Coca-Cola com bastante cafeína — bastante escandaloso!

Então, Sebastian se levanta e vai olhar a fotografia na porta da geladeira.

— Essa foto é bem legal — elogia, inclinando o corpo para estudá-la mais de perto. — Onde foi isso? Essa construção é *insana*.

É uma imagem do verão depois do décimo ano do colégio. Estou diante de uma igreja enorme, de arquitetura elaborada.

— É a Sagrada Família em Barcelona.

Sebastian pisca duramente para mim, então arregala os olhos.

— Você já foi para Barcelona?

— Meu pai participou de um congresso famoso e levou a gente. Foi bem legal. — Aproximando-me dele, estendo a mão sobre seu ombro e toco parte da foto. — A igreja é diferente dependendo do lado em que você está. Aqui é o lado da paixão e é mais simples do que os outros. E essas torres... — aponto para as esferas de pedra que parecem se esticar até as nuvens. — Você pode pegar um elevador e subir.

— A expressão no seu rosto... — comenta, rindo. — Parece que você sabe de algo que quem tirou a foto não sabe.

Olho para ele tão de perto que posso ver as sardas em seu nariz e o movimento dos cílios quando seus olhos piscam. O que quero dizer a ele é que eu tinha ficado com um menino naquela viagem, o segundo cara que beijei na vida. Seu nome era Dax e ele também estava lá com seus pais. Escapamos durante um jantar de vários médicos e suas famílias e nos beijamos até nossos lábios ficarem dormentes.

Então, sim, acho que eu sabia de algo que a pessoa tirando a foto não sabia. De todo modo, contei aos meus pais sobre Dax alguns meses depois.

Quero dizer a Sebastian que ele está certo, no mínimo para ver qual será sua reação diante da minha explicação. Mas, em vez disso, apenas falo:

– Eu tenho um problema com altura. E quase perdi a cabeça quando meus pais disseram que tínhamos ingressos para subir.

Sebastian ergue o queixo e olha para mim.

– E você subiu?

– Sim, eu subi. Acho que segurei a mão da minha mãe o tempo todo, mas consegui. Talvez, por isso eu pareça meio orgulhoso.

Sebastian se afasta e volta a se sentar diante do balcão.

– Uma vez a gente viajou 70 quilômetros para ir a Nephi – conta.

– Acho que podemos dizer que você venceu.

Só consigo tossir uma risada.

– Nephi parece ser bem legal.

– A gente visitou o templo de Payson e assistiu a uma reconstituição do carrinho de mão pela Trilha Mórmon. Então... sim, foi legal.

Agora nós dois damos risada. Com compaixão, apoio a mão em seu ombro.

– Está bem, talvez você vença a próxima.

– Não acho que vá acontecer – diz, sorrindo para mim por sobre a lata de Coca-Cola.

Seu sorriso injeta endorfinas em minhas veias.

– Talvez, quando o barco estiver pronto, possamos dar uma volta com ele.

Ele apoia a lata ao lado de seu prato.

– Você já fez isso antes?

– Bem, eu nunca levei o trailer sozinho, mas tenho certeza de que consigo. Você pode ir com a gente a Lake Powell em julho.

O rosto de Sebastian parece desanimado por uma fração de segundo, antes de ele voltar a exibir aquela sua persona padrão tão perfeita.

– Parece uma ideia legal.

– Pode ser que tenhamos sorte e o tempo esquente mais cedo – arrisco –, um verão antecipado.

Eu me pergunto se ele percebe que meu coração está espancando as minhas costelas.

– Espero que sim.

CAPÍTULO OITO

Passo todo o meu tempo livre de todas as noites da semana freneticamente localizando e substituindo os nomes "Tanner", "Tann" e "Sebastian". Tanner vira Colin; Sebastian passa a ser Evan. Todos os meus colegas de escola recebem nomes falsos e genéricos. Autumn vira Annie; Fujita, Franklin. A sala de aula se transforma em um laboratório de química.

Percebo que é um exercício fútil. Mesmo quando salvo uma nova versão do arquivo, na qual Colin está interessado em Ian, um dos alunos mórmons da sala, sei que as alterações são, na melhor das hipóteses, pouco consistentes e nada convincentes.

Sexta-feira, depois das aulas, com os quatro primeiros capítulos impressos e debaixo do braço, entro em meu carro e dirijo até a casa de Sebastian. Posso jurar que a campainha deles é a mais alta do mundo. Pelo menos é o que parece assim que aperto o botão. Meu pulso acelera; sinto como se meus nervos estivessem sendo atropelados por uma carreta.

Mas agora não tenho como voltar atrás. Estou prestes a entrar na casa de Sebastian. Na casa *do bispo*.

Não é exatamente a minha primeira experiência do tipo. Já entrei na casa de Eric no passado, mas a casa de Eric é muito mais *light*. Há uma foto dele agora no lugar onde a foto do Salvador costumava ficar. Eles ainda ostentavam uma foto do templo emoldurada na parede, mas, ao mesmo tempo, tinham uma cafeteira, como qualquer família de pessoas civilizadas.

O que quero dizer com isso é que parte da ansiedade que sinto agora é como a que um arqueólogo deve sentir antes de escavar no Egito: há muito a descobrir aqui.

Passos pesados batem no assoalho lá dentro. Pesados o suficiente para me fazer pensar que pode ser o senhor Brother do outro lado da porta, então imediatamente me pego em pânico porque cortei os cabelos e vesti minha melhor roupa e o que acontece se, em vez de parecer um mórmon, eu estiver muito gay?

E se o pai de Sebastian imediatamente perceber minhas intenções e me mandar embora daqui, proibindo o filho de voltar a falar comigo?

Meu pânico se transforma em uma espiral. Estou arrumado, mas não sou todo perfeitinho; claramente sinto luxúria por Sebastian; meu pai é judeu – isso é ruim? Não existem muitos judeus em Provo, mas, como não somos praticantes mesmo, nunca considerei que esse fator pudesse me excluir ainda mais. Deus, eu nem sei usar a palavra "convênio" direito. Sinto o suor brotando em minha nuca e a porta está se abrindo e...

Mas é apenas Sebastian abraçado com um garoto.

– Este é Aaron. – Apresenta, afastando-se ligeiramente para que eu consiga ver seu irmão melhor. – Aaron, este é Tanner.

Seu irmão é esguio, sorridente, tem cabelos escuros e macios: uma miniatura do irmão mais velho. Mandou bem, genética.

Aaron se aproxima e estende a mão para me cumprimentar.

– Oi.

– É um prazer conhecer você.

Ele tem treze anos e eu agora me pergunto se meu aperto de mão é forte o suficiente. Os mórmons parecem ser muito bons com essas coisas.

Solto sua mão e sorrio, resistindo à necessidade de me desculpar. Os palavrões vão ter que ficar para outra hora ou, no mínimo, terão de ficar dentro da minha cabeça.

Quase como se percebesse que há um Tchernóbil silencioso acontecendo em meu interior, Sebastian leva Aaron para dentro e inclina a cabeça, sinalizando para que eu o siga.

– Entre – convida, e depois sorri –, você não vai pegar fogo.

O interior da casa é imaculado. E muito, *muito* mórmon. O que me faz pensar se esse espaço é parecido com a casa onde minha mãe cresceu.

Logo na entrada, há a sala de estar com dois sofás, um de frente para o outro, um piano de armário e um quadro enorme do Templo de Salt Lake. Ao lado está uma imagem de Joseph Smith. Acompanho Sebastian pelo corredor e passamos por um armário peculiar com uma estátua de Jesus com a mão estendida, porta-retratos com fotos dos quatro filhos e uma imagem do casamento de seus pais em que os dois estão totalmente vestidos de branco. Aliás, para ser sincero, eles parecem mal ter entrado na puberdade, e o vestido de casamento sobe até quase o queixo da noiva.

Na cozinha, como esperado, não vejo nenhuma cafeteira no balcão, mas, para meu eterno deleite, na parede bem ao lado da mesa, há uma foto enorme de Sebastian em um gramado verde, sorrindo de uma orelha à outra e casualmente segurando uma cópia do Livro dos Mórmons.

Ele me pega estudando a imagem e raspa a garganta.

– Quer alguma coisa para beber? Cerveja de raiz, suco... limonada?

Desvio a atenção da foto para olhá-lo em carne e osso – de alguma forma tão diferente aqui, diante de mim: olhos mais guardados, pele clara sem nem precisar de Photoshop, barba por fazer no queixo – e, como de costume, meus olhos se concentram em suas bochechas rosadas. Será que está constrangido ou excitado? Quero descobrir o significado de cada tonalidade de seu rubor.

– Água, por favor.

Ele se vira e eu o vejo se afastar antes de voltar minha atenção a cada uma das maravilhas emolduradas nesta casa. Como, por exemplo, um documento em uma moldura dourada pesada, intitulado "A FAMÍLIA: UMA PROCLAMAÇÃO PARA O MUNDO".

Eu nunca vejo coisas desse tipo. Em nossa casa, é muito mais provável que você encontre um manifesto progressista preso à parede.

Li até o quarto parágrafo, no qual a Igreja de Jesus Cristo dos Santos dos Últimos Dias proclama que "os poderes sagrados da procriação devem ser empregados apenas entre homem e mulher legalmente na condição de marido e esposa" quando Sebastian me entrega o copo de água gelada.

Estou tão assustado que quase o derrubo no chão.

– Então, isso aqui é interessante – digo, esforçando-me para manter um tom neutro.

Fico dividido entre querer terminar de ler e, de alguma forma, conseguir *desler* o que já absorvi.

Estou começando a entender o que minha mãe quer dizer quando fala em me proteger da mensagem tóxica da igreja.

— Tem muita informação condensada nesta página — Sebastian concorda, mas não consigo ler em sua voz como se sente com relação a isso.

Eu sabia de tudo isso antes de vir aqui — ou seja, que sexo é para os heterossexuais; pais são obrigados a ensinar esses valores a seus filhos; nada de sexo antes do casamento; e, acima de tudo, orar, orar e orar —, mas ver a mensagem estampada aqui, na casa do Sebastian, faz tudo parecer mais real.

O que, por sua vez, torna tudo o que estou sentindo um pouco mais *irreal*.

Fico instantaneamente vertiginoso ao perceber que a família de Sebastian não apenas *valoriza* as ideais estampadas ali; eles não estão brincando de "não seria legal se...?". Eles realmente, genuinamente, acreditam nesse Deus, nessas doutrinas.

Olho para Sebastian, que me analisa com olhos indecifráveis.

— Nunca recebi ninguém que não fosse membro aqui em casa — comenta, lendo a minha mente. — Só estou observando você absorver todas as informações.

Decido apostar na mais pura sinceridade:

— É difícil entender.

— Eu me pergunto o que aconteceria se você abrisse o Livro dos Mórmons e lesse uma parte, será que sentiria tocado de alguma forma? — Ele ergue a mão. — Não estou tentando convertê-lo, só fiquei curioso.

— Posso tentar.

Mas, francamente, *não quero*.

Ele encolhe o ombro.

— Por enquanto, vamos nos sentar em algum lugar e conversar sobre o *seu* livro.

A tensão do momento se desfaz e só aí me dou conta de que estava segurando a respiração, que todos os meus músculos estavam tensos.

Andamos até outra sala, muito mais aconchegante do que aquela logo na entrada da casa. Aqui, vejo inúmeros porta-retratos com fotos da família: juntos, em pares, sozinhos encostados a uma árvore. Em todas as fotos eles sorriem. E parecem sorrisos sinceros. Minha família é uma família feliz, mas, durante a nossa sessão de fotos mais recente, minha mãe ameaçou dar a Hailey um guarda-roupa inteiro de vestidos coloridos da Gap se ela não parasse de fechar a cara.

— Tanner — Sebastian me chama baixinho. Olho para ele e um leve sorriso se espalha por seu rosto, até ele não resistir e começar a rir. — É tão fascinante assim?

Sua provocação me faz perceber que estou me comportando como um homem saindo da caverna.

— Desculpa. É que tudo é tão bonito e gracioso.

Ele balança a cabeça e olha para baixo, mas ainda está sorrindo.

— Entendi. Mas e o seu livro?

Sim, Sebastian. Discutamos o meu livro. Meu livro, que é sobre você.

Minha confiança foge, deixando a cena do crime. Entrego a ele as páginas impressas.

— Não acho que esteja muito bom, mas...

Minhas palavras o fazem olhar na minha direção; percebo o interesse brotando em seus olhos.

— Nós chegaremos lá.

Ainda bem que, pelo menos, um de nós é otimista.

Ele sorri, olhando-me nos olhos e dizendo, como se estivesse me provocando:

— Não fique nervoso.

Então, pisca para as páginas em sua mão. Vejo os olhos deslizando de um lado a outro da página e meu coração é como uma granada na garganta.

Por que, mesmo, eu aceitei me submeter a isso? Por que tentei reescrever os trechos que se passam na sala de aula? Sim, eu queria passar tempo com Sebastian hoje, mas não seria muito mais fácil manter o livro em segredo até eu descobrir qual é a situação verdadeira entre nós dois?

Assim que esse pensamento me ocorre, percebo que meu subconsciente já venceu: eu queria que ele se encontrasse na história. Grande parte dos meus escritos vem de nossas conversas. Estou aqui porque quero que ele me diga qual interesse amoroso Sebastian quer ser: Evan ou Ian.

Assente ao terminar de ler e parece voltar e reler a última parte do texto.

Não esperava que ele fosse dizer:
— Estou com tempo nesse fim de semana. Posso ajudar.

Essa provavelmente é uma péssima ideia. Sim, estou interessado nele, mas receio que, se eu escavar mais fundo, não vou GOSTAR dele.

Mas seria melhor assim, não seria? Certamente não faria mal passar algum tempo fora desta sala de aula, obter uma resposta para a minha pergunta: Será que podemos ser amigos? Será que podemos ser algo mais?

Ele engole em seco e eu observo o movimento de sua garganta.

– Pode ser? – pergunta, atraindo meu olhar outra vez para o seu rosto.

– Sim – respondo, também engolindo em seco. Dessa vez, ele assiste. – A que horas?

∞

Ele sorri enquanto me entrega as páginas.

– Uau!

Uau? Estremeço. É claro que ele quis dizer que está horrível.

– Eu me sinto um grande idiota.

– Nada disso – rebate –, Tanner, eu gostei bastante.

– Ah, é?

Ele assente antes de mordiscar o lábio.

– Então... *eu* estou no seu livro?

Nego com a cabeça. O pino da granada foi puxado.

– Ninguém que conhecemos está. Bem, exceto Franklin, que é uma recriação de Fujita, obviamente. Só estou usando o cenário da escola como estrutura.

Deslizando um dedo por seu lábio inferior, Sebastian me estuda por alguns segundos.

– Acho que... Quero dizer... Acho que a história é sobre a gente.

Sinto todo o sangue deixando meu rosto.

– O quê? Não!

Ele dá uma risada gostosa.

– Colin e... Ian? Ou o professor-assistente é Evan?

– É a história de Colin e *Ian*. Outro aluno.

Ai, meu Deus. Ai, meu Deus!

– Mas... – começa a falar e logo olha para baixo, enrubescendo.

Eu me esforço para não entregar nada.

— O que foi?

Ele abre o manuscrito em uma página e aponta o indicador.

— Você digitou seu nome errado aqui. Bem aqui, onde acho que era para ter sido Colin. Aí, quando fez uma busca e mandou substituir, o programa não pegou.

DROGA!

O mesmo erro de digitação que *sempre* cometo ao escrever meu nome.

— Está bem. É... Originalmente era sobre mim e uma pessoa hipotética.

— Sério? — pergunta com olhos cheios de curiosidade.

Cutuco o clipe de papel que usei para segurar as páginas.

— Não, eu sei que você não é...

Ele abre em outra página e me entrega.

Um palavrão me escapa, bem baixinho.

Com os dedos entrelaçados à frente do corpo, Franklin apoia o peso do corpo nos calcanhares.

— Seb tem uma agenda muito lotada, obviamente. — Eu sinto minha mente gemer. Seb... — Mas ele e eu sentimos que essa experiência pode beneficiar todos vocês. Eu acredito que ele vai inspirá-los.

Seb. Esqueci de mandar o programa substituir o apelido de Sebastian.

Ele está prestes a dizer alguma coisa — não consigo decifrar sua expressão, mas não me parece ser de horror — quando uma voz surge, vinda da porta.

— Sebastian, querido!

Nós dois nos viramos para olhar na direção do som. Quero beijar a mulher que me tirou desse buraco de constrangimento. A mãe dele, reconheço pelas fotos, entra na sala. É pequena, com cabelos de um tom escuro de loiro, presos em um rabo de cavalo. Usa uma blusa de manga longa simples e calça jeans. Não sei por que esperava encontrar uma mulher com um vestido floral antiquado e tiara nos cabelos, mas minhas sinapses rapidamente se rearranjam.

— Oi, mãe. — Sebastian a cumprimenta com um sorriso. — Este é o Tanner. Ele está fazendo o Seminário este semestre.

Sua mãe sorri para mim, aproximando-se para me oferecer um aperto de mão e dizer que sou bem-vindo à sua casa. Meu coração continua espancando as costelas, e me pergunto se a minha aparência é a de quem está prestes a desmaiar. Ela me oferece algo para beber e para comer. Pergunta em que estamos trabalhando e nós dois murmuramos alguma coisa *blá-blá-blá* em um livro, mas não olhamos um para o outro.

Aparentemente, todavia, nossas respostas foram totalmente convincentes, pois ela olha para Sebastian e diz:

— Você retornou a ligação de Ashley Davis?

Como se por vontade própria, os olhos de Sebastian apontam para mim e de volta para sua mãe.

— Quem é essa mesmo?

O esclarecimento dado por sua mãe faz meu estômago afundar:

— A coordenadora das atividades. — Então, uma pausa antes de acrescentar de forma bastante significativa: — Ela organiza a ala dos solteiros.

— Ah. Não, ainda não entrei em contato com ela.

— Então não se esqueça de fazer isso, está bem? — Ela pede com um sorriso caloroso. — Eu falei que você ligaria. Acho que já é hora.

É hora? O que isso quer dizer? Será que seus pais se incomodam por ele estar com dezenove anos e não ter namorada? Pensei que Sebastian não devesse ter namorada quando partisse para cumprir sua missão.

Será que suspeita que seu filho seja gay?

Sebastian começa a falar, mas ela delicadamente o corta, respondendo algumas das minhas perguntas:

— Não estou dizendo que você deva se relacionar com alguém. Só quero que conheça algumas... pessoas... — Que droga, ela está falando de meninas — para quando chegar a hora...

— Está bem, mãe — Sebastian responde baixinho, piscando para mim e desviando outra vez o olhar.

Sorri para ela porque a interrompeu, para que não se sinta insultada. Ela parece satisfeita com a resposta dele, então prossegue:

— Já temos a programação da sua agente para a promoção do livro?

Sebastian estremece, negando com a cabeça.

— Ainda não.

O sorriso de sua mãe se desfaz e agora um franzir de testa se instala em seu semblante.

– Fico preocupada com a questão do tempo necessário para coordenar tudo. – Esclarece. – Ainda temos que cuidar da burocracia e coordenar as coisas com o CFM. Se você for em junho, estará perto da data-limite. Não sabemos para onde será enviado, então imagino que precise de três meses no centro antes de partir.

Em qualquer outra casa, esse planejamento detalhado me faria pensar em espiões, e Agente Q, e canetas que se transformam em machados. Aqui, não.

Mas logo os pontos se unem. Meu cérebro de repente parece o antigo GM Buick de minha mãe. Ela sempre pisava no acelerador antes da hora e o motor encharcava, precisando de alguns segundos para limpar. Preciso desse mesmo tempo para me dar conta de que Sebastian e sua mãe estão falando *deste verão*.

Ou seja: ele vai passar dois anos longe de Provo.

CFM é o Centro de Formação de Missionários. Ele vai embora daqui a quatro meses.

Quatro meses que terão de parecer uma eternidade.

– Vou perguntar à agente. – Sebastian diz. – Desculpa. Na última vez que perguntei, eles disseram que me enviariam o itinerário da turnê, com todas as datas e cidades, assim que estivesse pronto.

– Temos muito a fazer antes de você ir – ela reforça.

– Eu sei, mãe. Vou me colocar em dia com as coisas.

Com um leve beijo no topo da cabeça do filho, ela vai embora e a sala parece ser engolida por um silêncio pesado.

– Desculpa pelo que acabou de acontecer – ele pede, e eu espero ver seu rosto se apertar, mas, quando o observo, deparo-me com um sorriso enorme.

A conversa desconfortável entre nós ficou para trás, assim como a conversa desajeitada com sua mãe.

– São tantas coisas para coordenar – continua –, preciso conseguir logo essas informações para ela.

– Claro.

Pressiono meu lábio inferior, tentando descobrir como perguntar o que quero perguntar, mas meu movimento o distrai e a expressão em seus lábios muda quando ele me vê tocando o dedo em minha boca.

Não sei o que se passa nesse pequeno intervalo, mas – bem parecido com sua reação quando ele admitiu que foi me ver naquele dia, quando eu estava trabalhando no barco – nossas expressões dizem muito. Dizem muito porque o sorriso parecia real até ele olhar para a minha boca, e então esse sorriso se estilhaçou por completo.

A sala está tomada por sentimentos não verbalizados. Eles pairam como nuvens pesadas sobre nossas cabeças.

– Aonde você vai? – indago.

Ele analisa meus olhos e agora não há nenhum sinal de sorriso.

– Ah, depois da turnê do livro? Vou cumprir a minha missão.

– Certo, entendi. – Meu coração é como mil bolinhas de gude rolando no chão. Não sei por que preciso que ele diga em voz alta. – E ainda não sabe para onde será enviado?

– Acho que vou descobrir em julho. Como você mesmo ouviu, ainda precisamos enviar a minha documentação, mas só posso fazer isso depois que o livro sair.

Missões, vistas de fora, são difíceis de entender. Homens jovens – e, às vezes, também mulheres, mas não com a mesma frequência – deixam suas casas por dois anos e são enviados a qualquer lugar do mundo. Seu trabalho? Fazer novos mórmons. E não do jeito que envolve sexo, pelo menos não ainda. Os missionários criam novos mórmons ao batizar pessoas.

Nós todos já os vimos por aí, andando a pé ou de bicicleta, com suas calças impecáveis e camisas brancas de mangas curtas perfeitamente limpas. Aparecem às nossas portas com sorriso enormes, cabelos arrumados e uma plaquinha preta com seu nome e perguntam se gostaríamos de descobrir mais sobre Jesus Cristo, nosso Senhor e Salvador. A maioria de nós os dispensa com um sorriso e um "não, obrigado".

Mas minha mãe nunca diz não. Independentemente de seus sentimentos com relação à igreja – e acredite quando eu digo que ela não permite que eles sequer citem o Livro dos Mórmons –, essas pessoas estão longe de casa, ela explicava quando morávamos em Palo Alto. E é verdade; muitos deles estão e passam o dia todo em pé, andando. Quando os convidamos para entrar, são tão gentis e bondosos quanto se possa imaginar. Aceitam limonada e um lanchinho, e sua gratidão chega a ser efusiva.

Os missionários são algumas das pessoas mais gentis que você pode encontrar, mas querem que você leia o livro deles, querem que veja a verdade da forma como a igreja a vê.

Enquanto estão longe de casa, não podem assistir TV ou ouvir rádio, nem ler nada além de alguns textos sancionados pela igreja. Estão ali para mergulhar mais fundo do que nunca em sua fé, para ficarem sozinhos e se tornarem homens, para ajudar a expandir a igreja e o acesso ao Evangelho. É claro que não podem se envolver em atos sexuais – e muito menos com membros do mesmo sexo. Eles querem salvá-lo porque acham que você precisa ser salvo.

Sebastian quer ser um deles.

Não consigo afastar da minha cabeça esse pensamento e agora estamos aqui, nesta casa, cercados por essa verdade – é claro que ele quer ser uma dessas pessoas. Ele *é* um deles. O fato de ter se encontrado com tanta facilidade em meu livro, de saber que tenho sentimentos por ele, não muda nada.

A essa altura, já nem me importo mais com a farsa da minha escrita; eu o deixaria ver a versão original, a versão que deixa claro que não consigo parar de pensar nele, se me prometesse *ficar*.

Ele quer participar da missão? Quer ir embora daqui e dedicar dois dos seus melhores, mais sensuais e mais aventurosos anos à igreja? Quer entregar sua vida a isso? Realmente *entregar* a vida a isso?

Olho para minhas mãos e me pergunto o que estou fazendo neste lugar. A Paige e seu coração de glitter são anos-luz mais avançados do que eu. Eu sou o Rei dos Ingênuos.

— Tanner.

Olho para ele, que está me encarando, e fica claro que já me chamou mais de uma vez antes de eu ouvi-lo.

— O quê?

Sebastian tenta sorrir, mas está nervoso.

— Você ficou quieto.

Sejamos francos: eu não tenho nada a perder.

— Acho que ainda estou preso naquela parte em que você passa dois anos longe, cumprindo a sua missão. Tipo, estou me dando conta de que você vai mesmo fazer isso.

Nem preciso dizer mais nada a Sebastian. Ele entendeu tudo. Entendeu as entrelinhas, o "eu não sou mórmon; você é". O "quanto tempo conseguiremos ser amigos?". O "eu não quero ser seu amigo". Vejo em seus olhos.

E, em vez de ignorar, ou mudar de assunto, ou sugerir que eu aprenda a arte da oração, ele se levanta, puxa a bainha da camisa e diz:

– Vamos. Vamos dar uma volta. Nós dois temos muita coisa para digerir.

∽

Existem um milhão de trilhas subindo a montanha e, quando o tempo está bom, você costuma encontrar alguém andando por elas. Porém, em Utah, o clima é imprevisível, e nossa frente de calor já foi embora há muito tempo. Ninguém está fazendo trilha.

Temos o mundo aqui fora para nós, então percorremos o caminho escorregadio até as casas no vale se transformarem em pontinhos e nós dois nos vermos sem ar. Só então paramos e eu me dou conta de quanta força tivemos que usar pela trilha, exorcizando alguns de nossos demônios.

Talvez o mesmo demônio.

Meu coração bate acelerado. Estamos claramente prestes a dar início a uma Conversa com C maiúsculo – caso contrário, teríamos simplesmente deixado de lado o trabalho escolar e ido jogar no Xbox – e as possibilidades de onde isso vai levar me deixam um tanto louco.

Não vai levar a lugar nenhum, Tanner. A lugar nenhum.

Sebastian se senta em uma pedra, abaixando-se para descansar os braços nas coxas e recuperar o fôlego.

Vejo o subir e descer de suas costas protegidas pela jaqueta, os músculos sólidos ali, mas também a postura ereta, aquele *equilíbrio* que só ele tem – e, em meus pensamentos, eu o corrompo. Imagino minhas mãos deslizando por todo o seu corpo, suas mãos deslizando pelo meu.

Eu desejo Sebastian.

Com um leve gemido, desvio o olhar, analiso o horizonte, o Y da BYU estampado no gramado e, francamente, isso é a última coisa que quero ver. É feito de concreto e, na minha mente, é uma ofensa terrível para os olhos, mas é reverenciado na cidade e no campus da BYU.

– Você não gosta do Y?

Olho para Sebastian.

– Não tenho problemas com ele.

Ele ri – do meu tom de voz, imagino.

– Tem uma história que os Santos dos Últimos Dias contam segundo a qual os nativos americanos que viveram aqui muitos anos atrás disseram aos colonizadores da igreja que os anjos haviam lhes contado que quem se mudasse para cá seria abençoado e próspero.

– O interessante é que os nativos americanos não vivem mais aqui justamente por causa desses colonos.

Ele se aproxima, olha diretamente em meus olhos.

– Você parece muito chateado.

– Eu estou chateado.

– Por causa da minha missão?

– Certamente não é por causa daquele Y.

Ele vacila, sobrancelhas baixas.

– Bem, você não sabia que a maioria de nós parte em uma missão?

– Sim, mas acho que pensei que...

Olho para o céu e só consigo tossir uma risada. Sou mesmo um idiota. Houve algum momento em que pensei que poderia fazer esses sentimentos pararem de se espalhar por minha corrente sanguínea?

– Tanner, eu só vou passar dois anos fora.

Minha risada sai tão seca que mais parece que estou cuspindo poeira.

– Só isso. – Balanço a cabeça, piscando para o chão ao redor dos meus pés. – Então, nesse caso, não estou mais chateado.

Ficamos em silêncio e é como se um bloco de gelo tivesse caído entre nós. Eu sou uma piada. Agora, estou agindo como uma criança e tornando essa situação ainda mais constrangedora.

– Você pode pelo menos me ligar quando estiver longe? – pergunto.

Não me importo mais se parecer um louco.

Sebastian nega com a cabeça.

– E-mail ou... mensagens de texto?

– Posso enviar e-mails para minha família – esclarece. – Também posso entrar no Facebook, mas... só para tratar de assuntos ligados à igreja.

Sinto dor quando ele se vira para me olhar e o vento chicoteia forte meu rosto. Ao mesmo tempo, tenho a impressão de que o céu está me estapeando para que eu volte aos meus sentidos.

Acorde, Tanner. Acorde, caramba.

– Tanner, eu não...

Sebastian esfrega a mão no rosto e balança a cabeça. Não conclui seu pensamento, então eu o pressiono:

– Você não o quê?

– Eu não entendo por que está tão chateado.

Ele está me encarando agora, o arco de sua sobrancelha se repuxa para baixo. Mas não é confusão que vejo ali; pelo menos não me parece. Quero dizer, ele sabe que eu sei. Só quer que eu diga em voz alta? Quer que eu fale para que possa explicar com todo o cuidado que nós dois ficarmos juntos é algo impossível? Ou quer que eu admita meus sentimentos para poder...?

Não estou nem aí para os motivos. As palavras são pedras pesadas em meus pensamentos, *em todos os meus pensamentos,* e, se eu não as colocar para fora, acabarão destruindo todo o meu interior.

– Eu gosto de você – exponho. Mas, quando olho para ele, percebo que essas palavras não são suficientes; elas não alteram a expressão em seu rosto. – E sei que a sua igreja não permite esse tipo de sentimento.

Ele fica parado, completamente parado, como se segurasse a respiração. Eu continuo:

– Não permite que garotos tenham sentimentos assim... por outros garotos.

Ele deixa escapar um "não" quase inaudível.

– Mas eu não sou mórmon. – Afirmo, agora com a voz quase tão baixa quanto a dele. – Na minha família, esse tipo de atração não é uma coisa ruim. E agora não sei o que fazer com meus sentimentos nem como deixar de tê-los por você.

Eu estava certo. Minha colocação não o surpreende, de forma alguma. Seu rosto volta ao normal, mas logo está, outra vez, turvo. Cada músculo se contrai. Pergunto a mim mesmo se ele preferiria que eu não tivesse falado nada ou se queria que simplesmente fingisse que ele é meu amigo e que eu sentiria falta, durante os dois anos, de nossos encontros platônicos para discutir esse livro ridículo.

– Eu... – Ele começa, mas logo expira controladamente, como se as moléculas de ar saíssem uma de cada vez de seus pulmões.

– Não precisa falar nada – digo a ele.

Meu coração está acelerado. É como uma mão me socando, socando, socando por dentro. Idiota, idiota, idiota.

– Eu só queria explicar por que estava chateado – acrescento, desejando que o chão se abra para me engolir. – E também porque meu livro basicamente narra como é me apaixonar por você.

Observo sua garganta enquanto ele engole em seco.

– Eu acho que eu sabia.

– Também acho que sabia.

Sua respiração agora sai dura e rápida. As bochechas estão rosadas.

– Você sempre... gostou de meninos?

– Eu sempre gostei de pessoas. – Esclareço. – Eu sou bi, na verdade. Acho que gosto de pessoas, e não das partes físicas delas.

Sebastian assente e não para. Continua balançando e balançando a cabeça e assente enquanto olha para suas mãos entre os joelhos.

– Por que você simplesmente não fica com uma menina, então? – pergunta bem baixinho. – Afinal, você se sente atraído por elas. Não facilitaria muito as coisas?

– Isso não é algo que a gente escolhe.

A situação é muito pior do que eu imaginava. Muito mais difícil do que foi contar para o meu pai. Quero dizer, quando me assumi para ele, percebi que ficou preocupado com o modo que o mundo me trataria e o tipo de obstáculo que eu encontraria pelo caminho, obstáculos que ele talvez não pudesse me ajudar a superar. Mas vi sua reação mascarada por baixo da mais firme das disciplinas. Ele quer que eu seja aceito e faz tudo o que está ao seu alcance para esconder de mim seus medos.

Agora, aqui... Eu estava tão errado no que pensei sobre essa situação. Não devia ter dito nada ao Sebastian. Como podemos ser amigos depois do que aconteceu hoje? Tenho o pensamento melodramático de que isso é o que é sentir o coração partido. Não existe um estilhaçar; só existe uma fissura lenta e dolorosa que se espalha bem no meio.

– Eu acho que... sempre gostei de meninos – ele sussurra.

Meu olhar voa na direção de seu rosto.

Ele baixa as pálpebras, pesadas, enquanto tenta esconder as lágrimas.

– Quero dizer, sei que sempre gostei de meninos.

Ah, meu Deus!

– Eu não sinto nenhuma atração por meninas – continua. – E o invejo por isso. Sempre orei para que em algum momento passasse a desejá-las. – Solta pesadamente o ar preso em seus pulmões. – Nunca falei isso em voz alta.

Quando ele pisca, as lágrimas escorrem por suas maçãs do rosto. Sebastian olha para cima, para as nuvens, e deixa escapar uma risada entristecida antes de prosseguir:

— Não sei dizer se me sinto bem ou horrível com isso.

Meus pensamentos são um ciclone; meu sangue é um rio transbordando. Tento encontrar a coisa certa para dizer, o que eu gostaria que alguém me dissesse em um momento assim. O problema é que ele ter admitido para mim é algo enorme. É diferente de tudo o que já enfrentei, mesmo com a minha família.

Aposto no meu primeiro instinto, naquilo que me pai me falou:

— Eu seria incapaz de expressar o quão bom é saber que você confia em mim.

— É. — Ele me observa com seus olhos marejados. — Mas eu nunca... — Balança a cabeça. — Quer dizer, eu... tive vontade, mas nunca...

— Você nunca ficou com um menino?

Ele nega outra vez com a cabeça.

— Não. Nada, nunca.

— Eu já beijei meninos, mas, para ser sincero, nunca... senti isso que sinto agora.

Ele passa um instante absorvendo essa informação.

— Eu tentei mudar. — Sebastian aperta os olhos. — E não me permiti sequer imaginar como seria... ficar com...

Suas palavras são como um soco na boca do meu estômago.

— Mas, aí, conheci você — conclui.

Agora sua fala me atinge com ainda mais força.

Sinto-me arrancado do meu próprio corpo, como se estivesse assistindo a esta cena do outro lado da trilha. Estamos sentados em uma pedra, lado a lado, braços se tocando, e sei que esse momento ficará para sempre gravado na minha história.

— A primeira vez que te vi... — Começo, e ele já assente como se soubesse exatamente o que estou prestes a dizer.

— Sim.

Meu peito se aperta.

— Nunca me senti assim antes.

— Eu também não.

Viro-me para ele e tudo acontece muito rápido. Ele está olhando meu rosto e, no instante seguinte, sua boca encosta na minha, calorosa e doce e a sensação é maravilhosa. Meu Deus. Não consigo controlar os sons guturais que me escapam. Sebastian também os emite, e eles se transformam em uma risada quando ele se afasta com o maior sorriso que os céus já viram, e então se aproxima outra vez para me beijar mais, e mais intensamente, e encostar a mão em meu pescoço.

Sua boca abre e eu sinto os golpes cuidadosos de sua língua.

Raios estouram atrás das minhas pálpebras fechadas, tão intensos que quase consigo ouvi-los. É o meu cérebro se desfazendo, meu mundo acabando ou, talvez, eu só tenha sido atingido por um meteoro e isso seja o arrebatamento, e eu tenha recebido um último momento perfeito antes de ser mandado para o purgatório e ele ser mandado para outro lugar muito, muito melhor.

Não é o primeiro beijo dele – sei disso. Mas é seu primeiro beijo *de verdade*.

CAPÍTULO NOVE

No *caminho descendo a montanha, não sei nem o que fazer* com as mãos, menos ainda com o embaraço das minhas emoções. O que acabou de acontecer lá em cima está tatuado em cada uma das minhas sinapses. Tenho certeza de que, mesmo daqui a décadas, vou me lembrar da sensação de cada toque.

Minha mãe sempre me diz para avaliar meus sentimentos. Então, além de vertiginoso por causa da luxúria, eu me sinto...

Nervoso.

Hesitante.

Desesperado para que aconteça outra vez, e logo.

Porém, as emoções que me deixam mais nauseado perdem a cor se comparadas à exaltação.

Eu.

Beijei.

Sebastian.

Senti sua boca na minha, senti sua língua e sua risada reverberando no espaço entre nós. Beijamos, e nos beijamos mais um pouco. Todos os tipos de beijo. Rápido e molhado, e também aqueles mais lentos e mais profundos que me fazem pensar em sexo e em longas tardes, escondidos, no quarto de alguém. Ele mordiscou meu lábio e eu mordisquei o dele, depois Sebastian deixou escapar um ruído que ouvirei ecoando no frenesi de meus pensamentos durante o resto do fim de semana. Tudo pareceu... certo *pra* caramba. Como se tudo o que fiz antes com outras pessoas não fosse beijar de verdade. Talvez, pareça clichê, mas foi como se cada célula do meu corpo estivesse envolvida ali. Aqueles beijos deixaram tudo o que já fiz antes parecendo sem graça e difícil de lembrar. Nos beijamos até calafrios começarem a se arrastar por baixo de nossas roupas.

Na verdade, agora que estou pensando no que aconteceu, posso dizer que nos beijamos até Sebastian se afastar, quando minha mão flertava com a bainha de sua camisa.

Ele contou que nunca fez nada com outro menino, mas estava claro que a mecânica do ato não lhe era nova, então posso apostar que já teve namoradas. De todo modo, nós dois estávamos literalmente tremendo com a mesma fome maníaca, então, talvez, para ele, tenha sido tão único e diferente quanto foi para mim.

Será que ele já... transou? Imagino que não – tenho certeza de que Autumn daria risada e diria que alguns dos mórmons são as pessoas mais safadas do colégio, mas alguma coisa em Sebastian me diz que ele é diferente no sentido de que, fora o que fizemos hoje, ele vive de acordo com todas as regras.

Mas ele transaria? Comigo?

Esse questionamento espalha ansiedade e calor em meu sangue.

Parece claro que estou me adiantando, mas ao mesmo tempo me sinto agitado e não sei como as coisas acontecerão. Será que nós estamos... ficando ou algo assim? Mesmo que apenas às escondidas?

Ele vai sair outra vez comigo?

Em meus pensamentos, minha mãe bate o pé no chão, forçando-me a analisar melhor o que está acontecendo. Contudo, esse pensamento imediatamente evapora. A sensação de tocar em Sebastian ainda é muito recente.

Quando nos levantamos e limpamos a terra de nossas roupas, era como se alguém furasse uma bolha de sabão. Mesmo lá, a céu aberto, parecíamos realmente sozinhos. Agora, todavia, a cada passo que damos colina abaixo um pouco mais desse filme protetor se dissolve. Provo se espalha lá embaixo, grande e organizada.

Não quero voltar para lá. Não quero ir para casa. Não importa o quanto eu ame minha casa, e minha família, e meu quarto, e minha música, amo mais estar com Sebastian.

Como era de se esperar, ele fica em silêncio. Caminha a uma distância segura de mim, fora do meu alcance, com os olhos concentrados em seus pés e no caminho à sua frente. Tenho certeza de que neste momento sua confusão interna é maior do que a minha, mas a minha bagunça é enorme e torna difícil encontrar o que dizer ou mesmo saber se devemos conversar sobre o que acabamos de fazer.

Nesse tipo de situação pós-pegação com meninas – minha única experiência em Provo até então –, estaríamos de mãos dadas e eu me esforçando para controlar o corpo enquanto voltávamos para a cidade. Sem dúvida o mesmo se aplicaria aos rapazes, mas não aos meninos mórmons que – o silêncio e a ausência de contato físico parecem sugerir que nós dois notamos isso – estariam sujeitos a sermões e preces se fossem vistos descendo a montanha de mãos dadas.

Mesmo assim, apesar de tudo isso, espero que esse silêncio não seja ruim. De vez em quando, ele olha para mim e sorri, o que me faz brilhar por dentro. Mas, aí, eu me lembro de seu sorriso tranquilo (apesar do estresse) depois que sua mãe deixou a sala mais cedo, de seu sorriso tranquilo quando meninas conversam com ele no colégio (mas ele só gosta de meninos) e de seu sorriso tranquilo nas suas fotografias emolduradas em sua casa (onde ele tem de esconder um dos seus maiores segredos), e sinto uma leve pontada ao me perguntar se sou capaz de notar a diferença entre um sorriso tranquilo real e um sorriso tranquilo falso.

– Está tudo bem aí com você? – pergunto com uma voz que vacila constrangedoramente.

Seu sorriso quase não é abalado.

– Está.

Temo o que pode acontecer daqui a cinco minutos, quando chegarmos à frente da sua casa. Se houvesse um jeito de tirá-lo dessa cidade, e dirigir até a gasolina acabar, e passar a noite conversando sobre esse assunto, ajudando-o a vencer seus medos, eu faria isso. Sei o que ele vai fazer, porque é uma versão mais dramática daquilo que vivi quando beijei um menino pela primeira vez: entrar no quarto e dizer a si mesmo vários e vários motivos pelos quais o que aconteceu hoje não passou de um momento de curiosidade e nada mais.

– O que você vai fazer no fim de semana?

Ele inspira bruscamente, como se precisasse se recompor antes de conseguir responder a essa pergunta.

– Tenho um torneio de futebol amanhã, depois Lizzy e eu vamos a Orem, ajudar na mudança de uma família.

Ah, serviço. E Orem. Nojo. As casas lá são mais bacanas, mas, se é que isso é possível, a cidade é ainda mais parada do que Provo.

– De onde os pobrezinhos estão se mudando?

Ele me lança um olhar perplexo.

– De Provo, oras.

– Você fala como se as pessoas não pudessem se mudar de outro lugar para Orem.

Minhas palavras o fazem dar uma risada sincera e eu sou consumido por seus olhos repuxados.

– Não, eu só quis dizer... – Ele pensa um pouco e volta a rir. – É, está bem, eu não acho que alguém se mudaria de nenhum lugar além de Provo para Orem.

– Ei, Sebastian?

Suas bochechas enrubescem com a minha voz e seu sorriso de alguma forma consegue ser tímido e sedutor.

– Oi?

– Você se sente à vontade com o que acabamos de fazer?

Ele fica pálido e sua resposta vem rápida demais para o meu gosto.

– Sim. Sem dúvida.

– Tem certeza?

Timidez e sedução abrem espaço para magnanimidade e eu sinto como se estivéssemos discutindo se ele gostou de algum prato que minha mãe preparou.

– Claro que sim.

Estendo a mão para tentar tocar seu braço. É uma necessidade instintiva de ter algum contato. Mas ele se afasta e olha à nossa volta em um pânico instantâneo.

– Nós. Eu não... Não podemos.

Suas palavras saem entrecortadas, como pancadas desajeitadas no tronco de uma árvore.

– Desculpa.

– Não estamos tão perto assim da cidade.

Claramente, não sou tão bom quanto ele quando o assunto é disfarçar emoções. Ele se retrai e sussurra:

– Não estou tentando ser um cafajeste. É só a realidade. Eu não posso... conversar assim... não aqui embaixo.

Evito minha mãe a noite toda enquanto ela me lança aquele olhar demorado de "quer conversar?" e alego que estou cheio de lição para fazer – o que é verdade, mas, numa noite de sexta-feira, não consigo enganar ninguém. Autumn liga. Manny liga. Eric liga. Todo mundo está indo a algum lugar, planejando alguma coisa para fazer, mas são as mesmas coisas que fazemos há três anos, e nos mesmos lugares. Beber cerveja sem álcool, ou cerveja de raiz, ou refrigerante, e assistir às pessoas tirarem as roupas para se agarrarem nos cantos escuros, isso não me parece ser o que quero fazer esta noite.

Quero ficar sozinho – mas não para poder ficar olhando o *feed* do Instagram cheio de homens lindos. Quero repassar a trilha na montanha, várias e várias vezes. Tudo, menos o fim.

É só a realidade.

Não aqui embaixo.

Eu poderia entrar nessa espiral de uma verdade deprimente, mas Sebastian me envia uma mensagem pouco antes de eu ir para a cama com o emoji de uma montanha coberta de neve e essa sua atitude é como derrubar querosene na chama que arde em meu peito.

Levanto-me e ando de um lado para outro, sorrindo para a tela.

Uma montanha. Nossa trilha. Ele está em seu quarto agora, talvez pensando em nossa caminhada mais cedo.

Meu cérebro começa a girar. Talvez ele esteja na cama.

Uma vozinha fraca levanta uma bandeira de advertência, tentando fazer meus pensamentos voltarem para o caminho certo.

Resisto à vontade de responder com um arco-íris, uma berinjela ou uma língua. Em vez disso, envio o emoji de um pôr do sol sobre a montanha. Sebastian responde com uma bola de futebol. Ah, o fim de semana dele. Respondo com o emoji de um barco – um lembrete do que talvez possamos fazer no verão... se ele estiver aqui.

Meu celular vibra em minha mão.

> Podemos conversar mais sobre o seu livro?

> Sim, claro.

Meu coração acelera. Em um ataque de ansiedade, e confissões, e beijos, esqueci que Sebastian tinha lido meus capítulos e que sabia que eram sobre ele. Esqueci – embora ele não pareça ter esquecido – que terei de entregar esse livro em algum momento.

> Posso consertar.
> Posso fazer alterações para que não fique tão óbvio.

> A gente conversa sobre isso pessoalmente, se não for problema pra vc.

Estremeço, bato a mão na testa. Seja mais cuidadoso, Tanner.

> Sim, claro.

Depois disso, ele apenas diz:

> Boa noite, Tanner.

Respondo também desejando boa noite.

E me lembro de algo que ele falou mais cedo: *Não sei dizer se me sinto bem ou horrível com isso.*

∞

— Tenho umas 1.500 palavras — Autumn anuncia na tarde de segunda-feira, em vez de oferecer um cumprimento.

Ela se senta em seu lugar na sala do Seminário e me olha toda cheia de expectativa.

Coço o queixo e penso: "Eu só devo ter uns 70 post-its".

Mas, isso é mentira. Tenho capítulos e mais capítulos escritos. Apesar do que prometi a Sebastian, as palavras fluem de mim para a página todas as noites. Não mudei nada. Na verdade, *acrescentei*, querendo reproduzir cada segundo.

— Tanner. — Auddy soa como uma acadêmica. — Você precisa começar a pensar tendo como base o número de palavras.

— Não penso em nada em número de palavras.

— Fico muito surpresa. — Responde com bom-humor. — Um livro tem entre 60 e 90 mil palavras. Você está escrevendo em blocos de post-its?

— Pode ser que eu esteja escrevendo um livro infantil, não?

Ela olha para baixo, arqueia as sobrancelhas. Acompanho sua atenção no espaço à minha frente. Um post-it escapa do meu caderno e as únicas palavras visíveis são:

LAMBER O PESCOÇO DELE.

— Eu estou escrevendo um livro infantil — reafirmo, puxando o papel de volta.

Ela sorri.

— Fico feliz em saber.

— Quantas palavras tem em uma página?

O suspiro da Autumn é longo, sofrido e provavelmente sincero. Eu também me deixaria louco.

— Umas 250, fonte 12 e espaço duplo entre as linhas.

Faço uma rápida conta mental.

— Você escreveu sessenta páginas?

Eu escrevi mais de cem.

— Tanner. — Ela repete meu nome, dessa vez com mais ênfase. — A gente precisa entregar em maio. Já estamos no fim de fevereiro.

— Eu sei. E estou tranquilo. Juro.

Quero que ela acredite em mim, mas não quero que peça para ver meu manuscrito. Mostrar minha versão *fake* da história até para Sebastian foi humilhante. Se já fiquei ansioso com a transparência de "Colin", e "Evan", e "Ian", imagina se ele lesse o que escrevi sábado à noite, aquela cena em que Tanner e Sebastian ficam juntos na montanha.

— Onde você foi na sexta-feira? — Autumn indaga, distraidamente passando a ponta do lápis em uma ranhura criada por cem mil outros alunos que já se sentaram em sua carteira e fizeram exatamente o que ela está fazendo agora.

— Fiquei em casa.

Minha resposta atrai sua atenção.

— Por quê?

— Estava cansado.

— Ficou sozinho?

Respondo de forma bem direta:

— Sim.

— Vi você e Sebastian subindo a montanha na sexta à tarde.

Meu coração sai correndo, e foge desta sala, e atravessa o corredor. Sem nem olhar para trás. Até agora, nem tinha me ocorrido que alguém pudesse ter nos visto ou que alguém se importaria com nós dois andando por aí. Mas Autumn se importa com quase tudo o que eu faço. E ela nos viu indo fazer a trilha juntos – uma trilha, obviamente, na qual terminamos nos pegando, como dois adolescentes que somos.

– A gente só foi dar uma volta.

Ela abre um sorriso enorme, confirmando, claro, que era só uma caminhada. Mas será que estou enxergando uma certa suspeita debaixo da superfície?

Talvez, eu não esteja parecendo tão tranquilo quanto imaginava.

– Auddy – sussurro.

Mas, nesse exato momento, Sebastian entra com o professor Fujita. Todo o meu corpo parece pegar fogo, e espero que ninguém perceba. Autumn olha para a frente e os olhos de Sebastian encontram os meus antes de ele desviá-los. Seu rosto enrubesce.

– Auddy. – Puxo a manga de sua blusa. – Pode me emprestar um lápis?

Acho que ela percebe o tom de pânico em minha voz porque se vira com uma expressão mais suave.

– Claro.

Quando ela me entrega o lápis, percebemos, os dois ao mesmo tempo, que já estou segurando uma caneta.

– Para mim, não importa que esteja pensando o que está pensando – sussurro, agora fingindo que pedi o lápis só para ela se aproximar de mim. – Mas, para *ele,* importaria.

Vejo um emaranhado de confusão no rosto de minha amiga.

– O que eu estaria pensando?

Meu coração se liberta.

Quando olho para a frente da sala, Sebastian rapidamente desvia sua atenção de nós. Não nos víamos há seis dias. Queria que nossa primeira interação depois daquela trilha guardasse um peso secreto e precioso, mas, em vez disso, só percebo uma estranheza enorme. Ele provavelmente me viu conversando com Autumn e depois olhando para ele. Será que está preocupado com a possibilidade de eu ter contado algo a ela? Estaria preocupado com a possibilidade de ela ter lido meu livro – a versão *verdadeira?* Tento fazer que não com a cabeça para comunicar que está tudo bem, mas ele já não olha para mim.

E não olha para mim durante o resto da aula. Quando nos dividimos em grupos menores, Sebastian passa o tempo todo com McKenna e Julie, que bate os cílios e fica toda caidinha por ele. Quando Fujita vai à frente da sala e explica como se dá o desenvolvimento dos personagens e do arco narrativo, Sebastian fica em um canto da sala, lendo parte do livro de Asher.

Então o sinal toca e ele simplesmente se vira e vai embora, atravessando o corredor. Quando enfim consigo enfiar todo o meu material na mochila para segui-lo, só vejo suas costas passando pela porta e sendo banhadas pelo sol.

Durante o almoço, ando de um lado para o outro sem parar, tentando pensar em uma mensagem para enviar a ele – sem ser óbvio demais –, dizendo que não há nada com que se preocupar.

– Você está parecendo um louco. – Autumn avisa, sentada no bloco de concreto com sua bandeja de homus e legumes. – Sente-se aqui um pouco.

Solto o corpo ao seu lado para agradá-la. Roubo uma cenoura e a como em duas mordidas. Mas a ansiedade por Sebastian é como um elástico apertado junto à minha caixa torácica. E se ele estiver realmente nervoso por causa desse livro? Posso recomeçar? Sim.

Eu posso recomeçar. Aliás, devo.

Passo a mexer a perna em um novo tipo de pânico.

Autumn não parece notar.

– Você devia convidar a Sasha para o baile de formatura.

– Formatura, outra vez? – Empurro o polegar entre os dentes, mastigando-o. – Acho que não quero ir.

– Como é que é?! Você tem que ir!

– Não, não tenho.

Ela chuta o meu pé.

– Então... O Eric me convidou.

Viro-me boquiaberto para Autumn.

– O quê?! E como foi que eu não soube disso?

— Não tenho ideia. Postei no Instagram.
— É assim que dividimos informações agora? Postagens aleatórias nas redes sociais?

Pego meu celular. É claro que vejo uma fotografia da porta da garagem dela coberta com post-its de modo a formar a palavra "Baile?"

Muito criativo, Eric.

— Você devia mesmo chamar a Sasha. Podemos ir em grupo.

Minha respiração parece enroscar na traqueia e eu seguro a mão de Autumn.

— Não posso, Auddy.

Ela tenta disfarçar a decepção. Tudo isso é bom e terrível.

Quero dizer, é claro que Sebastian não iria comigo, nem morto. Porém, agora meu coração pertence a ele e, até que decida o que fazer com meu coração, não posso pegá-lo de volta.

Autumn me observa e inspiramos e expiramos em movimentos coordenados e estranhos por alguns segundos.

Solto sua mão e pego outra cenoura, dessa vez sem qualquer culpa.

— Obrigado.

Ela se levanta, deixando o almoço para eu terminar de comer, e beija o topo da minha cabeça.

— Eu tenho que conversar com a professora Polo antes da aula. Me manda mensagem mais tarde?

Assentindo, vejo-a desaparecer dentro do prédio antes de pegar meu celular, que descansa ao meu lado. Em um esforço para melhorar essa situação toda, digito:

> Como foi o seu fim de semana?

Ele imediatamente começa a digitar a resposta. O sangue corre rápido demais em minhas veias.

Os pontinhos ficam um tempo na tela, então desaparecem, fazendo-me esperar uma dissertação sobre o futebol e a mudança de Provo para Orem, mas, depois de uns cinco minutos, só recebo:

> Bom!

Está brincando comigo?

Olho para o celular. Meu coração agora está na garganta. Parece bater em todos os órgãos, em cada espaço vazio do corpo. Se fechasse os olhos, poderia ouvi-lo. Nem sei o que dizer. Então, apenas envio o *emoji* do polegar para cima e deixo o celular de lado.

Quatro cenouras mais tarde, pego-o para ver.

Sebastian respondeu com um *emoji* da montanha e, alguns minutos depois, algumas palavras:

> Meus avós vêm de Salt Lake City esse fim de semana. Minha mãe me pediu para convidar vc para jantar. Imagino que a ideia pareça aterrorizante para vc, mas juro que eles são legais.
>
> E eu queria mt que vc viesse.

CAPÍTULO DEZ

Imagino que haja algum código secreto escondido no convite de Sebastian para esse jantar. Talvez seja sua única maneira de expressar a ansiedade acerca do meu livro e seu potencial de empurrá-lo para fora do armário. Porque, francamente, nada me ofereceu uma imagem tão clara de quão diferentes nossas famílias são quanto ir aquele dia à sua casa. Ele próprio testemunhou minha fascinação.

Por outro lado, tem a questão do que fizemos na montanha. A gente se beijou, e não foi um beijo simples ou um selinho acidental, mas um beijo de verdade, com línguas, e mãos, e lábios, e *intenção*. Sequer consigo pensar nisso sem sentir que estou afundando em água quente. Ele mal conseguia me olhar sem enrubescer quando descemos da montanha. Esse convite para jantar seria pura insanidade?

O que ele está aprontando?

Inspeciono meu reflexo no espelho do outro lado do quarto. Minhas roupas são novas, então, pelo menos, servem bem – cresci tão rápido durante alguns anos que minhas mangas estavam sempre curtas demais e as calças batiam nos tornozelos. Troquei de camisa sete vezes e, com meu novo corte de cabelo, acho que estou com uma aparência legal. Fico preocupado em parecer casual demais com essa camisa de manga curta da Quiksilver. Por outro lado, vestir camisa e gravata pode parecer um tanto presunçoso, como se o evento fosse um encontro ou conhecer seus pais.

O que não é.

Pelo menos acho que não...

– Então, vocês dois estão, tipo... *juntos?*

Hailey encosta o corpo no batente da porta do meu quarto, braços cruzados enquanto me julga.

Olho outra vez para a minha camisa.

— Nem o diabo sabe.

Ela estala a língua para mim, afastando-se da porta para jogar o corpo sem a menor elegância sobre a cama.

— Eles não vão gostar nada, nada desse linguajar.

Xingo baixinho porque, caramba, ela está certa. Tenho que ser mais cuidadoso com minhas palavras.

— Vocês não sabem se estão juntos, mas você vai jantar com a família dele? Que estranho.

— Como foi que descobriu?

— Se era para ser segredo, talvez devesse repensar a ideia de discutir o assunto com a mãe e o pai no meio da casa.

— Não é exatamente um segredo, mas...

Mas é.

Hailey assente. Parece que não precisa que eu explique nada e é bom vê-la não se comportar como uma fedelha egoísta por um instante. Quando decidimos nos mudar para cá, meus pais se sentaram com ela e deixaram muito claro que sua discrição era de fundamental importância. Até eu consegui ver o pânico no rosto de minha mãe enquanto ela explicava a Hailey que me expor durante um ataque de raiva seria desastroso. O resto do mundo nem sempre será tão compreensivo quanto nós fomos criados para ser, especialmente, aqui, em Provo.

Inclino o corpo para pegar o restante das minhas roupas e, aí, lembro que Hailey e Lizzy estão na mesma turma.

— Vou encontrar Lizzy hoje à noite. E vou mandar seu oi para ela.

Hailey repuxa o nariz.

Dou risada, ajeitando outra vez as camisetas na gaveta e dependurando as demais peças.

— Você vai ficar surpreso quando descobrir que lá todo mundo é igual a ela. — Hailey vira-se de costas e bufa. — Aquela menina está sempre sorrindo e cumprimenta todo mundo nos corredores.

— Que monstro, não é?

— Como alguém pode ser ao mesmo tempo feliz e mórmon? — Ouço a nossa cegueira pela primeira vez em suas palavras. — Eu iria querer me socar.

Não passei tempo com Lizzy, mas ainda assim tenho um instinto de protegê-la.

— Você parece uma idiota ignorante.

Hailey vê meu celular carregando no criado-mudo, pega-o e digita minha senha de desbloqueio.

— Mas ela não ficaria tão sorridente se soubesse que o que você quer é entrar nas calças do irmão.

— Cale a boca, Hailey.

— Qual é? Você acha que eles o convidariam para jantar se soubessem? Para eles, você é o demônio tentando levar o filhinho deles para o inferno.

— Eles não acreditam em inferno. — Rebato, pegando meu celular.

— Não diga esse tipo de coisa.

— Ah, então Sebastian também está ensinando sobre os mórmons para você?

— Na verdade, foi *nossa mãe* quem me falou isso. Só estou tentando conhecê-lo melhor, e isso significa entender de onde ele vem.

Hailey percebe meu ato hipócrita.

— Claro, claro. É justamente disso que eu estava falando. Ele já contou para você que a igreja está prestes a aceitar o casamento gay? Ou que admitiram que a terapia de conversão foi um erro cruel e terrível? — Ela provoca, cheia de sarcasmo. — Ele não vai, por um milagre, descobrir que gosta mais de você do que de Deus, ou Jesus, ou Joseph Smith. Isso é uma péssima ideia, Tanner.

Suas palavras cutucam um ponto vulnerável em meu peito. Fico irritado:

— Você é um pé no saco.

∞

A casa de Sebastian não se torna menos intimidadora em minha segunda visita. De fora, você já sabe tudo o que precisa sobre a família que vive ali dentro: é branca e ordenada, escrupulosa, mas não exagerada. Parece receptiva e segura, mas, ao mesmo tempo, dá a impressão de que posso estragar tudo de alguma forma, quebrar alguma coisa, deixar impressões digitais *em algum lugar...* talvez, por exemplo, no filho mais velho.

A casa da família Brother fica atrás da garagem e noto um Lexus novo estacionado ali. Deve ser dos avós. Estudo meu reflexo na janela do passageiro e a tensão em meus nervos redobra. Como vou sobreviver a um jantar com a família mais certinha de Provo, sem entregar que sou um garoto apaixonado?

Talvez Hailey estivesse certa. Isso é uma péssima ideia.

Preparo-me para apertar a campainha. O som ecoa pela casa antes de a voz de Sebastian vir de lá de dentro:

– Eu atendo!

O frio na barriga sobe para o peito.

A porta abre e a imagem de Sebastian suga todo o oxigênio da varanda. Não o vejo desde a última aula, quando as coisas permaneceram estranhas e silenciosas. Ele não olhou para mim naquele dia, mas, sem dúvida, está olhando para mim agora. Qualquer neurônio em meu cérebro que questionava se eu deveria estar aqui derrete.

Sebastian sai, fecha a porta, fica na varanda. Está com calça social e uma camisa branca impecável, com o botão superior aberto. Vejo a pele suave da garganta, a clavícula e a sugestão de seu peito logo abaixo. Sinto a boca salivar.

E me pergunto se estava usando gravata. Será que a tirou para mim?

– Obrigado por ter vindo – diz.

O desespero se espalha por minhas veias e pensar em algo para melhorar essa situação faz uma pontada de dor atingir minhas costelas. Quero imediatamente reassegurá-lo de que planejo reescrever todo o livro, mas, em vez disso, apenas digo:

– Obrigado pelo convite.

– Está bem. –Responde, dando um passo adiante e apontando para a porta. – Então, a noite provavelmente vai ser um tédio. Só queria avisar de antemão. E me desculpe desde já se eles começarem a falar de assuntos ligados à igreja. – Sebastian passa a mão nos cabelos, o que me faz pensar em como foi bom tocar em seus fios aquele dia na montanha. – Eles não conseguem se segurar.

– Está me zoando? Olhe para mim! Eu adoro coisas de igreja!

Ele dá risada.

– Não tenho a menor dúvida.

Respirando fundo, ele ajeita os cabelos, a camisa e segura a maçaneta. Contenho-o segurando seu braço.

– É só impressão minha ou essa situação toda é esquisita?

Sei que estou jogando verde em uma tentativa de colher algum sinal de que Sebastian se lembra do que fizemos, de que gostou do que fizemos.

Sua resposta faz a minha semana.

– Não é só impressão sua.

Seus olhos encontram os meus e, aí, o sorriso mais incrível que já vi brota em seu rosto. É um sorriso que não foi capturado por nenhuma daquelas fotografias lá dentro, nem de longe.

Por impulso, deixo escapar:

– Vou reescrever meu livro.

Sebastian fica de olhos arregalados.

– Vai?

– Vou. – Engulo em seco, engasgando com meus batimentos. – Não consigo parar de pensar... *naquilo*... mas sei que não posso entregar o texto que fiz.

A ansiedade que envolve a ideia de recomeçar o livro e a alegria por vê-lo se misturam em meu estômago. Esse nervosismo me faz mentir ficar mais fácil. Prossigo:

– Já comecei a criar um texto novo.

Percebo que isso era o que Sebastian queria ouvir e, no mesmo instante, ele parece ganhar mais energia.

– Que bom. Eu posso ajudar.

Permite-se estudar minha boca por três segundos, antes de nossos olhares se encontrarem outra vez.

Confirmo com a cabeça, e ele então abre a porta, lançando um último olhar encorajador na minha direção antes de entrarmos.

A casa cheira a pão fresco e peru assado e, como está ligeiramente mais frio lá fora do que aqui dentro, as janelas encontram-se tomadas por uma camada de água condensada que embaça os vidros. Sigo Sebastian quando ele atravessa a pequena sala de estar logo na entrada – *oi, outra vez, fotografias desse Sebastian delicioso de dezessete anos; oi, múltiplas imagens de Jesus; oi, pôster opressor* – e o corredor, até chegarmos à sala de TV de um lado e a cozinha do outro.

Um homem, que suponho ser seu pai, está vendo televisão. É dois ou três centímetros mais alto do que Sebastian, mas tem os mesmos cabelos castanho-claros e aquele ar de tranquilidade. Não sei o que eu esperava encontrar – uma postura mais intimidadora, talvez? –, mas não estou preparado para o momento em que ele estende o braço para oferecer um aperto de mão e abre aquele mesmo sorriso de fazer os joelhos tremerem.

– Você deve ser Tanner. – Seus olhos azuis brilham com uma espécie de contentamento tranquilo. – Ouvi muito ao seu respeito.

Ele ouviu... como é que é?!

Lanço um olhar de questionamento para Sebastian, que prefere olhar para o lado.

– Sim, senhor. – Digo, mas me apresso em corrigir: – Quero dizer, Bispo Brother.

Ele dá risada e apoia a mão em meu ombro.

– Só sou Bispo Brother na igreja. Pode me chamar de Dan.

Meu pai não aprovaria se me visse chamando o pai de alguém pelo primeiro nome, mas não vou discutir aqui.

– Está bem. Obrigado, senhor... Dan.

Um homem mais velho desce as escadas. Os cabelos escuros e encaracolados caindo sobre suas orelhas o fazem parecer mais jovem, talvez até arteiro, apesar de seu terno e dos cabelos que começam a ficar grisalhos nas têmporas.

– Aaron precisou de ajuda para montar o Lego. Quando perguntou como eu sabia o que estava fazendo, expliquei que é porque sou formado em Engenharia. Agora, ele decidiu que quer estudar Engenharia para montar Legos pelo resto da vida. Se funcionou, que bom, penso eu.

Sebastian vem ao meu lado.

– Vô, este é Tanner, um amigo do Seminário.

O homem me inspeciona com aqueles mesmos olhos azuis.

– Outro escritor! – exclama, estendendo o braço para me dar um aperto de mãos. – Sou Abe Brother.

– É um prazer conhecê-lo, senhor. – Digo. – E o escritor é Sebastian. Eu mais pareço um chimpanzé com acesso a um teclado.

Dan e seu pai caem na risada, mas Sebastian apenas me encara com a testa repuxada.

– Não é verdade.

Rindo, murmuro algo como "se você diz" – porque, francamente, o fato de eu só poder escrever sobre o que está literalmente acontecendo no meu dia a dia e depois deixá-lo analisar uma versão primitiva do meu livro ainda me faz morrer de vergonha.

Na cozinha, Sebastian me apresenta a Judy, sua avó, que me pergunta se moro aqui perto. Acho que é um código para "qual templo você frequenta?"

— Ele mora perto do *country club* — Sebastian explica e pergunta se podemos ajudar de alguma forma ali na cozinha.

Quando elas dizem que não, ele fala que vamos trabalhar no meu manuscrito. O pânico se espalha como água gelada em minha pele.

— Está bem, querido. — Sua mãe diz. — O jantar vai estar pronto em uns quinze minutos. Pode pedir para suas irmãs se prepararem?

Assentindo, ele me leva outra vez pelo corredor.

— Eu não trouxe o manuscrito — sussurro, subindo as escadas atrás dele e fazendo o meu melhor para olhar para os meus pés, e não para suas costas.

No topo da escada, o corredor se divide em duas direções.

Quartos.

Vejo-o parar diante do quarto de Faith. Lá dentro, o que há é uma mistura fofa e monstruosa de rosa e roxo, com sinais de revolta pré-adolescente escapando pelas beiradas.

Sebastian bate à porta e coloca a cabeça para dentro.

— O jantar vai sair daqui a pouco, então lave as mãos, está bem?

Ela responde alguma coisa e ele sai.

— Você ouviu o que eu falei? — sussurro, agora um pouquinho mais alto. — Eu não trouxe o manuscrito.

Será que cometi um erro enorme ao dizer que já estou trabalhando em um texto novo? Ele vai querer ler em breve?

Sebastian olha para mim por sobre o ombro e pisca apenas um olho.

— Eu ouvi. E não o convidei aqui para trabalhar.

— Ah, entendi.

Seu sorriso é o de quem está aprontando alguma.

— Acho que devo mostrar a casa para você.

Já sei que não há muito a ver — lá em cima, é um beco sem saída com quatro quartos —, mas concordo mesmo assim.

— Ali fica o quarto dos meus pais — diz, apontando para o maior dos quartos.

Outra fotografia do Templo de Salt Lake decora a parede acima da cama, com as palavras "A FAMÍLIA É PARA SEMPRE". Fotos do colégio e outras tiradas durante as férias se espalham pelo cômodo; rostos sorridentes vêm de todas as direções.

— Banheiro, Faith e Aaron. Meu quarto fica lá embaixo.

Descemos outra vez ao piso principal, antes de virarmos para nos depararmos com outra escada. Nossos passos são abafados pelo pesado tapete e as vozes vindas lá de cima tornam-se mais baixas a cada centímetro que percorremos.

Para um porão, aqui é muito bem iluminado. A escada se abre em outra sala enorme com TV, sofá e pufes em um canto e uma pequena suíte do outro. Há algumas portas do lado e Sebastian aponta para a primeira:

— Lizzy. — Conta, e se aproxima da outra porta. — Aqui é o meu.

Meu coração salta na garganta com a possibilidade de ver o quarto de Sebastian.

Onde ele dorme.

Onde ele...

Fico desapontado ao encontrar um cômodo tão organizado. Terei de deixar meus pensamentos de Sebastian em meio a lençóis amarrotados para outra ocasião. Uma fileira de troféus de futebol decora uma prateleira acima da bandeira do Cougars, a equipe de futebol americano da BYU. Uma mão enorme de isopor gravada com um Y gigante fica encostada em um canto. Imagino-o em um dos jogos, gritando com a multidão, sorriso enorme, coração acelerado.

Sebastian fica perto da porta enquanto percorro seu quarto sem tocar em nada, apenas analisando de perto as fotografias e as lombadas dos livros.

— Uma pena eu não ter bisbilhotado mais a sua casa — comenta, fazendo-me olhar por sobre o ombro, na direção dele.

— Da próxima vez. — Respondo com um sorriso. E, no mesmo instante, fico abobalhado com a ideia de que *haverá* uma próxima vez. — Admito que fiquei surpreso quando você me convidou para jantar com a sua família, depois que...

Busco as palavras certas, mas sei que ele me entende quando um rubor sobe de seu pescoço até as maçãs do rosto.

– Minha mãe gosta de conhecer as pessoas que trazemos aqui em casa. – Ele explica. – Eu não tenho muitos amigos na cidade.

– Ah.

– Acho que ela quer conhecê-lo melhor. – Ele rapidamente ergue a mão. – Mas não vai tentar convertê-lo, prometo.

Outra pergunta me escapa:

– Você acha que ela desconfia que eu sou...? – Deixo o movimento de minhas sobrancelhas terminarem a pergunta para mim.

– Acho que jamais passaria pela cabeça dela. Imagino que só queira conhecer meus amigos, em especial aqueles que não conhece da igreja.

O jeito como ele me olha, me faz sentir que um jogo de *pinball* está acontecendo em meu estômago. Afasto-me e olho em volta. Há livros por todos os cantos: nas prateleiras e empilhados perto de sua cama; também organizados na escrivaninha. Ao lado do computador, vejo uma Bíblia com capa de couro e zíper. Suas iniciais estão bordadas a ouro na parte superior.

– Hum, esses são da igreja – explica, dando um passo para mais perto de mim.

Abre a Bíblia e folheia as páginas delicadas.

– É enorme – comento.

Sebastian deixa uma risadinha escapar.

– Chamamos de Quadrângulo – explica e eu seguro a obra, sinto o peso na mão.

– Tem muitas regras aqui.

– Se pensar por esse ângulo, sim, acho que tem. – Baixa o corpo para abrir o livro, apontando para o índice. – Mas, está vendo? Aqui tem mais de um livro. Tem a Bíblia, o Livro dos Mórmons, Doutrina e Convênios e A Pérola de Grande Valor.

Pisco os olhos ao me dar conta de que ele está tão perto.

– Você já leu tudo isso?

– A maior parte. E algumas passagens mais de uma vez.

Fico de olhos arregalados. Sem dúvida, esses livros me dariam um sono enorme. Eu seria o pior mórmon do mundo. Dormiria mais que Rip Van Winkle.

– Quando tenho alguma pergunta ou incerteza, sei que a resposta estará aí – conta.

Olho outra vez para o livro. Como Sebastian pode ter tanta certeza? Como pôde ter me beijado na montanha e ainda concordar com o que está escrito nessas páginas?

— Então, qual é a diferença desses livros para a Bíblia sozinha?

Sinto que já deveria saber isso. Quero dizer, também não sou familiarizado com a Bíblia, mas posso imaginar que não sejam a mesma coisa.

— Sério, você não quer falar disso, quer?

Sua postura parece constrangida, um pouco incerta.

— Talvez, você pudesse só me apresentar a versão Mormonismo para Principiantes.

Sebastian dá risada e pega o livro das minhas mãos, abrindo na página que busca. Estamos tão próximos e eu quero ficar mais perto agora que me dou conta de que, se alguém entrasse e nos visse assim, simplesmente pensaria que estamos lendo as Escrituras juntos.

— O Livro dos Mórmons é mais um testemunho de que Jesus existiu, de que era o Filho de Deus. — Ele pisca para mim, para ter certeza de que estou ouvindo. Quando percebe que estou, disfarça um sorriso e volta sua atenção ao livro em mãos. — Seria o que veio depois da Bíblia e detalha o plano do Pai para Seus filhos. — Olha para mim para dizer baixinho: — Seus filhos somos nós.

Dou risada.

— Essa parte eu sei.

Seus olhos se concentram nos meus por um segundo e percebo humor ali.

— Doutrina e Convênios contém as revelações que Joseph Smith e outros profetas receberam de Deus. É uma maneira de receber direcionamento de profetas modernos em tempos modernos. Já este aqui — vira as páginas —, é a Pérola de Grande Valor, que acreditamos ser um registro do Profeta Abraão quando jovem no Egito. Com o crescimento da igreja, eles viram a necessidade de colocar as histórias e as traduções em um único lugar, para que mais pessoas pudessem aprender com elas. De certa maneira, esses livros são como ferramentas. Se você ler e orar com devoção, vai encontrar respostas e direcionamentos e saberá, sem sombra de dúvida, que as palavras são verdadeiras.

Não me dou conta da atenção dada ao que estava ouvindo, até erguer o olhar para me deparar com Sebastian me estudando outra vez. Não que eu concorde com nada disso, mas há alguma coisa em sua voz e em sua fé que prendeu minha atenção em cada palavra.

– Você é bom nisso. – Digo, mas minha boca ficou seca. – Já pensou em... Não sei, partir em uma missão e ensinar essas coisas? Arrumar uma plaquinha que diz "vim aqui para batizar"?

Ele dá risada, como esperei que acontecesse, mas agora que tocamos no assunto de sua missão, quero fazer mais perguntas. Aonde ele acha que será enviado? O que vai fazer lá? Com quem vai estar? Existe alguma brecha nessa regra de não fazer contato com quase ninguém? Haverá algum espaço para mim em sua vida?

– Em breve – responde com um sorriso.

Ficamos em silêncio e seus olhos deslizam na direção da minha boca. Será que Sebastian tem pensado tanto quanto eu no que aconteceu aquele dia, na montanha? É a última coisa em que penso antes de ir para a cama e quase a primeira ao abrir os olhos. Quero tanto beijá-lo e, se seu semblante e o ritmo de sua respiração servirem de indícios, acho que ele também quer.

∞

Todos já estão à mesa quando chegamos à sala de jantar. Há quatro cadeiras de cada lado e uma em cada ponta para os pais dele. Sebastian se senta na cadeira vazia mais próxima ao seu pai. À sua esquerda, estamos eu, Lizzy e Aaron; do outro lado, seus avós e Faith.

A mesa está coberta com pratos e travessas, mas ninguém está comendo ainda. Percebo o motivo quando Sebastian bate seu pé no meu, assentindo para as mãos unidas à sua frente.

Entendi. Oração.

– Pai Celestial – Dan começa de olhos fechados e queixo próximo ao peito e apresso-me em reproduzir essa postura –, somos gratos por esse alimento e pela abundância que o Senhor mais uma vez coloca diante de nós. Somos gratos por nossos entes queridos e pelos novos amigos que o Senhor colocou à nossa mesa. Por favor, abençoe esse alimento para que ele nos nutra e fortaleça nossos corpos e mentes, para que possamos agir segundo a Sua vontade. Por favor, abençoe aqueles que não podem estar aqui e ajude-os a encontrar seu caminho. Nós O agradecemos, Senhor, e pedimos que continue nos abençoando. Em nome de Jesus Cristo, amém.

Uma onda apressada de améns se espalha pela mesa e, de um segundo para o outro, o silêncio fica para trás. Talheres se esfregam em louças e pratos são passados apressadamente enquanto todos salivam. Faith quer comer nuggets e Aaron quer saber se seu pai vai brincar de pega-pega com ele, amanhã, depois do colégio. Lizzy fala sobre o acampamento de meninas que está por vir.

Inspeciono as opções de bebida na mesa à minha frente: água, leite, suco de morango e kiwi e, o pior de tudo, cerveja de raiz. Absolutamente nada com cafeína. Sirvo-me com um copo de água.

Dan entrega a Sebastian um prato repleto de peru e sorri para mim.

– Então, Tanner, Sebastian comentou que você veio da Califórnia?

– Sim, senhor. De Palo Alto.

Sebastian pega um pouco de carne e passa o prato para mim, oferecendo um sorriso encorajador. Meu mindinho se esfrega no dele. Vou sentir esse contato durante horas.

Abe olha nos meus olhos ao dizer:

– Da Califórnia para Utah? Deve ter sido uma mudança e tanto.

Dou risada.

– Foi mesmo.

De seu lugar à mesa, a mãe de Tanner me lança um olhar de dó.

– Não consigo imaginar sair de um lugar que tem sol quase o ano todo e se mudar para uma terra tão tomada pelo inverno e pela neve.

– Não foi tão difícil. – Respondo. – Aqui, as montanhas são lindas. E, para dizer a verdade, na minha cidade tínhamos muita neblina o tempo todo.

– Você esquia? – Judy quer saber.

– Um pouco. A gente costuma ir a Snowbird ou aos Canyons pelo menos uma vez por ano.

A mãe de Sebastian volta a falar:

– A família inteira?

Confirmo balançando a cabeça enquanto pego a travessa com batata e queijo e coloco um pouco em meu prato.

– Sim. Nós somos em quatro, só. Tenho uma irmã mais nova, Hailey.

A mãe elogia:

– Que lindo nome!

— Meus pais gostam muito de atividades ao ar livre. — Conto. — Meu pai adora andar de bicicleta e minha mãe gosta de correr.

O pai de Sebastian engole uma garfada de comida antes de perguntar:

— O que exatamente eles fazem? Sebastian disse que vocês se mudaram para cá por causa do emprego da sua mãe.

Esse Sebastian tem falado demais.

Tomo um gole de água gelada e apoio o copo na mesa.

— Sim, senhor. Ela é diretora técnica na NextTech.

Várias exclamações interessadas se espalham pela mesa. Eu prossigo:

— Quando abriram o escritório focado em satélites aqui, queriam que ela o administrasse. — Mais ruídos de interesse. — Ela desenvolve *softwares*. Trabalhava no Google, na Califórnia, e saiu para vir para cá.

— Nossa! — Dan exclama, impressionado. — Deve ser um emprego e tanto para ela ter deixado o Google. Ouvi dizer que eles são muito bons com os funcionários.

— E o pai dele é médico no hospital de Utah Valley — Sebastian acrescenta.

Olho para ele e sorrio. Sebastian parece se gabar, como se sentisse orgulho.

Judy fica de olhos arregalados.

— Eu faço trabalho voluntário lá todas as quartas-feiras! Qual é o nome dele?

— Paul Scott. É cirurgião cardíaco.

— Sei exatamente quem é! Não passo muito tempo no andar dele atualmente, mas é o médico mais gentil do hospital. O cardiologista judeu, não é? — pergunta, e eu faço que sim, surpreso por ela conhecê-lo, mas também por identificá-lo como judeu. — Bastante atencioso, e as enfermeiras o adoram. — Ela se abaixa e diz com um toque de drama: — E, se me dão licença, Paul Scott é todo bonitão.

— Vovó! Você ama o pai de Tanner? — a pequena Faith pergunta escandalizada, fazendo todos à mesa rirem.

— Bem, você sabe que só tenho olhos para o vovô, mas também não sou cega — responde, piscando com um olho.

Faith ri sobre seu copo de leite.

— É verdade. — Abe comenta. — Ela me encontrou em um baile da igreja e, desde então, não tem olhos para mais ninguém.

— Mamãe, você e o papai também se conheceram em um baile, não foi? – Faith pergunta.

— É verdade. – Responde a mãe de Sebastian, olhando para Dan. – Eu o convidei para ir comigo no Sadie Hawkins.

A menininha leva uma colherada de comida à boca antes de perguntar confusa:

— O que é Sadie Hawkins?

Sua mãe explica que é um baile, mas só consigo pensar no que ela acabou de dizer. Quando termina a explicação, viro-me para o pai dele:

— Vocês namoravam no ensino médio?

— Sim – ele responde, assentindo –, a gente se conheceu no último ano e se casou logo que voltei da minha missão.

Meu cérebro derrapa até parar.

— Vocês podem fazer isso?

— Eles dizem para não termos namorada enquanto estamos em missão – conta, sorrindo para a esposa –, mas não tem nenhuma regra que o impeça de escrever cartas uma vez por semana.

— Como se esses dois respeitassem alguma regra. – Judy olha para as crianças e acrescenta: – Seu pai não vai gostar nada de me ouvir contando isso, mas vocês deviam ver as cartas de amor que ele escrevia para sua mãe. Ele as deixava no bolso e eu sempre as encontrava na hora de lavar as roupas. Eles eram loucos um pelo outro.

O resto da conversa se transforma em um borrão à minha volta. Apesar de todas as complicações, se pudéssemos manter contato enquanto ele estiver longe, acho que a coisa toda não seria tão ruim. Dois anos não é tanto tempo assim, e, além do mais, eu vou estar na faculdade. Talvez, durante esse tempo, o profeta tenha alguma revelação.

Poderia dar certo, não poderia?

Por um instante, sinto esperança.

Dan me tira da minha bolha.

— Tanner, a sua família frequenta a sinagoga de Salt Lake City? – Ele olha para Abe. – Estou tentando lembrar onde fica a mais próxima daqui.

É constrangedor, mas nem eu sei onde fica a sinagoga mais próxima.

— Bem, deixe-me pensar – Abe responde. – Tem o Templo Har Shalom em Park City...

— Longe demais — Dan fala, negando com a cabeça como se soubesse que esse templo não seria uma opção para nós.

— Bem, e a cidade tem vários...

Decido acabar logo com o assunto:

— Na verdade, não, senhor. Ou melhor, senhores. — Corrijo-me para incluir também Abe. — A gente não vai ao templo. Eu diria que, a essa altura, meus pais estão mais para agnósticos. Minha mãe foi criada em uma família de mórmons, e meu pai não é mais muito judeu.

Ah, meu Jesusinho, o que foi que eu acabei de falar?

O silêncio engole a mesa. Não sei qual gafe foi pior: ter admitido que minha mãe é ex-mórmon ou ter falado sobre abandonar a religião como se simplesmente estivesse pedindo para alguém me passar a travessa de batatas.

Sebastian desfaz o silêncio:

— Eu não sabia que sua mãe já foi mórmon.

— Sim, ela cresceu em Salt Lake City.

Sua testa fica franzida e sua boca é uma linha suave.

A mãe de Sebastian apressa-se em falar:

— Bem, isso significa que você tem família aqui na região! Costuma visitá-los?

— Meus avós vivem em Spokane, Washington, atualmente — explico.

Acho melhor não comentar que nunca sequer os conheci em meus dezoito anos de existência e mentalmente me cumprimento por ter tomado essa decisão. Mas ter parado para me cumprimentar também significa que me concentrei em outra coisa e deixei a língua solta:

— Mas minha tia Emily e sua esposa vivem em Salt Lake City. A gente se vê pelo menos uma vez por mês.

O único som à mesa é o de pessoas desconfortáveis se mexendo em suas cadeiras.

Ai, meu Jesusinho, o que foi que eu acabei de falar?

Sebastian me dá um chute por debaixo da mesa. Quando olho para ele, percebo que está se esforçando para não rir. E continuo falando:

— A mãe do meu pai sempre vem visitar e passar tempo com a gente. Ele também tem três irmãos, então nossa família é bem grande. — Ergo o copo e encho a boca de água para ver se assim consigo ficar calado. Mas, quando engulo, um pouco mais da minha mania escapa: – Bubbe ainda vai à sinagoga toda semana. É muito envolvida com o judaísmo. Muito espiritualizada.

O calcanhar de Sebastian bate outra vez em minha canela e sei que está me dizendo para me acalmar, ou talvez que eu não preciso estar ligado a nenhuma religião para ser aceito aqui. Vai saber. Mas certamente tenho essa sensação. Todos aqui são tão certinhos. Comem com toda a etiqueta, com guardanapo no colo. Dizem "por favor, me passe isso" ou "pegue aquilo para mim, por favor" e elogiam os pratos preparados pela mãe. A postura à mesa é totalmente impressionante. E, talvez, mais importante, em vez de me perguntarem mais sobre a formação de meus pais ou de Emily, os avós de Sebastian tentam se esquivar da minha diarreia verbal e perguntam sobre os professores do colégio ou os eventos esportivos que estão por vir. Seus pais de tempos em tempos lembram os filhos para manterem os cotovelos fora da mesa (e eu discretamente também recolho os meus), para não consumirem tanto sal, para comerem todos os legumes antes de pedirem mais pão.

Tudo é tão previsível, tão seguro.

Em comparação, a minha família deve parecer um bando de selvagens. Quero dizer, não somos animais ferozes ou pessoas monossilábicas, mas minha mãe de tempos em tempos diz a Hailey para "sossegar a periquita" à mesa do jantar e já vi meu pai uma ou duas vezes levar o prato para a sala de estar para se livrar do barulhão que Hailey e eu fazemos enquanto brigamos. Mas uma diferença ainda mais notável é a intimidade que temos uns com os outros em casa, algo que só agora percebo – agora, que estou aqui, com esse grupo de estranhos dóceis. Enquanto devoramos espaguete e almôndegas, os Scott conversam abertamente sobre o que é ser bissexual. Enquanto Bubbe servia kugel, Hailey certa vez perguntou aos meus pais se era possível pegar AIDS por meio de sexo oral. Para mim, foi aterrorizante, mas eles responderam sem hesitar. Agora que penso em tudo isso, se Sebastian fosse jantar em casa, tenho certeza de que minha mãe se despediria dele dando-lhe um adesivo brilhante para carro com alguma mensagem afirmativa.

Talvez esse tipo de conversa durante o jantar – exceto a questão do sexo oral – aconteça a portas fechadas, quando não há ninguém diferente por aqui, mas acho que não. Embora meus pais possam fazer um esforço considerável para entender Sebastian e sua família, francamente, não fico surpreso por ninguém perguntar por que minha mãe abandonou a igreja ou meu pai não vai mais à sinagoga. Essas conversas são difíceis, e eu sou apenas uma ovelha perdida passando pelo rebanho obediente formado por essas pessoas à minha volta aqui. E só sou uma visita temporária, na cabeça deles. Aqui é *a casa do bispo*. Felizes, felizes, alegres, alegres, lembra? Todos exibem seu melhor comportamento e ninguém vai fazer perguntas nem nada para eu me sentir desconfortável. Esse tipo de comportamento seria visto como falta de educação. E, pela minha experiência, posso afirmar que os mórmons são sempre educados. *Isto aqui* é o que Sebastian é.

Capítulo ONZE

Meus pais estão me esperando quando chego em casa; à sua frente, xícaras de chá que já esfriaram; em seus rostos, sorrisos cheios de expectativa.

É claro que, quando saí de casa, não tive como mentir sobre o motivo de não jantar com eles naquela noite. O que não significa que sair de casa foi fácil. Os dois ficaram na varanda assistindo enquanto eu tirava o carro da garagem, mas em momento algum disseram nada. Para ser sincero, tive a sensação de que estava roubando alguma coisa.

— E aí? — meu pai pergunta, dando tapinhas no banco ao seu lado no balcão.

O pé do banco raspa no chão e eu tremo. Por algum motivo, acho essa cacofonia hilária porque já estamos passando por um momento terrível — eu, chegando em casa depois de jantar na casa do bispo, por cujo filho estou apaixonado, com meus pais veementemente desaprovando tudo isso — e o barulho apenas parece deixar tudo ainda mais pesado.

Meus pais têm sua própria linguagem secreta; toda uma conversa acontece com apenas uma troca de olhares. Esforço-me para engolir a histeria que borbulha em minha garganta.

— Desculpa. — Digo ao me sentar, descansando as mãos nas coxas.
— Então, o jantar...
— O jantar... — minha mãe ecoa.
— Acho que foi bom, acho que sim.

Eles assentem. Querem mais detalhes.

— A família dele é muito legal. — Arregalo os olhos para enfatizar. — Muito, muito legal.

Minha mãe dá uma risadinha nada gentil ao ouvir minhas palavras, mas meu pai parece ser o mais preocupado.

— Mas não foi nada, tipo, um encontro romântico. — Esclareço. — Quero dizer, é óbvio que não. Não foi nada do tipo *eu conhecer a família dele*. Foi só um jantar.

Minha mãe assente.

— Eles gostam de conhecer os amigos dos filhos, especialmente se não os conhecem da igreja.

Passo alguns segundos encarando-a.

— Foi exatamente isso que Sebastian falou.

— Entenda uma coisa — ela propõe —, todo mundo que eles conhecem é da igreja. Ver seu filho, especialmente, se você é o bispo da cidade, por aí com alguém que não seja mórmon... Bem, eles querem ter certeza de que essa pessoa não vai trazer problemas.

— O problema é que eu sou um problema. Pelo menos, na cabeça deles.

Percebo que minha mãe não gosta nada dessa resposta, mas acena para que eu continue falando. Então, conto como foi a noite e que os pais de Sebastian se conheceram no ensino médio. Conto minhas gafes ao falar da tia Emily e do passado de minha mãe. Ela repuxa o nariz, pois sente que esses assuntos simplesmente não deveriam ser gafes. Conto que conversamos outra vez sobre a missão dele, mas apenas rapidamente. Meus pais ouvem atentamente tudo o que digo.

De todo modo, posso ver a preocupação traçando linhas em seus rostos. Estão sinceramente preocupados com a questão de eu poder me apaixonar por Sebastian, de tudo isso terminar em frustração para um de nós. Ou para os dois.

— Então... você gostou deles? — meu pai pergunta, ignorando o jeito como minha mãe o encara, como se ele fosse um traidor.

— Sim. Bem, eu não senti como se estivesse com a minha *turma* ali, mas foram gentis comigo.

Agora é a vez de meu pai fechar a cara. Para eles, família é tudo, mas em especial para o meu pai, porque, obviamente, meus avós maternos não interagem com a gente. Mesmo assim, a presença da família do meu pai mais do que recompensa essa ausência. Sua mãe mora com a gente três meses por ano desde que eu era recém-nascido. Depois que meu avô morreu, seis anos atrás, ela não gosta de ficar sozinha em casa, e meu pai fica mais feliz quando ela está aqui, debaixo da asa dele.

Depois de passar esse tempo com a gente, ela fica com o irmão e as irmãs de meu pai em Berkeley e Connecticut, respectivamente.

Se eu pudesse fazer Bubbe passar o ano todo aqui, certamente faria. Ela é incrível, e sagaz, e traz um conforto para a casa que não conseguimos ter quando somos só nós quatro. Meus pais são ótimos – não me entenda mal –, mas Bubbe faz as coisas de alguma forma parecerem mais calorosas e, ao longo das duas décadas de casamento dos meus pais ela e minha mãe se tornaram muito próximas. Meu pai quer que tenhamos esse tipo de relação quando ele for mais velho, e que tenhamos também esse tipo de relação com os parentes daqueles com quem escolhermos dividir nossas vidas. Para ser sincero, o fato de minha mãe não conversar com seus pais, provavelmente, o incomoda mais do que incomoda ela própria.

Posso ver esses pensamentos estampados no rosto de meu pai enquanto falo, então estendo a mão e dou tapinhas em seu ombro.

– Você parece estressado, pai.

– Acho que nunca o vi tão... envolvido com alguém antes. – Ele fala com todo o cuidado. – A gente fica preocupado por essa não ser a primeira escolha ideal.

Seu olhar se afasta, fixando-se na janela.

Respirando fundo, tento pensar na melhor coisa a dizer. Mesmo que o que ele diga seja a verdade, essa verdade é como um adesivo na superfície das minhas emoções e posso facilmente arrancá-la. Sei que Sebastian não é a opção certa para mim. Sei que é muito provável que eu saia ferido de tudo isso. Mas simplesmente me importa mais tentar do que me proteger.

Então, digo ao meu pai o que acho que ele quer ouvir:

– É só uma paixão, pai. Ele é um cara legal, mas tenho certeza de que vai passar.

Por um segundo, ele se permite acreditar em minhas palavras. Minha mãe também fica em silêncio. Porém, ao me dar um abraço de boa noite, ele me segura bem apertado por três respirações profundas.

– Boa noite, pessoal – digo, correndo para o andar de cima, a caminho do meu quarto.

Ainda são só 8 horas de uma noite de sexta-feira e sei que vou passar algumas horas sem sentir o menor sono. Autumn envia uma mensagem dizendo que vai à casa do Eric. Fico aliviado por não precisar me sentir culpado por furar mais uma vez com ela e envio uma linha inteira de *emojis* de berinjelas, ao que ela responde com uma linha inteira de mãos com o dedo do meio erguido.

E ali me pergunto se Sebastian atualizou seus *emojis* e como se sentiria recebendo esse gesto tão explícito em seu celular. Se já percebeu que recebeu, se já *usou* esses *emojis*.

Tudo, tudo sempre volta a ele.

༶

Minha mãe saiu para correr, meu pai está trabalhando no hospital e Hailey, andando com passos pesados pela casa, reclamando que ninguém mais lava as roupas nas manhãs de sábado.

Explicito que ela tem duas mãozinhas para fazer isso.

Ela me dá um soco no peito.

Prendo sua cabeça em meu braço e ela grita que sou um assassino sanguinário, tentando arranhar meu rosto. E berra:

— Eu te odeio!

Berra alto o suficiente para fazer as paredes tremerem.

A campainha toca.

— Belo trabalho, idiota — ela ironiza, afastando-se de mim. — Os vizinhos chamaram a polícia.

Estendo a mão para abrir a porta enquanto mantenho um sorriso que diz que a culpa é dela.

Meu mundo para.

Eu desconhecia o significado de "exultação", até procurar essa palavra no dicionário, no ano passado. Sempre pensei que fosse algo como "exaltado", mas é mais como "alegria", "júbilo", ou seja, exatamente o que sinto ao me deparar com Sebastian, parado, na varanda da minha casa.

— Mas o que é...? — Meu sorriso de surpresa se espalha por todo o espaço possível, de leste a oeste.

— Oi.

Ele ergue a mão para coçar atrás da cabeça e seu bíceps salta, bronzeado e malhado.

Eu derreto.

— Desculpa. — Dou um passo para trás, sinalizando para que ele entre. — Você chegou enquanto um assassinato acontecia.

Sebastian ri e dá um passo para a frente.

— Eu ia dizer que... — Pisca para o que há atrás de mim e sorri. Suponho que Hailey esteja parada ali, lançando olhares fulminantes na direção das minhas costas. — Oi, Hailey.

— Oi. Quem é você?

Quero enfiá-la na parede por ser tão grosseira, mas resisto, porque essa pergunta sem noção que ela acaba de fazer dá a entender que não fico falando constantemente dele.

— Esse é o Sebastian.

— Ah, você estava certo. Ele é mesmo lindo.

Pronto, já era. Agora quero mesmo enfiá-la na parede.

Com uma risadinha sem graça, Sebastian estende o braço para oferecer um aperto de mão à minha irmã. Para meu horror, ela o encara por um instante antes de aceitar o cumprimento. Quando minha irmã olha para mim, arqueio a sobrancelha em um gesto que diz: "vou terminar de te matar mais tarde". Se meu pai ou minha mãe estivesse aqui, ela seria cheia de boas maneiras. Como só eu estou em casa, age como uma total sem noção.

— Quer subir? — convido-o.

Ele olha para Hailey, que já atravessou o corredor a caminho da lavanderia, e assente.

— Onde estão os seus pais?

— Minha mãe foi correr. Meu pai está trabalhando.

Acho que ele entendeu o subtexto aqui. O ar entre nós parece estalar.

A escada range com nossos passos e estou superconsciente de que Sebastian vem atrás de mim. Meu quarto é o último no final do corredor, então vamos até lá em silêncio. Meu sangue parece borbulhar na superfície da pele.

Estamos indo ao meu quarto.

Ele vai ficar no meu quarto.

Sebastian entra, olha em volta e parece não notar quando discretamente fecho a porta ao passar — desrespeitando a regra da porta aberta estabelecida por meus pais. Mas *hello*: pode ser que rolem beijos aqui, e Hailey está com seu humor bestial. A porta vai ficar F-E-C-H-A-D-A.

— Então, este é o seu quarto? — Ele constata, analisando tudo.
— É.

Acompanho seu olhar, tentando entender o que está achando. Há muitos livros aqui (nenhum religioso), alguns troféus (a maioria de competições acadêmicas) e algumas fotografias aqui e ali (não estou segurando a Bíblia em nenhuma delas). Pela primeira vez, agradeço por meu pai ter me forçado a arrumar o quarto. A cama está feita e as roupas para lavar, contidas no cesto. Minha escrivaninha encontra-se vazia, com exceção do laptop e...

Ah, merda!

Sebastian olha para a escrivaninha e aponta para um bloco de post-its. Agora é tarde demais para eu dizer qualquer coisa. Sei o que está escrito no primeiro papel do bloco.

A GENTE SE DEIXA
ASSIM ACABA COM ESSE BECO SEM SAÍDA.
IMAGINO QUE, AONDE ELE FOR, HÁ UM JANTAR DISCRETO
SEGREDOS COLADOS COMO CHICLETE EMBAIXO DA MESA
ELE IMAGINA QUE AONDE EU VOU SEJA BEM DIFERENTE.
NA MELHOR DAS HIPÓTESES: RISADAS ESCANDALOSAS, LIBERDA-
DE LEVIANA
NA PIOR DAS HIPÓTESES: XINGAMENTOS, PECADOS.
PODE SER QUE ME DEEM GOLES DE VINHO.
MAS, MESMO SE ELE PENSAR ASSIM,
NÃO ESTÁ ME JULGANDO.
ESPERO QUE UM DIA ME AME.
BOA NOITE, ELE DIZ.
QUERO BEIJÁ-LO, E BEIJÁ-LO, E BEIJÁ-LO.

— O que é isso?
— Hum. — Aproximo-me, puxo o post-it para ler como se não lembrasse o que está escrito ali. Na verdade, eu sei cada palavra; escrevi ainda ontem à noite. — Ah, não é nada.

Conto até cinco, e até cinco, e até cinco outra vez. Durante todo esse tempo, estamos, nós dois, olhando para o post-it azul em minha mão.

Ele finalmente pega o papel de volta.
— É sobre mim?
Confirmo com a cabeça, sem olhar para ele. Dentro do peito, sinto passos pesados e animais rugindo.

Sua mão encosta em meu braço, desliza do punho ao cotovelo, puxando tão docemente para que eu olhe para ele.
— Eu gostei — sussurra —, mas não é do livro novo, né?
Nego com um gesto. Mentira número dois.
— Tem mais?
Confirmo com outro gesto.
— Use palavras, Tanner — pede, rindo.
— Tem mais, mas eu... hum... estou escrevendo outra coisa agora.
Ele assente.
— Sobre o que é o novo texto?
Olho para a janela e consigo improvisar:
— A mesma ideia, mas ele não se apaixona pelo filho do bispo.
Vejo a palavra "apaixona" envolvê-lo. Sua boca se repuxa.
— Então, você vai me deixar ler?
— Sim. Quando eu tiver material suficiente para ler.

A implicação dessas palavras me deixa desconfortável, mas sei que, em algum momento, terei de parar de escrever sobre Sebastian e escrever sobre outra coisa, para que ele e Fujita leiam. O mais estranho disso tudo? Não quero parar de escrever sobre Sebastian. É quase como se eu precisasse continuar escrevendo para descobrir como a história termina.

Ele solta meu braço e vai até a cama, onde se senta. Meu coração lança combustível por todos os lugares; é como se uma prova de Fórmula 1 estivesse acontecendo em minhas veias.
— Eu recebi as minhas cópias hoje, cortesia para o autor. Também quero que leia o meu livro — conta, deslizando o dedo sobre um prego da cama —, mas tenho medo de você achar horrível.
— Eu tenho medo de achar incrível e ficar ainda mais obcecado do que já estou por você.

Ainda bem que ele dá risada, como eu esperava que acontecesse.
— Eu estou tenso.
— Com o lançamento do livro?
Ele confirma.

— Você está escrevendo outro? – quero saber.

Mais uma confirmação.

— É um contrato de três volumes. E estou adorando. Parece que estou fazendo o que nasci para fazer. – Ele me encara e a luz que passa pela janela reflete em seus olhos de um jeito quase divino. – Depois daquele dia na montanha... – prossegue, assentindo para mim em busca de uma confirmação, como se eu de alguma forma pudesse não saber do que está falando – eu fui para casa e...

Se masturbou?

— Teve um ataque?

Ele dá risada.

— Não. Eu orei.

— Para mim, isso é bem parecido com ter um ataque.

Sebastian acena uma negação.

— Não. Orar me acalma. – Ele olha para a parede, onde tenho um quadro da Golden Gate Bridge, uma foto que meu pai tirou anos antes de nos mudarmos. – Eu não senti culpa pelo que fizemos. – Confessa, agora com a voz mais baixa. – O que é inesperado.

Não tinha me dado conta do quanto precisava que ele dissesse isso até ele enfim dizer. Sinto-me como uma boia lentamente esvaziando-se no sol.

— Culpa é um sinal de que estou fazendo algo errado – prossegue. – E, quando me sinto em paz, sei que Deus aprova o que estou fazendo.

Chego a abrir a boca para responder, mas, no fim das contas, não tenho a menor ideia do que dizer. Ele continua falando:

— Às vezes, eu me pergunto se é Deus ou a igreja que tem essas opiniões tão fortes a respeito dessas coisas.

— Quer a minha opinião? – proponho com todo o cuidado. – Um Deus digno do seu amor eterno não o julgaria com base em quem você ama enquanto está aqui.

Ele assente para minhas palavras por alguns segundos antes de finalmente lançar um sorriso tímido para mim.

— Venha cá – pede, e é a primeira vez que o vejo com um sorriso inseguro.

Ajeito-me ao seu lado na cama, e agora não apenas consigo sentir, mas também *ver* o quanto está tremendo. Prendo as mãos entre os joelhos para evitar que elas se soltem no colchão.

Tenho mais ou menos 1,90 metro de altura. Sebastian deve ter mais ou menos 1,80, mas, neste momento, a calma que ele emana parece pairar sobre mim como a sombra do enorme salgueiro que temos no fundo de casa. Ele se mexe, apoia a mão direita em meu quadril enquanto a mão esquerda vem na direção do meu peito, pressionando suavemente, até eu perceber que ele quer que eu me deite. Perco todo o controle voluntário dos meus músculos e, essencialmente, caio no colchão. E ele está em cima de mim, olhando para baixo.

Percebo que cortou os cabelos hoje cedo. As laterais estão raspadas bem perto do couro cabeludo, o topo é suave e macio. Seus olhos dançam, brilham, me encaram, e sou possuído pelo calor e preciso sentir, e sentir, e sentir.

– Obrigado por ter ido ao jantar ontem à noite – fala, e seu olhar faz um circuito completo por meu rosto.

Passa pela testa, desce pelas bochechas, paira na região da boca.

– Sua família é legal.

– Sim.

– Mas eles devem ter me achado um lunático, não?

Ele sorri.

– Só um pouquinho.

– Você cortou os cabelos.

Seus olhos perdem o foco, tentam se concentrar em minha boca.

– Cortei.

Mordisco o lábio, querendo rugir por causa de como ele me olha.

– Eu gostei. Muito.

– Ah, é? Que bom!

Deus, já basta de conversa fiada. Puxo-o para perto, levo a mão à sua nuca, e ele desce imediatamente, boca sobre a minha, peso parcialmente sobre mim, respiração saindo de seus lábios em golpes de alívio. Começa muito devagar, um beijo tranquilo, aliviado. Primeiro, em meio a sorrisos constrangidos, depois com a confiança de que isso – nós – é tão bom que chega a arder.

E, aí, os movimentos vão ganhando força, como um avião ao decolar, e somos tomados ao mesmo tempo por uma coisa selvagem e mais desesperada. Não quero pensar que estejamos com essa fome, porque o que há entre nós é algo que não vai longe. Não quero precipitar as coisas. Prefiro pensar que estamos famintos assim porque sentimos algo mais profundo. Algo como... amor.

Seu peito descansa junto ao meu e suas mãos estão em meus cabelos e ele faz uns barulhinhos profundos que lentamente me libertam até a única palavra que consigo pensar, e só pensar nela, é *sim*.

Tudo parece sim.

A boca dele é sim, e suas mãos são sim, e em cima de mim ele se movimenta e sim, sim, sim.

Deslizo as mãos por suas costas e debaixo da camisa, pela pele aquecida de seu torso. Sim. Não tenho tempo de apreciar o fato de ter descoberto a resposta à minha pergunta sobre sua roupa íntima, porque logo está sem camisa, e eu estou sem camisa e pele com pele é...

S

I

M

E eu nunca estive assim, embaixo de alguém, nunca envolvi a cintura de alguém com minhas pernas, nunca senti esse tipo de transformação e fricção, e ele me diz que pensa em mim a cada segundo.

Sim.

E me diz que nunca sentiu isso por ninguém, que gosta de chupar meus lábios, que quer parar o tempo para podermos nos beijar por horas.

Sim.

E eu digo a ele a verdade, que nada nunca foi tão bom assim, e ele ri dentro da minha boca, porque tenho certeza que ficou claro o quão envolvido estou. Sou um monstro debaixo dele, com o quadril arqueando, as mãos de um polvo em todos os lugares ao mesmo tempo. Não acho que nada na história da humanidade tenha sido tão gostoso.

— Eu quero conhecer tudo de você — confessa para mim, agora frenético, sua boca deslizando por meu maxilar, a barba por fazer se esfregando em meu pescoço.

— Conto qualquer coisa que você quiser.

— Você é meu namorado? — pergunta, depois chupa meu lábio inferior antes de rir para si mesmo, como se isso não fosse a coisa mais incrível que alguém já me disse em toda a história da minha vida.

— Hum, *sim*.

Namorados. Sim.

– Mesmo sendo seu namorado agora, não vou contar isso para ninguém – sussurro.

– Eu sei.

Sua mão vem na minha direção, entre nós – ah, meu Deus – e, ao deslizarem por minha calça de moletom, fazem tudo isso parecer ao mesmo tempo tão inocente e tão sacana. Mas a sensação de sacanagem se desfaz quando ergo o olhar e percebo que ele está todo entregue, estudando meu rosto.

E eu entendo. Também nunca fiz isso.

Em transe, também levo a mão mais para baixo. Seus olhos viram antes de se fecharem.

Não parece de verdade. Como isso pode ser real?

Ele empurra a cintura para a frente uma vez, e mais uma, e isso é a coisa mais incrível que já fiz...

Sequer ouço os passos e a porta, antes de ouvir meu pai exclamando todo envergonhado:

– Ai!

E a porta batendo.

Sebastian salta para longe de mim, vira-se para olhar para a parede, suas mãos cobrindo o rosto. No eco desse silêncio, não sei o que acabou de acontecer.

Quero dizer, sei o que aconteceu, porque aconteceu tão rápido, tão rápido, que acho que posso fingir que ele e eu simplesmente tivemos a mesma alucinação.

Isso é ruim de tantas formas. Agora, não posso mais fingir que somos apenas amigos para os adultos lá embaixo. Agora que fizemos isso, vou ouvir um sermão do meu pai e um sermão da minha mãe.

Mas, sem dúvida, a conjuntura toda é muito mais humilhante para Sebastian.

– Ei – digo.

– Que situação! – Ele sussurra.

Não tira as mãos do rosto e não se vira para mim. Suas costas estão nuas, um mapa de músculos. Afogo-me em reações opostas: contente por agora ter um namorado lindo e aterrorizado por aquele momento que estragou tudo.

– Ei – repito –, ele não vai ligar para os seus pais.

— Que situação!

— Fique tranquilo e venha aqui comigo, está bem?

Virando-se lentamente, ele se aproxima, baixando-se na direção da cama sem olhar para mim e bufa:

— Seu pai deu um flagra na gente.

Preciso de um instante para pensar na melhor resposta.

— Sim, mas ele deve estar com mais vergonha do que a gente.

— Duvido.

Eu sabia que ele não aceitaria essa linha de raciocínio, mas valeu tentar.

— Olhe para mim.

Cerca de dez segundos depois, ele olha. Percebo que seu rosto se suaviza, noto o alívio que me faz querer me levantar e bater no peito.

— Está tudo bem. – Sussurro. – Ele não vai contar para ninguém. Provavelmente só vai querer conversar comigo mais tarde.

Quero dizer, *sem a menor dúvida* ele vai vir falar comigo mais tarde.

Expirando como se sentisse derrotado, Sebastian fecha os olhos.

— Está bem.

Inclino o corpo em sua direção, e acho que ele sente a minha proximidade mesmo sem abrir os olhos, porque sua boca se repuxa em um sorriso resguardado. Encosto minha boca à sua, ofereço meu lábio inferior, aquele que ele gosta de chupar, e espero sua resposta. Pouco a pouco ele responde. Não é nada nem próximo do calor de antes, mas é sincero.

Sebastian se afasta, levanta-se e vai pegar sua camisa.

— Vou para casa.

— Eu vou ficar bem aqui.

Ele tenta esconder outro sorriso, que lhe surge como fruto das implicações de tudo o que aconteceu, e, aí, vejo seu rosto voltar a se transformar naquela máscara. A testa relaxa e uma luz vibrante brota em seus olhos. O sorriso tranquilo do qual estou aprendendo a desconfiar se espalha em seu rosto.

— Me acompanha até a porta?

∞

Depois que Sebastian vai embora, meu pai só precisa de quinze minutos para aparecer no meu quarto. Bate à porta com cuidado, quase como se pedisse desculpa.

– Entre.

Ele faz justamente isso, então fecha a porta com cuidado.

Não sei se devo sentir raiva ou remorso, e essa combinação faz arrepios percorrerem a minha pele.

Meu pai se senta na cadeira da escrivaninha.

– Primeiro, queria pedir desculpas por não ter batido à porta mais cedo.

Ajeito o livro que estou lendo aberto sobre o peito, olho para ele de onde estou, deitado na cama.

– Concordo.

– E não sei o que dizer além disso. – Coça o maxilar e repensa. – Não, não é exatamente verdade. Sei o que quero dizer, mas não sei por onde começar.

Sento-me na cama e me viro para ele.

– Entendi.

– Sei o que sente por Sebastian e tenho certeza de que é recíproco.

– É...

– Também sei que sente de coração, e não porque está curioso ou por querer se rebelar.

Como posso responder a isso? Faço uma afirmação com a cabeça, ciente de que meu semblante deixa clara a minha confusão.

– A Autumn sabe?

Confuso, pisco os olhos.

– Auddy?

– Sim, a sua melhor amiga.

– Eu não me assumi para Autumn, pai. Não me assumi para ninguém, lembra? Como a mãe quer.

– Veja bem... – ele responde, apoiando a mão em meu joelho. – Tem duas outras coisas que quero dizer. Vou começar com a mais fácil. É tentador, quando a gente se apaixona, ignorar tudo o que existe no mundo.

– Eu não estou *ignorando* a Aud...

– Ainda não terminei. – Ele me interrompe com uma voz ligeiramente severa. – Preciso que me prometa que vai dar atenção também aos seus outros relacionamentos. Que vai passar algum tempo com a Autumn, o Eric e o Manny. Que continuará sendo um exemplo para

Hailey. Que continuará sendo o filho atencioso e participativo com a sua mãe.

Confirmo com um gesto.

– Eu prometo.

– Estou dizendo isso porque é importante que você mantenha uma vida plena, independentemente de quão profundo e intenso seu relacionamento com Sebastian possa se tornar. Isso independe da religião dele. Se a relação continuar, e de algum jeito der certo, você vai querer ter amigos que o aceitam e apoiam. E, se por algum motivo não der certo, você terá pessoas ao seu lado.

Olho para o chão, sentindo uma reação estranha e conflitante dentro de mim. Ele está certo. O que diz faz sentido. Mas detesto as implicações de não ter me dado conta disso eu mesmo.

– A outra coisa que quero falar... – meu pai prossegue, coçando o maxilar e desviando o olhar. – Bem, eu não tenho o mesmo histórico da sua mãe com a igreja, então minha relação com seu relacionamento é drasticamente diferente da visão dela. – Ele me olha outra vez nos olhos. – Mas, tendo dito isso, não acho que sua mãe esteja errada. Não concordo necessariamente com os motivos que a levam a alertá-lo, mas concordo que a situação é complicada. Imagino que os pais dele não aprovariam, certo?

– Acho que iriam muito além de desaprovar.

Meu pai já está assentindo para as minhas palavras.

– Portanto, sempre que você e Sebastian ficam, estão agindo pelas costas dos pais dele.

– Sim.

– Não gosto nada, nada dessa ideia. – Admite baixinho. – Quero acreditar que, se a situação fosse inversa, você se abriria com a gente e não contrariaria nossas vontades enquanto vive aqui com a gente.

– A diferença, pai, é que eu posso me abrir com vocês.

– O que quero dizer, Tann, é que você já tem 18 anos, então, o que faz com seu corpo é uma escolha sua. Mas o que você faz dentro da minha casa ainda é algo que posso controlar.

Ah.

– Amo você, sua irmã e sua mãe mais do que tudo neste planeta, você sabe disso.

— Sim, eu sei.

— E sei que você gosta de meninas e meninos. Sei que vai experimentar e nunca, nem por um segundo, fui contrário a isso. — Meu pai me olha nos olhos. — A complicação aqui não é Sebastian ser homem. Se eu tivesse flagrado você com alguém de fora da igreja, provavelmente nem diria nada, e apenas trocaríamos um olhar na mesa do jantar e tudo estaria dito ali.

Minha vontade de me curvar em posição fetal e me esconder em uma caverna só cresce. Essa conversa é tão constrangedora.

— Mas não quero que você e Sebastian usem a nossa casa para fazer nada pelas costas dos pais dele.

— Pai — digo, sentindo meu rosto ferver —, nós não temos muitas outras opções.

— Sebastian já é adulto. Ele pode se mudar para sua própria casa, onde viverá segundo suas próprias regras.

Isso é essencialmente meu pai fechando as portas para qualquer argumentação. Sei que sua opinião vem da experiência. E, sentado aqui, olhando para o rosto que conheço quase tão bem quanto o meu próprio, posso perceber como é difícil meu pai dizer isso para mim.

Afinal, segundo a família dele, ele se apaixonou pela mulher errada 22 anos atrás.

CAPÍTULO DOZE

A mãe de Autumn abre a porta e dá um passo de lado para me deixar entrar. Auddy puxou dela esse sorriso com covinhas bastante marcadas, mas basicamente só isso. Minha amiga tem cabelos ruivos, nariz com sardas e olhos azuis brilhantes. A senhora Green tem cabelos pretos, olhos castanhos e pele dourada. Eu me pergunto como é para a senhora Green olha todos os dias para uma filha tão parecida com o marido falecido. Deve ser ou maravilhoso, ou desolador. Muito provavelmente uma combinação das duas coisas.

Temos um ritual aqui: eu a cumprimento com um beijo na bochecha, ela me diz que tem Yoohoo na geladeira e eu finjo me animar. Yoohoo é a coisa mais esquisita, uma coisa tipo leite aguado com chocolate que vem em uma caixinha. No meu primeiro verão aqui, comentei uma vez com a senhora Green que eu gostava dessa bebida e, desde então, ela compra para mim. Agora, sempre me sinto obrigado a aceitar uma caixinha e levá-la ao quarto de Auddy, mas a verdade é que eu não aguento mais tomar esse negócio. Estamos fazendo uma experiência com uma planta na prateleira do quarto: violetas-africanas conseguem sobreviver se regadas somente com Yoohoo?

Princesa Autumn está deitada no chão, com um esboço de seus capítulos bem à sua frente. Faz marcações com uma caneta vermelha; eu não consigo ler nada.

— Auddy, você é a pessoa mais fofa e mais nerd que já conheci em toda a minha vida. — Ela nem levanta o rosto quando eu entro. — Pare de ser assim. Será que não sabe que correções feitas com caneta vermelha podem ser vistas como severas demais e afetar a autoestima dos alunos? É melhor usar a roxa.

Seus olhos azuis se viram na direção do meu rosto.

— Eu gosto de vermelho.

Seus cabelos longos e ruivos estão presos em um coque enorme sobre a cabeça.

— Sei que gosta.

Ela ajeita os ombros e se senta de pernas cruzadas.

— O que você está fazendo aqui?

Essas palavras doem um pouco, afinal, deixam claro que meu pai estava certo. Antes de Sebastian, não haveria estranheza nenhuma em eu simplesmente entrar no quarto dela a qualquer momento. Agora, vejo Auddy, talvez, uma vez por semana fora da escola e passo muito mais tempo sozinho, escrevendo palavras, e mais palavras, e mais palavras sobre ele, independentemente de quantas vezes meu cérebro grite que é hora de eu dar início ao livro novo.

— Não posso dar uma passada para ver a minha melhor amiga?

— Você andou tão ocupado.

— Você também. — Franzo a testa para ela, um franzir cheio de significado. — Foi legal aquela noite com Eric?

— Se com "legal" você quiser dizer "dar uns amassos até os lábios caírem no chão", sim, aí sim.

Fico boquiaberto.

— Sério?

Ela assente, o rubor se espalhando em meio às sardas.

— E quantas piadinhas sobre a "sua mãe" ele fez?

Rindo, ela comemora:

— Nenhuma!

— Não acredito em você.

Para Eric, qualquer situação é uma oportunidade para uma piada sobre *sua mãe* ou *foi isso que ela disse*. E não importa quantas vezes avisemos que não estamos mais em 2013.

— Foi legal. — Ela responde, apoiando as costas na cama. — Eu gosto dele.

Estendo a mão, belisco sua bochecha. Sinto um aperto dentro de mim. Não é exatamente ciúmes, mas uma estranha sensação de perda, como se não fôssemos mais Tanner e Autumn contra alguém. Agora, nós dois temos outras pessoas.

Mesmo que ainda não saibamos disso.

– Por que essa cara? – pergunta enquanto desenha um círculo no ar, em volta do meu rosto.

– Só estou pensativo. – Pego sua caneta vermelha, rabisco a sola do meu tênis. – E queria conversar com você.

– Do jeito que você fala, parece que a coisa é séria.

– Não é, não. – Estreito os olhos, refletindo. – Não, é... Acho que é. Eu só queria pedir desculpa.

Ela não fala nada, então a encaro, tentando ler sua expressão. Conheço Autumn melhor do que praticamente qualquer outra pessoa, mas, neste momento, não consigo decifrar o que se passa em sua cabeça.

– Pelo quê?

– Por andar tão distraído.

– É um semestre corrido no colégio. – Ela então joga o corpo para a frente e puxa um fio solto na bainha da minha calça jeans. – Também sinto muito por não ter sido a melhor amiga do mundo nesses últimos tempos.

Suas palavras me surpreendem e eu ergo o olhar para estudá-la.

– O que quer dizer com isso?

– Sei que você e Sebastian ficaram amigos e acho que fiquei com ciúmes.

Ah. Um alarme começa a soar na minha cabeça.

Auddy engole em seco de um jeito desconcertante e audível, e sua voz falha quando ela volta a falar:

– Quero dizer, ele está ficando com uma parte do seu tempo que costumava ser minha. E existe uma intensidade quando vocês conversam, então sinto que ele possa estar tomando algo que é meu. – Olha nos meus olhos. – Faz sentido para você?

Meu coração espanca o peito.

– Acho que sim.

Seu rosto fica vermelho, deixando claro para mim que essa conversa é mais do que sobre amizade. Se estivesse apenas se referindo ao seu espaço como minha melhor amiga, não enrubesceria; seria toda corajosa. Mas há algo mais aqui. E, mesmo que Auddy não saiba a extensão da minha relação com Sebastian, já notou a intensidade. Já tomou consciência de algo que ainda não consegue definir.

— Estou com ciúmes — declara tentando parecer valente, de queixo erguido. — Por uma série de motivos, mas já estou trabalhando em alguns deles.

A sensação é a de que alguém está martelando o meu peito.

— Você sabe que eu te amo, não sabe?

Suas bochechas ficam completamente coradas.

— Sei.

— Tipo, você é uma das pessoas mais importantes para mim, do mundo inteiro, entende?

Ela ergue um olhar vidrado.

— É, eu sei.

Na verdade, Autumn sempre soube quem é e o que quer. Sempre quis ser escritora. É branca, heterossexual e linda. Tem um caminho a seguir que vai levá-la a resultados e ninguém jamais lhe dirá que não pode ou não deve querer o que quer. Sou bom em ciências físicas, mas ambivalente sobre seguir meu pai no caminho da Medicina, e não tenho ideia de o que mais eu poderia ser. Sou apenas um garoto bissexual, meio-judeu, que está apaixonado por um garoto mórmon. Para mim, o futuro não é tão claro.

— Venha aqui — peço.

Ela se arrasta, até se sentar no meu colo e eu a abraço, segurando-a comigo por todo o tempo que ela permite. Auddy tem o cheiro de seu shampoo favorito da Aveda e seus cabelos tocam suaves em meu pescoço, e eu queria, pela milésima vez, sentir algo como desejo por ela. Mas, em vez disso, só sinto um carinho profundo, desesperado. Agora entendo o que meu pai queria dizer. É fácil falar que vou manter minhas amizades, mas preciso fazer mais do que isso; preciso protegê-las. O mais provável é que não estejamos na mesma faculdade no ano que vem, e agora é a hora de ter certeza de que nossa relação é sólida. Se eu a perdesse, ficaria desolado.

༄

O Warriors está enfrentando o Cavs na TV; meu pai, plantado no sofá. Cada linha de seu corpo é tensa. Seu nível de desgosto por LeBron James me impressiona, mas não posso culpá-lo por sua lealdade.

— Vi a Autumn hoje — conto.

Ele resmunga e assente. Claramente não está ouvindo.

— A gente combinou de se casar.

— Ah, é?

— Você precisa de uma cerveja, aliás, de muita cerveja, se for continuar ligado assim na TV.

Ele resmunga outra vez, assentindo.

— Eu me meti em uma encrenca na rua e preciso de 500 dólares.

Meu pai enfim me olha, horrorizado.

— Como é que é?

— Só queria saber se estava me ouvindo.

Piscando algumas vezes, ele respira aliviado quando o intervalo do jogo chega.

— O que você estava dizendo?

— Que vi Auddy hoje.

— E ela está bem?

Confirmo com um gesto.

— Acho que está saindo com Eric.

— Eric Cushing?

Faço mais uma vez que sim. Ele volta a falar e diz exatamente o que eu esperava ouvir:

— Pensei que ela fosse a fim de você, não?

Não tenho como responder sem soar um pouco convencido.

— Acho que é, um pouco.

— Você contou a ela sobre Sebastian?

— Está falando sério? Claro que não.

O jogo volta do intervalo e me sinto mal por precisar da atenção dele agora, mas a situação é como cupins devorando uma viga de madeira. Se eu não me expressar, serei tomado por ansiedade.

— Pai, o que aconteceu quando você contou para Bubbe que estava namorando a mãe?

Ele lança um último olhar relutante para a TV, antes de pegar o controle remoto e colocá-la no mudo. Depois, vira-se para mim, apoiando uma perna no sofá para poder me olhar no rosto.

— Isso já faz muito tempo, Tann.

— Eu só queria ouvir outra vez.

Eles já me contaram a história antes, mas, às vezes, ouvimos as coisas quando ainda somos muito novos e os detalhes se sobressaem;

o que fica nem sempre é a ideia principal. A história do namoro de meus pais é uma dessas coisas. Na primeira vez que nos contaram, o que se sobressaiu foi o lado romântico. A realidade de quão duro foi para meu pai e sua família – e também para minha mãe – acabou se perdendo na grandiosa narrativa do "felizes para sempre".

Eu tinha treze e Hailey dez anos, e a história que nos contaram foi abreviada: Bubbe queria que meu pai se casasse com a filha da melhor amiga dela, uma mulher que cresceu na Hungria e se mudou para os Estados Unidos para fazer faculdade. Era normal, diziam eles, que os pais se envolvessem nesse assunto. Não explicaram outros detalhes que eu vim a descobrir com o tempo, conversando com tias e primos, como, por exemplo, o envolvimento da família fazia sentido por vários motivos: o casamento é para sempre, ao passo que a paixão termina. Encontrar alguém que venha da mesma comunidade e tenha os mesmos valores, no fim das contas, é mais importante do que estar com a pessoa com quem você quer transar nos próximos meses.

Mas meu pai conheceu minha mãe em Stanford e, como ela disse, naquele momento ela já sacou. Meu pai tentou lutar, mas, no fim, ele também percebeu.

– Conheci sua mãe no meu primeiro dia do curso de Medicina. – Conta. – Ela trabalhava em uma lanchonete bacana perto do campus e eu apareci lá todo desgrenhado e faminto. Tinha me mudado na véspera do começo das aulas e a realidade de estar longe de casa se mostrou muito diferente das minhas expectativas. Tudo era caro, corrido, e eu já tinha uma carga de trabalho inacreditável. Sua mãe fez o sanduíche de frango mais perfeito do mundo, e me entregou, e perguntou se eu aceitaria jantar com ela.

Essa parte eu já ouvi. Aliás, adoro quando eles contam, porque, em geral, meu pai faz alguma piada sobre a propaganda enganosa que foi a questão de minha mãe cozinhar. Dessa vez, porém, ele não diz isso.

– Pensei que ela quisesse ser amigável porque eu parecia tão sobrecarregado. Nunca imaginei que ela tivesse pensado que poderíamos namorar. – Meu pai dá risada. – Mas, quando ela apareceu, suas intenções ficaram claras.

Agora sua voz sai mais baixa. Está me dando acesso a uma versão da história que não é a superficial. Estou tendo acesso à versão que um homem adulto conta a seu filho também adulto.

Minha mãe é linda, sempre foi. Sua confiança a torna quase irresistível, mas combinada com sua inteligência... Bem, meu pai não tinha chance. Afinal, estava com apenas 21 anos – jovem para um aluno de Medicina – e, naquela primeira noite, durante o jantar, disse a si mesmo que não faria mal nenhum passar algum tempo com ela. Já tivera algumas namoradas antes, mas nada muito sério. Sempre soube que em algum momento voltaria para sua cidade e se casaria com alguém da comunidade.

Meus pais namoraram em segredo por dois anos. E, mesmo no tempo em que ele morou na casa dela, insistia que se casaria com uma judia. Toda vez que ele dizia isso, minha mãe escondia a dor e dizia: "Tudo bem, Paul".

Quando Bubbe e Bekah, a irmã de meu pai, foram visitá-lo, minha mãe em momento algum se encontrou com elas. Meu pai não contou nada sobre os dois e, durante todo o tempo que elas passaram na cidade, minha mãe também não o viu. Foi como se ele tivesse desaparecido. Não ligou, nem foi atrás de saber como ela estava. Depois que as visitas se foram, minha mãe terminou com ele, que nem discutiu. Meu pai disse a ela que lhe desejava o melhor e a viu ir embora.

Embora meu pai jamais tenha falado sobre o período que os dois passaram distantes, minha mãe se refere a essa época, em tom de brincadeira, como o "Ano Sombrio". Brincadeiras à parte, já vi fotos dos dois e as imagens me deixaram ligeiramente desconfortável. Meus pais se Amam, com A maiúsculo. Ele acha minha mãe linda, mais brilhante do que qualquer estrela. Minha mãe o acha o homem mais inteligente e mais lindo na face da Terra. Estou certo de que o tempo que passaram separados os fez valorizar o que têm, mas fica claro que sentiam isso mesmo antes de terem terminado. Naquelas fotos, os dois parecem vazios e cansados. As olheiras escuras de meu pai parecem as fases escuras da lua. Minha mãe já é normalmente magra, mas, no Ano Sombrio, ficou esquelética.

Ele agora admite para mim que não conseguia dormir. Durante quase um ano, só dormiu algumas poucas horas por noite. Não era raro encontrar alunos de seu curso que passavam a noite acordados, estudando, mas meu pai é um cara dedicado e organizado, não tinha problemas para se manter em dia. Não conseguia dormir porque estava apaixonado por ela. Naquele ano, sentiu-se como um viúvo.

Foi ao antigo apartamento dela e lhe implorou para aceitá-lo de volta. Eu nunca soube disso. Sempre ouvi que os dois simplesmente se reencontraram por acaso no campus um dia e, dali em diante, meu pai deixou claro que não conseguia ficar longe dela.

— Por que você contou para nós que reencontrou a mãe no campus?

— Porque foi isso que contei a Bubbe. – Fala baixinho. – Ela ficou um bom tempo magoada por eu ter me casado com Jenna. Mas admitir que eu fui atrás da sua mãe e implorei para ela voltar para mim seria mais como deliberadamente trair a minha mãe.

Meu coração dói quando ele diz isso. Toda vez que vou ver Sebastian, sinto que estou deliberadamente traindo minha mãe. Só não tinha pensando em um nome para isso, até agora.

— Jenna me colocou sentado e gritou comigo por uma hora. – Meu pai relembra. – Disse que doía muito ser colocada em uma posição na qual não tinha nenhum poder. Falou que sempre me amaria, mas que não confiava em mim. – Agora ele ri. – Me mandou embora e disse que eu tinha que provar meus sentimentos por ela.

— O que você fez?

— Liguei para Bubbe e contei que estava apaixonado por uma mulher chamada Jenna Petersen. Comprei uma aliança e voltei ao apartamento da sua mãe e a pedi em casamento.

Aparentemente, minha mãe perguntou quando e meu pai respondeu "quando você quiser". Então, eles se casaram no cartório na manhã seguinte, outro detalhe que eu desconhecia até hoje. Já vi inúmeras fotos do casamento oficial dos dois: a assinatura na Ketubah, minha mãe quase totalmente escondida atrás do véu, esperando para entrar na igreja, meu pai quebrando o copo debaixo do chuppah[4], as fotos dos amigos e familiares durante o pronunciamento do Sheva Brachot – as sete bênçãos –, com meus pais erguidos em grandes cadeiras de madeira enquanto os amigos dançavam à sua volta. As fotografias do casamento decoram as paredes do corredor do andar de cima da nossa casa.

Eu não fazia a menor ideia de que os dois já tinham legalmente se casado quase um ano antes.

— Bubbe sabe que você se casou com ela antes da cerimônia?

---
[4] Tenda sob a qual se realiza o casamento judaico.

— Não.
— Você se sentiu culpado?

Meu pai abre um sorriso para mim:

— De jeito nenhum. Sua mãe é meu sol. Meu mundo só fica aquecido quando ela faz parte dele.

— Não consigo imaginar como foi para vocês. — Desço o olhar para minhas mãos. — Não sei como ficar longe de Sebastian, nem se conseguiria ficar. — Agora preciso perguntar, por mais que tenha medo da resposta: — Você contou para ela que me flagrou com ele?

— Contei.

— Ela ficou nervosa?

— Sua mãe não ficou surpresa, mas concordou com o que eu falei para você. — Ele se aproxima e beija a minha testa. — O que Jenna aprendeu comigo foi que ela sempre teve poder, mesmo quando sentia que eu não reconhecia essa força. Você não está desamparado, mas precisa ter claro quem é e o que está disposto a tolerar. — Ele encosta o dedo em meu queixo e ergue meu rosto para me olhar nos olhos. — Está disposto a ser um segredo? Talvez, agora esteja. Mas você tem a sua vida e um futuro pela frente. E é a única pessoa que pode fazer seu futuro ser o que quiser que ele seja.

CAPÍTULO TREZE

Sebastian me envia mensagens de texto todas as noites antes de dormir e todas as manhãs assim que acorda. Às vezes, são apenas um "oi".

Outras vezes, são mais longas, mas não muito. Como na quarta-feira, depois do jantar em sua casa, ele me enviou uma nota que apenas dizia: "Que bom que chegamos a um acordo sobre a situação".

Entendo que definitivamente estamos juntos.

Também entendo que nosso relacionamento definitivamente é um segredo.

Porém... somos mais ou menos como dois sem-teto. Minha casa agora está fora de questão. A casa dele *definitivamente* está fora de questão. Poderíamos ficar no meu carro, mas isso não apenas pareceria suspeito demais, como também nos traria a sensação de estar dentro de um aquário, sem nenhuma privacidade nem parede nos protegendo.

Então – desde o fim de semana em que fomos flagrados por meu pai no meu quarto –, fazemos trilha pelo menos duas vezes por semana. Esses passeios não apenas nos deixam longe dos olhos à espreita (pelo menos, agora, durante uma época do ano em que não há mais ninguém na montanha), mas também (pelo menos para mim) ajuda a gastar a energia extra que pareço ter ultimamente. Tem dias que são frios pra caramba, mas vale a pena.

Coisas que fizemos nos dois finais de semana depois que ele sussurrou a palavra "namorado" durante um beijo:

1) Celebramos nossos aniversários de uma e duas semanas do jeito mais brega possível – cupcakes e cartões feitos a mão;
2) Roubamos olhares um do outro durante todas as aulas do Seminário;

3) Trocamos cartas da maneira mais sutil que conseguimos – eu fingia que passava páginas do "meu livro" para ele ler e ele as devolvia. (Nota: meu livro está fluindo extremamente bem, mas não aquele que eu deveria estar escrevendo. Aliás, só de pensar nesse assunto, já sinto o pânico golpear dentro de mim. Mas vamos em frente);
4) Relemos as cartas até as folhas de papel quase se desfazerem;
5) Encontramos usos criativos para *emojis* em nossas mensagens de texto.

Coisas que não fizemos desde que ele sussurrou a palavra "namorado" durante um beijo:

1) Beijar.

Sei que é difícil para nós dois conseguirmos nos sentir próximos sem nos sentirmos próximos, mas todo o resto parece ir tão bem agora que não vou deixar a falta de uns apertões me arrastar para fora do país das maravilhas.

Autumn pega um dos *handouts* que estão passando pela sala, antes de colocar a pilha na minha carteira, afastando-me dos meus pensamentos. Sebastian está lá na frente, analisando os textos de Clive e Burrito Dave. Não importa o fato de Clive estar saindo com Camille Hart e Burrito Dave sair com todas as meninas do primeiro ano. O ciúme golpeia duramente as minhas costelas.

Como se sentisse o fogo de meu olhar, Sebastian vira-se em minha direção e depois disfarça, enrubescendo.

– Você...? – Autumn começa, mas logo nega com a cabeça. – Ah, não é nada.

– Eu o quê?

Ela inclina o corpo na minha direção e sussurra:

– Você acha que *ele* gosta de você? O Sebastian?

Meu coração tropeça com essa pergunta e forço para tentar concentrar toda a minha atenção no notebook à minha frente enquanto digito a mesma palavra repetidas e repetidas vezes:

Quinta-feira
Quinta-feira
Quinta-feira
Quinta-feira

Faltam três dias para quinta-feira, quando vamos outra vez fazer a trilha.

– Como é que eu vou saber? – arrisco em um tom casual. Despreocupado.

Talvez, eu devesse *mesmo* convidar Sasha para o baile de formatura.

Fujita anda pela sala, verificando como estamos progredindo com a contagem de palavras, arco narrativo, desenvolvimento do enredo e ritmo. Hoje é 10 de março e, em tese, era para termos 12 mil palavras escritas para que um colega lesse e nos desse um *feedback*. Tenho mais de 40 mil palavras escritas, mas são todas *daquele* livro – e não posso entregar *aquele* livro.

Autumn não quis trabalhar comigo – todos, menos eu, se surpreenderam com essa decisão –, então não tenho um parceiro e vou me aproveitar disso todo o tempo que puder. Mas eu devia imaginar que não seria tão fácil. Apesar de sua aparência de meio *hippie* desligado, meio "cara desgrenhado da literatura", Fujita conhece todos os detalhes.

– Tanner – ele me chama, vindo tão discretamente atrás de mim que chego a saltar enquanto fecho o notebook com uma pancada. Rindo, ele se inclina mais perto, sussurrando: – Que tipo de romance você está escrevendo, meu rapaz?

Se eu tivesse essa opção, seria uma obra que se transforma de juvenil em romance erótico mas estou certo de que não vai rolar. Ver também: relacionamento secreto, sem-teto.

Ver também: preciso começar o livro novo o mais rápido possível.

– Contemporâneo. – Respondo, acrescentando para me defender caso ele tenha visto o termo "quinta-feira" escrito várias vezes na tela: – É que hoje estou um pouco travado.

– Todos nós temos dias em que as coisas fluem e dias em que não fluem. – Assegura alto o suficiente para toda a sala ouvir. Depois, concentra-se outra vez em mim: – Mas, fora isso, está se mantendo em dia?

– Surpreendentemente, sim – respondo.

Depende do ângulo de onde você olha.

— Muito bem. — Fujita agacha, olhando-me diretamente nos olhos. — Então parece que todo mundo já está com um colega para dar *feedback*. Como você está em dia, mas não está fluindo muito bem hoje, vou chamar Sebastian para lhe dar *feedback*. — Meus batimentos disparam. — Sei que ele vem conversando com você sobre a sua ideia e, como temos um número ímpar de alunos e falta alguém para formar uma dupla, acho que é o melhor jeito de resolvermos essa situação. — Fujita dá tapinhas em meu joelho. — Tudo bem para você?

Abro um sorriso.

— Para mim, tudo bem.

— Me chamaram?

Fujita e eu olhamos para Sebastian, que se materializou ao nosso lado.

— Eu só estava dizendo ao Tanner que você vai ser o colega para dar *feedback* sobre o texto dele.

Sebastian abre aquele seu sorriso leve e confiante, mas seus olhos dançam na minha direção.

— Legal. — As sobrancelhas perfeitas e escuras se arqueiam. — Isso significa que você terá que me mostrar o que escreveu até agora.

Arqueio as sobrancelhas em resposta.

— Ainda está bastante bagunçado.

— Não tem problema. — Responde distraidamente. — Posso ajudar a encaixar tudo direitinho.

Autumn raspa a garganta.

Fujita dá tampinhas em nossas costas.

— Excelente! Trabalhem juntos, então.

Sebastian desliza uma pasta sobre a minha carteira.

— Aqui estão algumas notas do nosso último encontro.

Meu pulso perde completamente o controle e minha voz sai trêmula quando tento fazê-la soar casual, ao dizer:

— Legal, obrigado.

Assim que Sebastian vai embora, sinto a atenção de Auddy na lateral do meu rosto.

Sem olhar para ela, pergunto:

— O que foi, Auddy?

Ela aproxima o rosto de mim e sussurra:

– Você e Sebastian acabam de ter toda uma conversa usando termos sexuais.

– É?

Ela fica em silêncio, mas sua pausa intencional é uma presença viva entre nós.

Por fim, olho-a nos olhos e, antes de me virar, pergunto a mim mesmo se minha amiga percebe tudo o que está acontecendo. Sei que está estampado na minha testa com a mesma clareza de uma faixa no céu:

SEBASTIAN + TANNER = NAMORADOS

– Tanner – ela me chama outra vez, lentamente, como se estivéssemos no fim de um romance de Agatha Christie.

Viro-me para encará-la. A pele debaixo da minha camisa está pegando fogo; meu peito, quente, formigando.

– Acho que vou convidar Sasha para o baile de formatura.

∞

T.,

Como foi o seu fim de semana? Sua família acabou indo para Salt Lake?

Nesse fim de semana, a casa dos Brothers foi uma loucura. A impressão era a de que a campainha não parava de tocar. Tivemos algumas atividades na igreja no sábado. Lizzy e eu fomos ajudar, e tentar colocar vinte crianças de seis anos em uma única fila é como tentar domar felinos selvagens. Além do mais, acho que a Irmã Cooper deu doces para eles depois que ela terminou sua atividade, antes da nossa, então as crianças estavam loucas.

No sábado, cheguei tarde em casa, fui ao meu quarto e pensei em você por duas horas, antes de conseguir dormir. Bem, pensei em você e orei, e depois pensei mais um pouco em você. Essas duas atividades me fazem sentir incrível – quanto mais oro, mais confiante fico de que o que estamos fazendo é certo. Mas também me sinto sozinho. Queria que pudéssemos estar juntos ao final de dias assim, conversando sobre nossas vidas no mesmo espaço, e não por meio dessas cartas. Mas pelo menos temos elas.

E temos quinta-feira. É loucura eu estar tão animado assim? Talvez você precise me controlar. Tudo o que quero fazer é beijá-lo, e beijá-lo, e beijá-lo.

> *Quando vai me mostrar o seu novo livro? Você tem talento, Tanner. Estou morrendo de curiosidade para ver o que andou escrevendo. Vou ao campus agora, mas estarei no Seminário hoje, e, aí, entregarei esta carta. Quando terminar de ler, saiba que estive pensando em beijá-lo enquanto escrevia esta frase (e todas as que vieram antes, provavelmente).*
> *Com amor,*
> *S.*

Leio a carta umas dezessete vezes, antes de enfiá-la no bolso mais fundo da mochila, onde ficará até eu chegar em casa e conseguir guardá-la em uma caixa de sapato na prateleira mais alta do meu armário. (Pensando nisso, se eu morrer hoje, a caixa de sapato na prateleira mais alta do meu armário deve ser onde meus pais vão buscar as primeiras pistas do que aconteceu comigo; preciso procurar um esconderijo melhor.)

Deixo esses pensamentos leves me distraírem do desconforto que sinto ao me deparar com a curiosidade de Sebastian por ler meu livro novo.

Não me entenda mal: realmente amo o que tenho até agora. Mas preciso encarar a realidade: se continuar assim, não terei um livro para entregar como trabalho final. Até agora, essa verdade tem funcionado como um repelente, e meu pensamento vaga livremente para longe dela. Já disse a mim mesmo várias e várias vezes que posso mostrar que fiz alguma coisa, entregar ao Fujita algumas páginas de amostra, antes de Sebastian aparecer na narrativa – sob pedido de confidencialidade –, e pedir que me dê nota com base no que leu. Fujita é um cara bastante tranquilo; acho que faria isso por mim. Ou, então, posso admitir para Sebastian que meu livro ainda é sobre nós e pressioná-lo para me dar uma nota decente com a desculpa de que está corrigindo alguns trabalhos para aliviar um pouco a carga de Fujita.

Mas o que acontece se Fujita não aceitar? E se me reprovar com base nas primeiras vinte páginas? Ando escrevendo loucamente. Desde que editei porcamente os primeiros quatro capítulos para Sebastian ler, não mudei mais nenhum detalhe, nem sequer nossos nomes. Na versão atual, ainda está tudo lá, exposto para o mundo ver, e não *quero* mudar. O Seminário. Bispo Brother. Nossos passeios na montanha. Meus pais. Minha irmã. Nossos amigos. Sei que Sebastian precisa que eu altere o texto, mas não quero esconder nada.

∞

Às três horas de quinta-feira, ele está me esperando na entrada da trilha. Só nos restam algumas poucas horas de luz do sol, mas espero que possamos ficar lá em cima até tarde, até depois de escurecer. Sei que ele não tem aulas antes do almoço amanhã, e eu funciono bem dormindo pouco.

– Oi.

Deus, como somos bobos. Sorrimos como se tivéssemos ganhado uma medalha de ouro do tamanho de Idaho. Seus olhos estão endiabrados e eu amo esse seu lado. E me pergunto quem mais consegue ver isso. Quero pensar que o que enxergo agora em seus olhos é sua mais pura verdade.

– Você trouxe água? – Sebastian pergunta.

Viro-me para mostrar o cantil.

– Essa garrafona aqui.

– Legal. Hoje vamos subir mesmo. Está pronto?

– Vou segui-lo a qualquer lugar.

Com um sorriso enorme, ele dá meia-volta e começa a avançar pela trilha, passando pelos arbustos pesados, umedecidos pela chuva. Vou logo atrás. O vento ganha velocidade conforme vamos subindo e não nos importamos em jogar conversa fora. Isso me lembra uma vez em que fui a um rodízio de frutos do mar com meu pai, durante um congresso em Nova Orleans. Ele mantinha um semblante focado. "Não coma os acompanhamentos", aconselhou, referindo-se aos pães, pequenos sanduíches e mesmo aos bolos (que, embora fossem lindos, não tinham sabor nenhum). Meu pai apressou-se na direção dos caranguejos, salmão e atum grelhado.

Agora, aqui, sem fôlego, jogar conversa fora seria equivalente a comer pães. Quero sentir o corpo de Sebastian junto ao meu quando ele pronunciar suas próximas palavras.

A maioria das pessoas que fazem trilha na Y Mountain param no enorme Y pintado, mas nós chegamos lá depois de andar meia-hora e seguimos em frente, deixando a cidade cada vez mais longe. Atravessamos a área onde a trilha se estreita e seguimos ao sul, depois viramos no sentido oeste e chegamos a Slide Canyon. Aqui, o chão é mais acidentado, então damos passos mais cuidadosos para evitar urtigas e arbustos espinhosos. Por fim, alcançamos uma área da montanha coberta por pinheiros. Precisamos dessas árvores não pela sombra que produzem – sentimos cada vez mais frio, agora abaixo de 0ºC, mesmo com nossas jaquetas pesadas –, mas pela privacidade que nos dão.

Sebastian diminui o ritmo e senta-se debaixo de copas de árvores em uma área voltada a Cascade Mountain e Shingle Mill Peak. Solto o corpo ao lado do seu; passamos mais de uma hora andando. Quaisquer questionamentos que eu tivesse sobre se estaríamos aqui ao anoitecer foram deixados de lado. Nunca andamos tanto, nem nos finais de semana, menos ainda nos dias de semana, e vamos precisar de pelo menos mais uma hora para voltar para casa. O sol desce no horizonte, forçando o céu a adotar um azul pesado e sedutor.

Sua mão desliza na minha, e ele inclina o corpo para trás, encostando nossas mãos dadas em seu peito. Muito embora estejamos com jaquetas pesadas, consigo sentir seu calor.

– Nossa... uma trilha e tanto.

Permaneço sentado, apoiado na outra mão para manter o equilíbrio e apreciar a vista do cânion. As montanhas são de um verde dramático pontilhado pelo branco da neve. Seus picos parecem pontiagudos e as laterais pontilhadas por árvores. É tão diferente do vale lá embaixo, onde tudo parece ser restaurantes de *fast-food* e lojas de conveniência.

– Tann?

Viro-me e olho para ele. É quase impossível resistir à tentação de me arrastar em cima de Sebastian e beijá-lo por horas, mas também é gostoso ficar aqui, apenas segurando a mão...

Do.

Meu.

Namorado.

– Eu?

Ele leva minha mão à boca e beija os nós dos dedos.

– Posso ler?

Esse assunto chegou cedo demais. Eu esperava que ele quisesse falar sobre o livro, mas, mesmo assim...

– Mais para frente. Eu ainda... ainda não terminei.

Ele se senta.

– Já entendi. Você acabou de começar, não é?

A mentira está me tornando sombrio por dentro.

– Na verdade, estou tendo dificuldades para começar. Quero escrever algo novo, quero mesmo, mas toda vez que me sento diante do computador, escrevo sobre... nós.

– Eu também entendo isso. – Sebastian fica em silêncio por alguns instantes. – Fui sincero em minhas palavras. O que eu li era muito bom.

– Obrigado.

– Então, se você quiser, eu posso editar seu texto. Torná-lo menos reconhecível, talvez?

Tenho certeza de que ele faria um trabalho incrível, mas anda tão ocupado.

– Não quero que se preocupe com isso.

Ele hesita, depois aperta a minha mão.

– Mas não é difícil editar. Você não pode entregar aquele livro ao Fujita. Por outro lado, se não entregar nada, vai ser reprovado.

– Eu sei.

Sinto a culpa se espalhando em minha pele. Não sei o que seria pior: pedir a ajuda dele ou tentar começar tudo do zero.

– Também gosto de pensar na gente. – Afirma. – Acho que *adoraria* editar o seu texto.

– Entendi. Eu posso enviar o que tenho em lotes para você trabalhar, mas não quero enviar no seu e-mail da BYU.

Percebo que nunca lhe ocorreu a ideia de criar outro e-mail.

– Ah, entendi.

– Você pode fazer um Gmail novo e eu envio para lá.

Sebastian já está assentindo e seus movimentos ficam acelerados quando ele parece entender as implicações do que estou dizendo. Sei exatamente o que está pensando: poderíamos enviar e-mails um para o outro *o tempo todo*.

– Mas seja cuidadoso com o que faz na sua casa. – Peço. – Minha mãe criou um *software* chamado *Parentelligentsia*. Sei melhor do que qualquer pessoa como é fácil acompanhar cada movimento que você faz.

— Não acho que meus pais sejam tão descolados assim com tecnologia – comenta, rindo –, mas pode deixar, entendi a mensagem.

— Você ficaria surpreso se descobrisse como é fácil usar esse programa. – Afirmo, parcialmente orgulhoso, parcialmente me sentindo culpado por aqueles da minha geração que foram flagrados pela primeira invenção da minha mãe. – Foi assim que meus pais me descobriram... descobriram meu interesse em meninos. Eles instalaram o *software* na nossa nuvem e, aí, puderam ver tudo o que eu buscava na internet, mesmo depois de eu limpar o histórico.

Sebastian fica pálido.

— Eles vieram falar comigo sobre o assunto – prossigo. – E foi então que admiti que tinha beijado um menino no verão anterior.

Já tocamos nesse assunto, mas nunca falamos abertamente.

Sebastian se ajeita para me olhar no rosto.

— O que eles disseram?

— Minha mãe não ficou surpresa. – Pego uma pedrinha e a jogo no penhasco. – Foi mais difícil para o meu pai, mas ele queria que a situação fosse tranquila. Meu pai lida com seus sentimentos em seu próprio tempo, acho. Na nossa primeira conversa, me perguntou se eu achava que era só uma fase, e eu disse que talvez. – Dou de ombros. – Quero dizer, eu francamente não sabia. Nunca tinha passado por nada do tipo. Só sabia que sentia a mesma coisa quando olhava fotos de homens e de mulheres.

O rosto de Sebastian fica totalmente vermelho. Acho que nunca o vi tão enrubescido antes. Será que nunca viu fotos de pessoas nuas? Eu o deixei constrangido? Incrível.

Suas palavras saem um pouco arrastadas:

— Você já transou?

— Com algumas meninas. – Admito. – Meninos, só beijei.

Ele assente como quem entende o que acabei de dizer.

— Quando você descobriu? – pergunto.

Sua testa fica franzida.

— Descobriu o quê? Que você é bi?

— Não. – Dou risada, mas logo me controlo, porque não quero que Sebastian ache que estou debochando. – Quando descobriu que é gay?

A confusão parece acentuar-se em seu rosto.

– Eu não sou.

– Não é o quê?

– Não sou... *isso*.

Alguma coisa parece assumir o controle dos meus batimentos e deixá-los descontrolados. Por um instante, meu peito dói.

– Você não é gay?

– Quero dizer... – ele começa, afobado, tentando explicar. – Eu me sinto atraído por meninos e agora estou com você, mas não sou gay. Ser gay é uma escolha diferente, e eu não estou escolhendo esse caminho.

Nem sei o que dizer. A sensação é a de que estou afundando.

Solto sua mão.

– Tipo... você não é gay, não é hétero, é só... *você*. – Sebastian continua, aproximando-se para me olhar nos olhos. – Eu não sou gay, não sou hétero, sou só *eu*.

Eu o desejo tanto que chega a doer. Então, quando me beija, tento fazer a sensação de suas mordidas em meu lábio inferior afastar tudo. Quero que o beijo de Sebastian seja o esclarecimento, a reafirmação de que rótulos não têm importância, de que o que importa é *isso*.

Mas não acontece. Durante todo o beijo, e também depois – quando descemos a montanha –, ainda tenho a sensação de que estou afundando. Sebastian quer ler meu livro, o livro que fala sobre apaixonar-se por ele. Porém, como posso entregar meu coração a ele quando acabou de dizer, com toda a clareza, que não fala a mesma língua?

CAPÍTULO CATORZE

No fim da tarde de sábado, Autumn corre atrás de mim na frente de casa. Finalmente estamos fora da minha casa, e ela começa a me bombardear de perguntas.

— Você estava falando com ele quando eu cheguei?

— Estava.

— E vem me dizer que ele não gosta de você? Tanner, eu *vi* o jeito como ele olha para você!

Destravo o carro, abro a porta do lado do motorista. Definitivamente, não estou no clima para isso. Mesmo depois de conversar com Sebastian esta manhã, suas palavras de quinta-feira ainda ecoam em minha cabeça.

Eu não sou... isso

Eu não sou gay.

— Você não percebe o jeito como ele te olha?

— Auddy.

Não é uma negação, não é uma confirmação. Essa resposta vai ter que funcionar por agora.

Ela sobe no carro depois de mim, fecha o cinto de segurança e se vira para me observar.

— Quem é a sua *melhor* amiga?

Sei a resposta certa para essa pergunta.

— Você. Autumn Summer Green. — Dou partida e consigo rir, mesmo com esse clima sombrio. — O melhor nome ruim do mundo.

Auddy ignora minha brincadeira.

— E quem é a pessoa em quem você mais confia no mundo?

— Meu pai.

— Depois dele. — Ela levanta a mão. — E depois da sua mãe, avó, família, *blá-blá-blá*.

– Eu não confio em Hailey, só para deixar claro.

Viro a cabeça para trás para olhar a garagem. Meu pai não me deixa confiar totalmente na câmera do Camry que estou dirigindo.

Autumn dá um tapa no painel.

– Eu estou falando uma coisa! Pare de desviar do assunto.

– Você é a minha melhor amiga. – Giro o volante e começo a deixar meu bairro para trás. – É a pessoa em quem mais confio.

– Então por que estou com essa sensação de que você anda escondendo alguma coisa importante de mim?

O cachorro com o osso, outra vez. Meu coração está novamente acelerado, *tum-tum-tum*, espancando o esterno.

Eu *estava* no telefone com Sebastian quando Auddy chegou em casa. Estávamos conversando sobre esta tarde, a qual ele se dedicaria a uma atividade na igreja.

Não estávamos falando sobre o quão não gay ele é.

Tampouco falávamos do meu livro.

– Você está *o tempo todo* com ele – ela provoca.

– Está bem. Em primeiro lugar, nós estamos realmente trabalhando no meu livro. – Rebato e sinto facas metafóricas rasgando minha consciência em repreensão. – Você escolheu trabalhar com Clive, e não há problema nenhum nisso. Em segundo lugar, eu não sei se ele é gay. – Certamente, não estou mentindo aqui. – E, em terceiro lugar, a sexualidade dele não é da nossa conta.

Na verdade, é da minha conta porque...

Só agora percebo que seria ótimo poder falar desse relacionamento com outra pessoa. Só de pensar em alguém além de minha mãe e meu pai já sinto que estou tomando um ar pela primeira vez em semanas. Quero, mais do que qualquer coisa, conversar com outra pessoa – em especial com Auddy – sobre o que aconteceu na quinta-feira.

– Se ele for gay – ela responde, mordendo a unha –, bem, espero que a família não seja muito horrível com ele. Pensar nisso me deixa meio triste. – Auddy ergue a mão para continuar: – Sei que você não é gay, mas o filho do bispo não devia ter o direito de gostar de meninos, se assim quiser?

Essa conversa me faz sentir ligeiramente nauseado. Por que é que até hoje não me assumi para Auddy? Sim, o pânico de minha mãe antes de nos mudarmos foi meio traumatizante para mim, e a amizade com Auddy é meu porto seguro. Acho que nunca quis correr o risco de perdê-la. Mesmo assim. Autumn Summer Green é a pessoa mais cabeça aberta que já conheci, não é?

– Alguém precisa ter uma revelação. – Digo, olhando para ela. – Ligue para o profeta e diga a ele que é hora de abrir seu coração para os *queers*.

– Não vai rolar. – Ela responde. – Alguém vai ter uma revelação. E não vai demorar.

Revelações são uma grande parte da fé mórmon. É uma ideia bastante progressista: o mundo está mudando e a igreja precisa que Deus os guie durante esses tempos desafiadores. Afinal, eles são os Santos dos *Últimos Dias*. Acreditam que qualquer um pode ter uma revelação – isto é, uma comunicação direta com Deus –, contanto que a busquem com a intenção de fazer algo bom. Mas somente o profeta atualmente vivo – o presidente da igreja – pode ter revelações que alteram a doutrina da igreja. Ele (e é sempre um *ele,* diga-se de passagem) trabalha com dois conselheiros e o Quórum dos Doze Apóstolos (também homens) "com a inspiração de Deus" para determinar a posição da igreja sobre qualquer assunto ou para decidir possíveis mudanças de regras.

Por exemplo, uma controvérsia: a poligamia era aceita no passado. A mãe de Autumn certa vez me explicou que, nas primeiras colônias dos mórmons, havia muitas mulheres e poucos homens para protegê-las. Ao terem muitas esposas, os homens podiam sustentar melhor as mulheres da comunidade. Mas, em minhas pesquisas, li que o governo americano não gostava nada desse aspecto da igreja e, mediante as condições da época, não concederia a Utah o *status* de estado. Em 1890, o presidente da igreja Wilford Woodruff declarou que a poligamia não era mais aceita por Deus – aparentemente, ele teve essa revelação.

E, é claro, era justamente isso que o governo dos Estados Unidos precisava ouvir. E, conveniente, Utah virou um estado.

A ideia de uma revelação envolvendo a aceitação de membros LGBTQ na igreja é essencialmente a única esperança na qual me apego quando penso além de hoje e amanhã com Sebastian. O próprio

Brigham Young, essencialmente, declarou que espera que as pessoas na igreja não apenas considerem o que os líderes afirmam ser a verdade de Deus; ele quer que todos orem e descubram também suas próprias verdades interiores.

Sem dúvida, Young não estava falando da homossexualidade, mas, no mundo moderno, existe nós que não somos mórmons e que, sinceramente, esperamos que uma revelação sobre a homossexualidade *não* ser pecado venha logo.

Mesmo assim, mesmo com a legalização do casamento entre pessoas do mesmo sexo, ainda não aconteceu. Autumn bate os dedos nas coxas, acompanhando o ritmo da música. Eu não estava dando atenção ao rádio, mas agora percebo que é uma canção da qual gosto. Tem uma batida lenta e consistente e a voz da cantora é gutural, rouca. Num primeiro momento, a letra parece inocente, mas claramente fala de sexo, como quase todas as músicas tocadas hoje em dia nas rádios.

O que me faz pensar em sexo, e em como seria com Sebastian. Como aconteceria. Como nós... seríamos. Ainda é um território vasto e desconhecido, ao mesmo tempo emocionante e aterrorizante.

— Você conversou com a Sasha? — Autumn me pergunta de repente.

— Sobre o quê?

Ela me encara.

— Sobre o *baile de formatura*.

— Sério, Auddy. Por que você se apegou tanto a esse assunto?

— Porque você disse que a convidaria.

— Mas por que você se importa *tanto* com isso?

— Eu quero que você vá à sua formatura. — Abre um sorriso para mim. — E não quero ir sozinha com Eric.

Essas palavras fazem soar um alarme em meu cérebro.

— Espere aí. Por quê?

— Eu só quero ir devagar com ele. Gosto de Eric, mas...

Auddy olha pela janela do banco do passageiro, parecendo desanimada ao perceber que chegamos ao lago.

— Mas o quê? — pergunto, estacionando o carro.

— Não, nada. Ele é bom. Eu só quero que você esteja lá. — Ela me olha nos olhos por um... dois... três. — Tem certeza de que não quer ir comigo?

– Você quer ir comigo? Cara, Auddy, eu vou com você se é disso que precisa.

Ela desmorona:

– Não posso dar para trás com Eric agora.

O alívio toma conta do meu sangue. Sebastian entenderia, é claro, mas a ideia de dançar com Autumn quando eu preferiria estar com Sebastian não parece justa com nenhum deles.

Desligo o motor, solto o corpo no banco e fecho os olhos. Não tenho a menor vontade de estar aqui com Manny e o pessoal do colégio, que vieram ao lago para brincar com carrinhos de controle remoto no estacionamento. A minha vontade é de ir para casa e escrever sobre essa confusão toda em minha cabeça. Estou chateado com Sebastian e detesto pensar que ele vai passar um dia inteiro longe quando eu me sinto essa bagunça por dentro.

– Com quantas meninas você ficou?

Pisco para ela, assustado com o quão abrupta é sua pergunta.

– O quê?

Mesmo em retrospectiva, sinto uma pontada de deslealdade a Sebastian por ter dormido com outras pessoas.

Autumn está enrubescida. Parece acanhada.

– Só curiosidade. É que, às vezes, me pergunto se eu sou a última virgem que sobrou neste lugar.

Nego com a cabeça.

– Posso garantir que não.

– Entendi. Bem, tenho certeza de que você tem muitas histórias que eu desconheço.

Deus, ela está me deixando desconfortável.

– Auddy, você sabe com quem já rolou. Foram três. Jessa, Kailey e Trin. – Seguro a mão dela. Preciso de ar. – Vamos.

ೂ

No passado, Utah Lake já foi um lugar lindo. Era um lago cheio, um ótimo lugar para praticar todos os esportes aquáticos ambientalmente irresponsáveis, o que sem dúvida deixou meus pais horrorizados logo que nos mudamos para cá. Se você perguntar ao meu pai, ele dirá que *Jet Skis* são uma invenção do demônio.

Agora, o nível da água está baixo e há tantas algas que, mesmo se o tempo estivesse propício para nadar, provavelmente não arriscaríamos. Então, apenas ficamos entre o estacionamento e a encosta, comendo a pizza que Manny trouxe e jogando pedrinhas o mais longe que conseguimos.

Penso em como será a vida durante a faculdade, morando em uma cidade grande, onde eu possa passar o dia em museus ou em bares assistindo a partidas de futebol, ou fazer um monte de outras coisas que não envolvem ficar sentado e conversando sobre as mesmas coisas de que falamos todo dia no colégio. Sonho em convencer Sebastian a se mudar comigo e mostrar a ele que ser gay não é ruim.

Kole trouxe alguns de seus colegas de faculdade que eu nunca vi, e agora estão brincando com miniaturas de helicópteros controlados por rádio perto do estacionamento. São grandalhões como os jogadores de futebol americano, o tipo de cara que fala alto e xinga o tempo todo, o tipo que sempre me deixou ligeiramente desconfortável. Não sou alto como Manny, mas também não sou baixo e sei que tenho um ar calmo que frequentemente é interpretado como ameaçador. Um desses caras, Eli, me encara com um franzir de testa, antes de olhar para Autumn como se quisesse enrolá-la em uma fatia de pizza e devorá-la. É musculoso de um jeito suspeito, com o pescoço grosso e a cara inchada e cheia de acne.

Ela se ajeita do meu lado, fingindo ser minha namorada. Então, imediatamente assumo o papel do namorado, puxando seu braço atrás de mim, olhando-a nos olhos. Eli nos evita.

— Não quer se divertir com aquele ali? — brinco.

Auddy bufa uma negação.

Depois que nossa ligação mais cedo foi interrompida pela chegada de Autumn, Sebastian me deixou para participar de uma atividade em algum parque de South Jordan. Sei que ele não vai voltar antes das seis. Porém, isso não me impede de verificar obsessivamente para saber se tenho algum emoji sugestivo entre as minhas mensagens.

Mas não tenho.

Detesto o jeito como nos despedimos — com um "a gente se fala mais tarde" casual — e detesto em especial o fato de ele aparentemente não perceber como suas palavras de quinta-feira me afetaram. É algo sobre o que já li nos panfletos que minha mãe entregou – que os *queers*, às vezes, têm essa sensação de dúvida porque sabem que alguém pode rejeitá-los não apenas por quem são superficialmente, mas por *sermos quem somos* em um nível mais profundo. Acontece que eu nunca tinha sentido isso até então. Se Sebastian acha que não é gay, então o que diabos está fazendo comigo?

Puxo Autumn mais para perto, para me acalmar com o peso sólido de seu contato.

Manny chama alguns garotos para ajudá-lo a construir um veículo militar controlado por rádio e, quando terminam, alternam-se para brincar no chão irregular, no caminho até o lago, nas pequenas pedras do estacionamento.

Nossa atenção é atraída para uma briga ao longe, perto do meu carro. Os amigos de Kole estão lutando, rindo, e eu observo enquanto um cara chamado Micah derruba Eli. Abaixo de Micah, Eli chuta e empurra, mas não consegue se levantar. Não sei o que ele fez para ter ido parar ali, muito embora os dois claramente estejam brincando. Mesmo assim, é bom ver aquele idiota preso e imobilizado. Não trocamos nenhuma palavra, mas ele tem uma *vibe* que deixa claro que é um grande cuzão.

— Saia de cima de mim, *sua bicha!* — Ele berra, percebendo quanta atenção estão atraindo.

Zero.

Tudo dentro de mim para. Cada partícula de energia se concentra exclusivamente em controlar meu semblante.

Ao meu lado, Auddy também congela. A palavra "bicha" parece ecoar pela superfície do lago, mas as únicas pessoas aparentemente afetadas somos nós dois.

Micah se levanta, rindo ainda mais, e ajuda Eli a também se levantar.

— Aposto que ficou de pau duro, seu veado.

Eli esfrega as mãos nas calças jeans. Seu rosto está ainda mais vermelho do que antes.

Viro-me de costas, fingindo apertar os olhos para o horizonte, para as lindas montanhas ao longe, mas, quando olho de soslaio para Auddy, ela parece querer arrancar as bolas de Eli com as próprias mãos. Não posso culpá-la. Também estou horrorizado por ainda existirem pessoas que usem esse palavreado... *em qualquer lugar*.

Ao vagar por ali, Micah parece despreocupado. O restante do grupo começa a andar até onde ele foi para pegar o controle remoto de seu brinquedo, e o momento parece passar para todos com a mesma tranquilidade de uma onda que chega à encosta.

— Asqueroso — Auddy sussurra.

Ela olha para mim e tento sorrir por cima de minha raiva reprimida. Tento canalizar aquele semblante de Sebastian e, pela primeira vez, entendo seu incrível sorriso falso. Já praticou tanto.

Auddy se levanta e limpa a grama seca grudada em sua calça jeans.

— Acho que já podemos ir embora.

Eu a acompanho.

— Está tudo bem com você?

— Está. Só que essas pessoas não são o meu tipo. Por que Kole resolveu andar com esses cuzões?

Também não é o meu tipo de gente. Fico aliviado.

— Não tenho a menor ideia.

Protestando, Manny vem atrás de nós.

— Pessoal, vocês acabaram de chegar! Não querem apostar corrida com os carrinhos?

— Eu comentei com Tanner que não estava me sentindo bem hoje de manhã. — Auddy mente. — Agora, estou me sentindo pior.

— E eu estou dirigindo para ela — completo, dando de ombros como se ela estivesse me arrastando para fora dali contra a minha vontade.

Mas carrinhos de controle remoto e homofobia não são a minha praia, de todo modo.

Manny nos acompanha até o carro, fazendo-me esperar quando já estou ao lado da porta do motorista.

— Tanner, o que Eli falou ali atrás...

Sinto o calor brotando em minha nuca.

— O que foi que ele disse?

— Ah, cara, qual é?! — Manny dá risada, olhando para o lado e fazendo um gesto que diz "não me faça repetir". — Cara, não ligue. Eli é um idiota.

Começo a entrar no carro.

Essa situação é tão estranha.

Essa situação é *tão* ruim.

É como se ele soubesse de mim. *Como* descobriu?

Sem ceder, Manny empurra os óculos de sol sobre a cabeça, apertando os olhos para mim, confuso.

– Tann, espere. Quero que saiba que a gente é de boa, beleza? Eu jamais deixaria alguém dizer aquela merda para você.

Não resisto quando Manny me puxa em um abraço, mas me sinto minúsculo perto dele. Fios e fios de memórias passam em minha cabeça. Em algum lugar do meu cérebro, tento encontrar a memória de quando ele percebeu que eu gosto de meninos. Não consigo encontrar essa memória, essa possibilidade, em lugar nenhum.

– Manny, cara... A gente está de boa. Nem sei do que você está falando.

Ele se afasta e olha para Autumn, que está totalmente paralisada. Olha outra vez para mim.

– Ah, não, cara, foi mal. Eu não percebi.

Ele se afasta e dá meia-volta, deixando-me com Auddy em uma nuvem de silêncio e vento.

– O que foi que aconteceu aqui? – Ela pergunta, vendo-o se distanciar.

– Vai saber.

Olho para ela enquanto minha cabeça prepara alguma explicação simples. Bem, é isso que eu sempre faço. Costumo ser rápido para improvisar. Em geral, muito rápido. Mas hoje, não sei, talvez eu esteja cansado. Talvez, esteja cansado de me proteger. Talvez, esteja afetado pela negação de Sebastian. Talvez, o furacão dos meus sentimentos, mentiras e meias-verdades tenha arrancado as cortinas da minha janela e Auddy agora veja meu interior.

– Tanner, o que está acontecendo?

É a mesma voz que Sebastian usou na montanha. *Não entendo por que você está tão chateado.*

E, exatamente como Sebastian, ela entende. Auddy só quer ouvir as palavras saindo da minha boca.

– Eu... – Olho para o céu. Um avião passa e me pergunto para onde estaria indo. – Eu... acho que estou apaixonado por Sebastian.

Capítulo QUINZE

Auddy sorri, mas é um sorriso estranho, robótico. *Quase dou risada, porque a primeira coisa que me passa pela cabeça é como Sebastian é melhor do que Autumn quando o assunto é fingir sorrisos, mas essa seria a pior coisa que eu poderia dizer agora.

– Vamos conversar no carro? – proponho.

Ela se vira e vai, ainda de maneira robótica, ao banco do passageiro. Estou em um estranho estado de choque, no qual as palavras e expressões de Manny giram em minha cabeça. Sei que uma conversa importante com Autumn está prestes a acontecer, mas espero esse momento há tanto tempo que, acima de tudo, sinto um enorme alívio.

Auddy bate a porta, eu também entro no carro e viro a chave só para poder ligar o aquecedor.

– E aí?

Ela se vira para me encarar, empurrando uma perna debaixo do corpo.

– Então... O que foi que acabou de acontecer?

– Bem, parece que Manny deduziu que eu gosto de meninos.

Auddy pisca os olhos. Sei que ela é toda a favor do direito dos gays – adora Emily e Shivani, rebela-se com a política dos mórmons contra os membros *queers* e ajudou a espalhar cartazes da festa da Aliança Gay-Hétero de Provo High na primavera passada. Contudo, uma coisa é apoiar na teoria; outra é ver bem na sua frente, na vida real. Em seu melhor amigo.

– Tecnicamente, eu sou bi. Acho que sei disso desde sempre, mas certeza mesmo tenho desde os 13 anos.

Ela aponta para seu próprio rosto.

– Se tiver algum incômodo estampado aqui, só estou chateada por você não ter me contado antes.

Encolho os ombros. Francamente, não preciso apontar que o momento em que decido dividir essa informação não é problema dela.

— Certo. Bem, aqui estamos nós.

— Parece ser algo importante.

Suas palavras me fazem rir.

— É importante. Estou descrevendo como meu coração bate.

Confusa, ela pisca freneticamente.

— Mas você ficou com Jen Riley no primeiro ano. Eu vi vocês! — conta. — E o que dizer de Jessa, Kailley e Trin? Você *transou*. Com meninas.

— E também dei uns pegas em você. — Faço-a lembrar. Auddy fica enrubescida e eu aponto para o meu peito. — *Bi*.

— Não seria estranho se houvesse uma menina na escola, uma menina sobre quem tivéssemos conversado, que nós dois achássemos linda, doce e perfeita, e eu me apaixonasse por ela, enfrentasse isso sozinha e não contasse nada para você?

Eu não tinha pensado na situação por esse ângulo, mas essa hipótese me faz sentir meio tristonho — como se eu estivesse aqui o tempo todo, disponível, interessado no melhor para minha amiga, e ela não me procurasse por não confiar em mim.

— Ah, sim, está bem, eu entendo. Mas, em minha defesa, devo dizer que estamos em Provo. E você conhece a minha mãe, ela é toda militante da causa. Não há espaço para estar nada menos do que cem por cento ao meu lado. Eu não quis correr o risco de você criar algum conflito ou problema comigo.

— Ai, meu Deus. Agora faz todo o sentido.

Auddy expira longa e demoradamente contra a janela. Uma nuvem de condensação surge e ela desenha um coração ali. Depois, abre o *Snap* e digita um "UAU" vermelho enorme antes de postar.

— E, aí, o Sebastian entrou na história — ela prossegue.

— Sim. O Sebastian sabe — digo, intencionalmente entendendo errado sua pergunta —, mas ele descobriu por acidente. Quando esbocei a ideia do meu livro, acabei me esquecendo de apagar a palavra "*queer*", e é muito claro que meu texto é autobiográfico.

Seus olhos se arregalam quando ela percebe que as palavras fluem tão facilmente para fora da minha boca, e eu esqueço que nem todo mundo mora com famílias nas quais um dos pais tem uma camisola estampada com dizeres do tipo: "meu filho *queer* é foda".

– Seu livro é sobre ele?
– Comecei escrevendo sobre quem sou eu nesta cidade. E aí Sebastian apareceu na história e... sim. Virou sobre me apaixonar por ele.
– Ele é...?
– Nunca me disse que é gay. – Respondo. Tecnicamente, não estou mentindo. Expor a sexualidade dele não é meu papel e nem minha intenção. – Ele ainda vai viajar para cumprir a missão dele, imagino...

Auddy sorri e segura a minha mão.
– Isso não quer dizer que Sebastian não seja gay, Tann. Muitos mórmons são gays. Muitos missionários e tantos outros homens casados.
– Acho que sim. Só estou... desapontado.

Autumn aperta meus dedos. Suas bochechas enrubescem antes de ela perguntar:
– Você já transou com algum menino?

Nego com a cabeça.
– Só beijei. Tive um namorado de alguns meses na minha cidade.
– Uau! – Ela mordisca o lábio. – A ideia de você e Sebastian se beijando é...

Uma risada estoura em minha garganta, e soa como alívio.
– E aí está ela. Autumn voltou.

Ela me bombardeia de perguntas, e decidimos ir ao shopping.
Como meus pais reagiram?
O que Hailey pensa disso?
Já gostei de outros meninos do colégio?
Quantos meninos já beijei?
É diferente de beijar meninas?
Qual eu prefiro?
Acho que em algum momento me assumirei para todo mundo?
Respondo tudo – bem, quase tudo. É claro que não posso confessar que beijar Sebastian é melhor do que qualquer coisa que já fiz em toda a vida.

E, obviamente, deixo claro que assim que for para a faculdade, planejo assumir tudo. Todos sabiam em Palo Alto. Assim que as rodas do meu carro atravessarem a fronteira do estado, vou baixar a janela e abrir a minha bandeira.

Porém, a conversa tem um fundo que é impossível ignorar, uma pontada de dor por eu não ter contado antes para ela. Por sorte, Autumn se distrai facilmente com abraços, piadas e sorvete. Por dentro, algo parece se acalmar.

Autumn sabe.

Está tudo bem entre nós.

Passar o resto do dia sob o calor de sua presença tem o benefício adicional de não me deixar obcecado com a distância de Sebastian, com ele *não* ser gay e, talvez, mais especialmente, com o que Manny falou lá no lago. É bom ter o apoio de Auddy, mas me incomoda pensar que provavelmente vou passar a maior parte da vida dividindo as pessoas que conheço em dois grupos: aqueles que me apoiam sem questionar e aqueles que deveriam apoiar. Fico contente por Manny estar do lado certo, mas não consigo evitar me perguntar obsessivamente *como* ele descobriu. Alterno-me entre o alívio por ser óbvio para alguém e não ser grande coisa ou me preocupar com a possibilidade de ser óbvio para mais gente e se tornar uma grande coisa. Por favor, alguém me tire de Provo antes de a merda bater no ventilador!

Tomamos nossos sorvetes de casquinha e andamos em meio às multidões de uma tarde de sábado. Aos sábados, todo mundo vai às compras; os domingos são para adoração e descanso. Em tese, os mórmons não devem fazer nada que requeira o trabalho de outra pessoa aos domingos, então, na maior parte das vezes, ficam em casa depois de irem à igreja. O que significa que hoje as multidões são densas e exuberantes.

Outra coisa que é fácil de perceber é que a formatura está no horizonte. As vitrines de todas as lojas de roupas proclamam que ali há vestidos, *smokings*, sapatos, brincos, flores. Promoções, promoções, promoções. Formatura, formatura, formatura.

Depois que Eric se mostrou corajoso e convidou Autumn para o baile, posso voltar a fazer o papel do Melhor Amigo e Apoiador, o que aparentemente significa esperar com toda a paciência do mundo enquanto ela avalia vestidos e mais vestidos no provador pouco iluminado.

O primeiro é preto, justo, vai até o chão, com mangas e um decote questionável, enorme. Também tem uma fenda que vai até a coxa.

– Um pouco exagerado. – Tremo para fazer um drama, mantendo os olhos em seu rosto. – Para dizer a verdade, *muito* exagerado.

— Muito significa *bom?*

— Você pode usar isso num baile escolar em Utah? É... – Faço uma pausa, balanço a cabeça. – Não sei... – Aponto para a parte inferior de seu corpo e Autumn abaixa-se para ver o que estou vendo. – Praticamente consigo enxergar a sua vagina, Auddy.

— Tanner, não! Não fale "vagina".

— Você consegue se sentar com esse vestido?

Autumn aproxima-se de uma cadeira rosa e cruza as pernas para mostrar o que consegue fazer.

Desvio o olhar.

— Obrigado por provar que eu estava certo.

— Qual é a cor da minha calcinha, então? – pergunta, sorrindo como quem acha que estou mentindo.

— Azul.

Autumn se levanta, puxa o vestido para baixo.

— Que droga! Gostei tanto desse.

Ela vai se olhar no espelho e uma pequena centelha de vontade de protegê-la brota em meu peito enquanto imagino Eric, suas mãos e os hormônios dos dezoito anos despejados sobre ela. Auddy me olha nos olhos pelo espelho.

— Então, não gostou do vestido? – pergunta.

Sinto-me um cafajeste por fazê-la pensar que não é perfeita e que não pode vestir o que quiser, mas há um conflito direto com esse instinto de irmão mais velho que me faz querer amarrar as mãos de Eric.

— Quero dizer, você está linda. É só muita... pele exposta.

— Estou mesmo linda? – pergunta esperançosa, e sinto minhas sobrancelhas franzindo.

— Você sabe que está.

Ela murmura alguma coisa enquanto estuda seu reflexo.

— Vou colocar na pilha do "talvez".

Autumn se fecha outra vez no provador e, por debaixo da porta, posso ver o tecido preto cair em volta de seus pés, antes de ser chutado para o lado.

— Aliás, como está o andamento do seu livro? Agora que sei um pouco mais sobre ele, fiquei ainda mais curiosa.

Bufo enquanto olho o *feed* do Instagram.

– Eu gosto do que escrevi, mas não posso entregar aquele texto.

Ela passa a cabeça pela cortina.

– Por que não?

Dou uma resposta vaga:

– Porque fica claro que o livro é sobre eu me apaixonar por Sebastian, e não acho que o filho do bispo ficaria tão feliz assim em ser o astro de uma história de amor *gay*.

Sua voz fica abafada por um instante, enquanto ela coloca outro vestido.

– Não consigo acreditar que é sobre ele. Eu poderia fazer uma leitura crítica para você. O que acha?

A sugestão faz o pânico se espalhar por minha pele. Eu me sentiria menos exposto enviando uma série de *nudes* para as redes sociais de Provo High do que deixando outra pessoa ler meu livro. Mesmo que essa pessoa seja Autumn.

A cortina se abre outra vez e ela sai em um vestido que tem um terço do tamanho do primeiro. Sinto que falta alguma coisa aqui. Autumn já se trocou na minha frente outras vezes, mas foi mais uma coisa apressada, meio "meus peitos estão saltando aqui, então, se não quiser ver, vire-se de costas". Agora, parece diferente. Um tanto... exibida.

Deus, eu me sinto um idiota só de pensar nisso.

– Parece um maiô – respondo.

Sem se abalar, ela joga os cabelos sobre os ombros e ajusta a saia minúscula.

– Mas e aí, posso ler ou não?

– Ainda não estou pronto para isso. Em breve. – Vejo-a ajeitando o vestido, fico insatisfeito com o caminho que essa conversa está tomando, mas sei que discutir o vestido é mais seguro: – Gosto desse. Vai fazer você ficar de castigo até se formar, mas acho que a diversão está justamente nisso.

Ela se olha outra vez no espelho, vira-se para ver as costas.

– Talvez, seja curto demais – comenta pensativa.

Seu traseiro mal é coberto pelo tecido. Se Auddy se abaixar para arrumar o sapato, por exemplo, todo o vestido vai se arrastar até suas costas.

– Mas não vou comprar nada hoje. Só estou dando uma olhada para criar um catálogo de ideias.

– Como você faria para um vestido de casamento?

Ela ergue o dedo do meio para mim, antes de voltar ao provador.

– Tem certeza de que não vai ao baile de formatura? Não vai ser a mesma coisa sem você por lá.

Quando ela espreita pela cortina, ofereço um olhar apático, paciente.

– Sim, sim, eu sei – ela fala, desaparecendo outra vez lá dentro. – Quero dizer, você podia *convidar ele*.

É estranho perceber que essa é a realidade agora: conversar sobre minha sexualidade com alguém, além dos meus pais. Falar de Sebastian.

– Certeza que seria bem complicado.

Vejo seus pés entrando outra vez na calça jeans.

– Que droga!

Fico preocupado com ela começar a supor que há algo acontecendo entre Sebastian e eu, muito embora eu não tenha contado nada.

– Vamos listar os motivos pelos quais isso não parece nada realista: não sei se ele é gay; ele é mórmon; se formou no ano passado; vai sair em turnê para divulgar o livro e depois viajar para cumprir sua missão. Juro que a última coisa que ele poderia querer seria ir ao baile de formatura comigo.

Em algum momento do meu monólogo, Autumn saiu do provador, mas agora está com os olhos arregalados apontados para o que há atrás de mim. Viro-me em tempo de ver Julie e McKenna deixando a loja, digitando loucamente em seus celulares.

∞

Autumn acha que as duas não ouviram nada, mas não há como ter certeza. Ela estava no provador o tempo todo. Estou tentando não surtar e, por melhor que seja saber que Autumn percebe como é difícil ser *queer* aqui, suas palavras doces ecoando ao fundo do meu cérebro agitado não estão me ajudando a me acalmar.

Tirando nossos telefonemas quase constantes, não ando recebendo muitas notícias de Sebastian. Agora, pela primeira vez, fico aliviado por ele estar em um lugar onde não há linha, assim não me sentirei tentado a compartilhar os eventos do dia, nos quais estão envolvidos Manny, Autumn, Julie e McKenna. Tenho que trabalhar para contornar os danos ou *Ele. Vai. Surtar.*

— Acha que eu deveria enviar uma mensagem ao Manny para descobrir do que ele estava falando? – pergunto a Autumn, virando uma esquina.

Ela murmura:

— Quer que eu faça isso?

— Não, quero dizer, eu posso escrever, mas... Não sei se não é melhor deixar tudo como está. Fingir que nada mudou.

Estaciono o carro.

— Aliás, como foi que Manny descobriu? – Ela pergunta.

Isso é precisamente o que não consigo saber. E, se Manny sabe, talvez todo mundo saiba. E, se todo mundo souber e eles me virem com Sebastian... também saberão dele.

∽

Para aliviar o estresse, assisto a um episódio de *Pretty Little Liars*. E é então que recebo a primeira mensagem de Sebastian. Saio correndo do sofá.

> Acabei de chegar em casa. Tem problema se eu passar aí?

Olho para a casa vazia à minha volta. Hailey foi visitar uma amiga e meus pais estão aproveitando uma rara noite fora. São quase nove horas, mas o pessoal deve demorar um tempo para voltar. Sei bem o que meu pai falou sobre usar este lugar para nos escondermos, mas Sebastian pode, pelo menos, *passar aqui,* certo? A gente vai conversar no sofá ou assistir TV. Não há nada errado nisso.

> Sim, estou sozinho. Venha quando quiser.

Sua resposta surge quase imediatamente.

> Legal. A gente se vê já, já, então.

Corro para o andar de cima para trocar a camisa. Tiro o lixo da cozinha, recolho minhas latas de refrigerante, limpo as migalhas de salgadinhos e jogo fora a caixa de pizza. Estou voltando da garagem quando a campainha toca. Tenho que parar e respirar fundo para me acalmar, antes de atravessar a sala e abrir a porta.

Ele está parado ali, usando camiseta preta, jeans surrado com um rasgo no joelho e All Star vermelho desbotado. Mesmo sem suas roupas perfeitamente asseadas, Sebastian é... de tirar o fôlego. Os cabelos caíram sobre os olhos, mas não mascaram a centelha em suas pupilas.

Abro um sorriso tão enorme que meu rosto chega a doer.

– Oi.

Dou um passo para que ele me siga para dentro de casa, onde espera até eu me afastar da porta, antes de me empurrar contra a parede. Seus lábios estão tão quentes quanto sua mão em meu quadril, onde seu polegar pressiona a pele logo acima da minha calça jeans. Esse toque é como se alguém puxasse o gatilho em meu sangue, e eu cambaleio para a frente, tão imerso no contato e na proximidade de outras partes de nossos corpos que nem lembro por que ele não deveria estar aqui. Quero que ele arranque o meu jeans. Quero levá-lo ao meu quarto e ver se enrubesce em todos os lugares de seu corpo.

Alguns beijos depois, Sebastian respira fundo, começando a arrastar seus dentes pelo meu maxilar. Minha cabeça se solta para trás com uma leve pancada, e só então percebo que não fechei a porta.

– Deixe eu só... – começo a dizer, e Sebastian dá um passo para trás.

Olha em volta pela primeira vez em um leve pânico, como se tivesse acabado de perceber onde está.

Noto que está chocado por ter simplesmente entrado aqui e me beijado sem se importar com o que mais pudesse haver em casa. Não vou fingir que esse gesto não me surpreende. É o tipo de impulsividade pelo qual sou conhecido, mas ele sempre pareceu tão mais comedido. Gosto de saber que posso acabar com seus modos. Essa ideia me faz sentir poderoso e esperançoso.

Puxo-o no sofá e o vejo cair ao meu lado. Isso é tão certo. Aposto que passou o dia trabalhando pra *caramba*, construindo casas, ou cavando trincheiras, ou fazendo qualquer outro "serviço".

– Como foi o seu dia? – quero saber.

Ele passa o braço em volta do meu pescoço e me puxa mais para perto.

– Foi bom. – Inclino a cabeça para trás o suficiente para ver a marca vermelha em sua pele. – Senti saudade de você.

Esse som que você acabou de ouvir foi meu coração em velocidade máxima, saltando de um avião. Está voando. Acho que eu não sabia que precisava tanto ouvir isso, até ele finalmente falar. É como se passasse uma borracha por cima daquele "Não sou... *isso*".

— Também fiquei com saudade, caso você não tenha percebido pelas infinitas mensagens que enviei.

Alguns momentos de um silêncio confortável se passam.

— Tann? — Olho para ele e o vejo apertando os olhos para a tela, confuso. — O que está passando ali?

— Ah, *Pretty Little Liars*. É como uma série de adolescentes, com reviravoltas e pistas falsas, mas, meu Deus, eu não consigo parar de ver. Quantas pessoas precisam morrer para alguém chamar a polícia? — Pego um saco de salgadinhos e ofereço para ele. — Fico surpreso por você nunca ter assistido, Irmão Brother, com todo o seu tempo livre.

Ele dá risada.

— O que você fez hoje?

Meu coração me dá um soco.

— Dei uma volta com Autumn.

— Eu gosto dela. Parece ser legal.

Meu estômago se aperta e me pergunto se deveria contar a ele que ela agora sabe de mim, mas imediatamente rejeito a ideia. Ela não sabe *disso*, certo? Seria legal nós três sairmos juntos um dia desses, mas não acho que ele esteja nem perto de se sentir preparado para algo assim.

— Autumn é a melhor.

As outras coisas que aconteceram hoje parecem ser uma sombra que me persegue: Manny, Julie, McKenna.

Mas Manny também não sabe da gente. E, se Julie e McKenna tiverem ouvido minha conversa com Auddy na loja, entenderam que Sebastian não é gay e não vai ao baile de formatura comigo. Ele saiu ileso, certo?

Seu celular acende na mesa e Sebastian estende a mão para pegá-lo. Quando volta ao sofá, me puxa para perto. Se eu virasse a cabeça, poderia beijá-lo outra vez.

Ele digita sua senha e franze a testa para a tela.

— Está tudo bem? — pergunto.

— Sim. É só... minha mãe.

Sebastian joga o celular do outro lado do sofá. Eu me sento com a coluna ereta, afastando-me pela primeira vez desde que ele entrou em casa. Seus olhos estão inchados e vermelhos. Parece que andou chorando, mas também parece que os esfregou muito, algo que já o vi fazer quando está estressado.

— Ei, o que foi?

Além de estudar, dar aulas e escrever seu segundo livro, Sebastian tem que lidar com a iminência de sua missão.

— Nada, não. Está tudo bem. — Acena como se quisesse deixar o assunto de lado. — Ela quer falar sobre o que aconteceu hoje.

Suas palavras fazem um pequeno alarme soar em meu cérebro.

— O que aconteceu?

— Tivemos uma atividade e meio que me incomodou.

Olho para ele.

— Que tipo de atividade?

Posso ver a TV refletindo em seus olhos, mas sei que ele não está prestando atenção; sua cabeça está em algum lugar naquela montanha.

— Fizemos um jogo chamado "A Caminho da Luz". Já ouviu falar?

Minha expressão deve ser de perplexidade, porque ele ri e não espera minha resposta.

— Eles colocam uma venda em nossos olhos, no grupo todo, e ficamos enfileirados. Dizem para segurarmos o ombro da pessoa à nossa frente.

Vendados na floresta? Parece-me mais um filme de terror do que uma atividade da igreja.

— O líder do grupo nos dá instruções, manda ir para a direita, para a esquerda, ir mais devagar. E não tem problema, porque você consegue sentir a pessoa à sua frente, sentir o peso de uma mão em seu ombro. — Ele respira fundo, olhos deslizando entre o chão e a TV. — Até não sentir mais. Tem uma mão no seu ombro e, de repente, ela desaparece. E, aí, é a sua vez de se desprender e seguir as instruções.

— Me parece aterrorizante. — Comento.

Sebastian segura minha mão e coloca os dedos sobre os meus.

— Não é tão ruim assim. A maioria de nós já fez esse exercício antes e sabe o que esperar, mas... dessa vez, foi diferente.

— Diferente? Confuso?

Porque, francamente, tudo isso soa horrível.

— Não sei como descrever. A pessoa que o guia pela trilha o leva até um ponto e ali diz para você se sentar e buscar diligentemente o Espírito. Sempre fazem isso, mas foi diferente. Eu *senti* coisas diferentes.

Ajeito o corpo, virando-me para encará-lo.

— Eles deixam vocês sozinhos lá na mata?

— Sei que parece horrível, mas tenho certeza que, se estivéssemos vendo, não iríamos tão longe um do outro, simplesmente seguiríamos a trilha. Mas não podemos olhar, então ficamos sentados, em silêncio, de olhos fechados. E esperamos e oramos.

Olho para nossas mãos e entrelaço meus dedos aos seus.

— Pelo que você ora?

— Por qualquer coisa que eu precisar. — Sebastian analisa nossas mãos. Percebo o tremor em seu queixo. — Então, eu estava ali sentado no chão, sem poder ver, e, depois de um tempo, ouvi alguma coisa em meio às árvores. Alguém chamando meu nome. Meu pai. Primeiro, foi baixinho, mas ficava mais alto conforme ele se aproximava. Meu pai chamava meu nome e me dizia para ir para casa.

Uma lágrima escorre por seu rosto. Mas ele continua:

— Já fiz essa atividade antes e sempre é um pouco assustadora. Afinal, você não pode ver, então, claro que dá um pouco de medo. Mas dessa vez foi diferente... para mim. Senti uma urgência que nunca senti antes. Então me levantei e segui sua voz. Meus olhos continuavam fechados, então eu ia tropeçando pela colina, com a esperança de que não cairia de uma rocha ou trombaria com uma árvore. Mas fui em frente, sabia que meu pai não permitiria que eu me machucasse, mas o tempo todo eu tinha essa impressão de que precisava me apressar. Quando finalmente o encontrei, ele me abraçou bem forte e falou "bem-vindo à sua casa" e que me ama e que sente orgulho do homem que estou me tornando. E eu só conseguia pensar: "Será mesmo? Ainda se sentiria assim se soubesse do Tanner?"

Meu peito se aperta.

— Sebastian...

Ele nega com a cabeça, secando as lágrimas com as costas da mão.

— Sabe, tive um sonho em que contava tudo para eles, sobre a paixão que tive por um garoto na oitava série e vários outros meninos depois, sem ninguém jamais saber. No sonho, contei que nunca quis beijar uma menina, nunca mesmo, e falei que não podia prometer que me casaria um dia. Depois, estou esperando na floresta e ninguém nunca aparece. Todos vão embora, para a casa de suas famílias, mas eu fiquei ali, de olhos fechados, só esperando. – Ele olha para o teto e pisca. – Fiquei tão aliviado por meu pai estar lá esse fim de semana que quase prometi a mim mesmo que jamais faria nada que pudesse estragar nossa relação. Mas e se eu não quiser o que ele quer para mim? E se eu não conseguir viver de acordo com as expectativas?

Minha garganta parece cheia de areia molhada. Sequer tenho ideia do que dizer. Então, puxo-o para perto de mim e encosto sua cabeça em meu ombro.

– Tenho pensado muito nisso ultimamente – admite, agora com a voz abafada pela minha pele. – E tentado descobrir o que significa, mas não vejo respostas em lugar nenhum. Existem vários ensaios escritos para nós sobre o que é se apaixonar, se casar e se tornar pai. Mesmo sobre perder um filho ou questionar sua fé. Mas não tem nada sobre essa situação, pelo menos nada útil. Em todos os lugares, o que encontro é "atração entre pessoas do mesmo sexo não passa de um termo técnico; não é quem você realmente é. Talvez, não consiga controlar os sentimentos, mas pode controlar suas respostas", e isso é uma enorme mentira. Somos ensinados a entregar a vida a Cristo e Ele vai nos mostrar o caminho. Mas, quando eu oro, o Senhor diz que sim. – Sebastian esfrega as mãos nos olhos. – Ele me diz que sente orgulho de mim e que me ama. Quando beijo você, sinto que é certo, mesmo quando tudo o que leio diz o contrário. E isso me deixa louco.

Sebastian se vira e beijo sua têmpora, lutando para não perder o controle com ele agora. Não é de se impressionar que ele "não é... isso". É como se um rótulo fosse capaz de lhe arrancar tudo o que sempre teve. Quero ser forte. Para mim, tudo foi tão mais simples. Tenho tanto apoio. E dói ver que ele não pode contar com nada do que eu tive.

– Eu sinto muito – sussurro.

– O nosso papel é rezar e ouvir, e eu faço precisamente isso. Mas, aí, quando olho para os outros, sinto que... – Ele faz uma negação com a cabeça. – Parece que estou andando na escuridão e sei que o que existe à minha frente é seguro, mas ninguém está me acompanhando até lá.

∞

Ainda estou abalado quando estaciono em frente à casa de Sebastian, alguns dias depois.

Após sua confissão, ele se levantou para ir ao banheiro e, quando voltou, sentou-se ao meu lado, sorrindo como se nada tivesse acontecido. Nunca conheci ninguém tão bom em mudar as marchas e deixar de lado os sentimentos para enfrentá-los mais tarde. Não sei se é a coisa mais impressionante ou mais deprimente que já vi.

Ficamos de mãos dadas enquanto assistimos TV, mas, quando seu celular acende outra vez, ele diz que precisa ir para casa. Beija-me na porta e olha para trás enquanto atravessa o quintal em frente de casa. Depois, me envia um e-mail para avisar que estava tudo bem.

Sebastian é muito bom em se sentir bem.

A igreja de fato realizou uma alteração em suas diretrizes recentemente e, como Sebastian falou, eles agora enfatizam a aceitação e a bondade – sempre a bondade – para com aqueles que enfrentam dilemas ligados à sexualidade. Contudo, não houve uma mudança real de postura; é apenas uma maneira de contra-argumentar a ideia de que a igreja não é aberta à comunidade LGBTQ. Em minhas leituras, descobri que só recentemente eles se posicionaram publicamente contra a terapia de conversão, alegando que não se deve esperar que alguém mude suas atrações nem que seus pais ou líderes esperem esse resultado. Então, tecnicamente, Sebastian poderia dizer que é gay e não ser expulso da igreja, mas ele não pode *ficar comigo*. Ter um namorado significaria que está ativamente buscando um "estilo de vida homossexual", o que seria contra as regras.

Essencialmente, nada mudou.

Deixo o carro na rua e saio. A mãe de Sebastian está ali na frente, descarregando suas compras, e, muito embora o que realmente quero é lhe perguntar quem neste mundo praticaria uma religião que exclui pessoas com base em quem elas amam, corro para perto para ajudá-la.

– Ai, Tanner, você é um doce. Obrigada – agradece, pegando a bolsa.

Acompanho-a para dentro da casa, deixo algumas sacolas no balcão e ela sai para pegar outras. Não vejo Sebastian em lugar nenhum, mas Faith está na sala da frente, deitada no tapete, colorindo um desenho.

– Oi, Tanner – ela me cumprimenta, abrindo um sorriso sem dentes.
– Oi, Faith!

Olho para o desenho e me dou conta de que é uma espécie de livro de colorir dos Dez Mandamentos. Será que essa gente não faz nada que não seja relacionado à igreja? Faith já pintou metade da página, na qual Jesus, com cabelos azuis, está parado na montanha, falando a uma multidão tão colorida quanto o arco-íris. Acho que já adoro essa menina.

— Que desenho mais bonito! — elogio, apontando para o camelo, no qual ela desenhou asas. — Muito criativo.

— Eu vou colar purpurina depois, mas só posso colar purpurina na cozinha. Você veio procurar meu irmão?

— Sim. — Respondo. — Ele vai me ajudar com o meu livro.

Na verdade, não vai, mas esse continua sendo um álibi excelente.

A senhora Brother entra na sala de estar e sorri para nós dois.

— Uau! — exclama para Faith. — Cabelos azuis?

— Jesus pode ter cabelos azuis.

Seu giz de cera desliza desafiante pelo papel, e quero dizer para ela se lembrar disso, para se lembrar das coisas em que acredita e não deixar que as regras de ninguém as mude.

— Sim, ele sem dúvida pode. — A senhora Brother responde, virando-se para mim. — Tanner, querido, acho que Sebastian está lá embaixo, no quarto dele.

— Obrigado. — Digo. — Belo desenho, Faith.

— Ficou, né? — a menininha responde, sorrindo para mim.

— Tanner, tem uns biscoitos ali no balcão. — A senhora Brother se levanta e aponta para a cozinha. — Será que poderia levar alguns? Sebastian está trabalhando em alguma coisa e não saiu daquele quarto nem para tomar um ar.

Sim, senhora Brother, eu sem dúvida posso levar biscoitos para aquela delícia do seu filho. Será um prazer.

— Claro.

Pego minhas coisas e a acompanho até a cozinha.

— Daqui a pouco, vou levar Faith para a aula de dança, então, se precisar de mais alguma coisa, fique à vontade.

Um prato com seis biscoitos de chocolate descansa no balcão de granito. Estou prestes a descer as escadas quando alguma coisa lá fora atrai a minha atenção, um brilho azul perto do balanço. Sebastian está com sua camisa azul hoje. Aquela que gruda ao seu peito definido e destaca seus bíceps. Quase não consigo prestar atenção em mais nada e me pergunto se usa essa camisa todas as manhãs para me torturar.

A porta de correr desliza silenciosamente sobre o trilho e eu saio no quintal. Posso vê-lo daqui, de cabeça baixa, sentado em um dos balanços, passando a caneta marca texto em algumas linhas de seu livro.

Atravesso o gramado e ele ergue o olhar ao me ver.

– Oi. – Cumprimenta, olhos descendo na direção do prato em minha mão. – Você trouxe biscoitos para mim?

– Tecnicamente, são biscoitos feitos pela sua mãe. Ela só me pediu para entregar.

– Minha mãe gosta de você. – Ele comenta, arrastando os pés pelo gramado. – Todo mundo em casa gosta. Eu sabia que seria assim.

Dou risada.

– Não tenho ideia do motivo.

– Qual é?! Todo mundo gosta de você. Meninas, meninos, professores, pais. Minha avó o chamou de "o menino adorável de cabelos lindos".

– Sua avó me acha adorável?

Sebastian ergue o rosto na direção do meu, apertando os olhos para protegê-los do sol.

– Acho que você sabe que é adorável. – Quero que ele escreva essas palavras para que eu possa ler várias, e várias, e várias vezes. – Vai me dar um biscoito?

Olho-o nos olhos por um instante, antes de lhe entregar um biscoito. Ainda estão mornos.

– Sua mãe me pediu para levar para o seu quarto. – Comento, arqueando as sobrancelhas em um gesto sugestivo. – A propósito, ela acha que você está no quarto.

Hoje sua aparência é muito melhor – feliz. Aparentemente, o trauma causado pelas atividades da igreja ficou para trás. Sua resiliência mental e emocional é uma espécie de superpoder.

Quando Sebastian sorri, sinto meu coração soluçar no peito.

– Se minha mãe acha que estou dentro de casa, meu voto é para que nos escondamos aqui fora.

– Ela vai levar Faith para a aula de dança.

– Mesmo assim, aqui fora está gostoso.

Sebastian pega suas coisas e eu o acompanho até a sombra de uma árvore enorme. Para qualquer um dentro da casa, estamos invisíveis, completamente escondidos pela copa de folhas novas e verdes.

Pego um biscoito e o parto no meio.

– O que está estudando?

– Psicologia. – Ele fecha o livro e solta o corpo na grama. Faço de tudo para continuar concentrado eu seu rosto, mas, quando se vira para mim, percebo que ele sabia que eu estava de olho em seu caminho de felicidade. – Como foi trabalhar com McKenna e Asher hoje? – pergunta.

Adoro notar que ele parece estar tão acima da nuvem de fofocas, mas não está. Sebastian vê tudo.

– Ela quase caiu da cadeira tentando mostrar seu decote.

– Eu percebi – responde rindo, mordendo mais um biscoito.

– Como foi o resto do seu dia?

– Prova de Economia. – Dá mais uma mordida, mastiga e engole. Ver seu maxilar em funcionamento é hipnotizante. – Também tive prova de Latim e ensaio do coral.

– Queria ter visto isso.

– Talvez, na próxima, você possa matar aula e ir assistir. – Ele abre um olho para me observar. – Sei o quanto você adora dar o dedo do meio para qualquer tipo de autoridade.

– Esse sou eu, aluno nota máxima e delinquente juvenil. – Passo a língua no chocolate em meu polegar e agora é minha vez de vê-lo acompanhar o movimento. Um tremor percorre minha espinha. – Autumn já está quase concluindo o livro dela.

Ele pensa no que acabei de dizer. Talvez, perceba a tensão em meus olhos.

– Isso é bom, mas não necessariamente. Quero dizer, vocês ainda têm um mês. Algumas pessoas precisam de mais tempo para revisar. Outras, precisam de menos. Você só precisa de um manuscrito concluído ao final do semestre. Não precisa entregar uma prova já toda polida e pronta para ser publicada.

Evito seu olhar, mas ele não desiste de me encarar.

– Você vai me mandar os capítulos?

Detesto a ideia de fazê-lo arrumar meu livro.

Também detesto a ideia de deixar que veja meus medos e neuroses tão claramente expostos.

Então, desvio o assunto.

– Quando você terminou de escrever o seu?

– Hum... – Ele aperta os olhos na direção dos galhos sobre nós. – Eu terminei em maio, pouco antes do prazo, se me lembro direito. E entreguei o manuscrito uma semana depois, sem saber se o texto estava bom.

– Parece que estava.

– As pessoas têm gostos diferentes. Pode ser que você leia o meu livro e deteste.

– Duvido muito.

– Pode acontecer. Minha mãe já deve ter prometido dar todas as cópias que vou receber como cortesia, mas vou arrumar uma para você. Assim estaremos quites, porque você vai me dar o *seu* livro.

Sebastian abre o mais charmoso dos sorrisos.

Dou um chute de leve na sola de seu sapato.

– Um editor todo requisitado de Nova York já leu e comprou os direitos do seu. Você sabe que não é uma obra ruim.

– O seu livro não é ruim, Tanner. Não tem como ser. É claro que alguns detalhes precisam ser modificados para proteger os inocentes, mas não é ruim. Você é muito profundo, muito sensível. – Ele sorri. – Sim, eu falei sensível... apesar do seu exterior todo irreverente.

– Meu exterior... – começo a falar e sorrir, mas fecho a boca ao ouvir o som das vozes lá em cima.

– O que está acontecendo aí? – a mãe de Sebastian pergunta, e ficamos sem graça, como se tivéssemos sido pegos fazendo alguma coisa errada. – Eu não esperava que você chegasse em casa antes do jantar.

Quando inclino o corpo, alongando-me para ver, noto que a janela do banheiro está aberta, logo acima da nossa árvore. Ela não está falando com a gente.

Sebastian começa a recolher seus livros.

– Vamos entrar. – Ele sussurra. – Eu não quero...

– Brett Avery casou-se com seu namorado na Califórnia na semana passada.

Nós dois congelamos ao ouvir a voz profunda dele, e há um tom duro de reprovação ali.

Sebastian me encara com olhos arregalados.

Só consigo imaginar a expressão de desgosto no rosto de sua mãe, pois seu pai suspira, dizendo com tristeza:

— Pois é.

— Ah, não! — ela exclama. — Não, não, *não!* Eu sabia que ele tinha se mudado, mas não tinha ideia de que era... — Ela se contém para não dizer a palavra que começa com G, então baixa a voz: — Como estão os pais dele?

Por um brevíssimo momento, a tristeza fica estampada no rosto de Sebastian, e eu tenho vontade de estender as mãos e cobrir suas orelhas, puxá-lo até o meu carro e sair dirigindo.

— Estão sobrevivendo, imagino. — Seu pai responde. — Parece que Jess aceitou melhor do que Dave. O Irmão Brinkerhoff está orando com eles e os colocou na lista de oração do templo. Prometi que passaria lá, então vim em casa para me trocar.

Suas vozes somem quando eles vão a outro cômodo. Sebastian olha, desanimado, para o horizonte, e a tempestade do meu silêncio me queima enquanto tento pensar no que dizer.

Como estão os pais dele?

Sebastian, sem sombra de dúvida, notou que sua mãe não perguntou sobre *Brett,* se *Brett* estava feliz. Perguntou sobre os pais, quase como se ter um filho gay fosse algo que eles tivessem que suportar, que explicar, que *enfrentar.*

Ele é gay; ele não *morreu.* Ninguém saiu *ferido.* Sei que os pais de Sebastian são pessoas boas, mas que inferno! Eles inadvertidamente acabam de fazer seu filho sentir que tem algo a ser "consertado". Será que aceitação custa tanto assim? Será que receber de braços abertos custa tanto?

— Sinto muito, Sebastian.

Ele olha para mim de onde está recolhendo suas canetas, há um sorriso apertado em seu rosto.

— O que foi?

Alguns segundos de um silêncio pesado se instalam entre nós.

— Não é estranho ouvi-los falar assim?

— Falar sobre Brett ser gay? — Quando confirmo com a cabeça, ele dá de ombros. — Acho que a reação dos pais dele não surpreende ninguém.

Analiso seu rosto enquanto me pergunto por que parece tão resignado.

— Não sei... Talvez, se pessoas suficientes se indignassem, as coisas mudariam, não?

— Talvez, talvez não. — Ele inclina o corpo para perto, tentando me fazer olhá-lo nos olhos. — As coisas são assim.

As coisas são assim.

Está resignado? Ou sendo realista?

Será que sabe que isso lhe diz respeito?

— As coisas são assim? — repito. — Então, você vai sair pelo mundo e pregar o Evangelho e dizer a mais pessoas que ser gay é errado?

— Ser gay não é errado, mas também não é o plano de Deus.

Ele nega com a cabeça e acho que esse momento, bem aqui, é quando me dou conta de que Sebastian não tem uma identidade *queer*. Não tem uma identidade gay. Não tem nem a identidade de um jogador de futebol, ou namorado, ou filho.

Ele tem a identidade *mórmon*.

— Sei que isso não deve fazer o menor sentido para você. — Diz cuidadosamente, e o pânico aperta meu estômago. — Tenho certeza de que não tem ideia do que está fazendo comigo ou do que estou fazendo com você, e se você...

— Não. — Aperto seus dedos sem dar a mínima para se alguém está nos vendo. — Não é isso que estou dizendo. Eu quero você. Mas detesto pensar que seus pais olhariam para nós e nos veriam como pessoas que precisam de conserto.

Sebastian demora um bom tempo para responder, e não sei se gostou de ouvir o que eu falei, porque puxa a mão para longe da minha, ajeitando-a entre os joelhos.

— Não me atrevo a fingir que sei por que o Pai faz as coisas que faz, mas, em meu coração, sei que Ele tem um plano para cada um de nós. Ele nos deu a vida por um motivo, Tanner. Não sei qual é esse motivo, mas sei que existe um propósito. Tenho certeza disso. Estar com você não é errado. O que sinto por você não é errado. De algum jeito, as coisas vão dar certo.

Balanço a cabeça, olhando para a grama.

— Você devia nos acompanhar no próximo fim de semana — ele fala baixinho.

E eu ouço em sua voz, ouço-o implorando para que isso seja resolvido de um jeito: eu entrar para a igreja. Percebo o jeito como levanta o canto do tapete e habilmente varre essa pilha de poeira inconveniente para ali debaixo. E continua:

– Temos uma atividade para os jovens e vai ser bem legal.

– Você quer levar o seu *namorado* para um evento da igreja?

Suas sobrancelhas se repuxam com essas palavras, antes de seu semblante voltar ao normal.

– Eu quero levar *você*.

CAPÍTULO DEZESSEIS

Acho que, na verdade, Sebastian não esperava que eu aceitasse o convite. Até Autumn me olhou em choque quando comentei que participaria de uma atividade da igreja. E, de todo modo, cá estamos nós, Sebastian e Tanner, estacionando o carro ao lado do campo de futebol do bom e velho Fort Utah Park.

Saímos do carro e eu o sigo pela pequena colina até onde todos se reúnem em um círculo em volta de enormes caixas de papelão ainda fechadas. Para meados de abril, a paisagem está linda. Certamente significa que todo mundo vai ficar doente quando a temperatura voltar a ficar negativa, mas agora ela ultrapassa os 15ºC e ninguém com menos de 20 anos está de calça comprida. Vejo pernas brancas escapando de *shorts* por todos os cantos.

Mas sejamos sinceros: diferentemente dos *shorts* cortados, que mostram até as nádegas, que Hailey usa, as peças que essas pessoas usam são bem-comportadas. Não é estranho ver tantos seres humanos usando roupas tão comportadas, mas isso me faz pensar brevemente em como é ser mórmon em cidades onde eles não são a maioria.

Meninas encaram e ficam agitadas conforme Sebastian vai se aproximando. Percebo também alguns meninos olhando para ele um segundo além do normal. Será que percebe o efeito que exerce nas pessoas? Nem é ele quem vai coordenar o evento, mas parece que todos estavam esperando sua chegada.

Algumas pessoas se aproximam e o cumprimentam com apertos de mão. Sou apresentado a um Jake, a um Kelln, a duas McKennas (nenhuma delas é a McKenna do colégio) e a um Luke, antes de parar de tentar decorar os nomes e simplesmente cumprimentar a todos com um sorriso e um aperto de mão sincero. Um rapaz com mais ou menos a minha idade, talvez um pouco mais velho, vai à frente do grupo e se apresenta. Seu nome é Christian e ele está muito feliz por eu estar aqui para me unir ao grupo. Claramente, é ele quem vai coordenar o exercício.

Com isso, começamos.

– Vamos fazer um serviço hoje. – Christian explica, e ouço um silêncio se espalhar pela multidão. As seis enormes caixas se tornam o foco da atenção de todo mundo quando ele se apoia em uma delas. E prossegue: – As instalações deste parque estão ficando velhas e parece que chegou a hora de uma reforma. – E bate na caixa ao seu lado. – Aqui dentro, meus amigos, está tudo o que vocês precisam para construir uma mesa ou um banco. – Um sorriso brota em seu rosto. – O segredo é que não temos instruções nem ferramentas.

Olho para o grupo à minha volta. Ninguém parece nem de longe surpreso com essas regras. Sem instruções até que tudo bem, mas sem ferramentas?

Em pânico, minha mente grita: "Mas... e as farpas?!"

– Vamos nos dividir em seis equipes. – Quando Christian anuncia isso, sinto Sebastian casualmente se afastando de mim, e então, olho em sua direção, mas ele acena uma negação. – Primeiro, precisamos levar as mesas e bancos existentes aqui ao estacionamento, onde serão recolhidos pelo grupo do Irmão Atwell. Depois, começamos a construir. Mais tarde, teremos pizza. Bebam água sempre que precisarem. Lembrem-se, não se trata de uma competição. Levem o tempo necessário e façam as coisas do jeito certo. É assim que retribuímos. – Ele sorri e alguma coisa dentro de mim parece muito, muito fora de lugar quando acrescenta: – Agora, alguém se habilita a fazer uma oração?

Essa parte me pega de surpresa, e percebo o pedido de desculpas no olhar que Sebastian me lança, antes de baixar a cabeça.

Um adolescente dos mais velhos do outro lado do círculo dá um passo adiante:

– Pai, obrigado por nos unir neste belo dia da primavera. Obrigado por suas muitas bênçãos, pelos corpos fortalecidos que usaremos hoje. Abençoe-nos para que possamos nos lembrar das lições de hoje e aplicá-las em nosso dia a dia, para que possamos lembrar que somente pelo Senhor encontramos a salvação. Por favor, guie os propósitos do Irmão Davis para que não tenhamos uma repetição da visita à emergência, como ocorreu na semana passada. – Uma onda de risadinhas se espalha pelo grupo, e o rapaz fazendo a oração engole seu sorriso antes de concluir: – Abençoe-nos para que cheguemos seguros em casa. Pedimos isso em nome de Jesus Cristo. Amém.

Quando ele ergue a cabeça, a distância de Sebastian faz sentido, pois Christian começa a nos contar, de um a seis. Meu namorado acaba de trabalhar para que fiquemos na mesma equipe, para que sejamos vítimas das mesmas farpas.

Nós dois nos unimos a duas meninas sorridentes de treze anos, um aluno do primeiro ano chamado Toby e um mais novo chamado Greg. Toby, Greg, Sebastian e eu nos somamos às outras forças masculinas que tiram as antigas mesas de piquenique do lugar. As meninas esperam e assistem, e a maioria delas só tem olhos para Sebastian.

Tento imaginar Hailey nesta situação. Ela ficaria completamente louca se começássemos a fazer algum trabalho manual sem esperar sua ajuda.

Como esperava que esse exercício de construção fosse bastante simples, fico surpreso ao me deparar com aproximadamente setenta peças de madeira em uma caixa e nenhuma indicação de onde cada uma delas se encaixa. É claro que Sebastian e Greg estão acostumados, fizeram isso a vida inteira. Rapidamente, começam a trabalhar separando as peças de acordo com tamanho e forma, enquanto Toby e eu agimos como força física, movimentando os componentes conforme as instruções deles.

Sebastian pede a Katie e Jennalee:

– Podem separar todas as peças deste tamanho? – E mostra um pino de madeira de aproximadamente 10 centímetros. Eles estão espalhados por toda a área do gramado onde viramos as caixas. – E certifiquem-se de que temos tantas cavilhas quanto forem os buracos, está bem?

Ele aponta para o lugar onde as cavilhas se encaixam nas placas de madeira. As meninas imediatamente começam a trabalhar, felizes por, enfim, terem uma tarefa.

– Tann – ele chama, e a familiaridade de sua voz faz minha pele arrepiar –, venha aqui me ajudar a alinhar as peças.

Trabalhamos lado a lado, encaixando as tábuas que formam o tampo e as que formam as pernas. Concluímos que teremos de usar uma das tábuas menores e mais pesadas como marreta para encaixar as peças, e depois a bota de Greg para encaixar essa última tábua. Para ser sincero, pensar para solucionar problemas traz alegria, mas não chega nem perto do frio na barriga que sinto quando estou agachado ao lado de Sebastian, sentindo seu corpo se movimentar junto ao meu.

Sério, se ele queria que eu viesse aqui e encontrasse uma religião, missão cumprida.

Somos o primeiro grupo a terminar e nos dividimos para ajudar os que estão tendo dificuldades para transformar as várias partes da mesa em ferramentas. Eu estaria exagerando se dissesse se tratar de um trabalho exigente, mas tampouco é fácil, e, quando as pizzas chegam, fico feliz de ver aquelas caixas empilhadas. Porque estou *f-a-m-i-n-t-o*.

Sebastian e eu soltamos o corpo contra o tronco de uma árvore, um pouco distantes do grupo. Com as pernas relaxadas, devoramos as fatias como se não comêssemos há semanas.

Adoro vê-lo comer – é tão fascinante ver seus bons modos –, mas hoje Sebastian parece um pedreiro bruto. Faz um rolo com a fatia de pizza e enfia a maior parte na boca em apenas uma mordida. Ainda assim, nada cai em seu queixo ou na camisa. Eu dou uma mordida e já estou com uma mancha de gordura de pepperoni na camiseta.

– Puta que pariu! – chio.

– Tann!

Olho para Sebastian, que sorri, mas logo inclina a cabeça para dizer "cuidado com as palavras".

Timidamente, arrisco:

– Desculpa.

– Eu não me importo – confessa baixinho –, mas grande parte daquele pessoal ali não ficaria nada feliz.

Estamos distantes o suficiente do grupo para eu ter essa sensação de privacidade, muito embora ela não seja totalmente real.

– Há quanto tempo você conhece todo mundo aqui?

– Alguns deles, a vida toda. – Conta, olhando para o grupo. – A família de Toby se mudou para cá há apenas dois anos. E parte do pessoal só se converteu recentemente. Por exemplo, acho que é a primeira atividade de Katie.

– Nem teria me passado pela cabeça – provoco.

– Qual é? Ela é boazinha.

— Ser boazinha não tem absolutamente nada a ver com ela ter precisado de 20 minutos para encontrar 40 cavilhas.

Ele dá uma risadinha discreta para concordar comigo.

— Desculpa pela oração mais cedo. Sempre esqueço.

Aceno para dizer que não tem problema e observo com novos olhos o gramado tomado por adolescentes.

— Você já ficou com alguém daqui?

Ele ergue o queixo, apontando para uma menina alta do outro lado do campo de futebol, comendo perto do gol.

— Manda.

Sei de quem está falando. Ela se formou na turma de Sebastian e foi parte do Conselho Estudantil. É bonita, inteligente e nunca ouvi qualquer fofoca dela. Tenho certeza de que seria o par dos sonhos para ele.

— Quanto tempo? – pergunto.

Nossa, essa pergunta saiu com um tom endurecido. E ele também notou.

— Está com ciúmes?

— Um pouco.

Percebo que Sebastian gosta da minha reação. Suas bochechas ficam ruborizadas.

— Mais ou menos um ano. Entre o primeiro e o segundo ano do ensino médio..

Uau. Quero perguntar o que ele fez com ela, quantas vezes se beijaram, quão próximos ficaram... mas não pergunto. Em vez disso, falo:

— Mas mesmo nessa época você sabia...

Sebastian olha duramente para cima e em volta. Seus traços relaxam quando confirma que ninguém consegue ouvir.

— Sim, eu sabia. Mas pensei que, talvez, se experimentasse...

Sinto como se cem alfinetes se afundassem lentamente em minha pele. Um ano de relacionamento é tempo demais experimentando.

Eu não sou... isso.

— Mas você não dormiu com ela, dormiu?

Ele dá mais uma mordida na pizza, negando com a cabeça.

— Então, ainda acha que pode se casar com uma Manda um dia?

Percebo a exasperação em seu semblante quando ele olha para mim, enquanto ainda mastiga. Ao engolir, lança um olhar carregado de significado para tudo o que há em volta.

— Você acha que aqui é o melhor lugar para termos essa conversa?
— Podemos falar depois.
— Eu quero você. — Admite baixinho, preparando-se para morder mais um pedaço de pizza. Depois de engolir de novo, olha direto para a frente, mas acrescenta: — Não quero mais ninguém.
— Você acha que a igreja vai mudar de opinião sobre nós? — questiono. Aceno na direção de seus colegas no gramado. — Acha que em algum momento vão aceitar?
Sebastian encolhe os ombros.
— Não sei.
— Mas você se sente feliz comigo.
— O mais feliz que já estive em toda a vida.
— Então sabe que o que temos não é errado.
Seus olhos são transparentes quando ele olha para mim:
— É *claro* que sei.
As emoções fecham minha garganta. Quero beijá-lo. Seu olhar recai em minha boca e ele logo pisca, disfarçando, outra vez com o rosto vermelho.
— Você sabe no que estou pensando. — Falo. — No que estou sempre pensando.
Ele assente, inclinando o corpo para pegar sua garrafa de água.
— Sim. Eu também estou.

∞

O sol está baixo no céu quando colocamos tudo de volta no lugar e testamos para ter certeza de que as mesas e bancos estão firmes e bem-montados. As pessoas riem, brincam, jogam *Frisbee*. É muito melhor do que as lutas e os insultos daquele passeio no lago alguns dias atrás. Existe uma camada inegável de *respeito* em tudo o que fazemos aqui. Respeito pela comunidade, uns pelos outros, por nós mesmos, pelo Deus deles.
Quase todo mundo entra em uma van enorme para voltarem ao estacionamento da igreja, mas Sebastian e eu ficamos para trás e acenamos enquanto eles somem da vista.
Ele se vira para mim e um sorriso brota em seu rosto.
— E, aí, foi tão horrível assim?

— Acabei mesmo de pensar que não foi ruim. — Respondo, e ele ri das minhas palavras. — Para ser sincero, foi bem legal. Todo mundo é muito gentil.

— Gentil — ele repete, balançando levemente a cabeça.

— O que foi? Estou falando sério. É um grupo de pessoas gentis.

Gosto de estar com a comunidade dele não por achar que me encaixe ali, mas porque preciso abrir um pouco a cabeça. Preciso entender por que ele diz coisas como "senti o Espírito muito fortemente esse fim de semana", preciso entender seu hábito de orar para encontrar respostas. A realidade é que essa foi a língua com a qual ele nasceu e a qual cresceu ouvindo. A Igreja Mórmon tem todo um vocabulário que ainda soa muito empolado para mim, mas que, simplesmente, sai da boca deles, e estou começando a entender que isso, essencialmente, significa apenas coisas como "estou tentando fazer a melhor escolha" e "preciso entender se o que estou sentindo é errado".

Os únicos sons que ainda restam no parque são o canto dos pássaros nas árvores lá em cima e o barulho distante dos pneus no asfalto.

— O que você quer fazer? — pergunto.

— Não quero ir para casa ainda.

Todo o meu corpo vibra.

— Então vamos ficar aqui fora.

Entramos no meu carro com o peso do silêncio ansioso se espalhando em minha pele. Dou partida e dirijo. Apenas dirijo. Não sei aonde estamos indo ou o que faremos ao parar, mas, quando estamos a quilômetros de nossas casas, a mão de Sebastian encosta em meu joelho e lentamente sobe em minha coxa. As casas desaparecem e logo estamos em uma rodovia de pista simples. Por instinto, entro em uma estrada de terra que leva a um acesso restrito ao lago.

Sebastian olha enquanto passamos pelo portão aberto com uma placa de ACESSO PROIBIDO parcialmente obstruída por folhas que cresceram demais.

— Podemos mesmo entrar aí?

— Provavelmente não, mas parece que não faz muito tempo que esse portão foi aberto, então imagino que não seremos os primeiros a tentar.

Sebastian não responde, mas sinto sua incerteza na tensão de sua mão em minha perna, na rigidez de sua espinha. Tenho que acreditar que ele vai relaxar quando perceber como realmente estamos isolados aqui depois do escurecer.

A lama se torna mais densa e eu estaciono em uma área de grama firme. Desligo os faróis e, por fim, o motor. Lá fora, tudo está quase completamente escuro, exceto pelo reflexo da lua na superfície do lago. Meu pai sempre insiste que eu mantenha alguns itens de emergência no porta-malas, incluindo um cobertor pesado, e, embora esteja esfriando depois do pôr do sol, tenho uma ideia.

Abro a porta e olho para ele.

– Venha.

Relutante, ele me acompanha.

Puxo o cobertor do porta-malas e o abro no capô ainda quente do carro. Usando algumas jaquetas e uma toalha de praia que encontro ali dentro, faço alguns travesseiros para nós e os coloco perto dos limpadores de para-brisa.

Assim, podemos nos deitar e olhar as estrelas.

Quando vê o que estou fazendo, Sebastian me ajuda a organizar tudo, e, aí, subimos no capô, onde nos deitamos e deixamos escapar, em uníssono, um gemido de satisfação.

Ele deixa escapar uma risada.

– Parecia tão confortável.

Aproximo-me um pouco mais e o capô protesta com um gemido metálico.

– Não é tão ruim assim, vai.

No céu, a lua se dependura baixa no horizonte e as estrelas parecem brilhar aos montes.

– Uma coisa que gosto desse lugar é que você pode ver as estrelas à noite. – Conto. – Em Palo Alto, era impossível. Muita poluição.

– *Uma coisa* que você gosta neste lugar?

Viro-me para beijá-lo.

– Desculpa, duas.

– Não sei nada de estrelas. – Confessa quando olho outra vez para o céu. – Sempre quis aprender, mas parece que nunca encontro tempo.

Aponto o dedo e explico:

– Ali está Virgem. Está vendo aquelas quatro que formam um tipo de trapézio assimétrico? Também tem as Gamma Virginis e Spica... Elas formam, tipo, uma linha de pipa abaixo.

Sebastian aperta os olhos, aproximando-se de mim para ver melhor a direção em que estou apontando.

– Aquela forma ali?

– Não, acho que você está olhando para Corvus. Virgem é... – Movimento a mão dele acima do meu peito. Meu coração vai se arrastar até a boca e sair do corpo. – bem ali.

– Sim, sim – sussurra, sorrindo.

– Aquele ponto mais forte é Vênus.

Animado, ele inspira.

– Certo, eu lembro...

– E logo ao lado, aquelas mais juntinhas? Plêiades. Elas estão cada vez mais próximas.

– Onde você aprendeu tudo isso? – pergunta.

Viro-me para olhar para ele.

Ele também está me estudando, tão próximo.

– Com meu pai. Não tem muita coisa para fazer depois de escurecer quando estamos acampando, então comemos, contamos histórias de terror e olhamos as constelações.

– Se eu ficar olhando sozinho para o céu, só consigo localizar o Carro de David.

Seus olhos deslizam na direção da minha boca.

– Eu não saberia nada disso se não fosse o meu pai.

Ele pisca, olha para cima.

– Seu pai parece ser legal.

– Ele é.

Sinto uma dor ganhando força em meu peito porque meu pai é o melhor do mundo, em parte porque me conhece e me ama integralmente. Por outro lado, tem todo esse lado de Sebastian que seu pai desconhece por completo. Eu posso ir para casa e contar ao meu velho tudo o que aconteceu hoje, posso contar que me deitei aqui, com Sebastian, no capô do antigo Camry de minha mãe, e isso não mudaria nada entre nós.

Parece que Sebastian está pensando na mesma coisa, porque quebra o silêncio e diz:

– Não paro de pensar no meu pai aquele dia, me abraçando com tanta força. Juro que, em toda a minha vida, a única coisa que quis foi me esforçar para que ele se orgulhasse de mim. É tão esquisito dizer isso em voz alta, mas sinto que, se meu pai sentir orgulho de mim, será a confirmação de que Deus também tem orgulho de mim. – Não sei o que dizer. – Sequer consigo imaginar o que meu pai faria se soubesse onde estou. – Sebastian ri e desliza a mão em seu peito. – Em uma estrada de terra, com uma placa que diz que o acesso é proibido, deitado no carro com meu namorado... – A palavra faz um choque se espalhar por mim. – Eu já orei muito para não sentir atração por meninos – admite.

Viro-me para ele, que nega com a cabeça antes de continuar:

– Sempre me sentia terrível depois, como se estivesse pedindo por algo tão pequeno enquanto outras pessoas enfrentam problemas tão maiores. Mas, aí, conheci você e...

Nós dois deixamos as palavras no ar. Escolho pensar que o fim da frase seria algo como "e aí Deus me disse que você era a escolha certa para mim".

– Entendo – digo.

– Então ninguém do colégio sabe que você gosta de meninos – ele fala.

Percebo que prefere mais uma vez evitar palavras como "gay", "bi" ou "*queer*". Agora, seria o momento perfeito para falar sobre Autumn, Manny, Julie e McKenna, mas é tão fácil deixar isso de lado. Quero dizer, vai saber o que as meninas ouviram, Manny manteve a discrição até agora e Autumn prometeu, sob pena de morte, que jamais contaria nada a ninguém. Sebastian tem seus segredos, acho que eu também posso ter os meus.

– Não. Acho que, porque saí com meninas, a maioria supõe que eu seja hétero.

– Ainda não entendo por que não escolhe ter uma namorada, se tem essa opção.

– Eu me interesso pela pessoa, e não pelo que posso fazer com ele ou ela. – Seguro sua mão, entrelaço nossos dedos. – Não é uma escolha minha. Assim como você também não escolhe.

Percebo que Sebastian não gostou do que acabei de dizer.

– Mas você acha que poderia contar a mais pessoas um dia? Tipo, se acabasse ficando com um cara, você se... assumiria?

— Todo mundo saberia se você fosse ao baile de formatura comigo.

Sebastian parece horrorizado.

— O quê?

Meu sorriso vacila. Eu não planejava dizer isso, mas também não planejava não dizer.

— O que você diria se eu o convidasse?

Percebo o conflito estampado em seu rosto.

— Quero dizer... eu... eu não poderia.

Uma pequena centelha de esperança se apaga em meu peito, mas não estou surpreso.

— Não tem problema. — Respondo. — Bem, é claro que eu o levaria, mas não esperava que você aceitasse. Nem sei se eu próprio me sinto cem por cento pronto para algo assim.

— Você vai ao baile?

Viro o rosto para o céu e respondo:

— Talvez com Autumn, se ela furar com Eric. Ainda falta alguém para completar o grupo, e ela quer que eu chame Sasha.

— Sasha?

Aceno com a mão para dizer que nem vale a pena explicar.

— Você já ficou com Autumn? — Ele quer saber.

— A gente deu uns amassos uma vez. Foi mágico.

— Para você ou para ela?

Sorrio e olho outra vez para ele.

— Para mim. Não sei se foi para ela.

Seu olhar desliza por meu rosto e pousa em meus lábios.

— Eu acho que ela é apaixonada por você.

Não quero falar de Autumn agora.

— E *você*, é?

Inicialmente, ele não entende o que quero dizer. Uma linha minúscula se forma entre suas sobrancelhas, maculando a paisagem lisa de sua testa.

Mas essa linha logo se desfaz. Seus olhos se arregalam.

Mais tarde, voltarei a esse assunto e me perguntarei se ele está me beijando agora porque não quer responder ou se a resposta era tão óbvia a ponto de ele só precisar me beijar. Mas, neste momento, quando ele traz o corpo na minha direção, quando vem em cima de mim, sua boca tão familiar e tão quente junto à minha, as emoções se tornam líquidas; um oceano enche o meu peito.

Deparo-me com uma verdadeira impossibilidade quando escrevo, quando penso outra vez nesse momento, quando ele está me tocando e suas palmas me marcam, as pontas de seus dedos deixando pequenas marcas de calor em minha pele. Quero capturar esse momento de alguma forma, não apenas para lembrar, mas para poder *explicar*. É quase impossível colocar em palavras essa transição frenética, o emaranhado que nos tornamos. Só consigo pensar em uma onda na praia e na força física incontrolável da água.

A única certeza que tenho no momento em que seu toque deixa de ser exploratório e se torna decidido e cheio de propósito e seus olhos estão fixos em meu rosto, cheios de desejo enquanto eu caio, é a de que nós dois agora estamos pensando em como isso é bom. Mas esse momento e os momentos de silêncio que vêm em seguida não podem ser editados. Não podem ser reescritos. Não podem ser apagados.

CAPÍTULO DEZESSETE

Meu pai ainda está acordado quando chego em casa. Segura uma xícara de chá e ostenta em seu semblante aquele franzir de testa que diz "você chegou bem na hora do toque de recolher".

Sinto o repuxar de um pedido de desculpas começando a brotar nos cantos do meu sorriso, mas não, esse meu sorriso é a prova de balas. Estou em uma câmara de eco e o toque de Sebastian reverbera por todo o meu corpo.

Meu pai franze o cenho como se estivesse confuso com meu sorriso.

– Autumn? – pergunta, mas soa incerto.

Sabe que não fico assim quando saio com ela. Nem com ninguém.

– Sebastian.

Sua boca toma a forma de um "aah!", e ele assente outra vez, e outra vez, enquanto desliza o olhar por meu rosto.

– Estão se protegendo?

Ah, meu Deus!

Meu sorriso vacila sob o peso da vergonha.

– Pai!

– Foi uma pergunta legítima.

– A gente não... – Viro-me para a geladeira para pegar uma lata de Coca-Cola. Imagens antagônicas piscam em meus pensamentos: Sebastian em cima de mim, tocando em mim. Meu pai sentado ali, com os olhos apertados, a fim de conversar. – Sabia que minha mãe te mataria por isso? Por sua bênção quase não intencional para que eu tire a virgindade do filho do bispo.

– Tanner!

Não sei se ele quer rir ou me estapear. Para ser sincero, acho que nem ele próprio sabe.

— Só estou brincando. A gente ainda não chegou nesse momento.

Meu pai baixa a xícara e a cerâmica esfrega no balcão.

— Mas, Tann, pode ser que esse momento chegue. Só quero ter certeza de que estão se cuidando.

Abro minha lata de refrigerante, que emite um chiado de satisfação.

— Prometo que não vou engravidar Sebastian.

Ele vira os olhos e minha mãe escolhe este exato momento para aparecer, parando logo ao passar pela porta.

— *O quê?* — Sua voz sai monótona, mas os olhos estão arregalados.

Preciso de um momento para me dar conta de que está usando uma camisola que diz "a vida passa rápido demais", com as cores do arco-íris.

Meu pai dá risada.

— Não, Jenna. Ele saiu com Sebastian, mas não é o que você está pensando.

Ela desliza o olhar entre nós, cenho franzido.

— E o que eu estaria pensando?

— Que ele e Sebastian estão em um relacionamento... *sério*.

Pisco os olhos para meu pai.

— Ei, nosso relacionamento é sério.

— Com sério, você quer dizer amor ou sexo? — minha mãe pergunta.

Só consigo bufar.

— Qual seria um problema maior?

— Nenhuma das opções seria um problema, Tann — meu pai afirma com cuidado, olhando para ela.

Com base nesse silêncio que os dois dividem, acabo me convencendo de que meus pais andam conversando mais sobre eu namorar o filho do bispo do que sobre todos os demais assuntos somados.

— Vocês têm sorte, sabia? — digo aos dois, aproximando-me para dar um abraço de urso em minha mãe.

— Por quê? — ela quer saber.

— Porque eu nunca deixei vocês loucos.

Meu pai dá risada.

— Você já provocou algumas taquicardias na gente, sim, Tanner. Não se engane.

— Mas, dessa vez, vocês parecem estar mesmo surtando.

Sua expressão fica mais sóbria.

— Acho que dessa vez está sendo mais difícil para a sua mãe do que ela deixa transparecer. — Ela emite um ruído que deixa claro que está de acordo com as palavras de meu pai. — Esse assunto trouxe à tona muitos sentimentos, muita raiva. Ela quer protegê-lo de tudo isso.

Minhas costelas parecem apertar os pulmões e eu a abraço ainda mais apertado.

— Eu sei.

Suas palavras saem abafadas.

— A gente ama muito você, filho. Queremos que esteja em um lugar mais progressista.

— Quer dizer que, assim que eu receber a carta de aceitação de uma faculdade, devo sair correndo e nunca mais olhar para trás? — pergunto com um sorriso no rosto.

Minha mãe assente para mim.

— Estou rezando para que seja da UCLA.

Meu pai ri.

— Tome cuidado, está bem? Precaução.

Sei que não está falando só de coisas físicas. Agora, vou aonde ele está e apoio o braço em seu ombro.

— Vai parar de se preocupar comigo? Eu estou bem. Gosto muito de Sebastian, mas sei das complicações.

Minha mãe vai até a geladeira para pegar algo para comer.

— Então, deixando de lado os pais dele e os sentimentos dos pais dele, você sabe que Sebastian pode ser expulso da escola apenas por ter ficado com você esta noite, não sabe? A igreja pode estar mais aberta do que quando eu era criança, mas você sabe que existe um código de conduta da BYU que não permite que ele faça o que quer que seja que vocês fizeram esta noite, não sabe?

— Mãe, quando é que a gente pode se divertir um pouco? — Juro que a última coisa que quero fazer agora é analisar o que está errado. Já faço isso o dia todo, afinal de contas. — O problema não está em Sebastian e nem em mim. O problema está nas regras.

Ela olha por sobre o ombro para mim, franzindo a testa. Meu pai logo começa a falar:

— Eu entendo o que você está dizendo, mas não é tão simples assim. Você não pode pensar que, só porque as regras estão erradas, pode fazer o que quiser.

Meu entorpecimento pelo toque de Sebastian, pelo que fizemos, começa a desaparecer, e eu quero sair o mais rápido possível da cozinha. É horrível me sentir assim com meus pais. Gosto de poder contar tudo a eles. Aprecio o fato de me conhecerem tão bem. Mas, toda vez que tocamos nesse assunto, sua preocupação se transforma em uma sombra escura que desliza na frente da luz e eclipsa tudo.

Então, eu não respondo. Quanto mais discuto, mais eles vão raciocinar. Meu pai suspira, antes de me lançar um leve sorriso e erguer o queixo como quem diz "pode ir", como se percebesse que preciso escapar e expressar o que senti essa noite em algum lugar.

Dou um beijo em minha mãe e depois vou correndo para meu quarto. As palavras estão desesperadas para sair da minha cabeça, para escaparem de minhas mãos. Tudo o que aconteceu, tudo o que sinto, simplesmente flui como um alívio líquido.

Quando as palavras já se esgotaram e o sentimento ainda preenche meu peito – de ver Sebastian soltar o corpo no capô do meu carro, com aquele sorriso preguiçoso –, pego meu bloco de post-its e vou para a cama.

Passamos a tarde construindo
"Serviço", ele dizia.
Peças novas, lugares novos, partes novas,
tudo seria deixado ali para se deteriorar.
Mas me senti bem, e admiti isso a ele.
Ele apoiou uma tábua no ombro,
como uma baioneta.
E quase dei risada, pensando
"É assim que é estar apaixonado por um soldado
do outro lado?"

Fecho os olhos.

∞

Eu devia ter previsto. Depois de sábado à noite, devia ter imaginado que as coisas seriam meio constrangedoras na aula de segunda-feira, porque aqueles dois dias foram, para ele, tempo demais na igreja.

Sebastian não desvia o olhar do que está lendo quando entro na sala de aula, na segunda à tarde, mas sei que sente minha presença como eu sinto a dele, porque seus ombros se repuxam um pouquinho, seus olhos se estreitam e ele engole duramente.

Até Auddy percebe. Ao meu lado, ela ajeita seus livros sobre a mesa e empurra a cabeça na minha direção.

– O que está rolando? – pergunta baixinho. – Vocês dois estão bem?

– O quê? – Olho para ele como se não soubesse do que Auddy está falando e dou de ombros. – Tenho certeza de que ele está bem.

Mas, por dentro, estou tropeçando em meu próprio coração. Sebastian não me enviou nenhuma mensagem ontem. E não olha para mim agora.

Alguma coisa parece fora de lugar, e o jeito descuidado como ignorei as preocupações de meus pais parece, agora, vir morder o meu traseiro.

Asher entra apressado na sala com uma McKenna berrando logo atrás, e toda a sala fica em silêncio quando ele a solta do jeito mais grosseiro possível. McKenna desliza pelo corpo dele, toda sorridente, e as mãos de Asher estão praticamente grudadas no traseiro dela. A entrada dos dois é tão absurda, tão desesperada por atenção, que até Burrito Dave deixa escapar, todo perplexo:

– Cara, precisava disso?

Os dois se beijam diante da classe para anunciar que voltaram.

– Está bem, então – digo.

Sinto uma pontada de raiva no peito. McKenna e Asher podem demonstrar todo o seu afeto em qualquer lugar da escola e, exceto por uma ou outra pessoa revirando os olhos, ninguém está nem aí. A propósito, os dois são mórmons, e, se eu não estiver errado, não deveriam exibir esse tipo de comportamento em lugar nenhum, menos ainda no meio do colégio. Mas vão ser ridicularizados, evitados ou ameaçados por isso? Não. Ninguém vai denunciá-los ao bispo. E os dois são péssimos. Provavelmente, voltaram porque estavam sentindo falta das fofocas que geram. Posso apostar que já transaram de todas as maneiras concebíveis, e Asher ainda assim vai partir para sua missão, voltar para casa, se casar com uma mórmon boazinha – talvez a própria McKenna – e continuar sendo tão hipócrita com os valores dos mórmons quanto todos os outros. Enquanto isso, Sebastian não pode nem olhar para mim na sala de aula, provavelmente porque está se punindo por nossos toques comparativamente bastante inocentes no sábado.

Meu estômago fica amargo e começa a ferver.

– Acho que o baile iminente os fez ficar apaixonados de novo – Autumn diz ao meu lado.

– Ou desesperados.

Puxo o notebook da mochila e lanço um olhar para Sebastian. Ele continua sem se virar para mim.

Queria poder jogar alguma coisa em sua cabeça ou gritar, sem a menor vergonha, "oi, você lembra de mim?" na frente de todo mundo. Em vez disso, apenas pego o celular e, debaixo da mesa, envio um rápido:

> Oi, eu estou aqui.

Vejo-o levar a mão ao bolso, pegar o celular e ler meu recado.

E, aí, ele se vira, me oferece um sorriso discreto por sobre o ombro, sem em nenhum momento olhar direto para mim – seus olhos navegam em algum ponto acima da minha cabeça – e se vira outra vez.

Meu cérebro é um liquidificador. A voz da minha mãe surge na superfície mais uma vez, acalmando-me, lembrando-me de que Sebastian vai partir em breve e sofre pressões que eu jamais vou entender. E se agora ele tiver orado e se sentido pior?

A aula se arrasta terrivelmente enquanto continuo em minha espiral. Quase todo mundo já terminou seus manuscritos, e Fujita está nos dando dicas para revisar. Pelo menos, acho que está. Fico agradecido por Autumn estar tomando notas meticulosas porque não estou acompanhando nada. Só consigo inclinar o corpo sobre meus post-its e escrever:

A LUA SUMIU,
DEIXANDO APENAS O BRILHO AMARELO DAS LUZES
NOS POSTES ATRÁS DE NÓS.
ESTRADAS DE TERRA SEGUEM LÁ ATRÁS POR TODA UMA ETERNIDADE,
E, PELA PRIMEIRA VEZ, ESTIVEMOS SOZINHOS.
EU ACEITARIA O SEU CALOR NESSE CARRO MINÚSCULO
TODOS OS DIAS,
EM VEZ DA MEMÓRIA DE VOCÊ NA MINHA CAMA.

Em minhas mãos, tanto peso.
Toda uma vida de desejos em minha palma.
Você mordeu meu pescoço quando apareceu.
E ficou de olhos fechados quando
Me beijou.

E faço tudo o que posso para não encará-lo.

༺

Segundos depois que o sinal toca, já peguei minhas coisas e passei pela porta. Autumn tenta me alcançar, mas continuo avançando. Mais tarde, enviarei para ela uma mensagem de texto explicando tudo. Estou no fim do corredor quando ouço meu nome. Não é a voz de Autumn.

– Tanner, espere.

Meus pés diminuem o ritmo, muito embora eu não queira que façam isso.

– Oi.

Mantenho os olhos grudados nos armários próximos de mim. Eu não devia fazer isso agora. Estou magoado, com raiva e constrangido por ele ter me evitado e com medo do que posso vir a falar.

– "Oi"? – diz em resposta, claramente confuso.

E não é de se surpreender; acho que é a primeira vez que ele veio atrás de mim.

Parados no meio do corredor, somos como uma pedra no rio. Uma corrente de alunos passa por nós, seguindo seus caminhos. Eu não nos descreveria aqui, neste lugar, como "discretos", mas, se ele está aqui, então eu também estou aqui.

– Você estava indo para a aula? – pergunta.

Não sei por que a tempestade escolheu este momento para ganhar força dentro de mim. Por que agora? Tudo estava indo tão bem nesse fim de semana. Tivemos um dia de silêncio e uma interação estranha na sala de aula e *boom* – meu cérebro está sob alerta de um turbilhão de pânico.

Estou outra vez na montanha, ouvindo-o dizer "não... isso. Eu não sou gay".

E tem alguma coisa hoje, alguma coisa em seu maxilar, algo estranho em sua postura longe de mim que me avisa que o que tivemos sábado fez mais mal do que bem. Ele está tão enterrado em seu próprio dogma, e em seu próprio mundo de obrigações, e em expectativas, e não consegue admitir para si mesmo que gosta de meninos, que sempre vai gostar de meninos, e que esse é um lado dele, parte dele, algo digno de admiração e respeito, assim como tudo o mais que ele tem.

— Minhas aulas já terminaram. — Respondo. — Eu estava indo para casa.

Sebastian balança a cabeça.

— Certo, eu sabia. Tanner, eu sinto...

Sebastian não consegue concluir esse pensamento porque Manny está vindo em nossa direção.

— Oi, meninos — cumprimenta, sorrindo para nós.

Mas ele não diz apenas "oi", ele diz "oi, *meninos*". Como se não fôssemos duas pessoas, mas duas pessoas *juntas*. Como se fôssemos um casal. Quando tento avaliar a reação de Sebastian, percebo que também fez essa distinção.

Jesus, Manny! Será que você pode mostrar seu apoio com mais *discrição*?

— Manny, oi — Sebastian responde.

Desvio o olhar na direção da jaqueta esportiva de nosso colega recém-chegado.

— Jogo hoje à noite? — pergunto, tomando o cuidado de manter uma voz neutra, apesar de sentir que uma constelação começou a explodir em meu peito.

Em momento algum contei ao Sebastian sobre a minha conversa com Manny. Em momento algum contei que Manny sabe.

— Sim, de basquete. Ouçam, vamos inaugurar a piscina de casa esse fim de semana e queria convidar vocês dois. Vai um pessoal daqui, alguns amigos do meu irmão... — Ele faz uma pausa, deslizando o olhar de mim para Sebastian e outra vez para mim, e, se eu tivesse que apostar, com base na expressão de Manny, diria que nós dois estamos com uma cara péssima. Vira-se para mim e continua: — Mas, Tanner, não é o pessoal daquele dia no lago. Todo mundo é de boa, então não precisa se preocupar com nada.

A cabeça de Sebastian se inclina lentamente para o lado antes de ele perguntar:

— O que você quer dizer com isso?

O ar sai em um único golpe de meus pulmões.

Manny fica de olhos arregalados. Para tornar essa situação ainda mais constrangedora, só se ele já chegasse falando "vocês dois são o casal mais lindo do mundo".

— Eu só quero dizer que... — E olha para mim em busca de ajuda. — Desculpa, é que vi vocês dois na trilha umas semanas atrás e pensei que...

Qualquer sinal de cor desaparece do rosto de Sebastian.

— Manny... — Começo, mas ele acena para que eu não diga nada.

— Não, meninos, eu entendi. Enfim, os dois estão convidados, ou um de vocês, separados, como for melhor.

Ele é um cara bastante tranquilo e espero que Sebastian se sinta mais confortável ao notar que Manny, claramente, não dá a mínima para o que nós dois fazemos juntos. Porém, Sebastian continua como uma estátua ao meu lado. Com um rápido olhar sobre o ombro, Manny vai embora, e Sebastian se vira para mim.

Ah, merda!

— O que foi que você falou para ele?

Ergo as mãos.

— Ou, ou! Eu não *falei* nada para ele. Ele acabou de admitir que viu a gente na trilha.

Deus, qual trilha? Agora já fizemos tantas e, com o passar do tempo, começamos a nos sentir mais à vontade na montanha, passamos a nos beijar como se estivéssemos a portas fechadas. A ideia de Manny ter visto isso... de que talvez houvesse alguém com ele... Meu estômago mais parece um caldeirão de água fervente.

Sebastian se vira e seu perfil é um retrato de raiva contida. Esse deve ser o primeiro segundo em que sinto que somos realmente um casal. O mais irônico é estar acontecendo justamente enquanto estamos no colégio, com os corredores cada vez mais vazios, exceto por um ou outro perdido que não tem ideia de que estamos juntos, de que nos beijamos, de que eu já o vi perdido em prazer, já o vi chorar e segurei sua mão. Que já vi sua generosidade e que sinto orgulho quando me dou conta de que ele é meu. Em nenhum desses momentos parecemos tanto um casal quanto agora, quando sei que estamos prestes a começar a discutir.

— O que aconteceu no lago?
— Uns caras agiram como idiotas e ele veio até mim e a Autumn, e falou que...

Sua voz sobe uma oitava.

— Autumn também sabe?

Alguém passa e Sebastian se espanta, transformando outra vez seu semblante naquela máscara e cumprimentando discretamente:

— Oi, Stella.

Quando ela vai embora, vamos para o estacionamento. Está vazio aqui – tipo, não tem nenhum aluno, nenhum professor, ninguém andando na calçada. Mesmo assim, Sebastian mantém uma distância segura de mim. *Uma distância mórmon,* minha mente ironiza.

— Bem, Manny claramente viu a gente. Ele veio até mim e a Autumn quando estávamos indo embora porque alguém chamou alguém de bicha, e, aí, Manny falou que sentia muito por aquela situação. Foi constrangedor... Assim como foi ali – afirmo, apontando para o corredor. – E Autumn ficou insistindo por tipo, umas duas horas.

— Tanner, isso é péssimo. – Sebastian olha furioso para mim, antes de piscar e expirar lentamente.

Só consigo pensar em um dragão cuspindo fogo.

— Entenda uma coisa: Manny viu a gente. Não só eu... *nós*. Não estou exatamente hasteando uma bandeira do arco-íris aqui. Eu não falo para as pessoas que sou bi. Autumn, minha melhor amiga, não sabia até uma semana atrás, e eu não contei a ela sobre você. Eu disse que sentia algo por você, mas não falei que era recíproco.

— Eu pensei que... depois de sábado à noite... – Sebastian balança a cabeça. – Eu pensei que você tivesse contado alguma coisa para Eric ou Manny.

— E por que eu faria isso? – Sei que não devia falar o que falei em seguida; é infantil e mesquinho, mas minha boca não consegue se controlar: – A não ser que eu quisesse falar com alguém sobre esse importante evento emocional da minha vida.

Ele ergue a cabeça.

— Como assim?

— Só quero dizer que teria sido legal receber notícias suas ontem e algum sinal, hoje, de que me *viu* e não estava surtando.

O rosto de Sebastian denuncia sua irritação.

— Tanner, eu estava *ocupado* ontem.

Ah, a sensação é a de tomar um tapa na cara. De dedos esticados, daqueles que deixam a marca na bochecha.

— Muita coisa da igreja para fazer, imagino.

Sebastian entende o que quero dizer e responde:

— É o que fazemos aos domingos. Será que sua mãe não ensinou para você como agimos? Se é que ela ainda se lembra.

Um...

Dois...

Três...

Quatro...

Cinco...

Continuo contando. Forço-me a lembrar de que ele só está assustado. Lembro-me de que está confuso. Se eu estivesse como espectador agora, sei que diria a mim mesmo: "Esta não é uma batalha sua. É uma batalha de Sebastian. Dê espaço a ele". Mas será que não é minha também? Pelo menos um pouquinho? Estamos juntos nessa, navegando nessas águas pela primeira vez.

Ele dá as costas para mim. Sua mão puxa os cabelos enquanto ele anda pelo canto do estacionamento. Parece pronto para sair correndo, fugir. É curioso perceber que isso é exatamente o que ele quer fazer, porque não é só uma questão de não querer ter essa conversa aqui; ele não quer ter essa conversa *em lugar nenhum*. Quer que fiquemos juntos sem qualquer expectativa ou discussão. É como uma nuvem se formando — agora está aqui, vai desaparecer em algum momento do futuro nebuloso, indefinida.

Então pergunto:

— Você já pensou em contar aos seus pais que é gay?

Sebastian nem se surpreende por eu ter chegado a essa pergunta tão rapidamente. Não há nenhum sinal de espanto, nenhum olhar estranho. As linhas em sua testa franzida ficam mais profundas e ele dá um passo para ainda mais longe de mim.

— Eu precisaria chegar a muitas conclusões sobre mim mesmo, antes de ter essa conversa com eles.

Encaro-o.

– Sebastian? Você é gay?

Quer dizer, é óbvio que ele é.

Certo?

Ele me observa como se nem sequer me conhecesse.

– Não sei responder a essa pergunta.

– É uma resposta de sim ou não.

– Eu sei quem eu quero ser.

– *Quem você quer ser?*

E que porra significa isso?

– Quero ser bom e generoso e semelhante a Cristo.

– Mas o que isso tem a ver com a minha pergunta? Você já é essa pessoa. Também é gentil, atencioso e leal. Todas essas qualidades que o fazem essa pessoa que eu amo. Você *já é* assim. Ser gay não muda nada.

E posso ver o momento em que minhas palavras o atingem, em que elas penetram sua pele, quando são absorvidas. Eu falei a palavra. Não a palavra "gay". Eu falei "amo".

Ele pronuncia meu nome bem baixinho e olha para o lado.

Sequer está olhando para mim, e eu acabei de falar que o amo.

Por algum motivo, a próxima pergunta parece muito mais importante do que a anterior:

– Sebastian, você ouviu o que eu disse? Eu te amo. Percebeu o que eu falei?

Ele assente.

– Eu ouvi.

Está enrubescendo. Reconheço esse rubor e sei que é de felicidade. Posso ver. Agora, eu conheço as tonalidades específicas de cada emoção, isso não é curioso?

Ele gosta de ouvir que eu o amo, mas, ao mesmo tempo, não gosta.

– É demais para você – arrisco –, não é?

– É. – Ele confirma. – Quero dizer, estou sendo sincero, é intenso demais ouvir isso agora. E não tem a ver com o que você perguntou antes. – Sua voz perde o volume e ele olha furtivamente em volta. – Sobre se eu sou gay. É muita coisa agora porque tenho um livro que está para sair, e vou partir para cumprir a minha missão, e tem muita coisa acontecendo.

– Então é inconveniente me ouvir dizer que te amo?

Ele treme.

— Tanner, não. Eu só estou dizendo que... não sei se posso te dar a mesma coisa que você quer me dar.

— Não é uma questão de eu *querer dar* meus sentimentos para você. — Chego a rir dessa ideia. — Eu só sinto isso.

Sebastian me observa como se eu estivesse louco.

Como se talvez não acreditasse em mim.

— Eu te amo por quem você é, e não por causa das suas bochechas vermelhas, ou dos seus olhos, ou das coisas que me faz sentir quando me toca. — Declaro, e ele enrubesce outra vez. — As coisas que amo em você não vão desaparecer quando você for fazer a turnê de divulgação do livro, não vão sumir quando você for cumprir a sua missão. Eu vou continuar aqui e vou continuar sentindo essas coisas. Vou continuar me esforçando para ser uma pessoa melhor, um amigo melhor, um filho melhor. E vou me perguntar como eu poderia ser um melhor namorado para você. E você vai estar envolvido com a sua missão, pensando em quanto queria não ser gay.

Sebastian está nervoso, já percebi. Meu primeiro instinto é desejar poder retirar minhas palavras, mas esse instinto se desfaz como fumaça quando me dou conta da realidade: cada palavra foi sincera.

— Eu não vou querer... — Ele começa, mas logo se vira, maxilar repuxando de raiva.

— Então é isso? — pergunto. — Chegamos ao limite do que você está disposto a dar?

Ele nega com a cabeça, mas diz:

— Você quer que eu seja uma coisa que eu não sou.

Uma coisa. Não alguém, mas uma *coisa*.

— Eu só quero que você fique bem com quem é. Sei que não sou o único que tem sentimentos aqui.

Ele mira e atira, seu rosto é uma máscara calma.

— Acho melhor a gente terminar. — Sebastian faz uma pausa, observa enquanto meus órgãos se transformam em tijolos e desmoronam dentro de mim. — Não está mais dando certo.

O resto do dia de hoje é difícil de explicar.

Fui embora logo depois que essas palavras saíram da boca de Sebastian e até agora não lembro o que fiz. Fui ao lago, acho. Dirigi, e dirigi, e dirigi sem rumo.

Quando escurece e meu celular acende com um milhão de mensagens da Auddy e nem uma sequer do Sebastian, dou meia-volta com o carro e paro lentamente no meio-fio em frente à casa dela.

Nunca antes notei que o quarto dela tem cheiro de baunilha e que seu abajur lança uma luz azulada tão calmante. Nunca percebi que ela abraça em fases. Tipo, primeiro me ajeita em seus braços e depois aperta, e depois aperta mais forte, e, na minha cabeça, estamos passando por diversos níveis de tentativas de me reconfortar, que vão de "oi, o que aconteceu?" a "Tanner, converse comigo", a "Ah, meu Deus, qual é o problema?".

E aí percebo outra coisa, porque ela está tentando me persuadir. Suas mãos estão em meu rosto – eu estou chorando, não tinha me dado conta –, ela me beija para afastar as lágrimas, e eu fico balbuciando. Estou admitindo que Sebastian e eu estávamos juntos. Estou contando a ela o que aconteceu, como terminou, como me sinto pequeno.

Sua boca está perto da minha, na minha, abrindo-se surpresa e desejando mais.

Aqui, eu fodi tudo.

Aqui, eu arruinei tudo.

CAPÍTULO DEZOITO

Não *sei o que estou fazendo. Definitivamente, não devia estar aqui.* Meus olhos estão vermelhos; meus cabelos, uma bagunça. Ainda estaria de pijama, mas: (a) tomei banho assim que cheguei em casa; e (b) não dormi. Estou uma zona.

Meus olhos analisam o corredor no caminho para o armário dela. É fácil reconhecê-la no meio da multidão; seus cabelos são como fogo em um mar de azul marinho e jeans, e sua voz é capaz de ir de um lado a outro da escola, diferente de todo mundo que conheço.

Ninguém é assim.

Giro a trava de seu armário para a direita, para a esquerda e depois para a direita outra vez, só para descobrir que seu casaco e sua mochila tampouco estão aqui.

Droga.

O sinal toca, os alunos entram nas salas e os corredores lentamente começam a esvaziar. A adrenalina mistura-se ao medo enquanto permaneço no corredor, aguardando o bater dos sapatos de nosso diretor ecoar no linóleo. Eu devia estar na aula de Literatura Moderna – com Auddy, que nunca chegou a se transferir para a disciplina de Shakespeare. Vou até a sala, espio ali dentro apenas tempo suficiente para ver sua carteira vazia e dou meia-volta. Vou ficar com falta e com as consequências que puderem surgir por isso, afinal, estou agitado, frenético demais para discutir James Frey e seu falso drama.

Contudo, não quero ir para casa. Meu pai está de folga esta manhã e, muito embora eu em algum momento acabarei tendo de conversar com ele e com minha mãe, ainda não estou pronto para ver aquele semblante – decepção matizada de pena – que me diz que eles sabiam que isso aconteceria, que era só uma questão de tempo, antes de tudo explodir bem diante do meu rosto. Eu mereço todos os "eu avisei" que virei a escutar, afinal, eles estavam certos. Sobre tudo.

No topo das escadas, há um banco. Fico fora do ângulo de visão dos professores e supervisores que agora vasculham os corredores em busca de idiotas como eu, idiotas o suficiente para matar aula e ficar no colégio. Agarro meu celular, rezando por alguns instantes para que haja algo ali quando eu o ligar. Mas não. Não encontro nenhuma nova notificação.

Auddy não atende o celular desde ontem à noite. Em desespero, abro suas informações de contato e clico no número bem ao lado da palavra "casa". Dois toques depois, uma voz ecoa pela linha:

— Alô?

— Alô, senhora Green.

Ajeito a coluna, limpo a garganta. Já conversei com a mãe da Autumn quase tanto quanto conversei com a minha própria mãe, mas de repente me sinto nervoso. Será que Autumn contou a ela o que aconteceu? Ela sabe o que eu fiz?

— Tanner, oi.

— Autumn por acaso está aí?

Seco a palma da mão livre na calça jeans.

Há um instante de silêncio e então percebo que não sei o que dizer se Auddy me atender. Que eu a amo — muito embora não do jeito que ela precisa? — Que cometemos um erro — *eu* cometi um erro —, e que preciso dela na minha vida? Será que isso vai ser suficiente?

— Está. A pobrezinha acordou enjoada e precisou ficar em casa. Ela não mandou mensagem para você?

Uma placa indicando a saída brilha verde no topo das escadas, e eu aperto os olhos. Saí da cama de Autumn ontem à noite e fui embora sem olhar para trás. Quando finalmente me dei conta do que tinha feito, ela não respondia. Enviei mensagens, e-mails e liguei.

Esfrego as costas da mão nos olhos.

— Eu não devo ter visto a mensagem.

— Desculpa, Tann. Espero que não tenha ficado aqui na frente esperando hoje de manhã.

— Não fiquei. Ela está acordada? Será que consigo falar com ela? — Minha voz é puro desespero. — Tenho uma prova de Cálculo e queria saber se deixou as anotações de aula no armário.

— Quando verifiquei pela última vez, ela estava dormindo. Posso acordá-la, se quiser.

Hesito.

— Não. Não precisa, não.

— Eu já estou saindo para ir trabalhar, mas deixarei uma nota na porta do quarto de Auddy. Ela vai ver quando acordar.

Mantenho minha voz regular até conseguir terminar a ligação, quando enfio o celular no bolso.

O sinal toca e os corredores ficam cheios e logo vazios outra vez, mas eu não saio de onde estou. Nem sei que horas são.

Imagino que eu pareça uma estátua aqui, sentado no banco, emoldurado pela janela enorme atrás de mim. Percebo-me com o corpo inclinado, olhando para o chão, cotovelos apoiados nos joelhos e começo a me forçar a entrar em plena calma. Meu cérebro está um caos, mas, se eu ficar sentado aqui, sem me mexer, as coisas vão começar a se ajeitar.

É fácil reconhecer que eu sou um idiota, que agi por impulso – como sempre faço – e que possivelmente parti outro coração para me distrair do péssimo estado em que me encontro. Sentado aqui, começo a fingir que fui feito de alguma coisa gelada e sem sentimentos. Não sei se as pessoas não notam a minha presença ou se percebem que é melhor me deixar sozinho, mas vejo pés passando na minha frente, e ninguém fala comigo.

Até alguém falar.

— Tanner.

Espantado, ergo a cabeça e me deparo com Sebastian, parado, no meio da escada. Dá um passo cuidadoso e depois mais um enquanto alunos passam por ele, levando consigo a esperança de terem tempo de entrar na terceira aula antes do segundo sinal.

Também está com uma aparência péssima, pela primeira vez na vida. Fico espantado ao me dar conta de que, no meio disso tudo, quase nem pensei nele. Devo contar sobre Autumn? Apesar do que falou ontem, ele está aqui. Ainda estamos juntos?

— O que está fazendo aqui?

Ele vem até mim, mãos nos bolsos do moletom, e para quando chega ao topo da escada.

— Eu passei na sua casa.

— Eu não estou lá — respondo apático.

Não tinha a intenção de soar assim. A estátua parece estar rachando mais lentamente do que o esperado. Talvez, eu seja mesmo frio e sem sentimentos.

— Sim, eu imaginei quando seu pai atendeu.

Sebastian não via meu pai desde aquela tarde quando fomos flagrados, e também deve estar pensando nisso agora, porque um rubor se espalha por suas maçãs do rosto.

— Você conversou com o meu pai?

— Brevemente. Ele foi gentil e me falou que você estava no colégio. — Sebastian desce o olhar na direção de seus pés. — Não sei por que eu mesmo não cheguei a essa conclusão antes.

— E *você* não devia estar na faculdade?

— Acho que sim.

— Matando aula... — Tento sorrir, mas meu rosto se transforma em uma carranca. — Então, o Sebastian perfeitinho não é tão perfeitinho assim.

— Acho que nós dois sabemos que eu não sou perfeito.

Não tenho ideia de como continuar essa conversa. Do que estamos falando, afinal?

— Por que você veio aqui?

— Eu não queria deixar as coisas como elas ficaram ontem.

Só de ouvi-lo citar esse assunto, meu estômago cai no chão.

— Está falando do término?

O rosto da Autumn flutua em meus pensamentos, o peso do que fizemos, e a náusea sobe até a minha garganta. Realmente me preocupo com a possibilidade de vomitar agora, então ergo a cabeça, respirando fundo.

— Sim — confirma baixinho —, tenho certeza de que foi horrível falar o que você falou e me ver responder daquele jeito.

Pisco os olhos para ele, ciente do peso das lágrimas em minhas pálpebras inferiores. *O que eu disse?* Quero que Sebastian reconheça as palavras.

— Sim, foi bem horrível dizer que te amo e você terminar comigo.

Lá está outra vez aquele rubor, e posso quase ver a exaltação que ele sente ao me ouvir pronunciando essas três palavras. É infantil, mas tão injusto ele se alegrar com algo que mais parece uma corda amarrada em meu peito, apertando-se cada vez que pronuncio essas palavras.

Sebastian engole em seco e os músculos de seu maxilar se repuxam.

– Me desculpa.

Ele está *pedindo desculpa?* Quero contar a ele o que eu fiz – porque foram duas traições –, mas acho que não conseguiria falar sem ter um ataque. E agora estamos falando tão baixinho que ninguém consegue ouvir. Mas e se eu tiver um ataque e começar a chorar? Ficaria óbvio para qualquer um o tipo de conversa que estamos tendo. Não estou pronto para isso e, mesmo depois de tudo o que aconteceu, ainda sinto essa vontade de protegê-lo.

Seu rosto demonstra uma expressão pacientemente perfeita. Nesse momento, percebo que será um grande missionário. Parece atento e completamente sincero, mas, de alguma forma... pacificamente distante.

Olho em seus solhos.

– Você alguma vez me imaginou na sua vida depois deste semestre?

Por um instante, Sebastian parece confuso. Sei que é porque o que vem no futuro sempre foi um pensamento abstrato. Ele tinha planos, obviamente – turnê do livro, missão, voltar para casa, terminar os estudos, provavelmente encontrar uma garota doce e seguir o plano de Deus –, mas eu nunca fui parte de nada disso. Talvez, no início da manhã ou em algum canto secreto e escuro de sua mente, mas nunca de um jeito que realmente importasse.

– Acho que não imaginei nada. – Diz cuidadosamente. – Não sei como vai ser a turnê do livro, nunca fiz nada parecido. E também nunca tive nada parecido com o que nós dois temos.

Ele aponta o indicador para o espaço entre nós e, por algum motivo, o gesto parece acusatório.

– Sabe o que eu não entendo? – começo, passando a mão no rosto. – Se você tinha a intenção de que ninguém soubesse ou achou que não existia nada maior entre nós, por que foi me exibir na frente da sua família e da igreja? Você *queria* ser pego?

Alguma coisa abala sua expressão, forçando aquela máscara calma e desconexa a desaparecer. Será que esse pensamento nunca lhe ocorreu? Sebastian abre a boca, mas logo a fecha.

– Eu... – Começa a dizer, mas não há mais espaço para respostas fáceis, nem frases tiradas de um manual da igreja.

– Sei que você disse que orou e orou e que Deus lhe disse que estar comigo não era errado. – Ao ouvir essas palavras, Sebastian afasta os olhos do meu rosto para ter certeza de que ainda estamos sozinhos aqui. Engulo a minha frustração. Foi ele quem veio me procurar no colégio, pelo amor de Deus! Então insisto: – Mas, durante suas orações, você dedicou tempo a pensar em como isso se encaixava no seu futuro e em quem você é, e no que significa ser gay?

– Eu não sou...

– Eu sei – rosno. – Já entendi. Você *não é gay*. Mas, em algum momento, fez uma busca dentro de si, enquanto orava, para tentar descobrir quem realmente é, em vez de apenas pedir a Deus, várias e várias vezes, *permissão* para procurar?

Ele não diz nada e meus ombros cedem. Só quero ir embora. Sem ter a menor ideia do motivo que fez Sebastian me procurar, não tenho como resolver nossa situação. Ele vai embora, e eu tenho que deixá-lo ir.

Levanto-me pela primeira vez no que parecem ser horas. Fico vertiginoso quando o sangue desce para a minha perna, mas é bom me movimentar, ter um objetivo outra vez: Autumn.

Passo por ele e paro, baixando-me para sussurrar e sendo fisgado por aquele seu cheiro familiar.

– Sebastian, para ser sincero, não me importo que você parta meu coração. Eu entrei nessa situação sabendo que isso aconteceria de um jeito ou de outro, e, ainda assim, escolhi entregar meu coração. Mas não quero que parta o seu. Você tem muito espaço nele para a sua igreja, mas será que tem algum espaço para si mesmo?

∞

Ouço a música assim que saio do carro. As janelas do sobrado pequeno da Autumn estão fechadas, mas o baixo pesado do *death metal* faz as paredes vibrarem. Auddy deixou para trás seu modo "triste e escondendo-se debaixo das cobertas" e adotou seu modo *"death metal"*.

Parece-me bom sinal.

Em geral, sou eu quem corta a grama no verão e percebo que chegou a hora de fazer isso; os tufos irregulares já estão se arrastando pela lateral da calçada. Tomo uma nota mental para trazer o cortador de grama mais para o final da semana... se Autumn permitir. Talvez, nem sequer estejamos nos falando.

Com uma respiração regular, toco a campainha, ciente de que ela, provavelmente, nunca vai ouvir com uma música tão alta. Não noto nenhum movimento na casa. Pego o telefone e ligo outra vez para o seu número. Ergo a cabeça ao perceber que, pela primeira vez desde a noite de ontem, o telefone está tocando. Mesmo assim, cai na caixa de mensagens. Deixo mais um recado: *Autumn, sou eu. Por favor, me ligue.*

Guardo o celular no bolso e tento outra vez a campainha, antes de me sentar na escadinha em frente à casa por um tempo. Sei que Auddy está aí dentro. Só preciso esperar.

Vejo doze carros, dois passeadores de cachorros e um carteiro passar antes de, finalmente, ouvir alguma coisa. A música para e o silêncio repentino ecoa em meus ouvidos.

Viro-me bem na hora de me deparar com uma Autumn com olhos vermelhos passando a cabeça pela porta. Em minha pressa para me levantar, quase tropeço na varanda. Os cantos de sua boca se repuxam em um sorriso.

Meu peito ferve de esperança.

— Vi você estacionar. — Ela comenta e, apertando os olhos para protegê-los da luz da tarde, sai na varanda. Em outras palavras, Autumn sabe que estou aqui há quase uma hora. — Achei melhor atender, antes de os vizinhos chamarem a polícia.

— Eu tentei ligar.

— Eu vi. — Suspirando, ela desliza o olhar pela rua antes de me encarar outra vez. — Talvez você devesse entrar.

Ansioso, concordo com a cabeça. Ela abre mais a porta e volta para dentro da casa escura, acenando com a mão pálida para que eu a siga.

Sua sala de estar é uma fortaleza, como sempre fica quando ela precisa se esconder do mundo: as cortinas estão fechadas e a TV está ligada, mas no mudo. Travesseiros e cobertores se espalham pelo sofá e, no canto, vejo um pacote de chips que parece ter sido violentamente aberto por um bando de furões. Seu telefone descansa placidamente na mesinha de centro. A tela se ilumina com notificações. Aposto que são todas minhas.

Já estive nesta casa mil vezes, já jantei aqui, fiz lição de casa aqui, assisti a inúmeros filmes neste sofá, mas nunca fiquei aqui assim, com uma montanha de constrangimento entre mim e Autumn. Não sei como escalar essa montanha.

Vejo-a mexendo no sofá, chutando a maioria dos cobertores no chão, antes de acenar para que eu vá ali com ela. Quase nunca *conversamos* aqui. Assistimos a filmes no sofá, comemos na cozinha, mas nossas conversas sempre – desde que nos tornamos melhores amigos – aconteceram em seu quarto.

Não sei se algum de nós está pronto para voltar para lá ainda.

Sinto um nó no estômago. Qual o propósito de ficar sentado no colégio, acalmando meus pensamentos se, agora que estou aqui, não consigo pensar em nada para dizer.

Olho para Auddy e tento me concentrar. Quando vim aqui ontem à noite, ela estava com um pijama rosa e preto. Um brilho surge em minha cabeça, seguido pela pergunta: ela se vestiu? Ou imediatamente foi tomar banho?

Tentou se lavar e se livrar do que aconteceu, como eu?

Agora está usando moletom, uma blusa da Universidade de Utah que ganhamos em um jogo no verão passado. Eles enfrentavam a BYU e nós queríamos tanto que a Universidade de Utah vencesse que procurávamos moedinhas no chão para jogar na fonte dos desejos. Parece que mil anos se passaram entre esse jogo e o momento em que estamos agora. Os cabelos de Auddy estão de lado, presos em uma trança. Parecem molhados. Por que me sinto aliviado ao notar que ela tomou banho? Meus pensamentos desviam para outra tangente: lembro-me da sensação dos cabelos de Sebastian em meu rosto, enquanto ele beijava meu maxilar e meu peito, mas não lembro se os cabelos de Autumn estavam presos ou soltos ontem à noite, não lembro de tê-los sentido.

Esses pensamentos parecem trazer minha culpa de volta à superfície e as palavras simplesmente escapam:

– Quando vim procurar você, em momento algum eu quis... – Seco uma lágrima e tento recomeçar: – Eu não queria que... aquilo acontecesse. Eu estava magoado e não conseguia pensar direito, e em momento algum quis tirar vantagem de você e...

Autumn ergue uma mão para me calar.

— Espere. Antes de você vir fazendo a linha do rapazinho nobre para cima de mim, eu vou falar.

Concordo com um gesto. Minha respiração está tão agitada que mais parece que corri vinte quilômetros para chegar aqui.

— Está bem.

— Quando acordei hoje de manhã, pensei que tivesse sido um sonho. — Diz com os olhos fixos no colo, os dedos brincando com o cordão na cintura da calça. — Pensei ter sonhado que você veio aqui e fizemos aquilo. — Autumn ri e olha para mim. — Já sonhei com isso antes.

Fico sem saber o que dizer. Não que esteja surpreso, mas a atração de Autumn por mim sempre foi uma espécie de conceito abstrato, nada sólido, sem qualquer base para fazer esse interesse durar.

— Ah.

Essa provavelmente não é uma boa resposta.

Ela estende a mão e aperta a ponta da trança até seus dedos ficarem pálidos.

— Sei que você vai me dizer que tirou vantagem de mim e acho que... de certa maneira, é verdade. Mas não foi só você. Eu não estava mentindo quando falei que toda a situação com Sebastian foi difícil para mim, Tann. Por mais de uma razão. Acho que, no fundo, você sempre soube parte dos motivos. Sempre soube *por quê*.

Autumn olha para mim em busca de confirmação e eu sinto essa coisa pesada no peito.

— Acho que é por isso que é tão terrível. — Digo. — Essa é a *definição* de tirar vantagem.

— É, entendo... — Ela balança a cabeça. — Mas não é tão simples assim. Nossa relação mudou muito nesses últimos meses e acho que eu estava tentando entender. Tentando entender *você*.

— Como assim?

— Quando você me contou que era bi, e eu me sinto uma pessoa horrível por isso, mas... Mas, como não existem mais segredos entre nós, eu preciso tirar um peso do peito. Está bem?

Aceno uma confirmação e ela puxa as pernas para perto do peito, descansando o queixo nos joelhos. Então continua:

— Num primeiro instante, não sei se acreditei em você. Tive um momento em que pensei, que ótimo, agora tenho que me preocupar com meninas *e* meninos? Mas, aí, também pensei que, talvez, eu pudesse ser aquela que o faria mudar de ideia.

— Ah – digo outra vez, sem saber de que outra forma responder.

Autumn, obviamente, não é a primeira a pensar que a bissexualidade é uma questão de escolha e não de como você nasceu, então não posso culpá-la por isso. Especialmente, agora.

— Você estava tão triste e eu... eu te conheço. Sei como reage quando está magoado. Você mergulha em mim, nesse espaço de melhores amigos, mas ontem à noite... – Ela morde o lábio enquanto pensa. – Ontem, eu me joguei em cima de você. Talvez, eu também tenha tirado vantagem.

— Auddy, não...

— Quando você falou que Sebastian não te amava, foi como se um fusível queimasse em meu peito. – Lágrimas brotam em seus olhos, e ela balança a cabeça, tentando afastá-las. – Eu fiquei tão brava com ele. E a pior parte, como você permitiu que ele te machucasse? Era tão óbvio!

Não sei por que – francamente, não sei –, mas essa ideia me faz rir. Parece ser minha primeira risada sincera em dias.

Auddy estende a mão e ajeita minha cabeça em seu ombro.

— Venha aqui, seu idiota.

Encosto-me em seu pescoço e, com o cheiro de seu *shampoo* e a sensação de seu braço em meu pescoço, uma série de imagens brota em minha mente, e as lágrimas escapam.

— Autumn, me desculpa.

— Me desculpa também – ela sussurra –, eu o fiz trair.

— Mas a gente terminou.

— Precisa haver um período de luto.

— Eu quero te amar daquele jeito – admito.

Ela deixa as palavras no ar, e eu fico esperando o silêncio pesar, tornar-se desconfortável, mas não acontece.

— Logo tudo isso vai ficar para trás.

Ela beija a minha têmpora. Isso é algo que sua mãe já deve ter falado mil vezes. Neste momento, Auddy soa como uma criança tentando espalhar sabedoria, e isso me faz abraçá-la mais forte.

– Você está bem?
Sinto seus ombros encolhendo.
– Dói.
– Dói – repito lentamente, tentando acompanhar seu raciocínio.
E, aí, ela ri, constrangida, e aí sinto os freios deixando uma longa cicatriz negra em minha mente.
Como?
Como fui esquecer?
Como foi que isso não surgiu em minha mente, nem por um segundo?
Meu peito parece se desmanchar, o que me empurra para a frente.
– Auddy! Puta merda!
Ela se afasta, tentando segurar meu rosto em suas mãos.
– Tann...
– Meu *Deus!* – Abaixo-me, levando a cabeça entre os joelhos para não desmaiar. – Você era virgem! Eu sabia que era. Eu sabia, mas...
– Não, não, está tudo...
Solto um gemido macabro, querendo – basicamente – morrer neste sofá, mas Auddy agarra meu braço e me puxa para cima.
– Pare com isso.
– Eu sou o Satanás!
– Pare *já* com isso! – Ela parece irritada, pela primeira vez. – Nós estávamos sóbrios. Você, triste. Eu, em casa, fazendo a lição, lendo. Não estava inconsciente nem nada assim. Não estava embriagada. Eu sabia o que estava acontecendo. E eu quis.
Fecho os olhos.
Volte, Tanner Estátua. Ouça o que ela está dizendo e nada mais.
– Entendeu? – Auddy insiste, sacudindo-me. – Me dê algum crédito. E, já que estamos falando nisso, dê algum crédito a si mesmo. Você foi muito gentil e cuidadoso comigo, e fizemos com segurança. É isso que importa.
Nego com a cabeça. Consigo lembrar de alguns flashes. A maior parte do que aconteceu é uma mancha estranha e emotiva.
– Eu queria que fosse com você. – Ela garante. – É o meu melhor amigo e, de um jeito nada convencional, fazia sentido ser com você. Mesmo que estivesse fazendo o que fizemos para esquecer seus pensamentos por meia-hora.

Chego a bufar ao ouvir suas palavras; sem dúvida não foi meia-hora, e ela segura outra vez o meu braço, mas percebo que agora está sorrindo. Auddy continua:

— É comigo que você costuma cometer esses equívocos. Essa pessoa sou *eu*.

— Sério?

— Sério. — Reafirma. Seus olhos brilham vulneráveis, e eu tenho vontade de dar um soco em meu próprio rosto. — Por favor, não diga que está arrependido, porque isso seria terrível.

— Bem... — começo, tentando ser sincero. — Não sei o que dizer sobre isso. Se eu gosto da ideia de ter sido o seu primeiro? Sim. — Ela sorri. — Mas não é nada legal, Auddy. Deveria ter sido com...

Ela arqueia uma sobrancelha, esperando toda cética que eu conclua.

— Bem, não com Eric. — Admito. — Não sei. Com alguém que a ame do jeito certo. Que dedique tempo e tudo mais.

— Que dedique tempo e tudo mais. — Ela repete. — Francamente, você é tão doce. Não tenho ideia de por que Sebastian quis terminar.

Tusso uma risada que parece morrer quase imediatamente no silêncio.

— Então, está tudo bem entre nós? — pergunto depois de mais ou menos um minuto de quietude.

— *Eu* estou. — Auddy passa a mão nos cabelos. — Você conversou *com ele*?

Gemo outra vez. É como se eu entrasse em um prédio de problemas. Passo pelo andar do Comportamento de Pior Melhor Amigo e entro na sala de Mágoa e Intolerância Religiosa.

— Ele veio se desculpar hoje.

— Então vocês voltaram?

Adoro Auddy ainda mais ao perceber uma sementinha de esperança em sua voz.

— Não.

Ela emite um discreto ruído de compaixão que me faz lembrar como tudo aconteceu tão facilmente ontem.

Acho que nós dois nos damos conta ao mesmo tempo. Autumn afasta seu braço, leva as mãos entre os joelhos.

Ajeito-me no sofá.

— Acho que ele só queria ter algum controle sobre a sensação péssima que está tendo. Por mais que eu queira odiá-lo, acho que Sebastian não teve a intenção de me machucar.

— Não acho que ele tivesse a intenção de que muita merda acontecesse — ela concorda.

Ergo o queixo para olhá-la nos olhos.

— O que você quer dizer com isso?

— Acho que, num primeiro momento, ele ficou intrigado. Às vezes, você consegue ser tão cativante quanto acha que é. Imagino que Sebastian o tenha visto como uma maneira de resolver alguma coisa, mas, aí, o oposto aconteceu.

— Deus, que deprimente.

— É muito ruim eu sentir um pouco de pena dele? — Ela arrisca. — Quero dizer, sei que está doendo e parece que as coisas nunca mais vão ficar bem, mas elas vão ficar. Um dia. Um dia, você vai acordar e vai doer menos, e depois doer menos, até algum menino ou menina aparecer sorrindo para você e o deixar todo bobo outra vez.

Isso de fato soa impossível.

— Meu livro inteiro é sobre Sebastian. — Admito a ela. — Ele ia me ajudar a editar, a se excluir da história, criar algo novo. Nunca enviei o manuscrito para ele. Agora, não tenho mais essa possibilidade e, para ser muito sincero, não tenho ideia do que fazer.

CAPÍTULO DEZENOVE

Não demoro a descobrir que só porque as coisas parecem ter voltado ao normal depois de uma conversa como a que tive com Auddy não significa que elas realmente estejam normais.

Seja lá o que "normal" significar a essa altura.

Autumn volta a frequentar o colégio na quarta-feira, mas existe um peso entre nós que parece se tornar maior. Saímos do carro e ela faz uma piada ao apontar para meu zíper aberto, então nós dois nos transformamos em robôs desajeitados enquanto eu levo a mão até ali e o fecho. Lanço meus braços em volta dela enquanto descemos o corredor e ela enrijece o corpo antes de relaxá-lo juto ao meu, e é tão forçado que só consigo ter vontade de rir. Uma olhada em seu rosto – ansioso, esperançoso, impaciente por fazer tudo ficar bem – e tento puxá-la em um abraço de urso, mas acabamos colidindo com alguns alunos atravessando o corredor. Vamos levar algum tempo para conseguirmos voltar a ficar tranquilos no mesmo espaço físico.

Eu me pergunto se seria porque, depois do caos do pedido mútuo de desculpas, caiu a ficha de que *a gente transou*. Esse é o tipo de coisa que normalmente dissecaríamos juntos. Fosse qualquer outra pessoa, eu reclamaria que tudo mudou entre nós, mas aqui você já entendeu que o problema é outro.

Tampouco, posso conversar com meus pais sobre esse assunto porque, independentemente de quanto eles me amem, mostrar que fiz algo assim mudaria sua forma de me ver. Sei que mudaria. Eles só sabem que Sebastian terminou comigo e que sou um caso perdido.

Os adesivos de carro da minha mãe agora aparecem incessantemente. Nos últimos três dias, recebi em minha fronha mensagens de Morgan Freeman, Ellen DeGeneres e Tennessee Williams. Por mais que eu a provoque, não posso negar que essa sua atitude ajude. Deixo escapar uma longa respiração quando entro em casa. Nunca vou evitar os abraços de minha mãe. Nem sempre temos que verbalizar as coisas para ela saber o que estou sentindo.

A formatura está cada vez mais próxima, o que é bom e terrível – mal vejo a hora de dar o fora desse lugar, mas me formar é sinônimo de entregar esse livro e, a essa altura, minha única estratégia é oferecer ao Fujita as primeiras vinte páginas, alegar que o resto é pessoal demais para entregar e pedir que ele entenda a minha situação.

Também se soma a esse terrível desconforto: Auddy e eu fomos idiotas e não nos candidatamos a vagas nas mesmas escolas. Então, enquanto eu fui aceito na UCLA, Universidade de Washington, Tufts e Tulane, Autumn foi aceita na Universidade de Utah, Yale, Rice, Northwestern e Universidade de Oregon. Ela vai estudar em Yale. Eu, na UCLA.

Repito essa frase várias vezes.

Autumn vai estudar em Yale, eu vou estudar na UCLA.

Não poderíamos ter escolhido viver em duas cidades mais distantes uma da outra. Ainda faltam alguns meses e já receio a dor da despedida. Ela cava um poço fundo dentro de mim, é como se eu perdesse mais do que apenas uma âncora geográfica. Sinto que vou deixar para trás toda uma era. Parece bobagem? Provável que sim. Todos parecem animados com o fim do ensino médio. E, aí, nossos pais nos ouvem e dão risada, como se ainda fôssemos jovens demais e não soubéssemos nada da vida.

O que provavelmente é verdade. Embora eu saiba de algumas coisas.

Sei, por exemplo, que meus sentimentos por Sebastian parecem não se tornar menos intensos durante as duas semanas seguintes. Sei que o livro que estou escrevendo mais parece um inimigo, uma obrigação. Não tem núcleo e não tem fim. Agora percebo que o que num primeiro momento pensei ser uma tarefa fácil – escrever um livro – é *realmente* fácil. Racionalmente falando. Qualquer pessoa pode começar a escrever um livro. Terminar é que é impossível.

Autumn sugere que eu troque nomes e lugares, mas explico que isso não funcionou muito bem em uma tentativa anterior. *Tanenr* é a prova do que estou dizendo. Ela rapidamente oferece uma sugestão:

eu posso reescrever a história, ela pode reescrever a história ou então podemos trabalhar juntos. Auddy pensa que existem um milhão de maneiras de fazer a história funcionar sem expor Sebastian. Eu não tenho tanta certeza.

Olhando para trás, esse livro é tão básico que chega a ser constrangedor. É só a história de um menino, a autobiografia mais idiota de todos os tempos, um texto sobre apaixonar-se. O amor dá errado por um milhão de motivos – distância, infidelidade, orgulho, religião, dinheiro, doenças. Por que essa história teria qualquer diferencial?

Eu senti que era especial. Para mim, ela pareceu importante. Viver nesta cidade é sufocante de muitas maneiras.

Mas, se uma árvore cai na floresta, talvez, ela não faça barulho.

E, se um garoto tem uma paixão pelo filho não assumido do bispo, talvez isso não faça uma história.

Sebastian só participou da nossa aula uma vez nas últimas duas semanas. Fujita nos informa que ele achou melhor tirar alguns dias para estudar para suas provas na faculdade, mas que virá nos ver antes de entregarmos os trabalhos.

Na última vez em que Sebastian esteve na aula, sentou-se lá na frente e ficou o tempo todo de cabeça baixa, trabalhando nos últimos capítulos de Sabine e Levi. Seus cabelos caíam sobre os olhos e ele inconsciente os afastava. Sua camisa alongava-se em suas costas, fazendo-me lembrar de quando o vi sem ela, de quando vi aquele mapa do tesouro de músculos e ossos. Quero dizer, fico pensando nisso, em como posso estar sentado aqui e ninguém estar nem encostando em mim e, ainda assim, sentir que dói. Meu peito, meus membros, minha garganta – tudo dói.

Durante todo o tempo, Autumn permanece sentada ao meu lado, sua espinha curvada com culpa. Ela tenta ouvir o que Fujita nos diz sobre revisão de texto. Toda vez que olha para Sebastian, desliza o olhar outra vez para mim. E eu vejo a pergunta em seus olhos: *você contou para ele?*

Mas ela sabe a resposta. Para contar tudo ao Sebastian, eu teria que conseguir conversar com ele. Não trocamos mensagens de texto, nem e-mails, nem notas disfarçadas de páginas de livro. Não vou mentir: essa situação está me matando aos poucos.

Vi um filme quando era criança, algum conteúdo que provavelmente era adulto demais para mim naquela época, mas uma cena me marcou tão intensamente que, às vezes, ela brota em meus pensamentos e me faz tremer: uma mulher atravessa a rua com seu filho, que acaba correndo e sendo atropelado por um carro. Nem sei o que acontece depois no enredo, mas a mãe começa a gritar, tenta andar para trás e desfazer o que acabou de acontecer. Ela está tão frenética, tão atormentada que, por um instante, sua mente se divide e ela acha que é capaz de desfazer tudo.

Não estou comparando o fim do meu relacionamento com a morte de uma criança – não sou tão melodramático assim –, mas essa sensação de desamparo, de ser totalmente incapaz de mudar seu destino, é tão confusa que, às vezes, do nada, sinto náusea. Não há nada que eu possa fazer para consertar o que aconteceu.

Não há nada que eu possa fazer para tê-lo de volta.

Contei aos meus pais que tudo deu errado e, por mais que eles tentem me animar, por mais que Auddy e eu trabalhemos para tentar retomar aquele conforto tranquilo que tínhamos antes, há uma nuvem que me segue por onde quer que eu vá. Não sinto fome. Ando dormindo muito. Não dou a mínima para esse livro idiota.

∽

Três semanas depois de terminarmos e oito dias antes do prazo da entrega do livro, chego em casa e me deparo com Sebastian, sentado, nos degraus da varanda.

Não sinto nenhum orgulho em admitir, mas imediatamente começo a chorar. Não que eu tenha tido um ataque e me jogado na calçada, mas o fundo da minha garganta se aperta e a ardência se espalha na superfície de meus olhos. Talvez, eu esteja chorando porque sinta medo de ele ter vindo aqui para causar mais danos, para reativar o que sinto e depois me empurrar outra vez para baixo – em estilo missionário.

Sebastian se levanta, limpa as palmas das mãos nas calças esportivas. Deve ter vindo aqui logo depois do treino.

– Faltei o futebol – anuncia para me cumprimentar.

Está tão nervoso que sua voz chega a tremer.

A minha também.

– Sério?

– Sim – confirma, abrindo aquele tipo de sorriso que repuxa um dos lados da boca, aquele sorriso incerto, que mais parece uma pergunta.

Estamos sorrindo? Isso é bom?

É um tapa na cara perceber que sou o porto seguro dele. Sou eu quem recebe os sorrisos verdadeiros.

Sebastian nunca teve uma Autumn, ou um Paul e Jenna Scott, um Manny, nem mesmo uma Hailey, que o odeia, mas o aceita.

Desisto de lutar e sorrio em resposta. Sebastian se tornou um bom matador de aulas. Deus, como me sinto bem em vê-lo! Andei com tanta saudade que é como se houvesse um animal dentro de mim, um controlador de marionete bestial tentando levar meus braços aos ombros dele e meu rosto ao seu pescoço.

A pergunta paira como uma nuvem acima da minha cabeça:

– O que você está fazendo aqui?

Ele deixa escapar uma leve tosse e analisa a rua. Seus olhos estão inchados e vermelhos e acho que, dessa vez, Sebastian andou chorando.

– Não estou me sentindo tão bem. E não sabia aonde mais podia ir. – Agora ele ri, fechando os olhos bem apertado. – Eu pareço um idiota.

Ele veio *me* procurar.

– Não é verdade.

Cambaleante, vou na direção dele, até estar próximo o suficiente para poder tocá-lo, se eu assim quisesse.

Na verdade, quero tocar em todo o seu corpo para saber se está bem.

– O que aconteceu?

Sebastian desce o olhar na direção dos nossos pés. Usa uma chuteira de futebol de salão. Adidas, preta com listras laranjas. Eu estou com um par de Vans surrados. Enquanto tenta encontrar sua resposta, eu imagino nossos pés se movimentando em uma dança ou nossos tênis um do lado do outro na entrada de casa.

Meu cérebro é um demônio traidor. Vai imediatamente de "nossa! Sebastian está sentado ali" para "dois meninos felizes e casados".

– Eu conversei com meus pais – anuncia, e o meu mundo derrapa até parar.

– O quê?!

— Não me assumi — diz baixinho, e é uma revelação tão grande que o simples fato de eu ouvi-lo dizer isso faz meus joelhos quererem ceder —, mas apresentei um cenário hipotético.

Gesticulando de modo a expressar que seria melhor dar a volta na casa e ir ao quintal para termos mais privacidade, viro-me e ele me segue.

Queria ser capaz de descrever o que acontece dentro do meu peito quando sinto sua mão deslizar na minha e passamos pelas treliças de hera na lateral da garagem. Meu sangue está em festa, elétrico; vibra em meus ossos.

— Podemos ficar na sua casa? — ele pergunta.

Olho para nossas mãos, que têm tamanhos tão parecidos.

— Para ser sincero, eu não sei.

A voz de Autumn invade a minha cabeça: *Tome cuidado.* Empurro essa voz para a frente do meu cérebro, mas em momento algum solto a mão de Sebastian.

Encontramos um lugar debaixo do salgueiro preferido de minha mãe e nos sentamos. A grama continua úmida depois de ser regada, mas acho que nenhum de nós se importa. Alongo as pernas, e ele também, pressionando a extensão de sua coxa junto à minha.

— O que devemos discutir primeiro? — pergunta, olhando para nossas pernas. — Meu pedido de desculpas ou a minha história?

O pedido de desculpas dele?

— Não sei se meu cérebro está acompanhando.

— Você está bem? Andou bem?

Deixo uma risada seca escapar.

— Com relação a nós? Não. De modo algum.

— Eu também não.

Conto meus batimentos. Um, dois, três, quatro. Um pássaro grasna no céu e o vento faz as folhas se mexerem. Essa árvore sempre me lembrou o Snuffy da *Vila Sésamo*. Grande e discreto e gentil.

— Quando terminei, não foi por não querer mais ficar com você — explica.

— Eu sei. E acho que isso só tornou tudo ainda pior.

Ele se vira, encosta as duas mãos em meu pescoço, e eu o olho nos olhos.

— Desculpa.

Suas mãos são calorosas e estamos tremendo. Mordo o lábio para não perder o controle. Sebastian se aproxima, cuidadoso, sem, em momento algum, fechar os olhos, nem quando sua boca toca a minha.

Acho que nem o beijo em resposta. Simplesmente fico parado ali, boquiaberto, em choque.

– Também te amo.

Ele me beija outra vez, agora mais demoradamente. E, *dessa vez*, eu retribuo.

Afasto-me porque, talvez, eu precise raciocinar um pouco, inclino-me e encosto as mãos no rosto. É claro que esse momento está acontecendo exatamente como eu desejei em todas as minhas fantasias. Mas tenho muitas cicatrizes e não sei se consigo removê-las todas enquanto ele permanece ali, sentado, me olhando. Preciso de meia-hora para chegar a uma conclusão sobre como reagir ao que ele falou de um jeito um pouco mais comedido do que puxá-lo em cima de mim no gramado.

– Preciso de um minuto para processar. – Explico. – Me diga o que aconteceu.

Com as bochechas quentes, ele assente.

– Tudo bem. Então, lembra do Brett, aquele cara sobre quem meus pais estavam conversando quando ouvimos do quintal?

O cara que se casou com o namorado, o que levou a mãe de Sebastian a se preocupar com o bem-estar de seus pais.

– Sim, lembro.

– Ele e o marido se mudaram da Califórnia para Salt Lake City. Acho que está rolando um drama na igreja por causa disso. – Sebastian vira nossas mãos e desliza o indicador pelo meu tendão. – Posso fazer *isso*?

– Acho que sim.

Dou risada porque o tom da minha voz é o equivalente acústico de um rabo de cachorro abanando, mas nem fico constrangido.

– Então, ele voltou para Utah e meus pais estavam falando disso no jantar. Meus avós estavam lá. – Ele ri e olha para mim. – Escolhi um momento ruim para fazer o que fiz, eu sei, mas a coisa meio que... saiu.

– Entendi.

Ele ri outra vez.

— Bem, durante o jantar, eles estavam falando sobre Brett e Joshi, e eu baixei os talheres e perguntei de forma bastante direta o que aconteceria se um de nós fosse gay.

— Você fez isso?!

— Sim. — Ele assente e continua balançando a cabeça como se quase não conseguisse acreditar. — Não andei muito bem nas últimas semanas. Não sei se posso voltar a pensar que a minha pergunta um dia vai ter ficado para trás. Tentei pensar em várias hipóteses envolvendo a minha vida, tipo, se eu saísse dessa nossa relação, eu deixaria de me sentir atraído por meninos? Seria capaz de me casar com alguém como Manda um dia? A verdade é que não. Ficar com você parecia certo. Em parte, porque você é você; em parte, porque...

Aponto para o meu peito.

— Menino.

Sebastian abre um sorriso sincero.

— Exato. — Faz uma pausa e, antes mesmo de ele voltar a falar, já sei o que está por vir. E parece que o sol escolheu justamente esse momento para atravessar os densos galhos da árvore. — Eu sou totalmente gay.

Uma risada alegre me escapa.

Jogo meus braços em volta de seu pescoço.

Debaixo de mim, ele ri e me deixa beijar todo o seu pescoço e rosto.

— Vou dizer uma coisa, mas não quero parecer condescendente: estou muito orgulhoso de ouvir você dizer isso.

— Eu andei treinando. — Admite. — Falei para o meu travesseiro, depois sussurrei enquanto andava de bicicleta. Venho dizendo isso todos os dias desde que terminamos. Agora, não me sinto mais esquisito.

— Porque não é. — Deixo-o levantar-se e lembro que estávamos no meio de uma história. — Então, aí você perguntou a eles o que aconteceria nessa hipótese...

— Minha mãe ficou totalmente em silêncio. — Narra, e nossos sorrisos desaparecem porque não, agora o assunto não é nada divertido. — Meu pai e meu avô trocaram um olhar, como se quisessem dizer "ah, aqui vamos nós". Minha avó concentrou-se em cortar seu bife em pedaços pequeninhos. Lizzy se levantou, chamou Faith e Aaron e saiu com eles da sala de jantar. Tipo, acho que *ninguém* ficou surpreso.

O que Sebastian está descrevendo, imagino eu, é como sentir-se com o coração partido. Deixo escapar um gemido de solidariedade. Ele continua:

– Por fim, meu pai perguntou: "você está falando de atração ou de comportamento, Sebastian?". E ele nunca fala meu nome inteiro. – Com esforço, Sebastian engole em seco. – Eu respondi: "tanto faz; as duas coisas" e ele, essencialmente, falou que nossa família acredita que o ato sagrado da procriação deve ser dividido apenas entre um homem e sua esposa e qualquer outra coisa vai contra a base da nossa fé.

– Essencialmente o que você esperava, então? – arrisco com cuidado. Quero dizer, a prova de que essa situação é complicada é o fato de eu estar ouvindo seu relato e pensando "podia ter sido pior". – Acha que eles, pelo menos, estão abertos a conversar?

– Isso foi há uma semana. – Ele sussurra. Quando, com lágrimas nos olhos, me encara, acrescenta: – Faz uma semana que ninguém fala comigo.

∞

Uma semana.
Uma semana!
Não consigo nem imaginar o que seria não conversar com meus pais por uma semana. Mesmo quando estão em viagens de negócios, eles ligam todas as noites para saber como estamos e perguntar sobre detalhes que vão muito além de simplesmente ligar para o vizinho para saber se está tudo bem com a casa. Porém, Sebastian está vivendo em uma casa com uma família que o trata como se ele fosse um fantasma.

Não sei quando exatamente voltamos a falar, mas não é muito tempo depois que ele me contou o que está acontecendo. Parece que não há nada que eu pudesse dizer para tornar a situação menos terrível. Tento, mas não consigo e, por fim, acabo apenas me concentrando em fazê-lo se deitar ao meu lado. Olho para a árvore e relato a ele todas as fofocas idiotas que Autumn me contou.

Nossa! Autumn. Preciso falar sobre esse assunto em algum momento.

Mas ainda não. Agora estamos de mãos dadas e deitados um ao lado do outro. Nossas palmas ficam úmidas e escorregadias, mas ele não solta; eu tampouco.

— O que você tem feito?

— Ando atordoado. – Admito. – Tem a escola, mas passo a maior parte do tempo atordoado.

— Eu também. – Ele ergue sua mão livre para coçar o maxilar. A barba está por fazer, e eu adoro. – Bem, e a igreja. Ando praticamente vivendo lá.

— O que você vai fazer?

— Não sei. – Vira a cabeça para me olhar. – Embarco na turnê daqui a três semanas. Sinceramente, não acho que meus pais vão continuar agindo assim quando o livro sair. Sei que estão orgulhosos e vão querer dividir esse orgulho com todo mundo.

Eu tinha me esquecido do livro. É mais ou menos como se a turnê tivesse se misturado à missão e deixado de ter qualquer propósito legítimo. Acabei agindo como um fedelho.

— E eles não vão querer agir como dois cuzões na frente de todo mundo.

Sebastian não responde, o que significa que não discorda.

— Desculpa – continuo –, não quero xingar seus pais porque sei que vocês são muito próximos. Só estou com raiva.

— Eu também. – Ele se mexe, encosta a cabeça em meu ombro. As próximas palavras saem fracas, como se tivesse pensado nelas tantas vezes que agora já estão desgastadas: – Acho que nunca na vida me senti tão desprezível.

A frase é um soco em meu estômago e, em um momento de agitação, quero que ele saia dessa *porra* de Provo. Espero que seu livro venda um milhão de cópias em uma semana e que todo mundo fique louco com seu talento. Espero que o ego de Sebastian fique tão inflamado a ponto de torná-lo insuportável – qualquer coisa que evite que sua voz trêmula volte a pronunciar essas palavras.

Puxo-o para perto e ele se vira de lado, deixando as lágrimas escaparem em meu pescoço.

Tantos elogios se acumulam na ponta da minha língua, mas todos soam terríveis.

Você é incrível.
Não deixe ninguém fazê-lo se sentir desprezível.
Eu nunca conheci ninguém como você.

E assim por diante.

Contudo, nós dois fomos criados para nos importarmos muito com o que nossas famílias pensam de nós – a estima deles é tudo. Além disso, Sebastian tem o julgamento da igreja pairando sobre ele, dizendo-lhe, onde quer que busque, que o Deus que ele ama o considera um ser humano podre. É impossível saber como desfazer os danos que essa igreja está lhe causando.

– Você é incrível – digo mesmo assim, e ele deixa escapar uma mistura de soluço e risada. – Venha aqui e me beije. Deixe eu beijar esse rosto maravilhoso.

∞

Minha mãe nos encontra assim – chorando-rindo-chorando – um sobre o outro debaixo da árvore. Com um olhar em nossa direção, ela já se dá conta do que está acontecendo.

Leva a mão à boca ao ver Sebastian e lágrimas brotam quase imediatamente em seus olhos. Minha mãe me puxa para perto, me abraça e, sem dizer nada, faz a mesma coisa com Sebastian – hoje, ele recebe o abraço mais demorado, aquele com palavras de mãe pronunciadas com voz suave em seu ouvido. E, aí, alguma coisa se desprende dentro dele, fazendo-o chorar mais intensamente. Talvez, ela só esteja dizendo coisas como "você é incrível, nunca deixe ninguém fazê-lo sentir-se desprezível". Talvez, esteja dizendo que entende o que ele está passando e que a situação melhora com o tempo. Talvez, esteja lhe prometendo entregas semanais de adesivos para carro. Seja lá o que for, é exatamente o que ele precisa, porque as lágrimas enfim cessam e ele assente para ela.

O sol começa a se pôr e Sebastian sem dúvida vai jantar com a gente. Limpamos a grama de nossas calças e acompanhamos minha mãe para dentro de casa. Estamos no fim da primavera e, muito embora os dias sejam bem aquecidos, a temperatura cai como uma pedra quando o sol se põe. Lá dentro, a lareira da sala de estar está acesa. Meus pais ouvem Paul Simon. Hailey está sentada à mesa da cozinha, concluindo sua lição de Química com golpes pesados e ressentidos de lápis.

De repente, é impossível se livrar do frio. Damos risada, abraçamo-nos de um jeito surreal – ele está aqui, na minha casa, com a minha família. Então, levo Sebastian comigo pelo corredor e lhe entrego um dos meus moletons dependurados no cabide perto da entrada de casa. É vermelho, com as letras S-T-A-N-F-O-R-D estampadas em branco na frente.

Sebastian, pacientemente, espera eu terminar de fechar o zíper para ele, e admiro meu trabalho.

— Você ficou lindo usando essas cores.

— Infelizmente, já estou matriculado em uma universidade daqui da cidade.

Por enquanto, penso. Deus, sua decisão de assumir isso — nós — impacta em tantas coisas. Se quiser ficar na BYU, não pode sair do armário, ponto final. Só de estar aqui, Sebastian já está essencialmente quebrando um código de honra. Mas existem outras universidades...

Esta noite é surreal! Olho pelo corredor para onde meus pais estão, corpo inclinado, rindo do nojo histérico que meu pai sente de tocar um frango cru. Os dois parecem ter deixado as preocupações de lado, pelo menos por esta noite. Parecem ter se dado conta de que precisamos de algumas horas nas quais podemos simplesmente ficar juntos, como qualquer outro casal. A única instrução que nos dão é para lavar as mãos antes de jantar.

— Mas falando em faculdade...

Fico espantado com suas palavras, porque elas me lembram uma coisa: passamos poucas semanas separados, mas muita coisa aconteceu. Muita coisa capaz de alterar nossas decisões para o futuro. Sebastian não sabe para onde vou me mudar em agosto. Ele continua:

— Imagino que você já tenha recebido resposta da maioria delas.

— Sim. — Estendo a mão e puxo o zíper do moletom dele apenas o suficiente para ver sua garganta e clavícula. A pele ali é tão suave e bronzeada.

Quero arrancar sua camisa e fazer um ensaio fotográfico.

Estou protelando.

— E então?

Olho em seus olhos.

— Vou para a UCLA.

Sebastian fica em silêncio por alguns segundos tensos durante os quais seus batimentos se tornam mais acelerados.

— Não vai ficar em Utah?

Estremecendo, reforço:

– Não. – Espero que meu sorriso suavize minhas palavras. – Mas parece que você também não.

Ele parece um pouquinho desanimado.

– Vai saber.

Sua mão encosta em meu peito, deslizando aberta desde o ombro até o abdômen. Tudo fica tenso.

– Quando se muda? – pergunta.

– Acho que em agosto.

– Como está o seu livro?

Meu estômago dá um nó e, com cuidado, afasto sua mão do meu umbigo.

– Está indo bem. Venha, vamos pegar alguma coisa para beber.

Sebastian envia uma mensagem para seus pais, para avisar que vai chegar tarde. Ninguém responde.

Acho que me lembrarei desta noite pelo resto da vida, e não digo isso de um modo superficial ou hiperbólico. Digo porque meus pais estão animados com alguma coisa – estão sendo hilários. Hailey chega a chorar de rir. Sebastian quase engasga com um gole de água quando meu pai conta sua piada preferida (e péssima) sobre um pato que entra em um bar e pede uvas passas. Quando terminamos de comer, seguro a mão de Sebastian sobre a mesa e meus pais nos observam por alguns segundos com uma mistura de adoração e preocupação. Depois, servem a sobremesa.

É o que quero para nós. E, sempre que o contemplo e que nossos olhares se encontram, tento dizer: *Entendeu? Pode ser assim. Pode ser assim todos os dias.*

Porém, acho que vejo suas palavras vindo na minha direção, direto de seus pensamentos: *Poderia, mas eu perderia tudo o que conheço e tudo o que tenho.*

Francamente, não posso culpá-lo se o que temos ainda não for suficiente.

∞

Meus pais vão para a cama uns vinte minutos depois que começa a passar *007 Contra Spectre*. Ajudam Hailey, que já está roncando, a se levantar da cadeira e subir a escada. Meu pai olha para mim como se quisesse ao mesmo tempo me encorajar e me lembrar de não transar no sofá. Depois, desaparece.

E, aí, ficamos sozinhos na sala de estar, com o brilho azul estranho da TV e uma tigela enorme e praticamente intocada de pipoca à nossa frente. Num primeiro momento, continuamos exatamente como estávamos. Já segurávamos a mão um do outro debaixo do cobertor. De tempos em tempos, tenho alguns *flashes* – e me pergunto se ele também os tem –, nos quais não consigo acreditar que Sebastian está mesmo aqui, que estamos outra vez juntos, que meus pais estão se divertindo comigo e com meu namorado naturalmente, sem nenhum problema.

Mas aquela voz que passou o dia todo em meus pensamentos agora raspa a garganta e não posso mais deixá-la de lado.

– Preciso contar uma coisa para você – anuncio.

Ele me encara. A lateral esquerda de seu rosto está iluminada pela televisão, e a imagem formada por seu maxilar apertado, as maçãs do rosto e a expressão de leve preocupação o faz parecer o Exterminador do Futuro.

– Diga.

– Eu fiz uma coisa errada. – Respiro fundo. – Depois que você terminou comigo, eu estava acabado. Na verdade, não lembro de muita coisa daquele dia. Sei que passei algumas horas dirigindo sem destino, depois fui para a casa da Autumn. Eu estava chorando e não conseguia pensar direito.

Percebo que, assim que digo isso, ele já sabe. Porque respira fundo, como se dissesse "aí vem".

Balanço a cabeça e deixo escapar um ressentido:

– Pois é. – Ele assente, olhando outra vez para a TV. – Ela está bem, eu estou bem. Conversamos sobre o que aconteceu e é claro que a situação está estranha, mas ela e eu vamos superar. Eu só... não queria esconder de você.

– Só para eu ter certeza de que entendi direito: você transou com ela?

Faço uma pausa enquanto culpa e vergonha recaem como um peso em meus ombros.

– Sim.

Seu maxilar se repuxa.

— Mas você não quer *ficar* com ela?
— Sebastian, se eu quisesse ficar com Auddy, estaria com Auddy. Ela é minha melhor amiga e eu fui procurá-la porque estava com o coração partido. Sei que isso parece uma loucura completa, mas a gente entrou nessa espiral esquisita de conforto que acabou se transformando em sexo.

Acho que minhas palavras o fazem rir contra sua vontade. Porém, ele olha outra vez para mim.

— Isso não me faz sentir bem.
— Eu sei.

Sebastian se levanta, distraidamente esfrega o punho no peito. Ergo sua mão para beijar os dedos.

— Eu sei que fiz coisa errada. — Admite baixinho. — Então, acho que não posso ter o tipo de reação que quero ter.
— Pode. Eu entendo. Eu estaria louco agora se a situação fosse inversa.
— Mas você não poderia me dizer o que fazer depois de terminar comigo.

Parece que sua calma vence no final. Não sei se me sinto aliviado ou se quero que ele demonstre um leve sinal de ciúme.

— Acho que não.
— Mas, se nós estivermos juntos, você está *comigo,* certo? — pergunta. — Mesmo se eu estiver longe?

Afasto-me um pouco para poder estudá-lo por um instante.

— Pensei que você não pudesse manter um relacionamento durante a missão.

Ele baixa a cabeça.

— Vou ter que decidir quais regras sigo e quais não.
— Enquanto mantém tudo ligado a nós em segredo?

Sebastian vira-se para mim, beija meu pescoço e deixa escapar um leve rugido.

— Ainda não sei. — Suas palavras saem abafadas. — Eu gosto de muitas coisas na igreja. Conversar com Deus é um instinto, como se eu tivesse nascido para isso. Não consigo imaginar o que faria se simplesmente desse as costas para tudo. Seria como estar em um campo aberto e tentar apontar para quatro paredes. Minha vida sem a igreja perde as estruturas.

Eu me pergunto se ele precisa mesmo deixar sua religião, se a escolha é tão binária assim.

— Talvez, as coisas sejam mais tranquilas em igrejas de outras cidades — suponho —, como nas de Los Angeles, por exemplo.

Ele ri, tocando os dentes em minha clavícula.

Ficamos um tempo sem dizer nada.

Mantenho um ouvido aberto para detectar passos nas escadas e dedico o outro a ouvir os sons que Sebastian emite.

CAPÍTULO VINTE

Uma *breve advertência: não tente dormir de conchinha no sofá.* Para começo de conversa, você vai cair. Além do mais, vai acordar com torcicolo. E é muito provável que, quando você despertar no chão com seu pai encarando seu corpo sem camisa e com restos de um pote de pipoca virado, acabe ficando de castigo.

— Sebastian *dormiu aqui em casa?*

— Hum... — Ao ouvir a pergunta de meu pai, sento-me e olho em volta. Sem nem precisar ver minha imagem no espelho, sei que meus cabelos estão em pé. Puxo um grão de pipoca de onde ele perigosamente se localiza, bem próximo do meu mamilo. — Para dizer a verdade, não sei. Acho que ele sumiu.

— Mais ou menos como a sua camisa?

— Pai...

É difícil levar seu tom ríspido a sério quando ele está usando a calça de um pijama do Come-Come que Auddy lhe deu no Chrismukkah[5] de dois anos atrás.

— Você está atrasado. — Repreende, virando-se. Consigo ver o sorriso que ele tenta esconder. — Vá se vestir e comer alguma coisa.

Pego uma tigela de cereal e corro para o meu quarto. Tenho muita coisa a escrever.

∞

Sebastian não responde a mensagem com *emojis* de pintinho, pipoca e paisagem que envio pouco antes de as aulas começarem. Também

---

[5] Chrismukkah é uma mistura das palavras Christmas (Natal em inglês) e Hanukkah (palavra hebraica) que é uma espécie de Natal dos judeus, tem a duração de 8 dias e, normalmente, acontece entre novembro e início de dezembro.

não aparece no Seminário desta tarde. Quando chego em casa, envio um e-mail para seu endereço particular.

> Oi, sou eu. Só para ter notícias. Está tudo bem? Vou ficar em casa hoje à noite, caso queira dar uma passada. – Tann

Ele não responde.

Tento ignorar a dor familiar que se apossa de meu estômago, mas, quando chega a hora do jantar, não sinto fome. Meus pais trocam olhares de preocupação quando perguntam se conversei com Sebastian hoje, e respondo com uma bufada. Hailey até se oferece para lavar as louças.

No dia seguinte, envio nosso antigo código – o *emoji* da montanha. A resposta não vem.

Na hora do almoço, ligo para ele. Cai direto na caixa postal.

Depois, minhas mensagens aparecem em uma bolha verde, como se seu iMessenger estivesse desligado.

Nada hoje.

Nada hoje.

Já se passaram quatro dias desde que Sebastian veio aqui em casa e, enfim, recebo um e-mail dele.

> Tanner,
> Sinto muito se não me fiz claro para você com relação aos meus sentimentos ou à minha identidade. Espero que a minha falta de clareza não tenha lhe causado muita dor.
> Não desejo nada além do melhor para você em suas futuras aventuras na UCLA.
> Atenciosamente,
> Sebastian Brother

Não sei o que dizer nem o que pensar depois que termino de ler. É óbvio que li esse e-mail umas dez vezes, porque, nas primeiras nove, não conseguia acreditar no que estava bem diante de meus olhos.

Abro minha pasta, aquela na qual guardo suas cartas. Leio frases soltas e fico ainda mais estupefato com a distância e a formalidade de seu e-mail.

É estranho eu querer passar cada segundo ao seu lado?

Às vezes, é difícil não ficar olhando para você na aula. Acho que, se alguém me visse olhando para você, mesmo que por um segundo, esse alguém descobriria tudo.

Ainda sinto seu beijo no meu pescoço.

Mas não, ele não se fez claro com relação aos seus sentimentos.

∞

Envio minha carta oficial de aceite à UCLA, mas minha mão treme quando assino a declaração de que a matrícula depende das minhas notas deste semestre. O plano é que eu me mude em 7 de agosto. A orientação será em 24 de agosto. Envio uma mensagem a Sebastian para contar, mas ele não responde.

Hoje, eu contei. Nos últimos seis dias, enviei 20 mensagens com *emojis*. Loucura? Esse número não é nada comparado ao de mensagens "de verdade", com palavras, que comecei a escrever e depois deletei. Auddy, minha mãe e meu pai estão dispostos a me ouvir sempre que preciso deles. Manny e eu almoçamos; ficamos em silêncio, mas foi bem fácil ficar em silêncio. Até Hailey está se mostrando um amor de pessoa.

Mas eu só quero conversar com *ele*.

∞

O prazo da entrega do meu livro é amanhã e eu não tenho ideia do que fazer. Sebastian aparece no segundo capítulo. Fujita disse que tenho de entregar, pelo menos, cem páginas para tirar uma nota razoável, mas ele sabe que escrevi mais do que isso. Se eu apresentar as primeiras cem páginas, Fujita chegaria àquela parte em que Sebastian me contou que sente atração por meninos. Chegaria à parte em que nos beijamos.

O mais curioso é que, se você tivesse me observado por mais de dois minutos naquelas aulas, quaisquer alterações que eu pudesse fazer no texto seriam irrelevantes. Eu poderia levar a história a um universo alternativo, a um planeta chamado SkyTron-1, trocar o nome dele para Steve Rogers e o meu para Bucky Barnes e nos dar superpoderes. Ainda assim, os personagens desse livro seriam óbvios. Não consigo esconder nada quando ele está na sala, e meu coração se derrama em cada página, independentemente dos detalhes.

Se eu tirar D nessa matéria – a nota que vou tirar se não entregar o livro final ou se entregar só vinte páginas ao Fujita –, ainda consigo me formar, mas acabo perdendo pontos. Acho que a UCLA ainda me aceitaria. Acho.

Percebo que o fim deste livro é péssimo e me empenho pouco para fazer algo interessante. Esse é o fim que tenho. Que tipo de idiota eu fui para começar um livro sobre escrever um livro imaginando que chegaria a um final feliz? Final feliz e vida simples. Mas acho que é melhor eu ter aprendido a lição agora, em vez de aprendê-la mais adiante, quando não estiver mais vivendo com meus pais e o mundo não for tão bonzinho.

Tenho tido tanta sorte que acabei virando um cara que não tem a menor ideia de como um mundo realmente funciona.

Estou diante do gabinete de Fujita. Ele está com uma aluna – acho que é Julie – que chora e se mostra estressada com a entrega de seu livro, mas eu me sinto estranhamente entorpecido. Não, não é totalmente verdade. Sinto-me aliviado, como se os meus dois medos – o de Sebastian terminar outra vez comigo e o de enfrentar essa questão do livro – estivessem ficando para trás e, pelo menos, assim, não terei mais que me preocupar com nenhum deles.

Quando chega a minha vez, entro na saleta. Fujita olha para o notebook em minhas mãos.

– Não trouxe uma cópia impressa?
– Não.

Ele me encara todo confuso.

– Não tenho nada para entregar – admito.

Há algo quase elétrico em ouvir um professor dizer:

– Que merda é essa?!
– Não tenho nada. – Troco o apoio de um pé para o outro, descon-

fortável com a intensidade de sua atenção. – Eu escrevi um texto, mas não posso entregar. Não posso entregar as cem páginas que pediu.

– Por quê?

Nem isso posso explicar. Olho atrás dele, para sua mesa bagunçada.

– O que espera que eu faça? – Fujita pergunta baixinho.

– Me reprove.

– Sente-se – propõe –, reflita melhor por cinco minutos. Você ficou louco?

Sim, fiquei. Qual outra explicação existe para isso?

Então, com o notebook aberto em meu colo, digito palavras...

Palavras.

Palavras.

Palavras.

Sebastian

À noite, quando Sebastian está deitado, ainda acordado, olha para o teto branco e vazio e sente que há um buraco lentamente ardendo em seu torso. Sempre começa logo abaixo da clavícula e se expande para baixo, escuro, curvado, como um fósforo tocando uma folha de celofane.

Na primeira noite, pensou ser indigestão.

Na segunda noite, sabia que não era.

Temeu a terceira noite, mas, na quarta, foi para a cama mais cedo, já esperando que começasse como um pontinho e logo se transformasse em uma queimação perfurante que se espalharia por dentro de seu estômago. O mais estranho é que acontece logo depois do primeiro contato de sua cabeça com o travesseiro, o que costumava desencadear um enxame de imagens de Tanner: seu sorriso e sua risada, a curva de sua orelha, os ossos de seus ombros, a maneira como seus olhos se estreitavam pouco antes de seu humor se tornar ácido, seguido pela imediata dilatação de suas pupilas, cheias de remorso. Agora, em vez disso, assim que encosta a cabeça no travesseiro, Sebastian lembra que Tanner não está mais ali; depois, não sente nada além da dor.

Não gosta de ser melodramático, mas a dor é melhor do que a culpa; é melhor do que o medo; é melhor do que o arrependimento; é melhor do que a solidão.

Quando ele acorda, a dor passou, mas o cheiro do café da manhã está lá, o que desencadeia uma rotina específica: Levantar-se. Orar. Comer. Ler. Orar. Correr. Banhar-se. Escrever. Orar. Comer. Escrever. Orar. Comer. Ler. Orar. Doer. Dormir.

As últimas notas precisam sair em dois dias e, em um momento de desespero, Fujita deu ao Sebastian três livros para ele ler e avaliar.

Parece que esse foi um semestre produtivo: todos os alunos entregaram mais de 60 mil palavras. No fim das contas, quase um milhão de palavras é demais para uma pessoa enfrentar sozinha em cinco dias.

Mas Sebastian não recebeu o livro de Tanner e, embora tivesse pensado mil vezes em pedir esse texto, acabou desistindo no fim. Leu o manifesto indecifrável de Asher, o mistério mal escrito de Burrito Dave e o *thriller* excepcionalmente bem conduzido de Clive sobre a CIA. Criou relatórios expondo os pontos fortes e os fracos de cada trabalho e sugeriu notas.

Entregou tudo dois dias adiantado, dando ao Fujita tempo para correr o olho pelas obras, se assim necessário, antes de entregar as notas finais. E agora volta para casa, pronto para retomar sua rotina já na próxima refeição, mas, aí, encontra Autumn, parada, na entrada de casa.

Ela usa um moletom da Corvinal, calça jeans e chinelo.

Traz um sorriso incerto no rosto e algo nas mãos.

– Autumn, oi.

O sorriso dela se torna ainda mais incerto.

– Desculpa por ter... simplesmente aparecido aqui.

Ele não consegue não sorrir de volta para a garota. Será que ela esqueceu que as pessoas "simplesmente aparecem" o tempo todo?

– Podemos entrar?

Ele acena uma negação com a cabeça.

– Acho melhor a gente conversar aqui fora mesmo.

A casa mais parece um microfone gigante, escandaloso. Lá dentro, é quente demais, tenso demais, silencioso demais. Em seus raros momentos de tempo livre, Sebastian acessa a internet e procura apartamentos espaçosos e não mobiliados em Atlanta, Nova York, Seattle, Los Angeles.

– Tudo bem. Bom, em primeiro lugar, quero me desculpar. – Autumn começa, falando baixinho. – Sei que Tanner contou para você o que aconteceu entre nós. Espero que saiba que ele estava se sentindo péssimo. Eu tirei vantagem da situação, sinto muito.

Um músculo se repuxa no maxilar de Sebastian. Lembrar o que aconteceu entre Tanner e Autumn não é bom, mas, pelo menos, isso responde uma pergunta que vinha habitando sua mente: *os dois estão juntos agora?*

— Obrigado, mas não precisa se sentir assim. Ninguém me deve explicações.

Ela o estuda por alguns segundos. Sebastian nem precisa imaginar como está sua aparência. É claro que Autumn já viu sofrimento antes, e agora ele também sabe que esse sentimento pode se espalhar por um rosto incapaz de forçar um sorriso. Abaixo dos olhos de Sebastian, há manchas azuladas. Sua pele não é exatamente pálida, mas traz um tom amarelado, como se ele não estivesse saindo muito ao sol.

— Bem, mesmo assim, eu queria me desculpar. — Autumn abre a mão, expondo um pequeno *pen-drive* rosa. O tom vermelho da traição se espalha em seu pescoço. — E eu queria entregar o livro para você.

— Não entregou para o Fujita?

O prazo era dois dias atrás; Autumn sabe bem disso.

Confusa, ela o encara.

— Este não é o *meu* livro.

Sebastian nunca tinha sentido aquela dor à luz do dia, mas lá estava ela. Ali fora, debaixo do sol, espalha-se mais rápido, alimentada como um incêndio chicoteado pelo vento. Precisa de um momento para lembrar como falar.

— Como conseguiu isso?

— No notebook dele.

O coração de Sebastian se aperta no peito, antes de começar a espancar seu esterno.

— Imagino que ele não saiba que você pegou esse arquivo.

— Você está certo.

— Autumn, você precisa levar isso embora. É violação de privacidade.

— Tanner disse ao professor Fujita que não tinha nada para entregar. Você e eu sabemos que não é verdade. *Fujita* sabe que não é verdade.

O rosto de Sebastian fica gelado e sua voz escapa em um sussurro:

— Então, você quer que eu entregue para ele.

— Não. Eu jamais lhe pediria algo assim. Quero que você *leia*. Talvez possa conversar com Fujita, perguntar se você mesmo pode dar uma nota. Ouvi dizer que ele passou alguns trabalhos para você avaliar. Fujita sabe que Tanner não se sente à vontade para entregar este texto, mas ele certamente vai ficar feliz se souber que você leu. Eu não tenho nenhum poder para fazer isso, mas você tem.

Sebastian analisa o *pen-drive* em sua mão e assente. Seu desejo de ler o que tem escrito ali quase o cega.

— Estou no meio de um conflito...

Autumn ri de suas palavras.

— Ah, sim. Mas eu não sei mais o que fazer... Se ele entregar este livro, você vai acabar exposto a um professor sem o seu consentimento. Se ele não entregar, reprova em uma disciplina, o que pode colocar em risco sua vaga na UCLA. Você e eu sabemos que não existe uma saída tão simples como só trocar os nomes na narrativa.

— É verdade.

— Pessoalmente, não sei o que Tanner tinha na cabeça. — Autumn olha nos olhos de Sebastian. — Ele sabia que, no final, teria que entregar *alguma coisa*. Mas o Tanner é assim. Ele sente antes de pensar.

Sebastian se senta na escadinha em frente à sua casa, olha a calçada.

— Ele falou que estava escrevendo algo novo.

— E você acreditou? Mesmo? Ou só escolheu acreditar porque era mais fácil? Tanner não conseguia pensar em outra coisa.

Sebastian se vê tomado por uma irritação agressiva; quer que Autumn vá embora. A presença dela é como um dedo se enterrando em uma ferida.

Autumn se senta ao lado dele na escada.

— Você não precisa responder, porque acho que não é da minha conta. — Ela ri e hesita. Sebastian se concentra em tentar encontrar outra vez aquela dor. — Eles sabem sobre Tanner?

O olhar dele aponta para o rosto dela, antes de rapidamente desviar.

Eles sabem sobre ele?

É uma pergunta tão pesada, mas a resposta obviamente é não. Se soubessem sobre ele — se realmente conhecessem sua capacidade de ser doce, de demonstrar humor, de ficar quieto e conversar —, ele estaria *com* Tanner agora mesmo. Sebastian realmente acredita nisso.

— Eles sabem que eu estava interessado em alguém e que era ele. Não contei tudo, mas não importa. Eles ficaram descontrolados de qualquer forma. Foi por isso que...

Por isso que ele enviou aquele e-mail.

— A gente tinha várias citações e imagens motivacionais em minha casa. — Ela conta. — Lembro de uma que dizia que a família é um presente que dura para sempre.

— Certamente temos essa em algum lugar aqui.

— Mas não tinha nenhum asterisco dizendo: "mas só sob essas condições específicas". — Ela puxa uma linha invisível de sua calça jeans e ergue o olhar na direção dele. — Minha mãe se livrou da maioria daquelas coisas. Acho que manteve a foto deles no dia do casamento, na frente do Templo, mas não tenho certeza. Ela ficou com muita raiva, então pode ser que essa foto também tenha ido parar no lixo, com todo o resto.

Sebastian olha para ela.

— Tanner me contou um pouco sobre o seu pai. Eu sinto muito.

— Na época, eu não entendi a reação da minha mãe, mas agora faz sentido. Sei que aquelas palavras estampadas devem servir de inspiração, mas no fundo elas mais parecem alguém te observando, lembrando-o, de um jeito passivo-agressivo, das suas falhas ou do porquê sua tragédia é por um bem maior, tudo em nome do plano de Deus. Minha mãe não via nenhuma utilidade nisso.

Ele pisca os olhos, aperta-os na direção dos próprios pés.

— Compreensível.

Autumn encosta o ombro ao dele.

— Imagino que as coisas não andem muito bem com você.

Ele inclina o corpo para a frente, querendo se afastar um pouco, e descansa os cotovelos nos joelhos. Não que não queira ser tocado. A verdade é que Sebastian está tão desesperado por algum tipo de contato que chega a queimar.

— Eles mal estão falando comigo.

Autumn bufa.

— Sessenta anos atrás, ficariam tão infelizes quanto agora se você levasse uma garota negra para casa. Mesmo que ela tivesse todas as coisas certas por dentro, a cor da pele seria errada. Está vendo como é ridículo? Isso não é pensar com independência, é decidir como amar seus *filhos* com base em um ensinamento antiquado. — Ela faz uma pausa. — Não deixe de lutar, Sebastian.

Sebastian se levanta e limpa a poeira das calças.

— O casamento é eterno, é entre um homem e uma mulher, e leva a uma família eterna e feliz. A homossexualidade vai contra esse plano.

Ele soa completamente desprendido de suas palavras, como se as estivesse lendo em um roteiro.

Autumn lentamente se levanta, oferecendo um sorriso que ele não consegue interpretar.

— Você daria um bispo e tanto.

— Vou entrar. Já ouvi o suficiente.

— Eles estão transtornados, mas, em algum momento, vão entender que ou você é certinho ou é amado. Apenas um grupo muito pequeno consegue ser as duas coisas ao mesmo tempo.

Sebastian desliza um dedo pelo *pen-drive*.

— Então está aqui?

— Eu não li tudo, mas o que li...

Ele espera, um, dois, três batimentos de silêncio entre os dois, antes de finalmente sussurrar:

— Está bem.

Quando as cortinas já foram abertas e fechadas pela terceira vez, Sebastian finalmente entra. Sua mãe não perde tempo e, assim que a porta se fecha, já está atrás dele.

— Autumn foi embora?

Sebastian queria ir direto para o quarto, mas ela está bloqueando a escada. Então, vai à cozinha, onde pega um copo no armário e o enche de água. O *pen-drive* queima em seu bolso. Suas mãos estão praticamente trêmulas.

Ele esvazia o copo em poucos segundos e o coloca na pia.

— Sim — responde —, ela foi embora.

Sua mãe dá a volta na ilha da cozinha e liga o *mixer*. O cheiro de manteiga e chocolate satura o ar. Está fazendo cupcakes. Ontem, fez cookies. No dia anterior, biscoitos. Sua rotina nem de longe mudou. A família não está se desfazendo. Nada é diferente.

— Eu não sabia que vocês dois eram amigos.

Sebastian não quer responder a perguntas sobre Autumn, mas sabe que, se não esclarecer as coisas, novos questionamentos surgirão.

— Eu só era assistente na turma dela.

Um silêncio pesado se instala. Em teoria, ele também só era tutor de Tanner, então essa resposta não diz muita coisa. Contudo, sua mãe não o pressiona; ele e seus pais não *conversam* mais. Apenas trocam amenidades, como "por favor, passe as batatas" ou "preciso que você corte a grama", o que leva Sebastian a crer que estão perdendo a prática de conversar. Ele sempre esperou que a relação com seus pais mudasse com o tempo, conforme fosse adquirindo experiências e pudesse relatá-las entre adultos, de um jeito que ele não compreendia antes. Todavia, não esperava ver a dureza e as limitações deles tão cedo, tão rápido. Foi como descobrir que a Terra é realmente plana; de repente, não existe mais um lugar que guarde aventuras para serem exploradas. Em vez disso, você desaparece uma vez que se aproxima da borda.

Ao desligar o *mixer*, ela o observa do outro lado do balcão.

— Nunca ouvi você falar dela antes.

Será que ela nunca percebeu que ele nunca falou de *nenhuma* menina, nem mesmo de Manda?

— Autumn veio deixar uma coisa para eu entregar ao Fujita.

Sebastian a observa enquanto ela liga os pontos. A suspeita de sua mãe surge como um sol negro bem diante do rosto.

— Autumn conhece ele, não conhece?

Ele.

— São amigos.

— Então ela não veio para falar *daquilo?*

Só existe um "ele" amaldiçoado, assim como só existe um "aquilo" impronunciável.

Quando Sebastian se dá conta de que em sua casa ninguém pronuncia o nome de Tanner, a raiva incha em seu peito.

— O nome dele é Tanner.

Pronunciar essa palavra faz seu coração coçar, e ele quer levar a mão ali e arranhar a própria pele.

— Você acha mesmo que não sei o nome dele? Está de brincadeira?

De repente, o rosto de sua mãe está vermelho, desde a linha do cabelo até o pescoço; os olhos, vidrados e furiosos. Sebastian nunca a viu com tanta raiva.

— Não sei o que fizemos para chegar a essa situação, Sebastian. *Aquilo?* Aquilo que você estava "passando"? — Ela espanca o ar, fazendo aspas ao dizer "passando". — Foi uma decisão sua. Nosso Pai do Céu não é responsável por suas decisões. É o seu livre arbítrio que o impede de ser feliz. — Ela pega uma colher de pau e bate a massa. — E, se acha que estou sendo dura, converse com seu pai sobre esse assunto. Você não tem ideia de quanto o feriu com isso.

Mas Sebastian não *consegue* conversar com o pai, porque Dan Brother nunca está em casa. Desde aquele infeliz jantar, Dan fica na igreja depois do trabalho, visita os membros da comunidade e só volta para casa depois que todos já estão dormindo. Os jantares costumavam ser regados a conversa. Agora, só se ouve o barulho dos talheres e uma ou outra discussão sobre lição de casa enquanto uma cadeira permanece vazia numa ponta da mesa.

– Desculpa. – Ele diz, sempre o filho penitente.

Sem dúvida, Sebastian sabe que a raiva de sua mãe vem da intensidade do amor que ela sente. *Imagine*, pensa, *preocupar-se que sua família passaria a eternidade separada de você. Imagine acreditar que Deus realmente ama todos os seus filhos, menos quando eles se amam do jeito errado.*

Pensar que Deus ama as árvores, seu cérebro parafraseia um livro que ele certa vez lera, *mas condena o florescer delas na primavera.*

Sebastian dá a volta na ilha no centro da cozinha e aproxima-se da mãe.

– Ela só veio mesmo trazer uma coisa da escola.

– Pensei que o curso já tivesse terminado.

– Eu preciso avaliar um dos manuscritos que o professor Fujita ainda não leu.

Nada disso é exatamente mentira.

– Mas você não voltou a vê-lo? Nem a conversar com ele?

– Faz semanas que não falo com ele.

Essa parte também é verdade. Sebastian vem se mantendo longe do colégio, longe de todos os lugares onde os dois iam juntos. Não fez mais trilha. Quer continuar trabalhando como tutor, mas sabe que as tentações são excessivamente fortes; seria fácil demais voltar à casa de Tanner ou esperá-lo na saída da aula.

Ele sequer tem as antigas mensagens de voz para ouvir. Deletou todas minutos antes de seu pai lhe confiscar o celular.

– Que bom. – Ela diz, visivelmente mais calma. Desliga o *mixer* e começa a raspar a lateral do pote e a espalhar a massa nas forminhas.

– Você deve ao senhor Fujita por tudo o que ele fez por você, então pode ler esses livros para ele, se sobrar tempo. Mas você tem um encontro com o Irmão Young e precisa fazer a última entrevista. – Sua mãe fica sempre mais feliz quando tem uma lista de coisas para delegar e organizar, então Sebastian a deixa agir como ela prefere, mesmo que só fale assim com ele. – Termine as suas obrigações e, por favor, vamos deixar *aquilo* para trás.

◞◟

Juntos, Irmão Young e Sebastian se ajoelham no chão e oram para que ele seja forte, para que possa se tornar outra vez um exemplo quando sair pelo mundo, para que ainda consiga tirar alguma coisa boa de tudo *aquilo*.

Sebastian percebe que Irmão Young se sente melhor quando os dois se levantam. Percebe que ele está com o semblante de um homem que fez algo significativo naquele dia. Ele abraça Sebastian, diz que está disponível para ouvir, afirma sentir orgulho dele. Fala com a clareza definitiva de um homem muito mais velho, embora tenha só 22 anos.

Para dizer a verdade, quando o Élder vai embora, Sebastian se sente pior. Orar é um reflexo, um ritual, parte dele – mas não traz mais a promessa de alívio que no passado trazia. O jantar é servido, mas Sebastian não sente fome. Nos últimos tempos, ele só se alimenta porque privar o corpo parece ser mais um pecado e sua carga de pecados já parece pesada demais.

Em seu quarto, o notebook zumbe baixinho na cama. Ele carregou a bateria assim que se viu sozinho – quase uma hora atrás – e agora, lentamente, vê a carga diminuir. Esse comportamento já está se tornando um ritual calmante: a luz na tela se torna mais fraca quando o computador entra em modo de descanso, e Sebastian desliza o dedo pelo *trackpad* para acendê-la outra vez.

Há uma nova pasta chamada MINHA VERSÃO DE VOCÊ na área de trabalho e, ali, está o arquivo que ele tem interesse em ler, mas que não consegue abrir. Em parte, é a dor da ansiedade que Sebastian sabe que só vai piorar assim que começar a ler. Além disso, há algo fascinante na organização das notas que Tanner tomou durante o Seminário. A pasta tem várias versões do documento, todas claramente nomeadas, com datas. Tanner também guardava fotos de Sebastian, igualmente organizadas.

SEBASTIAN FUTEBOL 2014
SEBASTIAN FUTEBOL 2014.A
SEBASTIAN SALT LAKE
SEBASTIAN PUB SEMANAL 2016
SEBASTIAN JORNAL MÓRMON 2017

Mas aí está o segredo. Este livro é a chave para entrar na cabeça de Tanner. O lado mais vaidoso de Sebastian quer invadir esse espaço mais do que já quis qualquer coisa, quer ver cada detalhe excessivamente analisado. Seu lado racional, todavia, sabe que isso não o levará para mais perto do Tanner de verdade do que ele está agora – ou virá a ficar. Vale a pena passar por essa tortura? Não seria melhor simplesmente apagar a pasta, agradecer à Autumn e pedir a ela que entregue uma mensagem verbal ao Tanner? Algo sincero e definitivo, que não possa ser impresso, que não possa deixar rastros.

Sem Sebastian se dar conta, o quarto fica outra vez escuro. Ele desliza o dedo pelo *trackpad* e aperta os olhos quando a luminosidade se espalha outra vez. Com a mão trêmula, clica no ícone e a tela é tomada por palavras.

A história começa com um menino e uma menina, um desafio e migalhas de biscoito espalhadas pela cama.

Mas tudo começa de verdade com um olhar mais demorado e as palavras: "O sorriso dele me arruína".

Sebastian passa a maior parte da noite lendo. Em alguns momentos, suas maçãs do rosto chegam a ficar úmidas com as lágrimas. Em outras passagens, ele ri – francamente, ele nunca na vida se divertiu tanto como quando se apaixonou por Tanner. Acompanha a narrativa dos dois subindo a montanha, revive aquele primeiro beijo. Relembra a preocupação dos pais de Tanner – os primeiros avisos de Jenna agora parecem quase proféticos.

Vê Tanner se esquivar da verdade e evitar contar para a Autumn o que está acontecendo. Seu coração bate no ouvido quando lê sobre os barulhos que eles fazem, sobre dedos, lábios e mãos deslizando.

Apaixona-se debaixo de um céu cheio de estrelas.

O sol começa a nascer e Sebastian olha com olhos embaçados para a tela. Com exceção do momento em que se levantou para ligar o notebook na tomada, ele não se move há horas.

Respira fundo, sente-se vazio, mas agitado, claramente feliz. Aterrorizado. Logo sua família vai acordar, então, se ele planeja fazer alguma coisa, precisa sair antes que alguém o veja. Poderia simplesmente ligar para o Fujita, explicar a natureza pessoal daquela obra, sugerir uma nota.

Seus músculos protestam quando ele se levanta, tira o carregador da tomada, pega o notebook e passa pela porta.

Tanner

Atenciosa, *sua mãe se aproxima. Pisca os olhos.*
 Atenciosamente sua mãe se aproxima.
– O que está olhando aí?
– Minhas notas.
Animada, ela deixa escapar:
– Nossa! Como as notas saíram rápido!
Depois, leva as mãos aos ombros do filho, apertando-os enquanto seus olhos deslizam pela lista.

Não que as notas tenham muita importância. Tanner já está separando suas coisas e preparando o surrado Camry para seguir a caminho de Los Angeles. Mas, as notas, elas não são ruins. O A em Literatura Moderna não foi surpresa para ninguém – ele ia bem nessa matéria. Cálculo também não causa espanto. As demais notas boas também agradam, mas não são exatamente surpresa. Porém, Tanner descobre que tirou A no Seminário, e sabe que não entregou seu livro.

Em piloto automático, ele pega o telefone e disca o número da secretaria do colégio.

– Posso falar com o professor Fujita, por favor?

A voz da senhora Hill, chefe da secretaria, sai límpida ao telefone:
– Só um instante.
– O que você está fazendo? – a mãe de Tanner pergunta, abaixando-se para olhá-lo nos olhos.

Ele aponta para o A bem no meio da tela.
– Não faz sentido.

Aliás, parece quase errado, como se ele estivesse saindo ileso de mais um dos crimes que Autumn parece sempre acusá-lo de cometer. Uma coisa é usar seu charme, mas receber uma nota estelar sem sequer concluir uma atividade que valia a maior parte dos pontos da matéria é outra totalmente diferente.

Alguém atende:

— Alô?

— Professor Fujita? — Tanner pede a confirmação enquanto mexe no grampeador preto e surrado da mesa de trabalho de seus pais.

— Sim.

— Aqui é Tanner Scott. — Uma pausa se instala, e é curioso notar como esse silêncio é significativo. Faz a ansiedade borbulhar dentro dele. — Acabei de ver minhas notas.

A voz grave de Fujita parece ainda mais rouca ao telefone.

— Sim, algum problema?

— Não entendi por que fiquei com A na sua matéria.

— Eu adorei o seu livro, meu caro.

Tanner fica mais uma vez em silêncio antes de anunciar:

— Mas eu não entreguei nenhum livro.

Agora o silêncio vem do outro lado da linha, quase como se a ligação tivesse caído. Mas Fujita logo raspa a garganta para responder:

— Ele não contou para você? Ah, que droga! Isso não é nada bom.

— Contou o quê?

— Sebastian entregou seu trabalho.

Tanner fecha os olhos bem apertado, tentando chegar a uma conclusão sobre o que aconteceu.

— As primeiras vinte páginas?

— Não. — Mais uma pausa. — O texto completo.

Tanner abre a boca para responder, mas não consegue pensar em uma palavra sequer.

— Ficou ótimo, Tann. Bem, eu pensei em algumas ideias, algumas modificações, porque, como editor, não consigo me aguentar. E o final é péssimo, é verdade, mas, considerando tudo o que estava acontecendo, como não seria, não é mesmo? No geral, gostei muito, de verdade, da sua produção.

Fujita fica em silêncio e, mais uma vez, Tanner não consegue saber o que dizer.

No passado, quando leu em algum lugar a expressão "dar um branco", essa ideia lhe pareceu exagerada. Mas agora as imagens giram como um filme em sua cabeça: o notebook na gaveta; as palavras "eu sou totalmente gay" em uma página; o rosto de Sebastian pouco antes de ele dormir ao seu lado no sofá, satisfeito, convencido, também um pouco tímido; o final meia-boca do texto.

— Talvez "gostar" não seja a palavra certa. — Fujita prossegue. — Eu sofri com você. E com ele. Já vi essa história se desenrolar tantas vezes que seria incapaz de contar. Fico feliz por vocês terem resolvido a situação.

Fujita faz mais uma de suas pausas e, dessa vez, parece um bom momento para Tanner dizer alguma coisa. Mas fica em silêncio. Agora, está pensando no "fico feliz por vocês terem resolvido a situação". Perplexidade é a emoção dominante. Faz semanas que ele não conversa com Sebastian.

— O quê?

— Mas acho que você criou algo especial. — Fujita o enaltece, ignorando a pergunta. — Mostrou seu coração. Acho que mostrou, de verdade. E a sua voz tem vida. Eu sabia que estava escrevendo, mas não imaginei que estivesse criando algo tão promissor.

Essa conversa já avançou demais desde o último momento em que Tanner conseguiu ligar os pontos e entender o que de fato aconteceu. Pelo que lhe conste, seu notebook andou guardado com segurança na cômoda, junto com as meias, caneleiras e algumas revistas que seus pais não conseguem encontrar com aquele *software* mágico.

Tanner se levanta e corre até seu quarto. Fujita ainda está na linha, mas em silêncio.

— Está tudo bem aí?

Tanner fuça na gaveta. Seu notebook continua ali.

— Sim, só estou... processando as informações.

— Bem, se quiser dar uma passada aqui em algum momento para discutirmos as correções e as notas que fiz, ficarei feliz em conversar. Estarei aqui, terminando algumas coisas, nas próximas duas semanas.

Tanner olha pela janela, para a rua, para o Camry estacionado na sarjeta. Seria loucura demais simplesmente aparecer na casa de Sebastian agora e perguntar como ele conseguiu uma cópia do livro, como conseguiu fazê-la ir parar nas mãos ao Fujita?

Ele volta à realidade e o pânico se arrasta por seu pescoço. Sebastian *leu* o livro. O texto todo.

— Tanner, ainda está aí?
— Estou. — Responde com a voz trêmula. — Obrigado.
— Vai à sessão de autógrafos mais tarde?
Tanner pisca os olhos para não se distrair. Seu lábio superior agora está úmido e todo o seu corpo prestes a começar a suar frio.
— Ao quê?
— A sessão de autógrafos, no... — Fujita não completa seu raciocínio. — Claro, onde estava a minha cabeça! É claro que você não vai. Ou vai?
— Para ser sincero, não tenho ideia do que o senhor está falando.
Tanner consegue ouvir o ranger da cadeira quando Fujita se mexe. Talvez, esteja ajeitando a coluna, prestando mais atenção ao que diz:
— O livro de Sebastian saiu ontem.
O tempo parece perder velocidade.
— Ele vai fazer uma sessão de autógrafos na livraria Deseret da Universidade, hoje, às 7 da noite. Mas não sei se devo esperar você lá. — Uma risadinha desconfortável atravessa a linha. — Espero que vá. Espero, de verdade, que as coisas aconteçam como acontecem na minha cabeça. Preciso de um final para essa história.

Autumn entra no carro.
— Você parece estranhamente pensativo e misterioso. Aonde estamos indo?
— Preciso que seus poderes de melhor amiga estejam ativados. — Tanner encosta o carro no estacionamento e se vira para encará-la. — Não sei como aconteceu, mas Sebastian entregou meu livro para...
Uma olhadela no semblante de Autumn — bochechas rosadas como as de alguém que se dá conta de uma coisa — e Tanner liga os pontos.
Agora ele nem sabe mais porque não desconfiou logo no primeiro instante. Talvez gostasse da imagem de um Sebastian heroico pulando sua janela, procurando o notebook nas gavetas, fazendo uma cópia do arquivo e montando em seu corcel (a bicicleta) para ir à escola, entregar o manuscrito e salvar o rabo de Tanner. Mas é claro que existe uma explicação bem menos romântica por trás do que aconteceu: Autumn. Ela leu o livro. Entregou-o a Sebastian com ares de "veja

só essa alma ferida, e foi você que provocou isso, seu monstro" e, aí, *boom!* A culpa tomou conta de Sebastian, que não conseguiu deixar Tanner ser reprovado.

Foi um gesto de pena.

Tanner fica desanimado.

– Ah.

– Você está me dizendo que *ele entregou o texto?* – Autumn finge surpresa.

– Você está me dizendo que não sabia de nada?

Ela se aproxima com uma expressão urgente.

– Eu não sabia que Sebastian tinha entregado *para o Fujita.* Juro. Só pensei que ele leria. Pensei que ele pudesse dar uma nota. Sebastian ficou com meu *pen-drive* por um dia e depois devolveu.

– É uma decisão muito grande que você tomou por mim.

– Eu estava toda emotiva. – Confessa, sentindo apenas um leve remorso. – E o seu livro era incrível. Foi um momento complicado, entende? – E sorri. – Eu tinha acabado de perder a virgindade!

Tanner dá uma risada. Bem-humorado, belisca a perna da amiga. Pelo menos, a relação entre eles voltou ao normal nas últimas semanas. E, para dizer a verdade, nos últimos dias, Autumn anda conseguindo todos os privilégios que quer. Apesar de a relação entre os dois ser novamente tranquila, Tanner ainda não se sente totalmente à vontade para pressioná-la.

– Bem, eu tirei A. – Conta a ela. – E o mundo não acabou. Mesmo assim, não consigo imaginar o quão difícil foi para ele fazer isso. Agora Fujita sabe, é claro.

Já se passaram algumas semanas desde que as aulas terminaram. Talvez, todo mundo já saiba. Ou, talvez, Sebastian tenha dado três passos para trás e se trancafiado outra vez dentro do armário. Tanner continua:

– O livro de Sebastian saiu ontem e ele vai fazer uma sessão de autógrafos na Deseret da Universidade.

Autumn sente um frio na barriga e fica de olhos arregalados ao se dar conta do que eles estão fazendo ali, dentro do carro.

– A gente não...

– A gente sim.

A fila nasce dentro da livraria e se arrasta pela frente das lojas, descendo quase meio quarteirão da universidade. A imagem faz Tanner lembrar do aeroporto, naqueles dias em que centenas de pessoas esperam os missionários que estão voltando para casa. Quando os mórmons saem, eles saem *en masse*.

Tanner e Autumn se enfiam no fim da fila. É começo de junho, então o vento sopra seco e quente. Além das montanhas, que se levantam da terra, a cidade parece infinitamente plana. Não é plana, de forma alguma, mas tem aquela *vibe* de baixa expectativa, aquele ar urbano de uma cidade nada ambiciosa.

Ele sente um frio na barriga, um frio que expulsa todo o calor para fora de seu corpo. Vai sentir saudade da Autumn, mas, em breve, estará outra vez perto do mar.

Um homem usando camisa xadrez de mangas curtas se aproxima. No braço esquerdo, traz uma pilha de pelo menos dez livros.

– Vieram para a sessão de autógrafos?

Tanner assente.

– Sim.

– Trouxeram suas cópias ou vão comprar aqui com a gente?

Autumn e Tanner trocam um olhar de incerteza.

– Comprar aqui, eu acho? – Autumn arrisca.

O homem entrega uma cópia para cada um e dois post-its. Tanner quase dá risada. São azuis, exatamente como aqueles que ele usava para expressar sua angústia, seu amor e seu melodrama.

– Escrevam seus nomes aqui. – O homem instrui. – Fica mais fácil para Sebastian autografar quando chegar a vez de vocês.

Uma corda parece apertar o coração de Tanner. Autumn deixa escapar um gemido de solidariedade.

– Depois que ele assinar, vocês podem pagar no caixa.

Nem passa pela cabeça dos funcionários que alguém poderia simplesmente pegar um exemplar do livro e ir embora sem nem entrar na loja.

O homem segue seu caminho e, segurando sua cópia, Autumn se vira para Tanner.

– Tudo isso é tão estranho.

– É.

Tanner olha para o romance em suas mãos. Na capa, vê uma paisagem em chamas – um vale queimado, mas as montanhas ainda vivas, com o verde pairando sobre as chamas. É uma bela imagem. As cores são sensacionais, quase tridimensionais. Um garoto usando um manto está na base da montanha, onde segura uma tocha. Aos seus pés, o título aparece em relevo:

TEMPESTADE DE FOGO
Sebastian Brother

Para Tanner, o título não tem significado algum. Talvez, jamais venha a ter. A ideia de passar – ele olha a última folha – quatrocentas páginas com a mente criativa do Sebastian parece quase insuportável. Talvez um dia, quando ele estiver em outra e tudo isso parecer uma pequena cicatriz em sua história, abra o livro, veja seu nome escrito ali com uma caligrafia genérica e realmente consiga apreciar as palavras no miolo.

– Não, sério... Se já é estranho para mim, não consigo nem imaginar como é para você. – Autumn diz, afastando-o de seus pensamentos.

– Já estou começando a me perguntar que diabos estamos fazendo aqui. Essa visita à livraria pode terminar em desastre.

– Não acha que ele está mais ou menos esperando você?

Tanner reflete por um instante. Não tentou entrar em contato com Sebastian, não depois daquele e-mail. Sem dúvida, Sebastian pensa que ele vai simplesmente desaparecer. Ele devia mesmo simplesmente desaparecer.

– Não.

Ela aponta para a frente, para o fim do quarteirão.

– Bem, estamos convenientemente próximos da Emergency Essentials, caso precise de alguma coisa, eu corro lá para buscar.

– Tudo é tão mórmon nesta cidade. – Tanner resmunga.

Autumn não discute. Eles olham para as lojas na rua, para os três maiores letreiros: Deseret Books, Emergency Essentials, Avenia Bridal.

– É, temos ali três lojas típicas de Utah. Você tem razão, é tudo muito mórmon mesmo.

— Você sente saudade da igreja?

Auddy se escora em Tanner. A cabeça dela mal alcança o ombro dele, então Tanner a abraça e ela se ajeita abaixo do seu queixo.

— Às vezes. — Responde, olhando para o amigo. Qualquer um espiando pensaria que os dois formam um casal. — Sinto falta das atividades e da certeza de que, se todo mundo está feliz com suas atitudes, você está fazendo as coisas certas.

Tanner repuxa o nariz.

— Que nojo!

— Exato. — Ela concorda, dando tapinhas no peito dele. — É justamente o que eu penso. Sebastian não estava fazendo nada errado com você.

Ele lança um olhar carregado de significado à sua volta e baixa a voz:

— É o que gente como a gente pensa.

Dessa vez, Autumn sussurra:

— Não é errado você estar aqui.

A fila começa a andar e o estômago de Tanner desaba. Será que *não* é errado eles estarem ali? Nem um pouquinho? Se essa não é a definição de "surpreender alguém", é provavelmente algo muito próximo. É verdade que Sebastian e Autumn agiram por suas costas ao lerem seu livro, mas aqui eles estão em público. Sebastian vai ter que se controlar. Tanner vai ter que se controlar.

Ele pega a caneta da mão de Autumn para escrever seu nome. Não faz isso para ser irreverente, mas para ser prático. É bem possível que Sebastian fique nervoso demais para se lembrar de como se escreve T-A-N-N-E-R.

A fila vai andando lentamente. Tanner imagina Sebastian atrás de um balcão ou de uma mesa, encantando todos que se aproximam.

Seu estômago ronca e o sol tenta se dependurar no céu antes de desistir de vez e se afundar atrás das montanhas. Quando escurece, o ar esfria pela primeira vez naquele dia.

Autumn bate em um mosquito no braço de Tanner.

— Está bem, vamos enfrentar.

— Enfrentar o quê?

Ela lança um olhar cheio de preocupação para o amigo.

— O que viemos fazer aqui.

Tanner respira fundo.

– Eu só vou agradecê-lo pelo que fez. Sebastian vai saber do que estou falando. E desejar boa sorte na turnê e na missão.

– Só isso?

– Só isso.

Ela se estica para beijar o maxilar de Tanner.

– Você é um doce.

– Você é uma ameaça.

– Pelo menos, não sou mais uma ameaça virgem.

O grupo na frente dos dois se vira, olhos arregalados, escandalizados. Autumn finge sentir vergonha:

– Ops!

Tanner se abaixa, tenta segurar a risada.

– Um dia desses, essa piada vai causar muito, muito problema.

– Quase que esse dia foi hoje.

Agora os dois estão bem próximos da porta e podem ver que lá dentro a fila é composta por só mais umas quinze pessoas antes de terminar. Antes de Sebastian.

Tanner não consegue vê-lo, mas percebe a vibração na livraria. O salão está cheio de homens de ternos, mulheres de vestidos longos, taças de ponche para comemorar. Também há uma mesa com cupcakes, legumes e molhos. Alguém preparou um bolo. O evento não é só uma sessão de autógrafos; é uma festinha de lançamento.

Os pais de Sebastian estão presentes, conversando em um pequeno semicírculo com uma mulher cujo nome aparece estampado em uma etiqueta e com um homem de terno e gravata. Autumn consegue enfim entrar na livraria; Tanner a acompanha, segurando a porta para quem estiver atrás deles na fila, mas a porta acaba batendo em uma mesa de exposição de livros e o barulho faz Dan Brother olhar naquela direção, sorrindo por instinto, antes de sua expressão se tornar totalmente inflexível.

Nem passou pela cabeça de Tanner que ele veria os pais de Sebastian aqui, que eles o reconheceriam, que o associariam ao câncer que afetou seu filho. Mas é claro que isso acontece.

– E veja só... Ali está o pai dele. – Autumn comenta, assentindo para Dan do outro lado do salão.

– Pois é.

A mãe de Sebastian olha para Dan Brother, buscando avaliar a reação do marido, como se buscasse algum direcionamento. Depois de um instante, os dois conseguem voltar seu semblante ao normal.

Autumn fica de braços dados com Tanner.

– Tudo bem com você?

– Eu quero ir embora, mas agora é tarde demais.

De fato, é tarde. Agora só faltam duas pessoas, e Tanner já vê Sebastian, que está usando uma camisa social azul impecavelmente passada e gravata preta. Seus cabelos parecem mais curtos. No rosto, aquele sorriso que mais se assemelha a uma máscara. Mas, mesmo nessa livraria mórmon, atrás de uma parede de pessoas mórmons, ele ainda parece o menino da trilha, o menino comendo comida chinesa, o menino no capô do carro.

Nesse momento, Sebastian ergue o olhar e vê quem é o próximo da fila. E a máscara se desfaz por um segundo. Não, por mais tempo. Ele analisa Tanner com aquele seu jeito tão dolorosamente familiar.

Segurando sua cópia do livro, Tanner dá um passo à frente.

– Oi. Meus parabéns.

O maxilar de Sebastian se repuxa, e ele raspa a garganta, cenho franzido.

– Oi. – Desce o olhar, pega o livro de Autumn e lentamente desgruda o post-it. – Hum... – Expira um ar trêmulo. Raspa outra vez a garganta, abre o livro na folha de rosto e, com uma mão trêmula, ergue a caneta.

Autumn desliza o olhar freneticamente de um para o outro.

– Oi, Sebastian.

Ele a analisa, parece tentar focar o olhar.

– Autumn, oi. Como tem andado?

– Estou bem. Me mudo para Connecticut nas próximas semanas. Onde vai ser a sua primeira parada?

– Depois daqui? Vou para Denver. – Ele cita mecanicamente as cidades: – Portland, São Francisco, Phoenix, Austin, Dallas, Atlanta, Charleston, Chicago, Minneapolis, Cleveland... Hum... Filadélfia, Nova York. E, aí, volto para casa.

– Nossa! – ela exclama. – Que loucura!

Sebastian deixa escapar uma risada seca enquanto autografa o livro de Autumn, escrevendo: "Boa sorte em Yale. Tudo de bom e obrigado, Sebastian Brother".

Então, entrega o livro e pega a cópia de Tanner. Depois de olhar torto para o post-it, arranca-o, amassa-o e joga na lata de lixo próxima de seu pé.

Tanner passou os últimos segundos em silêncio, então Autumn o cutuca. E balbucia:

– Diga alguma coisa.

– Eu vim para agradecer. – Tanner arrisca baixinho, esperando que as pessoas em volta deles (mais especificamente os pais de Sebastian) não ouçam. O corpo de Sebastian fica tenso e ele se concentra no que está escrevendo. – Pelo que você fez. Não sei se entendo por que fez aquilo, mas me sinto grato mesmo assim.

– Muito obrigado por ter vindo aqui hoje, Tanner. – Sebastian agradece magnanimamente.

Já recuperou parte de sua compostura, então sua voz se projeta além do espaço protegido da mesa. E é um tom tão nauseantemente falso que Tanner quase dá risada. Por fim, ele olha outra vez nos olhos de Sebastian, e é devastador. Sua voz pode ter se recuperado, mas o mesmo não é verdade para seus olhos. Estão apertados e brilhando com as lágrimas.

– Ah, meu Deus, me desculpa. – Tanner fala baixinho. – Eu não devia ter vindo.

– Você gosta do gênero fantasia? – A voz de Sebastian continua forçosamente clara.

E seus olhos se arregalam em um esforço para engolir as lágrimas. Os dois saem feridos e, agora, Tanner se sente um monstro.

– Espero que a turnê do livro seja maravilhosa. – Diz, sem se importar em responder à pergunta falsa e insignificante lançada por Sebastian. – Espero que a missão também seja. Vou para Los Angeles em agosto, mas me ligue quando quiser. – Lança um último olhar. – Quando quiser.

Pega o livro da mão de Sebastian sem sequer olhar para o autógrafo e dá meia-volta, deixando Autumn lá dentro para pagar. Depois de atravessar a multidão, Tanner se vê outra vez na rua, onde há oxigênio, espaço e uma completa ausência de olhares apontados para ele.

Sebastian

Estar na turnê de divulgação do livro é como ser capaz de respirar outra vez. Não há acompanhantes, nem pais. Não há igreja.

Não que a mãe dele não tivesse sentido vontade de acompanhá-lo. Sebastian jamais soube se a tentativa dela foi impulsionada ao ver Tanner na livraria ou se foi apenas um desses ataques de tensão de último minuto que as mães, às vezes, têm. De todo modo, ela enviou um e-mail ao relações-públicas dois dias antes de Sebastian partir. Por sorte, o relações-públicas explicou que os voos e as acomodações já haviam sido reservados e, a não ser que ela estivesse disposta a pagar do próprio bolso voos e hotéis em treze cidades por todo o país, agora não havia tempo para acomodá-la nos planos.

Sebastian já havia viajado para fora de Utah em excursões escolares e férias familiares, mas nunca desse jeito. Sua editora providenciou um carro e um motorista para buscá-lo no aeroporto e deixá-lo no hotel, e ele pôde contar com um funcionário durante os eventos, mas o restante do tempo foi só seu.

A próxima sessão de autógrafos é em Denver e, embora obviamente não espere que seja tão grande quanto a de Provo, sua cidade natal, ainda está bem lotada. Sebastian responde a perguntas em uma sala com pouquíssimas cadeiras vazias. É surreal se dar conta disso. Perceber que todas essas pessoas conhecem seu trabalho é tão gostoso quanto o cheiro de um prato delicioso se espalhando pelo ar.

A fila é formada predominantemente por meninas, mas também há garotos. Sebastian sabe que Tanner não vem, mas sua caneta quase escorrega para fora da página quando ele ouve uma voz grossa mais para o fim da fila, e seus olhos apontam automaticamente naquela direção, na esperança de que uma cabeça cheia de cabelos escuros surja na multidão.

Às vezes, não consegue acreditar que Tanner realmente foi ao lançamento. Seus pais certamente não quiseram reconhecer a presença do garoto. Depois que Autumn e Tanner se foram, não havia ninguém a quem Sebastian pudesse perguntar: "Aquele era mesmo o Tanner, não era?".

Sebastian queria expressar o quanto adorou o livro, como ler aquelas palavras tinha transformado alguma coisa dentro dele, que imprimiu uma cópia na manhã seguinte para levar consigo na turnê. Mas não pôde falar isso, não ali. Não queria que Tanner fosse embora, mas, ao mesmo tempo, não conseguiu se articular, porque as palavras "eu estava com saudade" invadiram sua cabeça, turbulentas e estridentes.

É essa saudade que o mantém acordado à noite – em Denver, em Austin, em Cleveland – e é sempre nesses momentos que ele busca o livro de Tanner na mala. Sebastian pode abrir em qualquer página – vinte, oitenta etc –, porque em todas elas encontra uma história de amor que ilumina os cantos escuros da aversão que sente de si próprio, porque todas elas o lembram de que alguma coisa aconteceu, que foi real. E que foi certo.

Às vezes, pensa no que escreveu naquela cópia de *Tempestade de Fogo* e se pergunta se Tanner chegou a abri-la para ver.

Sempre seu,
Sebastian Brother

༄

Sebastian é atingido por uma muralha de calor assim que sai do Aeroporto Internacional de Salt Lake City e, imediatamente, se arrepende de não ter tirado a camisa e a gravata antes de embarcar no JFK.

— Não acredito que você está vindo de Nova York! — Lizzy exclama, segurando uma pequena Estátua de Liberdade perto do peito. Ela voltou a agir como antes de tudo acontecer, o que o leva a se perguntar se seria porque todo mundo espera que *ele* também tenha voltado a ser como antes. — Lá é tão legal quanto parece ser na TV?

– Ainda mais legal do que isso. – Ele a abraça e a puxa para perto, beijando seus cabelos. Foi bom ficar longe, mas Sebastian não consegue acreditar na saudade que sentiu de sua irmã. – Quem sabe nós não vamos juntos da próxima vez. Quando o próximo livro for lançado.

Lizzy sai dando pulinhos pela faixa de pedestres.

– Sim!

– Se Lizzy pode ir a Nova York, então acho que nós devíamos visitar a Ilha de Alcatraz em San Francisco. Você foi lá? – Faith indaga, olhando para ele.

– Não fui, mas do píer dava para ver a ilha. Meu ajudante me levou para jantar em um restaurante de frutos do mar e a gente deu uma volta pela costa. Não sabia que você queria conhecer a ilha, senão teria mandado uma foto para você. Acho que tenho uma no celular.

Faith deixa para trás qualquer possível insulto quando Sebastian a levanta para levá-la sobre os ombros. Seu grito de alegria é ensurdecedor, espalha-se em meio às estruturas de concreto do estacionamento.

A senhora Brother destrava as portas e Sebastian lança a pergunta que até agora vem pesando como uma pedra em seu peito:

– O pai e Aaron não puderam vir?

– Seu pai levou Aaron para visitar algumas casas hoje, mas disse que o verá no jantar.

Sebastian conversou com o pai algumas vezes nas duas últimas semanas, mas há um certo incômodo gerado por ele não estar presente. A ausência de seu pai em meio ao grupo que foi buscá-lo no aeroporto é como a pulsação do sangue em um dedo cortado. Parece tão aguda, tão constante, porque é *errada*.

Felizmente, Sebastian não tem muito tempo para pensar nisso, afinal, assim que Lizzy cantarola que o jantar é uma surpresa preparada para ele, Faith – que não se aguenta com o segredo – grita:

– É pizza!

Lizzy encosta a mão na boca de Faith e dá um beijo barulhento na bochecha da menininha.

– Você estragou a surpresa, sua boba!

Sebastian inclina o corpo para a frente e ajuda Faith a prender o cinto de segurança.

– Pizza para mim?

Ela assente, sua risada ainda abafada pelo peso da mão de Lizzy. Sebastian ajeita seus pertences no porta-malas.

– E antes que estraguem a outra surpresa – sua mãe anuncia, fechando o cinto de segurança enquanto Sebastian se senta no banco do passageiro. Ela sorri para ele. – Eu enviei seus documentos.

Sebastian assente, oferecendo um sorriso de satisfação, mas as palavras não surgem imediatamente. Porque sua voz desapareceu. Passar um tempo longe foi bom. Ele está com saudade da igreja, de sentir-se cercado de pessoas com quem tem afinidade. Também está com saudade de Tanner, mas sabe que cumprir a missão é o melhor caminho a seguir.

De todo modo, Sebastian tinha pensado que enviaria ele mesmo os documentos quando chegasse em casa. Tinha a esperança de que enviá-los pessoalmente pudesse solidificar sua decisão, torná-la real, fazer as coisas começarem a andar.

Um sorriso brota no rosto de Sebastian quando ele percebe que sua mãe estava ansiosa por lhe dar essa notícia. Estava preocupada justamente com a possibilidade de se deparar com essa reação: incerteza.

Ele faz tudo o que pode para disfarçar. Substitui a incerteza pelo sorriso que parece se espalhar por sua boca como o reflexo de uma inspiração.

– Obrigado, mãe. Isso... facilita muito as coisas para mim. É algo a menos com que me preocupar.

Parece ter funcionado. Ela se acalma e se concentra outra vez no volante. Eles descem a rampa e passam no meio de um labirinto de cones. A senhora Brother encosta ao lado de um quiosque, enfia o canhoto na máquina e vira-se para ele:

– Andei pensando em convidar todo mundo. O que você acha?

– Convidar todo mundo para quê?

– Para a abertura da sua carta. – Ela se vira outa vez para a máquina, agora para pagar, e, nesse induto de dez segundos, Sebastian se esforça para enterrar o pânico que chega com essa informação.

Sua mãe está falando da convocação para a missão.

No fundo da cabeça dele, uma voz grita *não*.

É como viver com uma dupla personalidade. Sebastian fecha os olhos, inspira lentamente. Foi tão mais fácil permanecer distante de tudo isso. De longe, a missão iminente parecia palatável. A constante imposição de sua mãe, o peso das expectativas... Voltar para casa é um peso esmagador, mesmo que ele só esteja aqui há dez minutos.

Sebastian sente o motor roncar e se dá conta de que sua mãe já terminou de pagar e eles estão a caminho de casa. Quando ele a olha, percebe que está com olhos duros, maxilar apertado.

Sebastian dá um bocejo falso.

– Nossa! Estou tão cansado! Sim, mãe, parece uma ótima ideia. Imagino que o vô e a vó também venham, não?

Os ombros dela relaxam, o sorriso volta a estampar seu rosto.

– Imagine se não! Eles não perderiam por nada!

Uma ampulheta foi lançada no estômago de Sebastian, e ela derrama chumbo. Sua respiração fica rasa por um instante.

– Mas eu não quero que Sebastian viaje outra vez! – Faith grita do banco de trás. – Ele acabou de chegar!

– Ele não vai viajar ainda, meu amorzinho. – A mãe esclarece, olhando-a pelo retrovisor. – Ainda vai demorar alguns meses.

Sebastian se vira e abre um sorriso de encorajamento para a irmã mais nova. E nem ele próprio seria capaz de explicar, mas se vê tomado por uma sensação desesperadora de pegá-la, de abraçá-la. *Dois anos.* Faith vai ter quase treze anos quando ele voltar. Aaron vai estar aprendendo a dirigir; Lizzy, se preparando para começar a faculdade. Sebastian já sente saudade de casa, e ainda nem partiu para sua missão.

– Então, por você, tudo bem? – a mãe pergunta. – Não ficaria tenso demais com a presença de todos?

Sebastian encosta a cabeça no banco e fecha os olhos.

Pai, dai-me forças. Dai-me a sabedoria de que preciso, a certeza da decisão. Eu irei aonde o Senhor me levar.

– Acho uma ótima ideia. – Ele sussurra em resposta. – Por mim, perfeito.

∞

O lado positivo de ter passado esse período viajando é que, de longe, seus problemas pareciam muito menores. Mas essa sensação não condiz com a realidade, conforme ele percebe assim que entra em casa e se vê cercado de imagens, sons e cheiros tão familiares. A realidade o esmaga.

Sebastian acabou de colocar sua mala sobre a cama quando ouve alguém bater à porta.

– Posso entrar? – Seu pai passa a cabeça pela porta entreaberta. – Vejo que nosso cidadão do mundo voltou.

– Sim, e está exausto.

Uma tentativa de cessar-fogo ganhou espaço quando o livro saiu e seus pais conseguiram ver o orgulho que toda a comunidade demonstrou sentir por Sebastian. Porém, ele não passou muito tempo sozinho com seu pai nos últimos meses, e agora a presença de Dan Brother faz o quarto parecer claustrofóbico.

– Você tem bastante tempo para descansar antes do jantar. – Dan afirma. – Eu só queria trazer isso. – E entrega uma pilha de cartas. – E dar as boas-vindas de volta à nossa casa. Sentimos muito orgulho de você, filho. Sei que enfrentou dificuldades e fiquei mais orgulhoso do que você poderia imaginar por testemunhar meu filho superando tudo aquilo, sendo mais forte do que qualquer coisa. "A adversidade é como um vento forte. Arranca de nós tudo, menos o que não nos pode ser tirado, de modo que nos vemos exatamente como somos."

Sebastian franze a testa, tentando reconhecer a Escritura.

– Essa eu não conheço.

Bispo Brother dá risada e olha com carinho para o filho.

– Arthur Golden, *Memórias de uma Gueixa*.

– Está bem, eu admito: jamais me passaria pela cabeça.

A risada se torna mais intensa e os olhos de Dan Brother brilham.

– Acho que vou deixar essa passagem fora do Sacramento na semana que vem. – Dá meia-volta para sair antes de parar perto da porta. – Ah, e sua mãe disse que tem alguma coisa do senhor Fujita aí. – Comenta, apontando para a pilha de correspondências na mão de Sebastian. – Imagino que seja o cheque do seu último pagamento. Só estou avisando para você não demorar muito para abrir.

– Vou ver o que tem aqui assim que desfizer minha mala.

Quando Dan Brother sai, o ar lentamente escapa dos pulmões de Sebastian, que fecha a porta e atravessa o quarto para desfazer a mala. Itens de higiene pessoal, blusas de frio, terno, calça jeans. Debaixo de tudo, está a cópia do livro de Tanner que Sebastian imprimiu e levou consigo.

As páginas estão desgastadas, há uma mancha de gordura na primeira folha, fruto de uma visita a um restaurante em Denver, e as pontas estão curvadas onde Sebastian virava as páginas ao ler. Embora deva ter lido a obra toda pelo menos dez vezes, depois da primeira leitura, nunca mais começou do começo. Sempre escolhia algum trecho e lia dali em diante. Certa vez, partiu da cena em que Tanner saía para comprar roupas com sua mãe e Autumn. Em outra ocasião, abriu na passagem do lago, em que a palavra "veado" foi pronunciada e um Tanner todo sem graça trocou algumas palavras com Manny.

Contudo, estar tão longe também o fez sentir-se distante dessa situação. Seus problemas em casa podiam não ser reais e, se não eram, isso significava que Tanner também não era real. Sebastian não tinha consigo nenhuma foto dele, apenas esse livro.

Pega o manuscrito e o esconde atrás da cabeceira da cama antes de abrir o envelope de Fujita.

Caro Sebastian,

Espero que esta carta o encontre com muitos livros vendidos e muitas aventuras na bagagem. Queria atualizá-lo sobre o manuscrito do nosso amigo em comum. Não sei se você conversou recentemente com Tanner, mas ele sabe que seu romance veio parar em minhas mãos. Ele me ligou quando as notas saíram, certo de que eu havia cometido algum erro. Fiquei feliz de informá-lo que não se tratava de erro nenhum.

Venho trabalhando com Tanner nas revisões e o estimulando a fazer algumas alterações significativas no texto. Não exatamente mudanças no assunto, mas, como entendo que ele criou algo especial, sugeri algumas alterações nos nomes e características dos dois protagonistas, assim como em alguns detalhes que talvez pudessem entregar quem essas pessoas são na vida real. Tenho conversado com alguns editores e existe a possibilidade de nosso Seminário se transformar em mais uma obra publicada. Mas é claro que conversaremos com você antes de tomarmos qualquer decisão.

Agradeço profundamente, Sebastian, por sua coragem. Desejo-lhe tudo de bom. Você é um ser humano excepcional, profundo, com um coração de ouro. Não deixe ninguém – nem nada – apagar essa luz que existe dentro de você.

Atenciosamente,
Tim Fujita

E, de fato, Sebastian encontra, atrás da carta, seu último cheque. Agradece em silêncio. Mais tarde, quando seus pais perguntarem sobre a carta de Fujita, ele não vai precisar mentir.

Olhando para o papel, Sebastian compreende a urgência de sua mãe em enviar seus documentos. Ele não demorou nem quinze minutos para se encontrar outra vez onde estava antes, com uma saudade tão intensa de Tanner a ponto de cada músculo se apertar, incitando-o a sair pela porta.

Imaginar o livro de Tanner sendo publicado é um pouco demais, então Sebastian deixa esse pensamento de lado. De repente, sente-se grato por viajar outra vez em breve, agora quem sabe para fora do país. Longe o suficiente para poder vencer a dor e a tentação de voltar a ver Tanner, só uma vez, e expressar tudo o que sente por ele.

⁂

Três semanas passam em um piscar de olhos. Nesse tempo, ele participa com seu pai de visitas a casas da comunidade, corta grama para todo mundo (incluindo sua avó) e ajuda na mudança de várias famílias. Sebastian mal tem tempo para fuçar atrás da cama todas as noites e ler algumas páginas do livro de Tanner, antes de seus olhos serem fechados pela total exaustão.

A carta com o chamado para a missão chega em uma terça-feira e o envelope é colocado no balcão da cozinha. Ali fica, intocado, durante dias. Todos foram convidados. A família de sua mãe vem de Phoenix, no Arizona. Sua bisavó deve chegar de St. George às 5 horas. Uma dúzia de amigos e familiares estão vindo de carro de Salt Lake City e inúmeros outros que vivem na cidade também devem comparecer.

Às 3 da tarde, sua mãe já preparou um pequeno *buffet* de aperitivos, que ela agora ostenta espalhado em assadeiras. Guiozas, quiches, tortinhas salgadas e – na lateral – uma enorme travessa de legumes. Faith e Lizzy usam vestidos amarelos combinando. Sebastian e Aaron, ternos azuis-marinhos idênticos.

Sua mão treme. Seu maxilar está dolorido de tão apertado. Todos andam de um lado a outro, conversam amenidades e aguardam.

A voz suave de Tanner não para de repetir na cabeça de Sebastian: *Se você odeia tanto, por que vai fazer?*

A resposta é simples. Quando pensa em estar longe deste lugar, Sebastian consegue relaxar. Ultimamente, sente-se melhor quando conversa com Deus. Não se sente mal com a missão ou com sua fé. É o peso da vergonha e a pressão das expectativas de seus pais que o fazem se sentir mal.

Com o coração em chamas, ele vai à cozinha.

— Pai, posso usar o carro um pouquinho?

Bispo Brother lança para o filho um olhar de preocupação.

— Está tudo bem com você?

— Um pouco nervoso. — Sebastian responde com sinceridade. — Estou bem. Só preciso... preciso passar uns dez minutos na igreja.

Dan Brother gosta dessa resposta, então aperta o ombro do filho em um gesto de solidariedade, antes de lhe entregar as chaves.

Sebastian tinha planos de ir à igreja; tinha, de verdade. Mas, em vez disso, faz uma curva para a esquerda, e não para a direita, e continua em linha reta onde devia virar, até finalmente se encontrar em uma estrada de terra, diante de uma placa que declara que o acesso dali em diante é proibido. Estaciona, pega o cobertor que está no porta-malas e olha para o céu azul, tentando lembrar as imagens formadas pelas estrelas.

Agora não é a mesma coisa aqui. Para começo de conversa, o calor é sufocante; enxames de mosquitos se espalham pelo ar. A segunda diferença, a ausência de um corpo ao seu lado, é ainda mais notável. Sebastian dá a si mesmo dez minutos, depois vinte. Tenta se despedir de Tanner, mas, mesmo quando fecha os olhos e pede a Deus que lhe apresente as palavras certas, um milagre que desaperte seu coração, elas não vêm.

Durante a turnê, Sebastian aprendeu que uma das responsabilidades de ser um autor publicado é se fazer presente nas redes sociais. Ele tem contas, mas elas continuam inativas na maior parte do tempo — um dos motivos é a tentação ser tão grande.

Até agora, ele resistiu. Mas, deitado no capô de seu carro, finalmente, pega o celular e abre o Instagram. Procura a conta de Manny. Encontra sua lista de seguidores e, ali, o que estava procurando: @tannbanidoobrigadocara.

Uma risada lhe escapa.

A conta de Tanner é desbloqueada, então Sebastian pressiona o polegar sobre a imagem de perfil, expandindo-a. É uma péssima ideia. Ele sabe disso. Mas, quando o rosto de Tanner se torna maior, seu coração parece se encher de água quente, lançando às favas todo o resto. Na tela de seu celular, vê uma fotografia de Tanner segurando uma enorme flor rosa, que obstrui metade de seu rosto, mas os cílios ainda parecem tridimensionais. Seus olhos são resplandecentes; os cabelos, mais bagunçados do que a última vez que Sebastian o viu; a boca, curvada naquele risinho tão singular, cheio de alegria.

As imagens no *feed* de Tanner são ainda mais viciantes do que Sebastian poderia imaginar: Há uma foto dele no banco de trás do carro, fingindo estrangular seu pai; outra de Hailey, dormindo ao seu lado, com a legenda "preciso de um álibi #semarrependimentos". Uma fotografia de um hambúrguer, outra de alienígenas falsos, o Camry estacionado em frente a um prédio chamado Dykstra Hall, e depois – Sebastian quase chega a soluçar – uma imagem de Tanner sorrindo, em um dormitório vazio, usando uma blusa da UCLA.

O polegar de Sebastian paira acima do botão "curtir". Se ele tocar ali, Tanner vai saber. Seria tão terrível assim? Tanner descobriria que Sebastian está pensando nele. Talvez, com o tempo, os dois até passassem a seguir um ao outro, mantivessem contato, conversariam.

Mas é aí que Sebastian encontra o problema. Em sua cabeça, a relação não vai parar nas conversas. Vai se transformar em telefonemas, depois em encontros, depois em beijos, depois em *mais*. Porque mesmo agora, enquanto os convidados provavelmente estão chegando em sua casa – todos eles indo lá para vê-lo –, ele ainda está pensando em Tanner.

Em algumas semanas, Sebastian deve receber o Sacerdócio de Melquisedeque, depois, vai ser aceito no Templo, receberá seus dotes – e está pensando em Tanner. Tenta imaginar-se usando seus trajes – algo que passou a vida esperando para fazer...

E não consegue respirar.

Ele é gay. Nunca foi outra coisa. Esta noite, eles esperam que Sebastian dê seu testemunho e fale da alegria que sente por ter sido convocado para propagar a palavra de Deus onde quer que Ele tenha escolhido enviá-lo. Mas agora Sebastian não sabe onde se encaixa na palavra de Deus.

O que ele está fazendo?

∞

Quando entra em casa, sua boca saliva – o cheiro dos pratos satura o ar. Sua mãe o recebe e lhe dá um abraço e um biscoito.

Ela parece tão *feliz*. E Sebastian está prestes a arruinar tudo.

Ele raspa a garganta.

– Oi, pessoal.

Nem todo mundo chegou, mas as pessoas mais importantes já estão presentes. Cinco rostos sorridentes se viram em sua direção. Faith puxa o vestido, levantando-se toda orgulhosa quando ele olha para ela. Sebastian se lembra de como é a sensação de esperar para ver alguém especial prestes a abrir sua carta com detalhes da missão. Para os presentes, é como estar no mesmo espaço de uma celebridade.

Seu coração se estilhaça.

– Vocês todos estão muito bonitos esta noite.

Sua mãe se aproxima da mesa de jantar. O avental diz "*Keep Calm and Serve On*" e Sebastian só consegue pensar na mãe de Tanner e no avental que ela usava e que causava constrangimento em seu filho. E no que ele não daria para ter um pai ou uma mãe que o aceitassem como ele é, incondicionalmente.

– Sebastian? – Sua mãe o chama, dando um passo para mais perto. – Querido, você está bem?

Ele faz um gesto de confirmação, mas sente o choro se enroscando em sua garganta.

– Desculpa, eu... desculpa, mesmo. Mas acho que preciso de alguns minutos para conversar a sós com meu pai e com minha mãe.

Epílogo

Um dia desses, estava falando com Autumn ao telefone e fiz um gracejo: não sei o que é pior, Provo ou Los Angeles. Ela não entendeu – é claro que não, afinal, está vivendo em um país das maravilhas idílico de Connecticut, usando blusas de frio com ombreiras e meias na altura dos joelhos. (Sim, ela está. Mesmo. Não acabe com a minha fantasia). Los Angeles é uma cidade ótima, não me entenda mal. O problema é que é enorme. Cresci perto de São Francisco, então sei o que é uma cidade grande, mas Los Angeles é uma coisa completamente diferente, e a UCLA é uma cidade dentro da cidade. Vista de cima, Westwood Village é uma densa rede de artérias e arteríolas dentro do impressionante sistema vascular de Los Angeles. Fica entre Wilshire e Sunset. Precisei de umas três semanas para parar de sentir como se estivesse afogando em um oceano urbano.

Minha mãe, meu pai e Hailey vieram de carro comigo em agosto, no que acredito poder descrever como a pior *road trip* de todos os tempos. Em vários momentos, acho que oramos para o apocalipse zumbi levar todos os nossos entes queridos. Deixe-me explicar de uma forma resumida: Hailey não consegue ficar bem em espaços fechados, meu pai dirige como um cego e não conseguíamos chegar a um acordo sobre qual música ouvir no caminho.

Prossigamos: a orientação foi um terror. Recebemos um longo treinamento sobre como não se tornar um estuprador e evitar mortes por coma alcoólico – acho que podemos concordar aqui que são dois assuntos bem relevantes. Explicaram o código de conduta – aliás, se comparado àquela monstruosidade imposta na BYU, o nosso código não passa de algumas sugestões interessantes e bem-pensadas. Três semanas depois, não sei se alguém ainda lembra o que foi dito – porque, é claro, ninguém prestou atenção nenhuma.

Fiquei sabendo que eu ficaria numa moradia chamada Dykstra Hall, que aparentemente não é ruim, pois o prédio foi reformado há poucos anos. Porém, levando em conta minha falta de experiência no assunto, só tenho uma coisa a dizer: é um dormitório. Camas de solteiro, banheiros separados para homens e mulheres, com uma longa fileira de chuveiros de um lado e uma de cabines com vasos sanitários do outro. Lavanderia. Wi-Fi. Meu colega de quarto, Ryker, é de longe a pessoa mais louca que já conheci. É como se o universo tivesse dito: "Ah, você queria sair de Provo e viver com mais agitação? Então toma!". A má notícia: Ryker vive nas festas e, basicamente, fede a cerveja. A boa notícia: ele quase nunca fica aqui.

Só precisamos declarar nossa escolha de curso no segundo ano, mas já sei que a minha será Medicina. Quem poderia imaginar, não é mesmo? Os programas da área de biológicas daqui são ótimos e, se eu fizer meu *minor* em Inglês, saio com um curso bem equilibrado. Quem diria? Eu, sendo proativo.

Biológicas era uma escolha óbvia, mas acho que não consigo passar muito tempo longe dos cursos de Inglês. Em primeiro lugar, porque Autumn me treinou tanto e tão bem que seria quase um desperdício de tempo deixar essas habilidades se perderem. E, em seguida, escrever fez surgir em mim alguma coisa que eu não sabia que existia. Talvez, o meu livro vire algo maior. Talvez não, pode ser que eu acabe me sentindo inspirado de novo e escreva outra coisa. Não importa. Escrever é uma corda – por mais tênue que seja – que me mantém junto a ele. Agora posso admitir que preciso disso.

Ele continua comigo em cada passo que dou. Na primeira festa à qual fui, fiz a linha social e conheci algumas pessoas, bebi cerveja, flertei aqui e ali, mas voltei sozinho para casa. Às vezes, me pergunto quando vou superar essa dor constante e realmente querer ficar com outra pessoa. Houve situações nas quais pensei: "Não fosse por Sebastian, eu teria ficado com alguém hoje". Mas eu quero *ele*. Por mais louco que possa ser, pensar que esse livro é só para mim – especialmente, depois de tudo o que aconteceu –, me faz sentir seguro em dizer: eu não perdi a esperança. Sua reação ao me ver na livraria ficou marcada em meu cérebro. E ele desenhou *um* emoji *da montanha* no meu livro. Ele me ama. Sei que me ama.

Ou me amava.

E estar aqui é diferente não apenas por se tratar de uma cidade grande. Independentemente do que aconteça por aí, no resto do país, Los Angeles é uma cidade *gay-friendly*. As pessoas são assumidas e sentem orgulho. Casais de todas as combinações andam pelas ruas de mãos dadas e ninguém está nem aí. Não consigo imaginar algo assim acontecendo numa rua qualquer da maioria das cidades pequenas – e, definitivamente, não consigo imaginar acontecendo em Provo. Via de regra, os mórmons são gentis demais para falar qualquer coisa na sua cara, mas ainda existiria aquele ar de desconforto e julgamento sendo carregado pelo vento.

No fim das contas, eu não soube aonde Sebastian foi enviado para cumprir sua missão, mas fico preocupado com ele. Será que está gostando? Será que está se sentindo péssimo? Está trancando parte de seu coração em uma caixa, só para manter as pessoas à sua volta felizes? Sei que ele não pode fazer contato, então não enviei mensagens nem e-mails, mas, só para liberar parte da pressão em meu peito, às vezes digito alguma coisa e envio para mim mesmo. Assim, pelo menos eu consigo tirar essas palavras de dentro de mim e elas param de roubar o meu ar.

Autumn me contou que a mãe de Sebastian criou um evento ao vivo no Facebook para abrir a tal da carta, mas eu não tive estômago para isso. Imagino que Autumn tenha espiado a festa pela internet, mas ela jura que não tem a menor ideia de para qual lugar do mundo ele foi designado. De todo modo, mesmo se ela estiver mentindo, eu a fiz me prometer que não me contaria. E se ele estiver em Phoenix? E se estiver em San Diego? Eu não conseguiria me segurar e acabaria pegando o carro para vasculhar a cidade em busca do Élder Brother, o cara mais lindo do mundo, com seus cabelos de skatista e camisa branca, andando de bicicleta.

Às vezes, quando não consigo dormir e não consigo parar de pensar em tudo o que fizemos juntos, eu me imagino entregando os pontos e perguntando a Autumn onde posso encontrá-lo. Imagino uma cena na qual eu apareço onde quer que ele esteja e, ali, o encontro com seu uniforme de missionário e sua surpresa ao me ver. Acho que aceitaria negociar: *eu me converto se você ficar comigo, mesmo que em segredo, para sempre.*

☙

No primeiro fim de semana de outubro, ligo para Auddy no mesmo horário de sempre: às onze horas de domingo. Sempre sinto, antes de qualquer outra coisa, aquela dor, o golpe infligido pelo tom de voz tão familiar. E o mais estranho é que, por pior que tenha sido me despedir da minha família aqui no meu dormitório, despedir-me de Autumn foi ainda mais difícil. De certo modo, eu me detesto por não ter contado tudo antes para ela. Teremos outros portos seguros, mas fomos o primeiro porto seguro um do outro. Não importa o que dissemos ou as promessas que fizemos, tudo muda de agora em diante.

— Tanner, meu Deus, aguente aí, eu tenho que ler uma carta para você!

Sim, é desse jeito que ela atende. Não consigo nem responder e Auddy já apoiou o telefone em alguma coisa para — presumo eu — ir buscar o mais recente manifesto da Chatalha.

Sua colega de quarto é uma *drama queen* chamada Natalie, que deixa mensagens passivo-agressivas na escrivaninha de Autumn, reclamando do barulho, da bagunça, de Autumn ter usado sua pasta de dente e do número de gavetas da cômoda que minha amiga pode ocupar. Uma curiosidade: também temos certeza de que ela se masturba quando pensa que Autumn está dormindo. Isso não tem a ver com nada, sério, mas acho realmente fascinante e pedi muitos detalhes antes de finalmente concordar com essa teoria.

O telefone de Auddy raspa na superfície de alguma coisa quando ela o pega de volta para anunciar:

— Ai, meu Deus!

— Essa é das boas?

— Talvez, a melhor até hoje. — Auddy respira fundo, rindo ao expirar. — Lembra que eu contei para você que ela estava doente no começo da semana?

Recordo-me vagamente de uma mensagem de texto. Mandamos tantas um ao outro que, às vezes, me perco.

— Então, tem a ver com isso. — Ela prossegue. — Está bem, deixe-me ler: Querida Autumn, obrigada mais uma vez por me levar café da manhã aquele dia. Eu estava tão mal! E me sinto péssima por ter que falar isso, mas...

Incrédulo, dou risada, já me preparando para o que está por vir.

— Meu Deus!

— ...mas não consegui parar de pensar numa coisa, então preciso expressá-la. O garfo e o prato estavam sujos, tinham uma coisa encrustada neles. Aí pensei: "será que Autumn fez de propósito?". Espero que não. Sei que, às vezes, sou meio nervosa, mas quero que sejamos amigas próximas, como somos agora, para sempre...

— Nossa, essa aí gosta mesmo de se iludir!

— ... por isso pensei que era melhor simplesmente perguntar. Ou, talvez, eu só queira que você fique ciente de que eu percebi, e que, se foi intencional, foi nojento da sua parte. Se não passou de um incidente, peço que, por favor, ignore esta nota. Você é um amor de pessoa. Xoxo, Nat.

Esfrego a mão no rosto.

— Sério, Auddy, você precisa procurar uma nova colega de quarto. Essa criatura faz o Ryker parecer tranquilo.

— Não posso! Pelo que vi nas outras que estavam pedindo para mudar de quarto, rola tanto drama neste lugar!

— E *isso* que você está vivendo não é drama?

— É, sim. — Ela concorda. — Mas é tão absurdo que chega a ser fascinante se você observar objetivamente.

— Bom, eu entendo a carta que ela escreveu sobre as migalhas de biscoitos. Eu passei anos te avisando. Mas um garfo e um prato sujos quando você está levando comida à cama de alguém doente?

Auddy dá risada.

— Até parece que ela nunca comeu no refeitório daqui. As louças vivem em péssimas condições.

— Como se atrevem! Eles não sabem que são a *Yale?*

— Cale a boca! Como está Los Angeles?

Olho pela janela.

— Ensolarada.

Auddy resmunga.

— E o fim de semana está legal? Fez algo interessante?

— A gente teve um jogo contra a Washington State ontem, então vários de nós fomos juntos.

— Você, fã de futebol americano? Quem poderia imaginar!

— Eu não diria exatamente fã. É mais algo como *ciente das regras não verbalizadas*. — Relaxo no encosto da cadeira, coçando o maxilar. — Um pessoal de Hedrick fez uma festa ontem à noite. Eu fui com Breckin.

Meu primeiro e mais próximo amigo até agora, Breckin, escapou de uma cidade pequena do Texas e, por uma estranha coincidência, é (1) gay e (2) mórmon. Nem se eu me empenhasse muito conseguiria encontrar alguém assim. Ele também é muito inteligente e um leitor quase tão voraz quanto Autumn. Eu teria me apaixonado por Breckin se meu coração já não estivesse tomado. De todo modo, prossigo:

— Foi um dia bem legal. E você, o que fez?

— Deacon participou de uma competição ontem, então eu fui vê-lo.

Deacon. Seu novo namorado e, aparentemente, uma divindade da equipe de remo.

Sinto uma leve onda de ciúme, não vou negar. Mesmo assim, o cara parece ser gente boa. É irlandês e totalmente apaixonado por Autumn, então logo de cara já gostei dele. Até me enviou uma mensagem na semana passada para perguntar o que eu achava que ele devia comprar para dar de aniversário para ela. Conquistar a simpatia do melhor amigo, um movimento inteligente.

— Sinto saudade de você. — Digo a ela.

— Eu também sinto de você.

Trocamos detalhes sobre nossas viagens do Dia de Ação de Graças, prometemos nos falar na próxima semana e desligamos, com amor.

Uns quinze minutos depois, ainda estou melancólico.

Mas, aí, Breckin aparece com um *Frisbee* na porta do meu quarto.

— Qual dos dois dessa vez? — pergunta.

Graças a uma noite regada a vodca e uma maratona de *Breaking Bad* em meu quarto, ele sabe de tudo.

— Os dois.

Ele balança o Frisbee.

— Vem comigo. Está um dia bonito lá fora.

∞

Algumas vezes na vida, pensei existir um poder maior agindo. A primeira foi quando fiz seis anos e Hailey tinha três. É a minha primeira memória clara. Tenho algumas mais confusas de antes, por exemplo, de jogar macarrão pela mesa ou olhar para o teto à noite enquanto meus pais liam alguma história para mim. Mas essa foi a primeira experiência cujos detalhes todos parecem ter sido tatuados em minha mente. Hailey, minha mãe e eu estávamos em uma loja chamada T.J. Maxx. As araras de roupas ficavam tão próximas umas das outras que era impossível passar entre elas sem se esfregar em alguma peça de lã, de seda ou de brim.

Hailey estava toda engraçadinha e se escondeu algumas vezes em uma das araras que minha mãe olhava. Mais tarde, ela desapareceu. Sumiu. Passamos dez minutos correndo de um lado a outro, gritando seu nome com uma histeria cada vez mais intensa, procurando em cada arara, prateleira ou mesa da loja. Não conseguíamos encontrá-la. Avisamos a vendedora, que acionou a segurança. Minha mãe ficou desesperada. Eu também. Nunca tinha feito nada do tipo antes, mas fechei os olhos e implorei – não a uma pessoa, não a um poder, talvez apenas ao futuro – para que minha irmã estivesse bem. Poucas semanas antes, eu tinha aprendido o significado da palavra "sequestro", que pareceu se agarrar ao meu cérebro de modo a me fazer enxergar tudo como um possível cenário desse tipo de crime.

Eu me senti melhor depois de repetir várias e várias vezes, "por favor, que ela esteja bem, por favor, que ela esteja bem, por favor, que ela esteja bem". E talvez por isso, anos depois, eu compreendia quando Sebastian afirmava se sentir melhor quando orava. Eu sabia que não podia ajudar muito, mas ainda assim senti que minhas boas intenções tinham poder, que eram capazes de mudar a trajetória do que quer que tivesse acontecido com minha irmã.

Nunca vou me esquecer da calma que recaiu sobre mim. Continuei entoando mentalmente aquelas palavras e fui abraçar minha mãe enquanto a vendedora corria toda histérica. Aí, minha calma se transferiu para minha mãe e ficamos, ali, inspirando e expirando e, silenciosamente, acreditando que minha irmã estava em algum lugar por perto, enquanto os seguranças davam ordens em seus rádios e a vendedora verificava todos os cômodos no fundo da loja. Permanecemos ali até Hailey sair de uma gôndola empoeirada e abarrotada de peças em promoção, no fundo da loja. E com um sorriso enorme e orgulhoso enquanto gritava "Hailey venceu!".

Senti essa força algumas outras vezes na vida. A impressão de que alguém está me avisando para ficar longe do mar em um dia em que a praia está fechada por causa das correntes perigosas. O alívio tranquilo quando me sinto irritado com alguma coisa e consigo parar de pensar em cenários catastróficos e simplesmente respirar – e me pergunto o que foi que me tirou daquela espiral de pânico e me lembrou de me acalmar. Às vezes, são momentos breves; outros, mais demorados. Mas sempre senti que são apenas parte de ser uma pessoa, de ter sido criado por pais racionais.

De todo modo, *ter sido criado por pais racionais* não explica o que aconteceu naquela tarde de domingo. Breckin e eu saímos, levando o *Frisbee* conosco. Lá fora, o tempo estava incrível: 23ºC, nada de vento, nem sinal de nuvens. A estranha neblina que pairou até o horário do almoço havia evaporado e o céu era de um azul fantástico, do tipo que todo turista nota e comenta. O *Frisbee* verde brilhante de Breckin cortava o ar, ia e voltava entre nós. Desviamos do pessoal no gramado e nos desculpamos nas vezes em que o *Frisbee* foi parar nos pés de alguém ou, como em uma ocasião, atingiu a canela de uma pessoa. Quando começamos, o sol estava à nossa esquerda, mas, conforme fomos jogando e correndo, acabei ficando com o sol direto nos olhos.

Eu devo estar romantizando tudo – aliás, em meus momentos mais ateístas, sei que estou romantizando; em outros momentos, não tenho tanta certeza assim –, mas, em retrospectiva, vejo nosso jogo como um espirógrafo meticuloso. Eu pegava todas as jogadas de Breckin e acabava me movimentando em ângulos precisos: dez, quinze, vinte, trinta, até ter me deslocado exatamente noventa graus do meu ponto de partida.

Todo mundo tem um jeito específico de andar tão único e reconhecível quanto sua impressão digital. Sebastian sempre andou de coluna ereta, desapressado, cuidadoso: cada passo tão regular quanto o anterior. Eu conhecia seus ombros – largos e musculosos – e o jeito como sua cabeça se encaixa no pescoço – queixo erguido de um jeito elegante. Sabia que ele andava com o polegar enfiado na mão, então sempre parecia estar com o punho direito fechado enquanto a mão esquerda se dependurava mais relaxada.

E ali estava ele, iluminado por trás. Nenhum de seus traços era visível; só reconheci seu jeito de andar enquanto vinha em minha direção.

Muito parecido, mas não era ele.

Lembro de ter aprendido numa aula de Biologia do colégio que os neurônios que enviam sinais de dor, chamados nociceptores, têm alguns dos axônios mais lentos do nosso corpo. A sensação de dor demora mais do que quase qualquer outro tipo de informação para chegar ao cérebro – incluindo, a consciência de que a dor está a caminho. O professor perguntou por que achávamos que essa seria uma vantagem em termos evolucionários e, na ocasião, a resposta pareceu simples: precisamos conseguir nos afastar da fonte de dor antes de sermos debilitados por ela.

Gosto de pensar que foi assim que fui preparado para a dor de me dar conta de que não era ele. Naquele dia, o sol ofuscante chegou primeiro, avisando que havia uma fonte de dor a caminho: a esperança. E assim fui lembrado de que não poderia ser Sebastian. Eu estava em Los Angeles. Ele, em algum lugar por aí, angariando almas. É claro que não estaria por aqui.

Ele nunca vai estar aqui, pensei. *Nunca vai voltar.*

Se eu aceitava isso? Não. Mas sentir saudade de Sebastian todos os dias, pelo resto da vida, ainda era mais fácil do que a luta que ele tinha de enfrentar: enfiar-se dentro de uma caixa todas as manhãs e enfiar essa caixa dentro do coração e orar para seu coração continuar batendo, mesmo com aquele obstáculo ali. Todos os dias eu posso ir para a aula sendo exatamente quem sou; posso conhecer novas pessoas e depois sair para tomar ar fresco e brincar de *Frisbee*. Todos os dias eu seria grato porque quem realmente é importante na minha vida não dá a mínima se sou masculino demais, feminino demais, aberto demais, fechado demais.

Todos os dias, eu seria grato pelo que tenho e por poder ser quem sou, sem julgamentos.

Então, todos os dias eu lutaria por Sebastian e pelos demais que se encontram na mesma situação dele, que não têm o que eu tenho, que se esforçam para se encontrar em um mundo que lhes diz que os brancos, e os héteros, e os "normais" são os primeiros a serem escolhidos no jogo da vida.

Meu peito estava congestionado de tristeza, alívio e decisão. *Mande mais coisas assim para mim*, pensei para quem estivesse ouvindo – fosse Deus, Oz ou as três irmãs do Destino. *Mande mais desses momentos nos quais penso que ele vai voltar. Eu consigo suportar a dor. Lembrar que ele não vai voltar – e por que não vai voltar –, me dá forças para continuar lutando.*

Peguei o *Frisbee* e o joguei para Breckin. Ele o pegou com uma mão e eu saltei para o lado, braços abertos, revigorado.

– Me bote para correr atrás do *Frisbee*!

Ele ergueu o queixo, rindo:

– Cara, cuidado aí!

– Eu estou bem, *pode mandar!*

Breckin ergueu outra vez o queixo, agora com mais urgência.

– Você vai acertar nele aí atrás!

Trepidante, fecho os braços e dou meia-volta para pedir desculpas a quem quer que seja.

E ele estava ali, talvez a meio metro de mim, com o corpo recolhido, como se eu pudesse de fato lhe dar uma cotovelada.

Por um instante, perdi o controle de minhas próprias pernas e tive que me sentar na grama. Não havia nenhum halo de sol atrás dele. Só o céu.

Ele se agachou e apoiou os antebraços nas coxas. A preocupação o fez repuxar as sobrancelhas e franzir os lábios.

– Você está bem?

Breckin corre até nós.

– Cara, está tudo bem?

– E... e... eu... – Começo a gaguejar, e então deixo escapar uma expiração demorada e trêmula. – Sebastian?

Breckin lentamente se afasta. Não sei onde ele foi parar, mas, em retrospectiva, o resto da história somos só eu, Sebastian e uma enorme extensão de grama verde e céu azul.

– Oi.

– *Sebastian?*

Ah, Deus! O sorriso doce e presunçoso.

– *Sim?*

— Juro que acabei de vê-lo atravessando o gramado e pensei que Deus estivesse me dando uma lição de vida e, nem vinte segundos depois, você estava *bem ali*.

Ele estendeu o braço, segurou a minha mão.

— Oi.

— Era para você estar no Camboja.

— Na verdade, em Cleveland.

— Eu não sabia. Acabei de inventar.

— Percebi. — Sebastian sorriu outra vez, e aquela imagem envolveu meu coração. — Eu não fui.

— Então não devia estar na cadeia mórmon?

Ele deu risada, sentado e me encarando. Sebastian. *Aqui*. Agora segurando as minhas duas mãos.

— Estamos discutindo os detalhes da minha liberdade condicional.

Nem consigo acompanhar a piada.

— Sério, eu estou... — Vertiginoso, pisco os olhos. A sensação é a de que meus olhos lentamente conseguem focar o mundo à nossa volta.

— Eu nem sabia o que tinha acontecido.

— Embarquei em um voo para Los Angeles hoje de manhã. — Ele estudou minha reação antes de acrescentar: — Para encontrar você.

Lembro-me do dia quando o encontrei na frente da minha casa, ferido pelo silêncio de seus pais. O pânico se arrastou pelo meu pescoço. Agora foi minha vez de perguntar:

— Está tudo bem com você?

— Para ser sincero, o aeroporto desta cidade é um pesadelo.

Mordisco o lábio, tentando engolir um sorriso, tentando segurar as lágrimas.

— Estou falando sério.

Sebastian balança a cabeça em um sinal de negação.

— Estou melhorando. Mas só de vê-lo, já me sinto outro. — Uma pausa se instala. — Senti saudade. — Contemplou o céu antes de deslizar seus olhos vidrados e apertados outra vez na minha direção.

— Estava morrendo de saudade. Acho que tenho muitos perdões a conquistar, se você me permitir.

As palavras formaram um emaranhado em minha cabeça.

— O que *aconteceu?*

– Quando o vi na sessão de autógrafos, alguma coisa aconteceu dentro de mim. Foi como se alguém estivesse me sacudindo para me acordar. – Aperta os olhos para protegê-los da luminosidade do sol. – Embarquei na turnê do meu livro e quase todos os dias eu lia o seu.

– O quê?

– O seu livro parecia o meu novo livro sagrado. – Sua risada é doce e autodepreciativa. – Pode soar como uma loucura, mas é verdade. Seu livro é uma carta de amor e me lembrava todos os dias de quem sou e do quanto eu era amado.

– É amado.

Ele expirou, agora agudamente, depois acrescentou com uma voz mais baixa:

– Algumas semanas depois que voltei de Nova York, minha carta chegou. A carta detalhando a missão. Minha mãe planejou uma festa enorme, esperávamos umas cinquenta pessoas em casa e outras tantas assistiriam pelo Facebook.

– Autumn me contou. Acho que ela assistiu, mas eu não a deixei me contar nada.

Ele engoliu em seco, negou com a cabeça.

– No fim, a festa não aconteceu. Eu contei aos meus pais naquela noite que achava que não conseguiria ir. Bem, eu sabia que podia conversar com as pessoas sobre a igreja, dar meu testemunho, falar sobre o que o Pai Celestial deseja para nós. – Nesse momento, ele se abaixou e, de olhos fechados, encostou os nós dos meus dedos à sua boca. Parecia adoração. – Mas senti que não podia fazer do jeito que a igreja queria: longe de você, longe deles, tentando me transformar em algo que não sou.

– Então você não vai?

Ele fez que não outra vez, seus lábios deslizando pelas costas da minha mão.

– Também deixei a BYU. Acho que vou pedir transferência para alguma outra faculdade.

Nesse momento, minha esperança foi mais forte do que qualquer outra reação.

– Aqui?

– Veremos. O adiantamento que me deram pelo meu livro novo me permite tirar um tempo para pensar.

— E a sua família?

— Atualmente, a situação está uma bagunça. Estamos tentando reatar os laços, mas não sei como as coisas vão ficar. — Sebastian ergueu a cabeça, estremecendo. — Ainda não sei.

Eu quero esse fardo, pensei. E, talvez, tenha sido justamente isso que aconteceu. Talvez, eu tenha ganhado esse fardo. Quero ser pelo menos em parte responsável por mostrar ao Sebastian que o que ele tem a perder é menos importante do que conquistar o controle completo de sua própria vida.

— Eu não tenho medo do trabalho que nos aguarda.

— Eu também não tenho.

Ele sorriu para mim, tocou seus dentes em minha mão e, quando rugiu todo bem-humorado, o sangue correu quente pela superfície de sua pele.

Precisei passar dez segundos de olhos fechados para me acalmar. Inspirando, expirando, inspirando, expirando, inspirando, expirando.

E lancei meu corpo para a frente, abraçando-o, agarrando-o. Surpreso, Sebastian caiu para trás e eu me vi em cima dele, olhando para aqueles olhos arregalados e intensos. Meu coração espancava o peito, batia junto ao dele, tentando abrir a porta para entrar ali.

— Você está aqui. — Falei.

— Eu estou aqui.

Sebastian olhou em volta, estudou o gramado onde estávamos juntos, instintivamente hiperativo. Mas ninguém estava prestando a menor atenção.

E, aí, ele me deixou beijá-lo, só uma vez. Mas eu fiz valer a pena, ofereci meu lábio inferior.

— *Você* está aqui. — Agora foi sua vez de dizer.

Senti seus braços deslizarem pelas minhas costas, suas mãos se entrelaçando em minha lombar.

— Eu estou aqui.

Agradecimentos

Não é necessariamente justo esperar que escritores tenham apenas um "livro do coração", mas é verdade que, se tivéssemos que escolher, *Minha versão de você* tomaria essa posição.

Começamos a pensar nesta obra anos atrás; Christina trabalhou oferecendo aconselhamento a alunos em um colégio de Utah e conversou com adolescentes e mais adolescentes que realmente – que infelizmente – ouviam de seus pais que eles prefeririam ter um filho morto a ter um filho gay. Na posição de uma mulher bi que cresceu no mundo *queer-friendly* de San Francisco, Lauren sentiu a obrigação social de estender a mão para os adolescentes cujas experiências não são tão tranquilas quanto foi a sua. Fizemos muitas pesquisas antes de começarmos a colocar esta obra no papel, incluindo uma viagem à BYU e uma visita ao Temple Square com nosso querido amigo Matty Kulisch. Quando, enfim, nos sentamos para começar a desenvolver a história de Tanner, ela surgiu quase que instantaneamente.

Pelo empurrão e encorajamento para ESCREVER ESTE LIVRO, amamos vocês, Christopher Rice, Margie Stohl e Cecilia Tan. Obrigada pelo apoio, entusiasmo e sabedoria. E, Chris, sim, nós somos escritoras, mas jamais conseguiremos encontrar palavras para expressar o quão importante foi ler suas notas. O tempo e a dedicação – e o quanto de VOCÊ havia presente nas críticas – foram, sem dúvida, o ato mais generoso que se pode imaginar, e seremos gratas para sempre.

Dahlia Adler, obrigada por ler a primeira prova do manuscrito, pelas idas e vindas, por ser tão aberta a todas as perguntas – mesmo as mais idiotas, embora você jamais vá chamá-las assim. Você é uma verdadeira preciosidade para nós, seus colegas escritores, e esperamos que saiba o quanto somos gratas por tudo o que fez por nós.

Kiersten White, seu *feedback* foi impressionante, e seu resumo da obra ainda nos faz chorar. Seu apreço aqui significou tudo para nós. Obrigada, infinitamente. Candice Montgomery, Amy Olsen e Tonya Irving, obrigada por dedicar tempo de suas vidas bastante corridas para ler a obra e nos oferecer *feedbacks* consistentes, e por sempre torcerem por nós.

Nossa equipe continua firme e forte neste livro, nosso décimo-oitavo. Erin Service, você é quem mantém nossa sanidade. Adam Wilson, seus olhos e suas mãos guiam esse navio, todas as vezes. Holly Root, você é mais do que a nossa rocha, é a nossa gravidade. Kristin Dwyer, você é a cola e o coração. Nossas famílias nos viram ansiosas por esse projeto desde o primeiro minuto e se mostraram tão animadas quanto nós. Somos mulheres de muita, muita sorte. Zareen Jaffery, obrigada por trabalhar para aprimorar o manuscrito, por amar esses meninos tanto quanto nós os amamos. E nossos agradecimentos a todos da Simon & Schuster Books for Young Readers pelo empenho para fazer essa história chegar às mãos dos leitores.

Por último, mas mais importante, os agradecimentos finais:

Anne Jamison, nada disso teria acontecido se você não tivesse expressado tudo para nós e nos impelido a dificultar as coisas para nossos meninos, para que eles enfrentassem a realidade e a angústia. Obrigada por nos colocar em contato com Matty, que sempre arrumou tempo para nós – ou, devemos dizer, "tempo para nos pastorear". PODE CRER!

E a Matty... O que podemos dizer aqui que seja melhor do que quando lhe entregamos uma cópia de capa dura da obra e ficamos descontrolados juntos? Estas páginas parecem um espaço público demais para dividir algo tão pessoal, mas nós três sabemos como nossas vidas mudaram com essa experiência. Nós te amamos. Muito. Obrigada por tudo, por cada segundo perfeito de entrega e cheio de amor naquela primeira viagem e em todas as outras que ainda faremos juntos.

⇗LIVROS E OUTRAS FONTES QUE AMAMOS⇖

Abaixo estão alguns livros e outras fontes às quais recorremos antes, durante e logo depois de esboçar a história de Tanner e Sebastian. Todas essas criações lidam com a questão da identidade LGBTQ de maneiras com as quais nos identificamos. Também serviram para expandir nossos pensamentos de maneira relevante. Recomendamos fortemente.

LIVROS (NÃO FICÇÃO):
Antes que Anoiteça
Reinaldo Arenas

Lost Prophet: The Life and Times of Bayard Rustin
John D'Emilio

And the Band Played On: Politics, People, and the AIDS Epidemic
Randy Shilts

Fun Home: Uma Tragicomédia em Família
Alison Bechdel

Stonewall: The Riots That Sparked the Gay Revolution
David Carter

Same-Sex Dynamics among Nineteenth-Century Americans: A Mormon Example
D. Michael Quinn

Livros (Ficção/Poesia):
At Swim, Two Boys
Jamie O'Neill

A Canção de Aquiles
Madeline Miller

We the Animals
Justin Torres

Me Chame Pelo Seu Nome
André Aciman

Autobiography of Red
Anne Carson

Céu Noturno Crivado de Balas
Ocean Vuong

An Arrow's Flight
Mark Merlis

O Quarto de Giovanni
James Baldwin

Dois Garotos se Beijando
David Levithan

How to Repair a Mechanical Heart
J.C. Lillis

At the Edge of the Universe
Shaun David Hutchinson

A Density of Souls
Christopher Rice

The Snow Garden
Christopher Rice

Last Seen Leaving
Caleb Roehrig

True Letters from a Fictional Life
Kenneth Logan

Simon vs. A Agenda Homo Sapiens
Becky Albertalli

Aristóteles e Dante Descobrem os Segredos do Universo
Benjamin Alire Saenz

More Happy Than Not
Adam Silvera

Georgia Peaches and Other Forbidden Fruit
Jaye Robin Brown

Garoto Encontra Garoto
David Levithan

How to Make a Wish
Ashley Herring Blake

FILMES:
Moonlight: Sob a Luz do Luar (2016)
Tangerina (2015)
Carol (2015)
Weekend (2011)
Direito de Amar (2009)
Milk: A Voz da Igualdade (2008)

C.R.A.Z.Y. – Loucos de Amor (2005)
Hedwig – Rock, Amor e Traição (2001)
Nunca Fui Santa (1999)
Felizes Juntos (1997)
Priscilla, a Rainha do Deserto (1994)
Paris Is Burning (1990)

SITES:
The Trevor Project: thetrevorproject.org
GLAAD Resource List: glaad.org/resourcelist
American Psychological Association, LGBT Youth Resources: apa.org/pi/lgbt/programs/safe-supportive/lgbt
It Gets Better Project: itgetsbetter.org
LGBT National Help Center: glbthotline.org

GRUPOS:
Encircle: encircletogether.org
LDS Family Fellowship: ldsfamilyfellowship.org
Utah Pride Center: utahpridecenter.org
LGBT Therapists Guild: lgbtqtherapists.com
PFLAG: pflag.org
Affirmation: affirmation.org
Soulforce: soulforce.org

SITES COM RECOMENDAÇÕES DE LIVROS:
LGBTQ Reads: LGBTQReads.com
The Gay YA: gayya.org
Bisexual Books: bisexualbooks.com
Lambda Literary: lambdaliterary.org